# 幕末期狂言台本の総合的研究

## 大蔵流台本編

小林千草 著

清文堂

# 目　次

はじめに　i

## 第Ⅰ部　幕末期狂言台本の書誌的研究と日本語学的・表現論的研究 ……………1

### 第一章　成城本「柿山伏」の書誌と考察 ………………2

一　はじめに　2

二　書誌的事項　2

三　「柿山伏」の表記　4

四　「柿山伏」の本文について　8

五　「柿山伏」の語彙・表現　11

六　おわりに　18

### 第二章　成城本「鏡男」「鬼瓦」の書誌と考察 ………………22

一　はじめに　22

二　書誌的事項　22

三　「鏡男」について　23

三・三　「鏡男」の語彙・表現　30
三・四　「鏡男」まとめ　35
四　「鬼瓦」について　36
四・一　「鬼瓦」の表記　36
四・二　「鬼瓦」の本文について　40
四・三　「鬼瓦」の語彙・表現　41
四・四　「鬼瓦」まとめ　44
五　おわりに　45

第三章　成城本「悪太郎」の書誌と考察……………………48
一　はじめに　48
二　狂言台本としての成城本「悪太郎」の状況　49
三　本文の性格　50
四　成城本「悪太郎」と虎寛本——セリフの有無・出入りより——　51
四・一　「序の段」比較考察　52
四・二　「破の段」比較考察　53
四・三　「急の段」比較考察　65
五　おわりに　75

目　　次

第四章　成城本「老武者」の書誌と考察 ……………………………………… 79

一　はじめに　79

二　「老武者」について　80

三　成城本「老武者」と虎寛本「老武者」との相異箇所　81

四　相異から見える語彙・表現の特性　83

四・一　文や句の増減　84

四・二　文増減にかかわりのない語・句の増減　85

四・三　助詞の相異　85

四・四　感動詞に関する相異　87

四・五　敬語に関する相異　89

四・六　語句の相異　90

四・七　四・一〜四・六のまとめ　91

四・八　謡仕立ての部分における相異　92

五　発展的考察──「岡氏署名本」狂言の性格　92

五・一　「岡」「岡氏」と署名された六冊の書誌　92

五・二　〈岡氏署名本〉における狂言の性格──虎寛本との似より度など──　94

五・三　〈岡氏署名本〉における間狂言について　96

六　おわりに　97

iii

目　次

第五章　成城本「骨皮」「墨塗」の書誌と考察 ……………………………………… 100

　一　はじめに　100

　二　狂言台本としての成城本「骨皮」「墨塗」の状況　101

　三　成城本「骨皮」と虎寛本——セリフの有無・出入りより——　103

　　三・一　「序の段」比較考察　103

　　三・二　「破の段」比較考察　107

　　三・三　「急の段」比較考察　113

　　三・四　大蔵虎光本と比較して　117

　　三・五　「骨皮」まとめ　119

　四　成城本「墨塗」と虎寛本　120

　五　おわりに　120

第六章　成城本「武悪」の書誌と考察 …………………………………………………… 123

　一　はじめに　123

　二　書誌的事項　123

　三　「武悪」の表記　125

　四　「武悪」の本文比較　128

　五　相異から見える語彙・表現の特性　135

　　五・一　成城本独自のセリフ　135

iv

# 目　次

五・二　セリフは同一で会話箇所の異なるもの　139

五・三　くり返し回数の相異　140

五・四　語句の増減（助詞・感動詞・敬語表現以外）　140

五・五　助詞の増減と相異　142

五・六　感動詞の増減と相異　146

五・七　敬語に関するものや一般語彙の相異　149

六　おわりに　157

第七章　成城大学図書館蔵『狂言集』のうちの
　　　大蔵流台本の資料的位置づけと言語状況　……………　160

一　はじめに　160

二　「柿山伏」の欠けた本文について　163

三　「ほどに」「によって」（「よって」）から見る当該台本の資料的位置づけ　165

四　終助詞「は」（わ）から見る当該台本の資料的位置づけ　169

五　オノマトペから見る当該台本の資料的位置づけ　178

五・一　「鬼瓦」のオノマトペより　179

五・二　「骨皮」のオノマトペより　181

六　おわりに　184

目　次

## 第Ⅱ部　幕末期大蔵流狂言台本の翻刻 ……………………………… 191

凡　例　192

[一]　成城本「柿山伏」 ……………………………………………… 193
[二]　成城本「鏡男」 ……………………………………………… 196
[三]　成城本「鬼瓦」 ……………………………………………… 200
[四]　成城本「悪太郎」 …………………………………………… 203
[五]　成城本「老武者」 …………………………………………… 211
[六]　成城本「骨皮」 ……………………………………………… 214
[七]　成城本「墨塗」 ……………………………………………… 220
[八]　成城本「武悪」 ……………………………………………… 225

## 第Ⅲ部　成城本狂言「武悪」総索引 …………………………………… 239

はじめに　240
成城本狂言「武悪」総索引　凡例　241
成城本狂言「武悪」総索引　あ243〜を278

付記　279
あとがき ……………………………………………………………… 281
巻末索引（第Ⅰ部より。第Ⅱ部、第Ⅲ部は曲名のみ採録）

# はじめに

研究者とその研究資料との出会いは、さまざまである。しかし、その中のいくつかは、運命的にと言ってよいほどの重みをもつことがある。

私にとって、その一つは、卒業論文を書くにあたって、恩師大塚光信先生が「この抄物を調べてみないか」と示された古活字版『日本書紀抄』（の写真）である。さらには、イエズス会修道士《イルマン》不干（斎）ハビアンの『天草版平家物語』『妙貞問答』『破提宇子』であり、さらには、太田牛一の『信長記』『大かうさまぐんき』である。

本書で扱う成城大学図書館蔵『狂言集』一四冊も、その一つに加えることが可能であろう。私が、成城大学短期大学部日本語・日本文学コース在任中に、研究資料そして教材となるように研究費で購入していただいたものである。未翻刻資料の翻字練習などよい教材になると思ったし、第一、幕末期の狂言台本の実態解明に大きな興味があったからである。破本集成であるゆえに、古書店より手ごろな値段で出ていたことも幸いして、手元に届くことになった。

奥書・識語などの手がかりに薄いこれら一四冊を教材としていかに料理すればよいかの前に、資料的性格の究明が先決であることに思い至り、授業の合間に研究室で翻字にとりくみながら、気づいた用語・表現は、カードやノートにメモしていく。しかし、大学での雑務も多く、全貌を把握する作業は遅々として進まなかった。

そのうち、縁あって東海大学に転任することとなり、この「狂言集」一四冊は、日本語・日本文学コース保管を経て、短期大学部廃止（新学部への発展的解消）とともに、成城大学図書館蔵となっていった。

一方、その写真をたずさえて東海大学に移った私は、大学院の授業で翻字を含む取りくみを展開した。授業で使う曲については、その前に全て調べ終《お》えてというノルマを課してのぞんだので、東海大学を定年退職する頃には、かなりのことが判明し、次々に調査報告可能な状態となった。

　本書は、こうして発表した研究論文をもとに構成したものである。大蔵虎明本狂言や虎寛本狂言のように世に知られ、公刊されている資料ではないので、翻刻を同時に収めた方が親切であろうと、多くの論文で「翻刻と考察」という語を論題（タイトル）に含んでいる。本書では、それら翻刻部分は、第Ⅱ部の翻刻編に移して構成している。

　成城大学図書館蔵『狂言集』は、一四冊で、奥書・識語のない冊がほとんどであるが、

○幕末期の台本集成である

○大きく、大蔵流・和泉流・鷺流の三グループの台本群に分けられる

ことがわかったので、

　『幕末期狂言台本の総合的研究　大蔵流台本編』

　『幕末期狂言台本の総合的研究　和泉流台本編』

　『幕末期狂言台本の総合的研究　鷺流台本編』

という形で公刊し、日本語学や能楽資料としてだけではなく、広く利用していただくことを願っている。

　この幕末期狂言台本を読むことで、私は逆に、寛永一九年（一六四二）に大蔵虎明がまとめた大蔵虎明本狂言、寛政四年（一七九二）に大蔵虎寛がまとめた虎寛本狂言の意義がより鮮明になった。これは大蔵流の場合であるが、和泉流、鷺流でも同じような快い〝ゆさぶり〟を受けた。宗家直系ではなく、セミプロの狂言役者が役を演じることを認められた時、許可されて書写した台本、あるいは、その折師匠より口伝《くちづた》えされたセリフを台本化したもの、それらが、この成城大学図書館蔵『狂言集』を構成しているのだと思うと、資料になつかしささえ覚える。

本書をなす研究の一つ一つは、著者の立脚する日本語学（それは旧来の「国語学」と言いかえてもよい）のアプローチでなされている。しかし、狂言台本が能狂言研究（広くは「能楽」という芸能研究・文学研究）の一大資料であることから、能楽研究や広く文学研究とも無縁ではない。第Ⅰ部を「幕末期狂言台本の書誌的研究と日本語学的・表現論的研究」としたのは、そのような分野まで含めていることを示したかったからである。それらを一口で言うならば、本書の書名「幕末期狂言台本の総合的研究」となるのである。目標であり、願いでもある。

# 第Ⅰ部　幕末期狂言台本の書誌的研究と日本語学的・表現論的研究

# 第一章　成城本「柿山伏」の書誌と考察

## 一　はじめに

本章は、成城大学図書館蔵『狂言集』[1]のうち、A（請求記号912・3／KY3／1(W)とラベルの貼られた一冊）に所収された狂言「柿山伏」に関する書誌と考察である。

成城大学図書館蔵『狂言集』（以下、「成城本」と略称する）は、雑纂的なもので、近世後期の狂言受容の実態を知るために貴重ではあるが、その取り扱いには慎重さが要求される。そこで、成城本『狂言集』の持つ資料的性格および言語的性格解明の一助として、六冊一組をなすもののうち、まず第一冊目である「柿山伏」を扱う。

## 二　書誌的事項

「柿山伏」の収録された一冊（A）は、表紙に、「柿山伏／附子《ブス》」（／は改行を示す）と大書されているが、「附子《ブス》」の方は、見せ消ちされている。また、左傍に小字で「初しめ　中斗り」と記されているが、これも、「初しめ　切斗り」とあったのを、「切」を見せ消ちし、「切」の草体の偏を「中」になぞり変えた形跡を有している。そのことば通り、一曲しか収められなかった「柿山伏」の本文は、「はじめ」と「中」であって、柿主のことばに乗らされて柿の木より飛んで結果として落下して腰を痛めた山伏が、

①サァ〳〵おのれが内へ連ていて看病をせひ（６ウℓ５〜ℓ６）

と言い、柿主が、

②「イヤおのれハ（６ウℓ６）

と言い出したところで終わっている。

おそらく、当初は、②につづくセリフは７オℓ１から記されていたものであろうが、そのウラに「附子」の本文が始まっていたため、何らかの理由で「附子」のみ取り出された際、そのまま放置されて現在に至ったものと思われる（なお、この「附子」の曲は、現存する成城本『狂言集』には見当たらず、歴史の一過程で散逸したものとみられる）。

表紙左下に大字に記された「岡」は、筆跡・筆勢から見て、曲の題を入れた人、つまり、以下の本文を記した人の姓名と推定される。当然、この台本（Ａ）の所持者ともなる。

同じく、表紙左下に「岡」と記されたものに、

Ｂ「鏡男」「鬼瓦」「悪太郎」を収めた一冊【９１２・３／ＫＹ３／２(Ｗ)】

Ｃ「黒塚の間②」「老武者③」を収めた一冊【９１２・３／ＫＹ３／３(Ｗ)】

Ｄ「骨皮」「墨塗」「現在鵺の間②」を収めた一冊【９１２・３／ＫＹ３／４(Ｗ)】

Ｅ「はん女の間②」「篭太鼓の間②」「はしとみの間②」「船弁慶の間②」を収めた一冊【９１２・３／ＫＹ３／５(Ｗ)】

Ｆ「武悪」を収めた一冊【９１２・３／ＫＹ３／６(Ｗ)】

があり、一群を構成しているが、書写時期は同一時ではなく、台本書写を許された時期の幅があり、同一筆跡とは

言え、筆づかいの緩急や強さ・弱さ、丁寧度の微妙な差異を有している。特に、A「柿山伏」は、初心者の曲でもあり、狂言台本書写のし始めかと思われ、字詰めに関してもB以降と比べると半丁6行詰で間延びした感がある。おそらく、セリフ覚えの際、見やすい大きさを考えて、かなりの大字で写しとめたものと思われる。

## 三　「柿山伏」の表記

現存する成城本「柿山伏」の本文は、半丁6行詰で6丁ウ末で切れている。

シテの山伏のセリフは、1オ冒頭に「山⃝」とあり、4オℓ3に「山⃝」と出た後は、全て「○」で示されている。一方、柿の木の持ち主については、3オℓ1に「┐《主》」と出て、その形態を4ウℓ1までつづけたあとは、「┐」のみで示すようになっていく。このうち、「○」を使ったセリフ主の示し方は、Bの「悪太郎」に半分生かされている。「半分」と言うのは、「○┐」という形を取っているからである。④

成城本「柿山伏」の本文は、結論的に言うと、大蔵虎寛本狂言⑤（岩波文庫を底本とする）の本文とほぼ同じであり、大蔵宗家系の台本である。

以下、主な表記について述べていく。

語のくり返しには「〱」を用いているが、「道〱」「中〱」「散〱」など漢字一字のくり返しにも、「々」ではなく「〱」を使ってる。

濁点は、「祈り落すが」（1ウℓ2）「とゝく事でハなひ」（2オℓ2）「とれに致うぞ」（2ウℓ4）「されバこそ」（2ウℓ6）「合点の行ぬ事じや」（3ウℓ3）「さればこそ」（4ウℓ1）「きやつがこまる事が有さうな物」（5オℓ2～ℓ3）「飛ブそうな」（5ウℓ6）「惣じて」（6ウℓ1）「まだうぶ毛も」（6ウℓ3）「おのれが」（6ウℓ5）など、半丁に一、二例有るかないかの状況である。この状態は、Ｂの「鬼瓦」の様相に近い。

振り仮名は、「樹《ちゅ》木」（3オℓ2）一例のみであるが、仮名遣いは正しくは「じゅ」となくてはならないところである。

係助詞「は」については、「當りに在所は|ないか知らぬ」（1ウℓ5）「是は|此當りに住居致者てこさる」（3オℓ1　柿主の名乗り）以外、全て「ハ」表記で、提示語としての機能が視覚的に明白になっている。「立たれハ」「されバこそ」など接続助詞「ば」の「ハ」表記も、視覚的に文法要素を伝える効果があり、Ｂの「鏡男」「鬼瓦」の表記と同様である。

感動詞については、

「イヤ」（1オℓ5、1ウℓ6、2オℓ5、2ウℓ1・ℓ2、6ウℓ6）

「ヤ」（1ウℓ3、4オℓ3、5ウℓ2）

「ヤットナ」（2オℓ6）

「ヤイ」（3ウℓ5）

「ヤイ〱〱」（4オℓ2、6オℓ3）

「ヤア」（6オℓ4）

「サア〱」（6ウℓ5）

が右側に寄せられて小字で書かれたものであり、「イヤ〱」（3ウℓ5）のみが左側に寄せられた小字書きである。これは、当初から左寄せがはかられたわけではなく、右寄せの「ヤイ」につづくセリフとして「イヤ〱」を入れこむためになった形である。

「ヤットナ〱」（2オℓ1・ℓ3）

「夫〳〵」（5オℓ3）

「ヤア」（6オℓ4）

は、大字表記されたものである。大字された「ヤア」は、山伏に「ヤイ〳〵ヤイそこなやつ」と声をかけられた柿主が横柄に返事をした時のもので、一語大きく発されるので大字で書かれた意味がうかがわれる。

この「柿山伏」という曲目は、鳥獣の鳴き声がオノマトペで表現されるのが面白い所であるが、

③烏……………カア〳〵（4オℓ6）

④猿……………キヤア〳〵（4ウℓ6）

⑤鳶……………ヒイヨロ〳〵（5ウℓ3）ヒイヨロ〳〵（6オℓ2）ヒイ（6オℓ1二回）

のように、一例を除いて、右寄りの小字で記されている。全てカタカナ表記であることも③〜⑤より明白である。

ところが、虎寛本は、

′③こかあ〳〵（中480頁）

′④きやあ〳〵（中480頁）

′⑤ひいよろ〳〵（中481頁二回）

ヒイ（中481頁二回）

のように、「ヒイ」二回以外は、ひら仮名表記である。大蔵虎光本狂言集(6)（古典文庫）では、

″③コカア〳〵（一330頁）

″④キヤア〳〵（一331頁）

″⑤ヒイヨロ〳〵（一331頁）

ヒイ〳〵（一331頁）

となっているので、オノマトペをカタカナ表記することは江戸後期では成されていたことである。

成城本のト書きは、

⑥是をうち落て給ふ　小サ刀ニて　ヤツトナ〳〵（2オℓ1）

⑦されバこそ渋ひ　と言ふて種を／吹ちらす（2ウℓ6）

⑧油断ハならぬ事て御さる　ト言ふて廻る時／柿の種頭へ当る（3ウℓ3）

という形でなされているが、⑦のみが同じで、⑧が虎寛本では「廻りかゝり柿の／実頭にあたる。」（／で改行された小字割注）となっている。⑦で吹きちらすのは「柿の種」でよいが、柿主の頭に当たり柿主が変事に気づくのは、「柿の実」の方がよい。⑥は、成城本の演出で、山伏が腰に差していた「小サ刀」を棒のようにしてつっ先あがりか少々飛び上がって柿の実を落とそうとする行為を見せたものである。[7] 虎寛本では、まずは、ただ背伸びして柿を取ろうとした風情である。虎光本でも同様で、「小サ刀」に関した注記はない。一方、虎寛本には、

⑨次第貝をも持ぬ山ぶしが、〳〵、道々うそを吹かうよ。名乗道行ねぎ／山伏と同断（中479頁）

という注記（／で改行の割注）があるが、成城本は、「名乗道行」を全て記しているので、この注記は不要である。この部分の相異については、次節であらためて言及する。

仮名遣いに関しては、「参らふ」（1オℓ5、3オℓ5二回）の「ふ」（正しくは、「う」）「なひ」（2オℓ2、4ウℓ2、5オℓ5「い」）「給ふ」（2オℓ6「う」）「能さそふな」（2ウℓ2「さう」）「うまひ」（2ウℓ3「い」）「見よふ」（2ウℓ6「う」）「渋ひ」（2ウℓ6「い」）「ちゆ」（3オℓ2「樹」の振り仮名　濁点ない場合、「しゆ」）「致ひて」（3オℓ3「い」）「ゑて」（3オℓ3「え」）「よふに」（3オℓ6「やう」）「やらふ」（3ウℓ5、5ウℓ2「う」）「有ふ」（4オℓ5、4ウℓ4、5ウℓ1「う」）「よふ見れハ」（4ウℓ1「う」）「持て来ひ」（4ウℓ5「い」）「飛ブそうな」（5ウℓ6「さ」）「能ひ」（6オℓ2「い」）「憎ひ」（6オℓ4「い」）「尊ひ」（6オℓ5「い」）「高ひ」（6ウℓ3「い」）「飛せおつて」（6ウℓ4「を」）「打せおつた」（6ウℓ5「を」）「せひ」（6ウℓ6「い」）な

どは、（　）内に示したものが規範的な表記である。

意志や推量の助動詞「う」を「ふ」と表記するもの、形容詞の活用語尾「い」を「ひ」と表記するもの、動詞命令形の「い」を「ひ」と表記するものが多いのは、「鏡男」や「鬼瓦」にも共通する傾向性である。

断定の助動詞「ぢや」を「じや」と表記するのは、虎明本・虎寛本と同じなので、特に示さなかった。

狂言に特徴的な語彙「御座る」の表記状態は、全てひら仮名表記の「こさる」が一例、他の七例は「御」のみを漢字表記した「御さる」で、この傾向は、「鬼瓦」に最も近く、「鏡男」の大勢とも共通する。

## 四　「柿山伏」の本文について

成城本「柿山伏」の本文は、大蔵虎寛本「柿山伏」とほぼ同文であるが、前節の用例⑨に触れたような相異を、まず有している。省略されていない成城本の本文を示すと、

´⑨（山）《シテ山伏》貝をも持たぬ山伏か〱道〱
うそを吹かうよ　是は出羽の羽黒山与《（より）》
出たるかけ出の山伏てす　此度大峯
かつら城を仕廻只今本国へ罷下る
先急て参らふ　ィヤ誠に行ハ萬行とハ
申せとも取分山伏の行ハ野に伏
山に伏岩木を枕と致す　其奇特にハ
空飛鳥をも目の前に祈り落すが

山伏の行力てす　（1オℓ1〜1ウℓ3　一行の字詰めは原本通り）

となる。⑨には、「ねぎ山伏と同断」と注記されていたので、念のため、虎寛本「ねぎ山伏」にあたると、

″⑨次第貝をも持ぬ山伏が、〳〵、路々うそを吹うよ。是は出羽の羽黒山より出たる、駈出の山伏です。此度大峯葛城を仕廻ひ、唯今本國へ罷下る。先急て参う。誠に、行は万行有とは申せども、取分山伏の行は野にふし山に伏、難行苦行を致す。其奇特には、空飛鳥をも眼の前へ祈り落すは山伏の行力です。（中461頁）

のようになっており、表記の微細な相異を除くと、「イヤ」の有無、傍線部の表現の相異、「目の前に祈り落すが」に対する「眼の前へ祈り落すは」という助詞の相異がある。″⑨のセリフに対して、成城本「柿山伏」のセリフは、「イヤ」という感動詞を含めて、全て具体性のあるものとなっている。

′⑨以降、表記上の微細な相異を除いて主な違いを列挙すると、次のようになる。

⑩ャ是ハいかな事（1ウℓ3）↕△是はいかな事（中479頁）

⑪殊の外物ほしう成た（1ウℓ4〜ℓ5）↕殊之外物ほしう成たが、（中479頁）

⑫△礫を打う（2オℓ2）↕イヤ、礫を打う。（中479頁）

⑬手ころの石かある（2オℓ3）↕手ごろな石が有る。（中479頁）

⑭何とした物て有う△（2オℓ4）↕何とした物で有うぞ。（中479頁）

⑮是へ上りて給ふ（2オℓ6）↕是へ上つて給う。（中479頁）

⑯ィャ下て見たとハ違ふて格別見事な（2ウℓ1）↕ハ、ア、下で見たと△違ふて、格別見事な。（中479頁）

⑰△　↕此様なうまい柿を終に喰ふた事御座らぬ。（中479頁）

⑱是に見事な　是に致う（2ウℓ4）↕是が見事な。△（中479頁）

⑲先ツ給て見よふ（2ウℓ5〜ℓ6）↕先給て見う（中479頁）

⑳見廻りに参らふと存る（3オℓ4～ℓ5）↕見廻ひに参らうと存る。（中480頁）

㉑人斗りても御さらぬ（3ウℓ1）↕人斗りても御座らず、鳶烏も（中480頁）

㉒油断ハならぬ事て御さる（3ウℓ2）↕油断の成らぬ事て御座る。（中480頁）

㉓いかめな山伏か登りて（3ウℓ4～ℓ5）↕いかめな山伏が登て（中480頁）

㉔何として遣ふ△（3ウℓ5）↕何としてやらうぞ。（中480頁）

㉕ヤイ（3ウℓ5）↕△（中480頁）

㉖ヤイ〱〱あの柿の木の影へ隠たを人かと思へハあれハ烏しや（4オℓ2～ℓ3）↕ヤア〱あの柿の木の影へ隠れたを人かとおもへば、あれハ烏じや（中480頁）

㉗ヤ烏しやと言ハ（4オℓ3）↕ハア、からすじやといふ。△（中480頁）

㉘烏ならハ鳴物しやか（4オℓ4）↕烏といふものはなく物じやが（中480頁）

㉙射殺てくれう（4オℓ5～ℓ6）↕射殺てやらう。（中480頁）

㉚カア〱〱（4オℓ6）↕こかあ〱〱（中480頁）

㉛扨よふ見れハ△烏てハなひ（4ウℓ1～ℓ2）↕扨能う〱見れば、あれは烏では無い。（中480頁）

㉜マタ猿しやと言ふハ（4ウℓ2）↕又猿じやといふ。△（中480頁）

㉝身せゝりをして啼物しや（4ウℓ3～ℓ4）↕身せゝりをして啼物じやが、（中480頁）

㉞今度ハ△きやつがこまる事が有さうな物しや（5オℓ2～ℓ3）↕今度はちときやつがこまる事【が】有さうな物じやが。（中480頁）

㉟よく〱見れハ（5オℓ4）↕ようよう見れば（中480頁）

㊱△啼ぬか（5ウℓ1）↕おのれ鳴ぬか（中481頁）

㊲射殺てやらふ（5ウℓ1〜ℓ2）↕射ころいてくれう。（中481頁）
㊳ヤ羽をのして鳴すハなるまい（5ウℓ2〜ℓ3）↕△羽をのして鳴ずはなるまい。（中481頁）
㊴扨最前から間もある程にはや飛さうな物しや△（5ウℓ4〜ℓ5）↕△最前から間もある程に、もはや飛さうな物じやが。（中481頁）
㊵△飛ブそうな（5ウℓ6）↕はあ、飛ふぞよ。（中481頁）
㊶ヒイ飛ふそよ（6オℓ1）↕ヒイ△（中481頁）
㊷ヒイ飛ふそよ〳〵　いくつも／言て（／で改行された割注）（6オℓ1〜ℓ2）↕ヒイ　△　幾へんも／いふて（／で改行された割注）（中481頁）
㊸ヒイヨロ〳〵アイタ〳〵（6オℓ2）↕ひいよろ〳〵　△（中481頁）

## 五　「柿山伏」の語彙・表現

前節に示した成城本と虎寛本との相異箇所をもとに、成城本の語彙・表現の特性を述べる。

⑩㊳は、「ヤ」という感動詞（間投詞）の有無である。成城本は「ヤ」を入れることにより、山伏本人の気づきを生き生きと現わしている。逆に、⑫は、「イヤ」という感動詞を使って、前言をひるがえす気づきの動きが虎寛本の方にダイナミックに出ている。

⑯は「イヤ」と「ハ、ア」の対応、㉗は「ヤ」と「ハア」の対応となっている。⑯については、成城本の「イヤ」は、強い気づきとして発されたもの、虎寛本の「ハ、ア」は、眼前の光景を見てつくづくと納得のいった[8]ことへの感動表明と見なせる。㉗については、成城本の「ヤ」に、柿主のセリフを耳にした山伏内部の気づきの色合い

が強く、虎寛本の「ハア」に、相手のことばに驚きを隠せない山伏の気弱さがこめられている。㉗の場合の「ヤ」と「ハア」には、⑯の「イヤ」「ハ、ア」とは異なり、当惑のニュアンスが表現環境的に付加（負荷）されている。

㉖も「ヤイ〱」と「ヤア〱」の対応で、やはり感動詞の相異を見せている。成城本「ヤイ〱〱」の方に、柿主が山伏に聞こえることを意識してそちらに尊大に呼びかけている姿が認められ、虎寛本「ヤア〱」の方は、相手に聞こえることを意識しつつも柿主の驚きを含む感動の気持ちを前面に出している。舞台演出にも関わる相異となっている。

㉕は、「ヤイ」の有無である。成城本では、柿主が柿盗人の山伏を見つけて「何としてやらふ」と憤《いきどお》って、山伏に「ヤイ」と一旦は呼びかけ、すぐそれを取り止め「イヤ〱　山伏を荒立れハ却て仇をなすと申程に散〱になふつて帰う」と作戦を変更した経過を映したものである。虎寛本では、「ヤイ」という呼びかけはせずに、「イヤイヤ」という自分の最初の考えを打ち消すことばのみで作戦変更を伝えようとしている。この場合、成城本の演出の方が、観客としてはよりわかりやすい。

㊵は、アドである柿主のことばにおける「はあ」の有無である。成城本では、柿主はただ単に樹上の山伏の「飛ブそうな」状態を予測しているだけであるが、虎寛本の「はあ、飛ふぞよ」は、「それ、飛べ」という意味合いでけしかけている。演出上の相異が、ここにも反映されている。

⑪㉑㉝は、虎寛本の方に接続助詞「が」や中止形を使って文をつないでいこうとする傾向のあることを示すもので、このような傾向はBの「鏡男」「鬼瓦」にも見られたものである。

⑬の対応は、「の」と「な」による形容表現の相異である。

⑭㉔は、成城本の方に疑問の終助詞「ぞ」が欠けているもので、このような疑問表現形式は時代が下れば下るほど増えるものであり、成城本の虎寛本より新しいことを示す。

⑮㉓は、成城本の方に「上りて」「登りて」とラ行四段活用動詞の非音便形が記されているものである。話者は⑮が山伏、㉓が柿主である。虎寛本では、⑮が「上って」、㉓が「登て」であり、ともに促音便形をとると見てよい。成城本「柿山伏」には、他に、「成た」（1ウℓ5）「上つて」（2オℓ5）「なぶつて」（4オℓ1）のラ行四段動詞連用形が出るが、「成た」は除外するにしろ、「上る」「なぶる」が促音便形をとっていることから、たまに、あらたまった語調をとる時に非音便形も出ることがあったと解釈しておきたい。特に、「是へ上りて給（たべ）ふ」の場合、その直前に「能い上り所かある」と言っているので、その「上り所」に引かれて「上りて」となった可能性は高い。柿主のセリフである㉓も、字は異なるが、音としては同じ「ノボル」であるので、「ノボリテ」となる傾向性があったものか。[9]

なお、形容詞連用形の非音便化形とウ音便の対応は、㉟である。成城本は「よく〳〵」と原形を用いるが、㉛では、「よふ見れハ」とウ音便形を用いているので、たまたまの〝ゆれ〟の反映と思われる。

⑯では、成城本において、強めの係助詞「は」が挿入されている。強めの係助詞「は」を成城本が入れこみやすい傾向にあったことは、㉒の例でも知られる。虎寛本の「油断の成らぬ」を強めると、「油断ハならぬ」となる。

文中のみならず、文末に来た「は」、つまり終助詞ハ（「わ」）についても、成城本は多用する傾向にある。その例が、

㉗ヤ烏しやと言ハ

㉜マタ猿しやと言ふハ

の二例である。㉗㉜は山伏のセリフで、全て独り言である。終助詞「ハ」については、Bの「鏡男」においても「鬼のつらに見ゆるハ」と「は」の添加があったが、[10]これも独り言である。独り言の中で、そのセリフが強い語気をもって発される時、終助詞「は」が添加されることがわかる。

⑰は、成城本に長いセリフが一つ欠けた状態であることを示す。成城本は、演じることを目的に事前に書写をされたとみなされるので、該当セリフの書写もれは想定しなくてもよい。このセリフのない状態で演じられたと見たい。このセリフがなくとも、前文に「扨も〳〵うまひ柿かな」と感動しているので、問題はない。

⑱は、「今度ハとれに致うぞ」と山伏が言って、柿を一つ選ぶ際のセリフである。成城本・虎寛本ともに「見事な」と判断して手にとるわけで内容としては同じであるが、成城本は、「是に見事な(柿がある)是に致う」と、ややセリフを長くしている。「是に」の「に」が誤写でなければ、あえて「柿がある」を言わずに間合いをしぐさで取ったリアルな演出が期待されるところである。セリフの入れこみという点では⑰と逆の現象である。

このような辞句の増減に関する対応は、他に㉛㉞㊱などがあり、いずれも虎寛本に「あれは」「ちと」「おのれ」などの語が添加されている。時代的には成城本の方が後であるから、成城本がこれらの語を削った本文構成をしていることになる。代名詞や副詞の添えられた方が文章としては立体的であるが、舞台では、しぐさや声の調子で同趣のニュアンスを補うことは可能である。[11]

㊴は、成城本に間投詞としての「さて」が入り、副詞「はや」を用いて「はや飛さうな物しや」となっているセリフに対し、虎寛本では「さて」を使わず、「もはや飛さうな物じやが。」と分析的な表現方法によって柿主の感情的高まりを伝えている。これは、表現の方向性の相異である。なお、文末の「が」(逆接の接続助詞)で言い切りにする形は、虎寛本では㉞にも出ていた。

⑲の虎寛本「見う」は「見よう」のつもりなら、成城本との間に相異は生じていないことになる。

⑳の「見廻ﾘ」「見廻ひ」の対立は、田畑の様子を持ち主が見回ることを「見舞ひ」[12]と言わなくなった時代を受けて、「見廻り」と訂正されたセリフを成城本は伝えているものと見られる。虎明本[13]以来の伝承を受けて虎寛本は「見廻ひ」を使っているが、宗家系であっても、宗家から直伝(直稽古)を受けないと、このような改変はまま生じ

ていたと考えられる。なお、現行では、山本家も茂山家も室町ことばとしての「見舞う」を生かして使っている。[14]

㉘は、成城本が恒常仮定表現を用い、虎寛本が平叙表現を用いて一般論を展開するもので、表現の方法の相異となっている。

㉙は、「〜てくれう」と「〜てやらう」の相異であるが、「〜てくれう」の方が尊大な表現である。㊲の方では、成城本が逆に「〜てやらふ」となり、虎寛本が「〜てくれう」である。これについては、成城本の柿主の方が最初より強硬に出ており、「啼すハ人て有ふ　弓矢をおこせ　射殺てくれう」と尊大におどしにかかるのに対し、虎寛本は最初は「射殺てやらう」と出て、3回目で「おのれ鳴ぬか。鳴ずは人で有う。一矢に射ころいてくれう」と尊大なおどしにかかったという経過が認められる。経過とは、つまり、演出である。一番語調の強い、それゆえ見所(観客)に印象の強い語をどこで使うかが演出上の要《かなめ》となる。成城本は最初の㉙で「〜てくれう」を使ったので、あとは、「〜てやらう」で流しているのである。

㉚㊶㊷㊸は、オノマトペを含む相異である。まず、㉚の烏の鳴き声であるが、虎明本「柿山伏」には鳴き声が明示されていないので古い時代の手がかりはないが、虎寛本「花子」におけるシテ(男)の語りの中にも、

㊹さらばまどろまうといふて、とろ〱とまどろうだれば、烏がこかあ〱。は、夜が明た。さらば戻らう
　といふて(略)(下306頁)

とあるので、伝承としては「こかあ」である。虎光本狂言「柿山伏」でも、

㊺コカア〱(古典文庫一330頁)

異流の和泉流狂言の一つ古典文庫本「柿山伏」[15]でも、

㊻コカァ〱(八140頁)

である。大蔵流の現行についても、山本家、茂山家ともに、

㊼コカア　コカア　コカア　コカア　コカア（山本家[16]……岩波古典文学大系43『狂言集』下164頁）

㊽コカア、コカア、コカア（茂山家[16]……小学館日本古典文学全集35『狂言集』401頁、新編の場合は、368頁）

のごとく、「こかあ」であるので、成城本の「かあ」は、狂言詞章の伝承という点からも特異である。

『日本国語大辞典』（小学館第二版）によれば、「かあ」の初出は、

㊾山彦（一九〇七）〈鈴木三重吉〉二「鳥居を出しなにかあと啼く」

で、近代に下ってしまう。「かあかあ」だと、

㊿洒落本・禁現大福帳（一七五五）「木綿付鶏（ゆふづけどり）の我身も阿呆鳥のカアカアと黄昏に我家へ帰らず」

噺本・鹿の子餅（一七七二）押込「夜が明て、鳥がかあかあ」

のように一七五五年の例があるから、すでに巷間では「こかあこかあ」ではなく、「かあかあ」の音象徴認識が出来ていたものと思われる。一七九二年に書写された大蔵虎寛本狂言は、伝承に基づいて「こかあこかあ」と文字化し、かつ舞台にかけていたが、成城本は、巷間での一般認識「かあかあ」に変えて舞台に臨んだということになる。その時期は、この事例を踏まえると、一八〇〇年早々ということになろうか。「カアカア」の採用は、当時としては新鮮な試みであったろうが、大蔵流主流としては固定せず、室町ことばらしさの漂う「こかあこかあ」の伝承維持におちついたのである。

㊶㊷は、オノマトペそのものより、そのあとへつづく、鳶のまねをする山伏の人間としてのかけ声「飛ふぞよ」の有無が問題となる。成城本のように山伏の人間としてのことばを入れこむのは説明的であり、同じ内容をしぐさで観客に見せた方が狂言という芸能としては上である。しかし、宗家や宗家一族以外の弟子筋がしぐさだけで表現しようとするとむずかしく間がもたないため、「飛ふぞよ」というかけ声を入れこむことは十分に考えられる。

現行の舞台では、山本家も茂山家も、柿主が「ハア　飛ぼうぞよ」「飛びそうな」「飛ぼうぞよ」「飛びそうな」

と、数回にわたって扇子で拍子をとりつつだんだん強く速くあおりたてるので、かづら桶に立ったことで柿の木の上にいる設定の山伏は、その都度「ヒイ」とだけ応じているが、これらの〝見える〟しぐさにより、十分面白さが維持されている。

㊸は、山伏が柿の木から落ちて腰を強打した時の痛みの表現「アイタ〳〵」の有無である。虎寛本には「アイタ〳〵」のセリフはない。虎光本には、

(51)シテ「ヒイ〳〵。ア、(ア)痛〳〵(古典文庫一331頁)

というセリフが入っている。もちろん、現行狂言でも、

(52)山伏ヒイ。いくつも重ねる。山伏は次第／に柿主の方を向き、最後に(割注)ヒイ　ヒイ　ヒイー、ヨロヨロ　ヨロ　ヨロ。と、足をちぢ／めて飛びおりてころび(割注)ア痛　ア痛　ア痛。(山本家……165頁)

(53)山伏「ヒイ、ヒイ、ヒイ、ヒイ。(とうとう浮かれて)ピー、ヨロヨロヨロ。(葛桶からとび立ち、舞台に転げ落ちる。)ア痛、ア痛、ア痛。(茂山家……402頁)

のように、当表現は入っている。

虎寛本の段階で「アイタ〳〵」の表現がないのは、この程度の痛さだと外に声を出さないという訓練の出来た山伏であったとキャラクター化がなされているからである。しかし、より誇張したキャラクターを笑いのために必要としてくると、いくじなく「アイタ〳〵」とわめく山伏がふさわしくなってくる。それが、成城本にも反映されていたのである。

## 六　おわりに

成城本「柿山伏」は、大蔵虎寛本系のつまり大蔵宗家系の台本にほとんどを拠っているが、それより若干のちの時代の宗家筋に遠くつながる狂言役者の台本であったと推定される。

感動詞の有無、種類の相異から、虎寛本の方に柿主が次第にいたぶりをエスカレートさせていく様子が描かれていたのに対し、成城本の方は最初からアドの柿主が「ヤイ」とおこって呼びかけようとしたり（それは、すぐ内省によってとりやめとなった）、「ャィ〳〵あの柿の木の影へ隠たを人かと思へハあれハ烏しや」のようにいかにも柿の木の上の山伏に向かってあからさまに言っているような口調をとったり、最初から「射殺てくれう」などと挑戦的である。また、シテの山伏のキャラクター設定に関しても、成城本の方が「ャ烏しやと言ハ」「マタ猿しやと言ふハ」などと、感動詞と終助詞ハ（わ）を多用させて、いく分軽薄さを増した描き方をしている。柿の木から落ちた際に「アイタ〳〵」と騒ぐのも、それらの流れと同じである。

913・2／KY3／1（W）とラベルの貼られた成城本一冊（A）には、もともと「柿山伏」と「ぶす」とが綴られていたと考えられる。「柿山伏」も「ぶす」も、狂言役者がその修行の初期の段階で実演可能となるものである。そのような基本的な作品「柿山伏」において、虎寛本とは異なる表現意識（演出意識）のもとに、感動詞・終助詞はじめ一部の語彙・表現が微細に変えられていることを、本稿の考察を通して報告できたかと思う。「カア〳〵」というオノマトペの混入などを含めて、今後とも、このような、大部な曲目の揃わない、その狂言役者が演じた曲のみが小部残された狂言台本の国語学的・表現論的研究が必要であることを強く感じている。

【注】

（1）『狂言集』という名称は、筆者の仮称である。大きくは三グループの雑纂的な狂言台本の集まりであるために、論述上、この名称を用いたい。本論文で扱うAは、その中の一グループで六冊構成をとるので、一冊〜六冊をA〜Fで略称することにした。Aの末尾には、「Ｙ０９３２６３」と登録番号が付されている。Aの形態は、冊子本（縦25㎝・横16.9㎝／こより綴じ）で墨付6丁である。

なお、当『狂言集』は、筆者が前任校である成城大学短期大学部日本語・日本文学コース在職中に、まず、日本語・日本文学コース研究室に教材・研究用として蔵される形となった。本稿の翻刻・考察の基礎は、その時に発する。また、二〇一二年度東海大学大学院の「文学研究法」（日本語学専攻生用）春学期において、当「柿山伏」を取り扱う機会を持った。受講生は、修士課程二年生の山岸麻之さんで、翻刻を体験する時間および筆者の指導後完成した翻刻本文を入力するという課題も設けた。

（2）これは、当該能の間狂言のセリフを記したものである。

（3）「老武者」は、狂言である。表紙に「老武者」と大書された左下に「シテ出羽より後斗り」と記されているように、狂言「老武者」全体の台本ではなく、シテの老武者のセリフのみが記されている。表紙に「岡」と記されている岡氏が、老武者であるシテを勤める際、許可を得て、そのセリフを書写したと見るのが、自然であろうか。傍線部は、「老武者」におけるシテ（老武者）のセリフを、その登場の初めより最後までを記している――つまり、それ以前の、稚児と三位の登場場面、三位が宿を頼む場面、宿の主人と三位のやりとり、若い衆と稚児の酒盛り場面などは記されていないということとの断りである。なお、稚児をめぐって若武者と争う老武者には、役者自体老齢の人物（一歩譲っても、壮年以上）が要求されてくるので、この台本のセリフを書写したシテ役の狂言役者は壮年から老年が想定され、字体は同一と認められるものの、「柿山伏」台本よりも熟成された趣きが感じられる。

（4）ただし、ほんの稀に「○」を使用するものもある。

（5）寛政四年（一七九二）に大蔵虎寛が書写したもの。大蔵虎明が寛永一九年（一六四二）に書写大成したものの伝統を受けつぎつつ、その後百五十年間の変容をセリフ・語彙・表現に反映している。

(6) 大蔵虎光本は、文化一四年（一八一七）に大蔵八右衛門虎光が書写したものである。大蔵八右衛門家は、大蔵虎明・虎寛が宗家系であるのに対し、分家系である。

(7) 大蔵流山本家の現行台本として、山本東（一八三七～一九〇二）本が、岩波古典文学大系『狂言集』に翻刻されているが、その山本東本では、

○脇座の方／を見て　イヤ、あれにみごとな柿がなっている。さらばこの刀でかち落いて食びょう。脇座のあたりへ行き、／小サ刀を振り上げて　エイエイヤットナ、エイエイヤットナ。振りお／ろす　なかなか届くことではない。（162頁）

と、成城本と同じしぐさを行なっている。また、京都に拠点を置く大蔵流茂山家の現行台本（小学館日本古典文学全集『狂言集』）でも、

○（腰の脇差をはずして）イヤ、これで以てかち落とさう。（脇柱のそばへ行き、それで柿を打ち落とさうとする）ヤットナ、ヤットナ。なかなか側へも寄らぬ。これはまづ何と致さう。（366頁）

と、やはり成城本と同じしぐさを行なっている。

(8) たとえば、虎寛本「萩大名」において、萩の花で有名な個人庭園に案内されたシテ大名が、「ハ、ア、是は打開いた景のよい庭じやなあ」（上305頁）と言っている。

(9) 同じく「岡」と署名されているBに収められている「鏡男」「鬼瓦」のラ行四段動詞のうち、活用語尾が判明するものから促音便化・非音便化の様相を見ると、「鏡男」の語り口調の部分に一例「定りたる」（2オℓ7）と非音便形が見られるのみである。

(10) 別稿「狂言台本の翻刻と考察〈成城本「鏡男」「鬼瓦」の場合〉」（『湘南文学』第四七号掲載。本書第Ⅰ部第二章として収録。ただし、翻刻部分はⅡに移す）参照。

(11) 「あれは」は、発話者が上方を見上げるしぐさ（視線――現代の言い回しだと「目線」）で表現可能だし、「おのれ」は、それ以外のことばを罵声風に言えばよい。

(12) 一六〇三年日本イエズス会刊『日葡辞書』では、「Mimai,ŏ,ŏta」に対して、「自分自身で見に行く、または、人をつかわせて見にやる」、「Mimai」という名詞に対して、「見に行くこと」と説明する（訳は、岩波書店刊『邦訳日葡辞書』に

拠る)。

(13) 虎寛本に先んずる大蔵虎明が寛永一九年(一六四二)に書写した大蔵虎明本狂言(臨川書店刊複製本に拠る)「柿山伏」では、柿主は、「此間はさくまうをミまはず、ことさら柿などもじゆくいたしたると申ほどに、みまふて時分がよくハとらせうとぞんずる」(二161頁)と言っている。

(14) 山本東本では、

○某樹木をあまた持ってござるが、当年は、とりわき柿が大なり致いてござるによって、毎日見舞うことでござる。また今日も見舞おうと存ずる。(163頁)

茂山家本では、

○某、柿畑を数多(あまた)持ってござるが、この頃は柿が色ついてござるによって、毎日見舞ひまする。また今日も見舞はうと存ずる。まづそろりそろりと参らう。イヤまことに、総じて柿と申すものは、色づいてより人の取りたがるものでござるによって、かやうに毎日見舞はねばならぬことでござる。(367頁)

など、「見舞う」を使用している。

(15) 同じく和泉流であっても、江戸末期の和泉流三宅派三宅彦常手沢本を主とする「三百番集本」(冨山房刊『三百番集』)には、烏の啼く場面は用意されておらず、対照することが出来ない。

(16) 山本東本では、山伏が「コカア　コカア　コカア　コカア」のごとく、四回「コカア」を繰り返しているが、茂山家本では、鳴き声を耳にした柿主が「何ぢゃ、コカア」と一回声にだし、ついで、山伏が「コカア、コカア、コカア」と啼き、それを聞いた柿主が「何ぢゃ、コカア、コカア、コカア」とさらに反復する。まるで、現今の吉本興業のお笑いのように、これでもかのしつこさがある。関西系のお笑いのノリが、狂言台本にまで反映されているのは、社会現象としても面白い。

# 第二章　成城本「鏡男」「鬼瓦」の書誌と考察

## 一　はじめに

本章は、成城大学図書館蔵『狂言集』[1]のうち、

B（請求記号912・3／KY3／2(W)とラベルの貼られた一冊）

に所収された狂言「鏡男」と「鬼瓦」に関する考察である。

成城大学図書館蔵『狂言集』（以下、「成城本」と略称する）は、雑纂的なもので、近世後期の狂言受容の実体を知るためにきわめて興味深いものであるが、〝雑纂的〟ゆえに、曲ごとの性格を前もって、あるいは、その曲中の語彙・表現の分析と併行して把握する必要がある。そこで、本章では、Bに収録された「鏡男」と「鬼瓦」を扱うこととする。

## 二　書誌的事項

成城本狂言集のB（912・3／KY3／2(W)）は、紙こよりで上下二ヶ所を綴じた簡素な和本（冊子本）で、表紙

とした和紙に、「鏡男／鬼瓦／悪太郎」（／は改行を示す）と直接書き付けられている。字体は本文同筆と認められる。左下の隅に、「岡」と記されているが、筆蹟・筆勢から見て、曲の題を入れた人、つまり、以下の丁の本文を記した人の姓名と推定される。当然、この台本の所持者ともなる。

「鬼瓦」の冒頭余白と、今回の考察の対象から外《はず》した[2]「悪太郎」の冒頭余白に、シテなどを演じる役者名が書きこまれているので、これら役者のうち一人が岡氏であり、演じるにあたって稽古をつけてもらった上で、台本書写を許された経過を想定することができる。「鏡男」「鬼瓦」「悪太郎」の書写時期は、同一時ではなく、台本書写を許された時期の幅があり、同一筆蹟とは言え、筆づかいの緩急や強さ・弱さ、丁寧度の微妙な差違を有している。

## 三　「鏡男」について

### 三・一　「鏡男」の表記

「鏡男」は、半丁8行詰が基本であるが、9行詰のところもかなり存在する。

「┐」「〽」「ヘ」などの記号を用いて[3]、発話の始まったことを示し、多くの場合、「女」「主」と発話者を記す。ただし、「女」と記せば、次なる発話者が「主」（夫・シテ）であることがわかるので、後半は、「主」の語は略されている。

成城本「鏡男」の本文は、結論的に言うと、大蔵虎寛本狂言[4]（岩波文庫を底本とする）の本文とほぼ同じであり、大蔵宗家系の台本である。

岩波文庫の「鏡男」には、冒頭のシテ謡に関する謡符号が印刷されていないので、伝承を重んじて、虎寛本に先んじる大蔵虎明本[5]狂言「かゞミ男」の「次第」における譜点と成城本のそれとを比較すると、「古郷に」の「古」(フル)に添えられたものが虎明本「、ー」↕成城本「﹁ー」、「急て」(イソイデ)の「て」に添えられたものが虎明本「、」↕成城本「﹁」と形状が相違するが、実質の謡い方は同じものをさしていると見られる。最終の「逢ふよ」の「よ」について、ともに「ー」を付するものの、成城本で「引」という字を添えているのは、ことさら長く引いて謡うということを表わしているようである。[6]

成城本1オℓ3[7]の「逢ふよ」と「是は越後の…」との間の「○」は、次第の謡が終わってセリフが始まるという印である。今回対象とする「鏡男」「鬼瓦」では、セリフであることを示す「○」は、ここだけであるが、同じ冊に収められている「悪太郎」では、シテのセリフを表わす時、「○」「○﹁」が使われている。912・3／KY3／1(W)とラベルされた一冊(A)に「柿山伏」が収められているが、そこでも、「○」でシテのセリフを表わしている。

成城本原文は、句読点もなく字詰めされているが、本書第Ⅱ部「翻刻」では、句点(文の切れ目)のみ、一字アケにして文章理解の便をはかっている。

語のくり返しには、「〱」を用いているが、「永〱」「中〱」「夫〱」「是〱」など漢字一字のくり返しにも、「々」ではなく「〱」を使っており、これは翻刻にも反映させてある。

濁点は、「じや」(2ウℓ1)「我が」(2ウℓ3)「向ば」(2ウℓ4)「老かゞまり」(3オℓ7)「すれば」(3オℓ9)「取はづすまい」(3ウℓ1)「じや」(3ウℓ4)「姿が」(3ウℓ4)「じや」(3ウℓ5)「じや」(3ウℓ8)「事が」(4オℓ2)「悦で御さらふ」(4ウℓ7)「じや」(4ウℓ9)「息才じやか」(5オℓ5)「御さるぞ」(5オℓ9)「御ざりまする」(5ウℓ3)「居りましたが」(5ウℓ4)「何ぞ」(5ウℓ6)「何が」(6オℓ1)「入りませうぞ」(6ウℓ3)「戻らせられたが」(6ウℓ2)「入ませぬが」(6ウℓ3)「御さるぞ」(6ウℓ5)「向へば」(6ウℓ7)「悪女でも」(7オℓ2)「くれうぞ」(7ウℓ2)「くれうぞ」(8オℓ1)「くだらぬ事」(8オℓ4)「いはづとも」(8オℓ5)「うつせバ」(8オℓ6)「そばへ」(8オℓ7)「向へバ」(8オℓ8)「顔が」(8ウℓ1)「そばへ」(8

ウℓ4)「打く゜だひて」(8ウℓ6)「入らず゜ハ」(8ウℓ8)「行ぞ゜」(9オℓ3)など、半丁に二、三ヶ所付されてはいるが、総語数から見れば濁点意識は希薄である。疑問・反語の終助詞「ぞ」七例、助動詞「じや」六例、主格助詞の「が」四例などは、濁点を打ちやすい傾向性がいささか見られるが、各語の総語数から見ると、それほど密ではない。むしろ、「向(へ)ば」三例、「そばへ」二例など、限られた使用状況での濁点付加は、傾向性が見出せる。

振り仮名は、「訴訟」に付された「そしやう」(二例)と「廿《はたち》」「其方《そなた》」のみがひら仮名で、あとの「重《テウ》宝」「垂《スイ》仁」「皇《コウ》女」「命《ミコト》」「御巡《マハリ》り有」(振り仮名の「リ」重複)「戴《イタヽカ》せ」「十《ト》位《クライ》」「十九《ツヽ》」「在京の中《ウチ》」がカタカナである。

係助詞の「は」には、ほとんどの場合「ハ」が当てられ、カタカナ字体と共通する字体であるので、漢字ひら仮名文体の中でも目立ち、文意が第一次的に取りやすい。「咄たなら゜ハ」「在京なれ゜ハ」「なけれ゜ハ」など接続助詞「ば」の「ハ」表記も、同様の効果がある。

2オℓ7の「申ス」、2ウℓ1の「申ス」は、活用語尾の送り仮名をカタカナ表記しており、他の動詞より目立っている。

「イヤ」(3ウℓ7、4ウℓ4・ℓ6)　「ァ、」(4オℓ2、8ウℓ7)　「ヲ、」(4オℓ2)　「ハァ」(4オℓ4)　「ヤァ〳〵」(5オℓ1)　「ヤイ」(7オℓ8、9オℓ2)　「ヱ、」(7ウℓ6)

は、右側に寄せられて小字で書かれた感動詞である。これに対して、

「扨も〳〵」(3ウℓ3・ℓ5、4ウℓ3)　「夫〳〵」(4オℓ2)　「なふ〜や」(4オℓ3、7ウℓ2、8ウℓ3)　「なう〳〵」(4ウℓ9)　「やれ〳〵」(5オℓ3、7オℓ5)　「是〳〵」(7ウℓ3、8オℓ4、8ウℓ7)

などの感動詞は、ひら仮名あるいは漢字を当てた大字表記をされている。カタカナで表記されたものの方に、身体反応をひとまず声にしたような、より応答語的な意識を強く感じていたように推測される。

虎寛本狂言には、「扨も〳〵機嫌の能い顔で御ざる。笑らふて、」(中350頁)のようにト書きが入っているが、成城本では

4ウℓ4のごとく、「笑ふ〳〵」と大字で記されている。「笑ふ〳〵」も「笑いながら」の意を表わすト書きと見られる。

仮名遣いに関しては、「訴《そ》訟《しやう》」(1オℓ4、5オℓ8)は正しくは「そしよう」である。「重《テウ》宝」(1ウℓ6)は漢字通りならば「ちょうほう」であるが、「調法《テウハウ》」と意味の混同が生じた中世以降の例として、必ずしも誤りとは言えまい。[8]「見へまする」(2ウℓ5)の「へ」(正しくは「え」)、「十《ト》位《クライ》ひ二十位ひ」(3オℓ1)の「イ」「ひ」(正しくは「ゐ」)、「上ヱ」(3オℓ3)の「ヱ」(正しくは「へ」)、「うるハしひ」(3オℓ4、4ウℓ2)の「ひ」(正しくは「い」)、「取はづすまいわ」(3ウℓ1)の「わ」(正しくは「は」)、「能ひ」(3ウℓ6、4ウℓ3)の「ひ」(正しくは「い」)、「見たひ」(3ウℓ8)の「ひ」(正しくは「い」)、「なるまひ」(4オℓ1)の「ひ」(正しくは「い」)、「なふ」(4オℓ3、7ウℓ2、8ウℓ3)(正しくは「なう」)、「ことなひ悦」(4ウℓ7)の「なひ」(正しくは「ない」)、「早ふ」(5オℓ3、7オℓ7)の「ふ」(正しくは「う」)、「けわひ」(6ウℓ9)(正しくは、「けはひ」)、「おしろひ」(7オℓ1)(正しくは、2ウℓ7のように「おしろい」とあるべき)、形容詞「なひ」(7オℓ4、7ウℓ4、8オℓ3、8ウℓ6)(正しくは「ない」)、「能ふ」(7オℓ8)の「ふ」(正しくは「う」)、「いはづとも」(8オℓ5)の「づ」(正しくは「ず」)、「たらそふ」(8ウℓ4)(正しくは「たらさう」)、「言う」[9]「いう」(8ウℓ4、8ウℓ8)の「う」(正しくは「ふ」)、「打くだひて」(8ウℓ6)の「ひ」(正しくは、サ行四段動詞イ音便形で「い」)、出立説明部分の「すほふ」(9オℓ6)(「素襖」なら「すあを」、「素袍」なら「すはう」、また、「すあう」の形もある)などは、( )内に示したものが規範的な表記である。

「じや」は、大蔵虎明本狂言の段階で「じや」表記なので、最初にあげなかったが、正しくは「ぢや」である。

なお、漢字をいかに当てているかの例として、狂言で特徴的な語「御座る」を例にあげると、「御座る」(言い切り)二例「御座るが~」一例「御座て」一例「御座らぬ」一例の計五例が漢字「御座」を含むが、残る二八例は、言い切りを含めて「御さる」「御さらふ」「御さらぬ」「御さるから」「御さらね共」「御さるまい」「御ざりまする」

など、「御」のみを漢字表記している。

### 三・二「鏡男」の本文について

三・一に触れたように、成城本「鏡男」の本文は、大蔵虎寛本「かゞみをとこ」とほぼ同文である。表記上の微細な相異を除いて主な違いを列挙すると、次のようになる。

①某訴訟《そしやう》の事御座て（1オℓ4）↕某訴訟の事有て（中348頁）

②訴訟思ひのまゝに叶ひ（1オℓ5〜ℓ6）↕訴訟思ひのまゝに叶ふて御ざるに依て（中348頁）

③此度国元へ下うと存る（1オℓ6）↕△国許へ下うと存る。（中348頁）

④先そろり〳〵△参ふ（1オℓ6〜ℓ7）↕先そろり〳〵と参う。（中348頁）

⑤皆の者へ咄たならハ（1ウℓ1）↕皆の者共に咄いた成らば（中348頁）

⑥一門共や妻子共へも（1ウℓ2〜ℓ3）↕一門共や妻子共へ△（中348頁）

⑦△土産を調へて（1ウℓ3）↕何ぞ土産を調へて（中348頁）

⑧何より重《テウ》宝な宝を（1ウℓ6）↕何より重宝なたから物を（中348頁）

⑨奇特な宝物ハ（2ウℓ2〜ℓ3）↕きどくの有宝物は（中349頁）

⑩我と我が姿ハ見る事ハ成らぬ物で御さる（2ウℓ3〜ℓ4）↕我と我姿を見る事は成らねども、（中349頁）

⑪又女の為にハ弥重宝て御さる（2ウℓ6）↕亦女の為には彌重宝で御ざるは、（中349頁）

⑫十位《トクライ》ひ△二十位ひも（3オℓ1）↕十くらゐも二十くらゐも（中349頁）

⑬上ヱこす宝ハ御さらぬ（3オℓ3）↕上こす宝は御ざるまい。（中349頁）

⑭扨又男ニも調法て御さる（3オℓ3〜ℓ4）↕扨又をとこにも調法で御ざるは、（中349頁）

⑮うるハしひ顔を見てハ悦ひ（3オℓ4～ℓ5）↕うるはしい皃を見てはいさみ悦び（中349頁）
⑯腰にハ梓の弓を張たる姿を見てハ（3オℓ8～ℓ9）↕腰に　梓の弓を張たる姿をみては（中349頁）
⑰後生をも願ひすれば（3オℓ9）↕後生をも願ふ。すれば（中349頁）
⑱ィャ今度ハ　腹の立た顔を見たひ物じやか（3ウℓ7～ℓ8）↕ハア、今度はちと腹の立た顔を見たひ物じやが、（中349頁）
⑲腹の立た事を思ひ出さすハなるまひ（4オℓ1）↕腹のたつ事を思ひ出さずは成まい。（中350頁）
⑳腹の立た事が有たか（4オℓ2）↕腹の立事が有たが。（中350頁）
㉑鬼のつらに見ゆるハ（4オℓ4）↕鬼のつらに見ゆる。（中350頁）
㉒ハァ是に付（4オℓ4）↕ハア、是に付て（中350頁）
㉓地獄へおつるも　極楽へ行も心から（4オℓ6～ℓ7）↕地獄へ落るも心から、又極楽へ行も心から（中350頁）
㉔地獄　極楽ハ（4オℓ7）↕地ごくも極らくも（中350頁）
㉕是て得心致た（4オℓ8）↕是で得道致た。（中350頁）
㉖去ハ又機嫌の直いて（4ウℓ2）↕さらば又機嫌を直いて（中350頁）
㉗ィャ誠に（4ウℓ6）↕　誠に（中350頁）
㉘国元迠戻り着た（4ウℓ8）↕国元へ戻り着た（中350頁）
㉙今戻ておりやるハ（5オℓ1）↕今戻ておりやる。（中350頁）
㉚今都より戻ておりやる（5オℓ2～ℓ3）↕今都から戻ておりやる（中350頁）
㉛こなたも御息才て　目出度う御さる（5オℓ4）↕こなたも御息才で近頃めでたう御ざる（中350頁）
㉜身共も随分息才じやか（5オℓ5）↕身共も随分息才で戻たが（中350頁）

㉝其方《そなた》初皆かわる事もなうて（5オℓ5～ℓ6）↕そなたも替る事もなうて（中350頁）
㉞夫ハ近比目出度う御ざりまする（5ウℓ2～ℓ3）↕夫は近頃めでたい事で御ざる。（中351頁）
㉟重宝な物を求て参た（6オℓ4）↕重宝な宝ものを求て参た。（中351頁）
㊱あり〱と移り（6ウℓ8）↕有々と移る。（中351頁）
㊲紅かね　付（7オℓ1）↕紅鐵漿を付（中351頁）
㊳いかな悪女でも（7オℓ2）↕いかなあく女も（中351頁）
㊴是程の重宝ハなひ程に（7オℓ4）↕是程の宝は無い程に（中352頁）
㊵去らハ　見せう（7オℓ7）↕さらば急［で］見せう。（中352頁）
㊶鏡を見た事のなひに依て（7ウℓ4）↕鏡を見た事が無いに依て（中352頁）
㊷ヱ、又其つれな事をおしやる（7ウℓ6～ℓ7）↕ヱ、、まだ其つれな事をおしやる（中352頁）
㊸さすかハ松の山家の者しや（8オℓ2～ℓ3）↕さすが　松の山家のものじや。（中352頁）
㊹鏡を見た事かなひに依てくだらぬ事を申（8オℓ3～ℓ4）↕かゞみを見た事が無所《（ない）》で、くだらぬ事を申。（中352頁）
㊺心を静にして　お見やれ（8オℓ5～ℓ6）↕心を静て　能うお見やれ。（中352頁）
㊻扇を移セハ扇か移る（8オℓ7）↕扇子を移せば扇子がうつる。（中352頁）
㊼そなたの顔が　鏡に移るのでおりやる（8ウℓ1～ℓ2）↕そなたの顔が其鏡にうつるのでおりやるが、（中352頁）
㊽やるまいそ〱〱（9オℓ3）↕やるまいそ〱。（中352頁）

## 三・三「鏡男」の語彙・表現

前節に示した成城本と虎寛本との相異箇所をもとに、成城本の語彙・表現の特性を述べていきたい。

①②⑩㉞は、敬語に関する相異である。うち、①⑩は成城本の方が「御座る」を用いた丁寧な物言いとなり、②は逆に虎寛本の方が丁寧である。㉞は、妻の夫に対する物言いとして、成城本の方がより丁寧で女らしい感じが添う。

③㉗は、成城本の方に「此度」という限定辞や「イヤ」という感動詞が入り、セリフに一層臨場感が出ている。しかし、⑦⑱㉛㊵㊼は、虎寛本の方に「何ぞ」「ちと」「近頃」「急［で］」などの副詞や「其」(その)という限定辞が入って、成城本のセリフよりリアルになっている。

④は、成城本の方が「と」を脱した可能性もあるが、「と」がなくとも伝わらない表現ではない。

⑤は、虎寛本のように「共」のついていた方が複数であることは強調されるが、「共」がなくとも、「皆の者」で複数の把握は可能である。

⑥は、成城本に副助詞「も」があって、類例の強調となっているが、逆に⑫㉔は、虎寛本の方に副助詞「も」の添加がある。

⑧は、宝↔たから物、㉟は物↔宝もの、㊴は重宝↔宝、㊻は扇↔扇子という具合に、成城本と虎寛本とが相違している。㊴を除くと、虎寛本に熟語意識が強い。

⑨は、形容のあり方の相異で、成城本の「奇特な」は形容動詞、虎寛本の「きどくの有」は動詞句的表現である。

⑩の成城本「我と我が姿ハ」の「ハ」は、虎寛本のような「我と我姿を」をベースにして、それをとり立てて言おうとした時生ずる表現で、⑯㉔㊸も成城本にそのとり立ての傾向が強かったことを示している。

⑩の成城本は、「御さる」で文が切れているが、虎寛本は接続助詞「ども」を用いて文をつづけている。同様な

ことは、⑪⑭㊼にも生じている。⑩⑪⑭について、虎寛本では、夫の道行きの独り言を〝語り〟として長文で構成していこうとする意識が強い。逆の例、つまり、成城本の方が文をつづけている例は、⑰㊱である。

⑬は、成城本が言い切った形、虎寛本が推量形でやわらかく言った形となる。

⑮は、虎寛本の「いさみ悦び」の方に表現としての丁寧さを感じるが、㉓も同趣である。

⑱は、成城本「イヤ」、虎寛本「ハア」という感動詞の相異がある。感動詞「イヤ」については、小林千草二〇〇七・五「大蔵虎明本〈河原太郎〉復元考――室町の特徴的な音韻とことば」（能楽学会編『能と狂言』第五号　ペリカン社刊。のち、『ことばから迫る狂言論――理論と鑑賞の新視点――』〈二〇〇九年一月武蔵野書院刊〉所収）

で報告したように、

(イ)反論的場面での使用

(ロ)気付き場面での使用

(ハ)呼びかけ場面での使用

が、虎寛本狂言の段階では見られる。

⑱の成城本「イヤ」は、(ロ)気付き場面での使用である。夫が、今までの流れとは異なることを思いついた（気付いた）時、口をついて出た感動詞である。虎寛本の「ハア」だと、〝気づき〟の色合いは遠のき、のんびりとした気持ちの流れから、「ハア」が発されたと見なされる。

なお、二〇〇七・五で指摘したように、虎明本より虎寛本、虎寛本より山本家現行本という方向で、(ロ)気づき場面での使用が増えていく。成城本では、⑱で一例、虎寛本より(ロ)が増えているので、成城本は虎寛本以後の言語状態を反映している。㉗をここに加えると、「イヤ」の用例がさらに増える。しかも、これは、

㉗イヤ誠に此鏡を女共に取らせたならハ定てことなひ悦で御さらふ（4ウℓ6～ℓ7）

という文脈にあり、「誠に」に導かれる感動文を強調する働き、ないしは発語の辞的に使われたものとなり、山本家現行台本で新たに見出される用法で、この点からも、成城本は虎寛本以後の台本と推定される。

⑲⑳は、成城本が「腹の立《たつ》た事」と過去の体験を掘り起こす表現であるのに対し、虎寛本は「腹の立つ事」であり、今現在「腹の立つ」行動を引き起こす〝種〟を探し出そうとする表現となっている。表現者の微妙な視点の相異である。

㉑の成城本の「鬼のつらに見ゆるハ」、㉙の「今戻ておりやるハ」は、怒りなどの場面で使われたのではない、感動をこめた終助詞の「ハ」（わ）であり、この多様は、虎寛本より以降の近世的物言いを感じさせる。

㉒は、接続助詞「て」の有無、㊲は格助詞「を」の有無であり、ともに、成城本の方に欠けている。

㉕は、成城本の「得心致た」の方が一般に文意が通りやすいが、虎寛本の「得道致た」の方に、ここで話題となっている仏教摂理により即《そく》した面がある。

㉖の成城本「去ハ」が「さらば」ならば、接続詞に関しての異同はなくなり、虎寛本が「機嫌を直いて」となっているのを、成城本は「機嫌の直いて」と連声を反映させた書きとりをしていることが違いとなる。

㉘は、成城本「迠」（まで）、虎寛本「へ」という助詞の違いである。「迠」の方が、移動区間と到着点が、移動の方向を示す「へ」より明確である。㉚の「より」「から」の相異は、成城本の「より」の方が文語的であり、夫の妻に対するあらたまりが表現されている。㊳は、「でも」と「も」の相異である。成城本の「でも」の方が、「悪女」[10]（美しくない女）を〝極端な例〟としてあげた形となり、表現としては虎寛本より強くなっている。㊶は、連体節における「の」と「が」の相異である。ここでは、成城本の「の」の方がより古体である。

㉜は、虎寛本の方に、「家に戻った」という夫の意識が色濃く出ている。一方、㉝は、成城本の方に、一家中で

夫を待っていた様子が強く出る。

㊷は、両本ともに該当部がひら仮名で記され、かつ、濁点が付されていなかったら、ともに「又」の意にとれそうな部分である。現状だと、副詞「又」と「まだ」のもつ意味の相異がそのまま反映されている。

㊹は、「に依て」を用いた成城本の方に夫の理論的物言いが反映され、「所で」を用いた虎寛本の方に、いまだ偶然性から来る現状(帰結)を見つめる夫の心情が推測される。近世後期における、原因・理由を表わす接続助詞(それに準ずるもの)の様相は、

小林千草一九七七・三「近世上方語におけるサカイとその周辺」(武蔵野書院刊『近代語研究』第五集。のち、一九九四年一一月武蔵野書院刊『中世のことばと資料』に「サカイのゆくえ——近世上方語におけるサカイとその周辺」と改題して収録)

にも掲載した〈表1〉から知られるが、一七〇〇年代以降、一般[11]の口語文献での「トコロデ」の使用はきわめて少なく、「ニヨッテ」が優勢である。その意味では、一例の相異とは言え、成城本の「ニヨッテ」使用は、虎寛本以降の微細な言語状態を反映するものと見たい。

㊺は、虎寛本が「静《しづかにし》て」と読ませるものであるなら、成城本と同じ表現となり問題はなくなる。しかし、大蔵虎光本[12]「鏡男」(橋本朝生編『大蔵虎光本狂言集　一』古典文庫に拠る)の本文、

㊾流石ハ松の山家の者ぢや。夫は則(則夫ハ)[13]そなたの顔の写ルのぢや。心をしづめてよふお見やれ。(108頁)

のように、「静《しづめ》て」の可能性が高い。「心を静《しづめ》て」だと「冷静に」の意、「心を静《しづか》にして」なら、「心をゆったりと持って」の意となり、ニュアンスが異なってくる。

㊽は、追い込みのセリフ表記の回数に関して、虎寛本が二回、成城本が三回と相違している。

小林千草二〇〇一・八「狂言のオノマトペ——意外な真実」(大修館書店刊『月刊言語』二〇〇一年八月号。のち、

〈表　1〉

| 文献番号 | 原因・理由を表わす条件句表現形式 ／ 文献名(略称) | 成立年代 | ホドニ | ニヨッテ系 | | サカイ系 | | | トコロデ | カラ | デ | ノデ | ニ | バ | ユヱ・ユヱニ | マニ・アイダ・条など ヱ・ガユヱニ・ママ・マ ニヨリテ・ニヨリ・ガユ | 総計 |
|---|---|---|---|---|---|---|---|---|---|---|---|---|---|---|---|---|---|
| | | | | ニヨッテ | ヨッテ | サカイ | サカイニ | サカイデ | | | | | | | | | |
| 1 | 醒睡笑 | 1623 | 30 | | | | | | | | | | 11 | 53 | 9 | 36 | 137 |
| 2 | きのふは | 1636 | 34 | | | | | | | | 1 | | | 14 | 10 | 6 | 65 |
| 3 | 春鑑抄 | 1648 | 52 | 1 | | | | | 1 | | | | | 6 | 4 | 7 | 71 |
| 4 | 捷解新語 | 1676 | 258 | | | | | | | 4 | | | | 8 | 1 | | 271 |
| 5 | 一代男 | 1682 | 1 | 2 | | | | | | | | | 19 | 1 | | | 23 |
| 6 | 五人女 | 1686 | 1 | | | | | | | | | | | 21 | | | 22 |
| 7 | 鹿巻筆 | 1686 | 8 | 1 | | | 4 | 4 | | | | | 1 | 22 | 2 | 4 | 46 |
| 8 | 軽口露 | 1687 | 1 | 1 | | | | | | | | | 1 | 11 | 2 | 9 | 25 |
| 9 | 枝珊瑚珠 | 1690 | | | | 4 | | | | | | | | | | | 4 |
| 10 | 盤珪聞書 | 1690 | 58 | 33 | 1 | | | | 14 | | | | | 35 | 46 | 9 | 196 |
| 11 | 好色伝受 | 1693 | 27 | 20 | | | | 1 | | | | 1 | 1 | 13 | 3 | | 66 |
| 12 | 正直咄 | 1694 | 8 | 4 | | 10 | 4 | 2 | | | 1 | | 3 | 26 | 7 | 3 | 68 |
| 13 | 露新軽口 | 1698 | 4 | 4 | | | | 1 | | | | | 3 | 2 | 5 | 4 | 23 |
| 14 | 壬生大念仏 | 1702 | 8 | 5 | | | | 2 | | | | | 1 | 28 | 36 | 2 | 82 |
| 15 | 曽根崎 | 1703 | 1 | | | | | | | | | | | 6 | 3 | 1 | 11 |
| 16 | 御前男 | 1703 | 3 | 1 | | | | 4 | | | | 1 | | 9 | 4 | 4 | 26 |
| 17 | 居合刀 | 1704 | 12 | 1 | | | | 1 | | | | | | 2 | 1 | 2 | 19 |
| 18 | 丹波与作 | 1708 | | | | | | | 2 | | | | | 9 | | | 11 |
| 19 | 冥途飛脚 | 1711 | | | | | | | | | | | | 15 | 2 | 2 | 19 |
| 20 | 新語笑眉 | 1712 | 2 | | | | | 1 | | | | | | 5 | 1 | 1 | 10 |
| 21 | 大経師 | 1715 | 1 | 1 | | | | | | | | | | 10 | 3 | | 15 |
| 22 | 博多小女郎 | 1718 | 1 | | | | | | | 1 | | | | 3 | | | 5 |
| 23 | 天網島 | 1720 | 2 | | | | | | | | | | | 7 | 2 | | 11 |
| 24 | 油地獄 | 1721 | | | | | | | | | | | | 1 | 1 | | 2 |
| 25 | 軽口初笑 | 1726 | 3 | 9 | | | | 2 | | | 1 | | 1 | 2 | | | 18 |
| 26 | 瓢金苗 | 1747 | 5 | | | | | | | | | | | 4 | 4 | | 13 |
| 27 | 幼稚子敵討 | 1753 | 17 | 43 | | | | | | 1 | 1 | 3 | | 36 | 47 | 1 | 149 |
| 28 | 月花余情 | 1756 | 3 | | | 2 | | | | | | | | | | | 5 |
| 29 | 陽台遺篇 | 1756 | 3 | | | | | | | | | | | | | | 3 |
| 30 | 妣閣秘言 | 1756 | 3 | | | 2 | 1 | 3 | | | | | | | 1 | | 10 |
| 31 | 初音森 | 1761 | | 1 | | | | | | | | | | | | | 1 |
| 32 | 独狂言 | 1765 | 1 | | | | | | | | | | | 2 | 3 | | 6 |
| 33 | 五色帋 | 1774 | 8 | 8 | 1 | | | | | 1 | | | 2 | 1 | 1 | 1 | 23 |
| 34 | 噺大集 | 1776 | 6 | 7 | 1 | | | | | | | | | 7 | 15 | | 36 |
| 35 | 風流裸人形 | 1778 | 1 | | | | | | | | | | | | 2 | | 3 |
| 36 | 短華蕋葉 | 1786 | 2 | 4 | | | | | | | | | | 1 | 1 | 1 | 9 |
| 37 | 韓人漢文 | 1789 | 11 | 13 | | | | 1 | 1 | | | 3 | | 41 | 13 | 1 | 84 |
| 38 | うかれ草子 | 1797 | 1 | 4 | | | | | | | | | | | 4 | | 9 |
| 39 | 十界和尚話 | 1798 | | 6 | 2 | | | | | 2 | | 3 | | | 4 | | 17 |
| 40 | 身代山吹色 | 1799 | 6 | 14 | | | 2 | | | | | 2 | | 8 | 5 | | 37 |
| 41 | 空言の河 | 1804 | 2 | 4 | | 1 | | | | | | | | 1 | 1 | | 9 |
| 42 | 竊潜妻 | 1807 | | 7 | 1 | | | | | 1 | 1 | 1 | | | | | 11 |
| 43 | 浪速みやげ | 1808 | 1 | 2 | 4 | | | | | | | | | 1 | 8 | | 16 |
| 44 | 花街風流解 | 1810 | | 3 | 3 | 6 | | | | 2 | | | | | 6 | | 20 |
| 45 | 松翁道話 | 1814 | 13 | 16 | | 1 | | | | 1 | | | | 15 | 167 | 7 | 220 |
| 46 | 箱枕 | 1820 | | 20 | 10 | 7 | | | | 23 | | | | | 9 | 7 | 76 |
| 47 | 狭睡夢 | 1826 | 1 | 4 | 13 | 6 | | | | 1 | | 1 | | | 8 | 3 | 37 |
| 48 | 鳩翁道話 | 1832 | 1 | 12 | | | | | 1 | 1 | | | | 19 | 19 | 1 | 54 |

『ことばから迫る狂言論――理論と鑑賞の新視点――』二〇〇九年一月武蔵野書院刊に所収）において、擬声擬態語の使用回数について報告したように、狂言も虎明本（一六四二年書写）から虎寛本（一七九二年書写）、虎寛本から現行本へと時代が下るにつれて、回数多く入れこむ傾向があり、追い込みの常套表現「やるまいぞ」についても、同じことが指摘される。

## 三・四 「鏡男」まとめ

前二節では、成城本と虎寛本の、内容の酷似した状態での、語彙・表現の相異を列挙し、その相異によってもたらされるものを考察してきた。その結果、

〝虎寛本を基層に、若干後の時代に、虎寛本のセリフを質の変わらぬ状態で一部の語彙や助詞を変えたり添加したりし、一部、夫のことば・妻のことばを丁寧にしたり、当代のことばを少々反映させたりして、その時代実際に舞台にかける際に最良と思われる手入れをほどこしたものが、成城本である〟

が、導き出される。

成城本と虎寛本との相異の幅は、現代の狂言舞台で、一流派の狂言師が時を変えて同じ演目をした場合に生ずる、助詞や終助詞の〝ゆれ〟、一文で切るか二文につづけるかの〝ゆれ〟、同じ物をさす名詞の〝ゆれ〟に収まるものも多く、それゆえに、一七九二年書写の虎寛本より後、そう遠くへだたらない時に、しかしながら、その当代性の思わずセリフに表われるような頃の所産となる。

なお、成城本末尾の出立の説明文であるが、虎寛本（中353頁）には、

㊿シテ一　太郎くはじや出立少サ刀はさして　　女一　常之通
鏡懐中する

但し掛ずほふにても
一　作物　さらし布壹丈五尺

とあるから、表記上の微細な相異はあるものの、ほぼ同じと言うことができる。近い時代における伝承の堅固さがうかがわれる。

## 四　「鬼瓦」について

### 四・一　「鬼瓦」の表記

「鬼瓦」は、「鏡男」が9丁表で終わって裏は白紙のままで、10丁表から始まる。字詰は、半丁8行詰と9行詰とが相半ばしている。

冒頭の大名(シテ)のセリフには、その旨の記号がない。それを受けた太郎冠者のセリフのところで、「―《太郎》」と記され、以後、大名のセリフは「―」で、太郎冠者は前出の様式で示されていく。

成城本「鬼瓦」の本文は、結論的に言うと、大蔵虎寛本狂言(岩波文庫を底本とする)の本文とほぼ同じであり、大蔵宗家系の台本である。

岩波文庫の「鬼瓦」では、

(51)名乗り雁ぬす人のごとく、太郎くはじや呼出し、云きかせて、(上299頁)

とあり、冒頭部の大名と太郎の会話が略されている。そこで、「雁ぬす人」より復元しておく。

(52)(シテ)遠国に隠れもない大名です。永々在京致所に、訴訟ことく〱叶ひ、安堵の御教書をいたゞき、新地を過分に拝領致し、其上国許への御暇迄を被下て御ざる。此様な有難事は御座らぬ。先太郎くはじやを呼出いて

　悦ばせうと存る。常のごとく呼出して、汝を呼出す事別成事でもない。永々在京する所に、訴訟こと〲く叶ひ、安堵の御教書を戴き、新地を過分に拝領したは、何と有がたい事ではないか。（太郎冠者）加様の御仕合を待請まする所に、近来目出度う存まする。（シテ）夫よ〱、夫に付、まだ汝が悦ぶ事が有るいやい。（太郎冠者）夫は又いか様の事で御ざるぞ。（シテ）国許への御暇迄を被下た。（太郎冠者）是は重々思召まゝの御仕合で御座る。（シテ）其通りじや。（上284頁）

　この部分につき、成城本「鬼瓦」と比較すると、「隠れもなひ」（成城本10オℓ3）↕「隠れもない」（上284頁）、「致す」↕「致」、「悉く」↕「こと〱く」、「いたし」↕「致し」、「国元」↕「国許」、「まづ」↕「先」、「冠者」↕「くはじや」、△1「呼出し」↕「呼出いて」、▲「やひ〱太郎冠者あるかやひ　太郎「ハァ引　「居たか　太郎「おまへに　「ねんのふ早かつた」↕「常のごとく呼出して、」、「悉く」↕「こと〲く」、「難有ひ」↕「有がたい」、「待受まする」↕「待請まする」、「近比」↕「近来」、「目出たう」↕「目出度う」、「悦事」↕「悦ぶ事」、△2「あるハやひ」↕「有るいやい」、「被下た」↕「下された」、「思召侭の」↕「思召まゝの」等、▲の五文の会話省略の有無と△1の「サ行イ音便化を含む接続助詞「て」添加」の有無、そして、△2の終助詞の相異を除くと、表記の〝ゆれ〟と仮名遣いの〝ゆれ〟のみで同一本文を有していることがわかる。

　曲目が異なっても同趣の内容展開をする冒頭部は定型化しており、虎明本でも虎寛本でも「……のごとく」と「……」に他の曲目を入れる台本化も時々あるが、その他曲の該当部分を入れこんでも、成城本「鬼瓦」とほとんど同一であるということは、成城本「鬼瓦」の虎寛本系であることを濃厚に物語っている。

　以下、表記や語彙・表現の考察において、虎寛本「鬼瓦」に対照すべき本文が第一次的に欠けている場合に、右の「雁ぬす人」を参考として出すことがある。

語のくり返しには「〱」を用いている。「永〱」「重〱」「扨〱」「夫〱」「常〱」など漢字一字のくり返しにも、「々」ではなく「〱」を使っているのは、前曲「鏡男」と同じである。

濁点は、「まづ」(10オℓ7)「まだ」(10ウℓ7)「安じやう」(12オℓ5)「手のこうだ」(12ウℓ5)「飛彈《ヒダ》」(13オℓ1　正しくは、「飛驒」)「鬼瓦じや」(13ウℓ1)「歎《ナゲ》かせらるゝそ」(13ウℓ6)「さひぜん」(13ウℓ7)「おもふたれバ」(13ウℓ8)「そのまゝでハ無ひか」(14オℓ3)「似たでハ無ひか」(14オℓ6)「歎かせらるゝ所でハ」(14ウℓ9)「さらバ」(15オℓ3)「いざ」(15オℓ4)であり、前曲「鏡男」に比較しても、さらに少なくなっている。11丁オウには全く濁点が付されることなく、逆に、13ウには四ヶ所と集中している。「鏡男」では、疑問・反語の終助詞の「ぞ」、助動詞の「じゃ」、主格助詞の「が」に濁点が付されやすい傾向があったが、この「鬼瓦」では、その傾向性も認められない。「鏡男」も「鬼瓦」も「岡」と所有者名(かつ、筆写名)の記された和綴じの一冊に収められているので、これは書写者が自分の癖を出したのではなく、書写対象としたそれぞれの曲の原表記を素直に写した結果と見たい。

振り仮名は、「御教書《ミきやう》」と「欄間《らんま》」のみがひら仮名で、あとの「御堂《ミ》」「格好《カツカウ》」「彫物《ホリ》」「飛彈《ヒダ》」「工匠《タクミ》」「形《ナリ》」「形《ナ》リ」「破風《ハフ》」「歎《ナゲ》かせらるゝ」「叱《シカ》る」がカタカナである。この状態は、前曲「鏡男」に酷似している。

係助詞「は」については、全て「ハ」表記で、提示語としての機能、あるいは、「難有ひ事てハ無いか」という強めの機能が視覚的にも働いている。「夫成らハ」「ならハ」「たれバ」など接続助詞「ば」の「ハ」表記も、視覚的に文法要素を伝える効果があり、これらの傾向性も「鏡男」と同じである。

感動詞については、

「ヤイ」(13オℓ5)　「ハァ」(13オℓ9)　「ハァ」(13ウℓ1)　「ヲ、」(13ウℓ5)　「イヤ申」(13ウℓ5)

が右側に寄せられて小字で書かれた感動詞であり、

「やひ〱」(10オℓ9)　「ハァ引」(10オℓ9)　「夫よ〱」(10ウℓ7)　「さあ〱」(11オℓ9)　「イヤ」(11ウℓ7、13ウℓ3、14ウℓ5)　「扨〱」(12ウℓ4)　「さあ」(12ウℓ8)　「ヤイ」(13オℓ7)　「イヤ〱」(13ウℓ4)　「夫

〱」（13ウℓ5）

などの感動詞は、ひら仮名あるいはカタカナ、漢字を当てた大字表記をされている。小字、大字表記含めて、カタカナ表記されたものの方に、身体反応をひとまず声にしたような、より応答語的な意識が強く感じられるのも、「鏡男」と同じである。

成城本のト書きは、

「ヲ、夫〱なく」（13ウℓ5）　「其侭しやと言てなく」（13ウℓ9）　「成たいやいなく」（14ウℓ5）　「さあわらへ二人笑ふてとまるなり」（15オℓ7）

という形態でなされているが、全て虎寛本「鬼がはら」に一致する。なお、出立ちに関しては、別に触れる。

仮名遣いに関しては、[10オ]「隠れもなひ゜」（い）「御《ミ》教《きやう》書」（「御《ミ》教《ゲウ》書」あるいは「御《ミ》教《ぎょう》書」）「やひ゜〱」（やい〱）「あるかやひ゜」（やい）[10ウ]「ねんの゜ふ゜」（なう）「難有ひ゜」（い）「あるハやひ゜」（やい）[11ウ]「こひ゜〱」（い）「知らひ゜て」（いで）「無ひ゜」（い）[12ウ]「かっこ゜う」（か）「建ふ゜」（う）「見や゜う゜」（よう）「こひ゜〱」（い）[13オ]「能ひ゜」（い）〈二例〉[13ウ]「頼ふ゜た」（う）「さひ゜ぜん」（い）[14オ]「無ひ゜」（い）〈二例〉[14ウ]「頼のふ゜た」（う）[15オ]「直させられひ゜」（い）「能う御さりませふ゜」（う）「出ひ゜」（い）〈二例〉などは、（　）内に示したものが規範的な表記である。

「じや」は、大蔵虎明本も虎寛本も「じや」表記であるので、特に示さなかった。

成城本は「鏡男」の場合もそうであったが、「い」とあるべき所を「ひ」と表記しているものがきわだって多い。虎寛本では正しく「い」となっているので、虎寛本のセリフを口承をも加えて文字に固定していく際の変容と思われる。

「御座る」の表記状態は、「坐」という漢字をまじえたものが「御坐りませう」一例のみ（これは、「鏡男」の傾向とは若干相異する）で、他の二七例は、言い切り、活用形態を含めて、「御さる」「御さりませう」など、「御」のみ漢字表記となっている。この点は、「鏡男」と同じ傾向にある。

## 四・二　「鬼瓦」の本文について

四・一で触れたように、成城本「鬼瓦」の本文は、大蔵虎寛本「鬼がはら」とほぼ同文である。前項で触れたように、虎寛本には(51)のごとき注記があるので、本来は、(52)のようであったと思われる虎寛本当時の「鬼がはら」該当部分と、成城本とは対照できない。したがって、本文比較は、両本に共通した「扨か様に何事も思ひのまゝに叶ふといふも」(11オℓ3)以降の文章について行なうこととする。表記上の微細な相異を除いて主な違いを列挙すると、次のようになる。

(53)其御利生て有うと思ふ（11オℓ5～ℓ6）↕其御利生で有うとおもふに依て（上299頁）
(54)参りまする〳〵（11ウℓ1）↕参りまする（上299頁）
(55)咄た成らハ（11ウℓ5）↕咄いた成らば（上299頁）
(56)殊無ひ御満足て御さりませう（11ウℓ6）↕殊ない御満足で御ざらう（上299頁）
(57)此御薬師を移て（12オℓ5）↕此おやくしをうついて（上299頁）
(58)安じやうせう（12オℓ5～ℓ6）↕安置せう（上299頁）
(59)こゝかしこへ気を付て篤と見覚て置け（12ウℓ3～ℓ4）↕こゝかしこ△をとくと見覚へて置け（上300頁）
(60)扨〳〵（12ウℓ4）↕扨も〳〵（上300頁）
(61)さあこひ〳〵（12ウℓ8）↕さあ〳〵、来い〳〵（上300頁）
(62)参りまする〳〵（13オℓ1）↕参りまする（上300頁）
(63)誰にやら顔か能う似た（13ウℓ2）↕誰やらが顔に能う似たが（上300頁）

㊿64生うつしにすると言ふか不思議な事しやなア（14ウℓ1～ℓ2）↕生うつしにするといふは、不思議な事じやなあ。（上301頁）

㊿65イヤ申〳〵頼のふた人（14ウℓ5～ℓ6）↕イヤ申〳〵、頼ふだ御方（上301頁）

### 四・三 「鬼瓦」の語彙・表現

㊿53～㊿65の相異箇所をもとに、成城本の語彙・表現の特性を述べていくが、その前に、相異としては浮上して来なかった「です」と「殊勝」に触れておきたい。

成城本「鬼瓦」の「シテ大名」は、

㊿66遠国に隠れもなひ大名です（10オℓ3）

と名乗って登場する。「名乗り雁ぬす人のごとく」と略記された虎寛本「鬼がはら」も、遡り操作により得られた㊿52により、同一セリフが得られた。

「鬼瓦」も「雁ぬす人」も、京より遠く離れた「遠国」の大名の名乗りにおけるセリフである。遠国大名の名乗りでは、大蔵虎明[14]本狂言の段階から、

㊿67信濃の國の住人、あさうのなにかしでず（「あさう」一235頁）

㊿68罷出たる者ハ、東国にかくれもなひ大名です（「入間川」一247頁）

㊿69是ハはるか遠国にかくれもなひ大名です（「はぎ大名」一476頁）

のように「です」が用いられ、田舎びた、かつ、自己を誇大化した（いばった）ニュアンスをともなっている。「にて候」が「で候」となり「でさう」を経て「です」となったものと考えられているが、「候」を「す」と縮約して発音した例が、大永八年（一五二八）には成立していたと見られる清原宣賢（一四七五～一五五〇）の講義聞書『日本書

紀抄』（両足院蔵二冊本[15]）に、

(70)遘合ト云ハ男精女血ノコトスヨ（一26ウ）

(71)其時ハ一ケ国テ秋津嶋テ有タマテスヨ（一27オ）

(72)近ク人ニ取ハ腎水マテスヨ（一58ウ）

(73)心ハナンソ　神スヨ　タマシイソ（二20ウ）

の如く四例、また、濁音化した「ズ」が、

(74)禽獣モ夷狄モ人ズヨ（一14オ）

(75)言説ニハ申サレヌ処ズヨ（一18ウ）

(76)天地万物ノテキタト云ン為マテズヨ（一26ウ）

(77)此国ハ伊弉冉ノ尊ノ腹中ズヨ（一26ウ）

の如く四例出ているので、(66)(68)(69)のような「です」、あるいは、(67)のような「でず」という形も室町口語にあっては生じていたものと見なせる。なお、この「です」は、現行舞台では「デエス」あるいは「デェース」のように強い語気をもって発声されている。

「殊勝」は、『日葡辞書』に、

(78)Xuxô. Cotoni sugururu.　＊すぐれたこと。どんな物事にせよ、すぐれたことをほめるのに用いる語。ただし、一般の俗衆は、説教とか神事・祭事など、神聖なことや信心に関することに用いる。¶ Xuxôna coto.　神聖な事、すぐれた事、など。

とあるような意味（特に、点線部）を持つ。『日葡辞書』が字訓に示すように「殊勝」という漢字が当てられるが、成城本は「しゅしょう」と二例（12オℓ1・ℓ2）ともひら仮名表記である。虎寛本では一例が漢字表記「殊勝」で、一例が「しゆしやう」とひら仮名表記である。この「しゆしやう」は、正しくは、「しゆしよう」である。

(53)(63)からは、成城本よりも虎寛本の方に長文（長いセリフ）を構成しようとする意識が強いことがわかる。どちらかと言うと、虎寛本に長いセリフへもっていこうとする傾向があることは、「鏡男」でも認められたものである。

(54)(62)は、成城本の方がくりかえしが多くなっており（ただし、(61)は逆）、この傾向が成城本に強いのは「鏡男」と同様であり、虎寛本より幾分後の台本であることをうかがわせる。

(55)(57)は、成城本の表記の問題もからむ。これが「咄いた」「移いて」を表わすものであるなら、サ行四段動詞イ音便化現象に関して虎寛本との相異は生じていないことになる。

(56)(65)は、敬語に関する相異である。(56)では、成城本の方が太郎冠者の主人に対するより丁寧な物言いを反映し、逆に、(65)では、虎寛本の方が太郎冠者の主人に対するあらたまった呼びかけを反映している。

(58)は、虎寛本のように「安置せう」が正しい形と思われ、成城本の「安じやうせう」は「安置する」と「勧請する」とが混淆《コンタミネーション》を起こした語形と推定される。この台本を元に演じられた「鬼瓦」においてシテ（大名）がこのセリフを発した後、観客もその意味を共有できる言語地盤はある程度あったと見なした方が現実に近いであろう。

(59)は、成城本に「気を付け」という表現が入ってきたために生じた相異である。

(60)の「扨〱」と「扨も〱」という感動詞の相異は、一過性の〝ゆれ〟を反映したものであろう。

(63)(64)は、トータルとしての表現内容は同じであるが、そのもっていき方によって助詞が相違してきたもので、現行の舞台においても、このような相違はよく生じている。

## 四・四「鬼瓦」まとめ

成城本「鬼瓦」については、「鏡男」同様、

〝虎寛本を基層に、若干後の時代に、虎寛本のセリフを質の変わらぬ状態で一部の語彙や助詞を変えたり添加したりして、その時代実際に舞台にかける際に最良と思われる手入れをほどこしたものが、成城本である〟

と結論づけることが出来る。

なお、成城本「鬼瓦」の出立の説明は、

⑲ 一《シテ》　墨塗り同断　　一　太郎冠者　常之通

　但長上下ニてする時ハ大名と名乗らずに

　すへし　其外にも少〳〵ッ、替るべし　　（15オ末細字）

であるが、これは虎寛本「鬼がはら」の、

⑳ 墨ぬり・鬼がはら など長上下にてする時は、大名と名乗らずにすべし。其外も少々づゝ替るべし。

シテ　　　　　　　　太郎くはじや

一　墨ぬり同断　　　一　常之通

　但し長上下にても　　　　（上301頁）

と同じ主旨である（点線部に注目）。虎寛本段階からあるこの注記（但書《ただしがき》）は、シテが長上下を着けてあらたまるような時は、すでに見所（観客）に大名クラスの人を想定しているわけであるから、そちらへの遠慮からシテに「大名」とは名乗らせないという配慮であろう。

成城本「鬼瓦」が、虎寛本と大きく異なるのは、曲目冒頭の余白を利用して、

(81)シテ大名　　　　太郎冠者
　　森左衛門[16]　　　　弥作

と、本文同筆で役者の名前を記していることである。つまり、成城本「鬼瓦」は、まさに演ずるための台本として書写されているのである。ここが、宗家の秘本として作成された大蔵虎明本や虎寛本とは大きく異なる点である。

## 五　おわりに

成城本B（ラベル912・3／KY3／2（W））は、「鏡男」「鬼瓦」の他に、あと一曲「悪太郎」を同筆で収めている。「悪太郎」の冒頭余白には、

(82)一　森左衛門《シテ悪太郎》　一　勘介《伯父》[17]／一　太茂《出家》

と、本文同筆で役者名が記されており、シテが「鬼瓦」のシテと同名であることが興味深い。

本来的には、この「悪太郎」に関する考察も本稿に収めるべきであるが、この「悪太郎」が前二曲ほど虎寛本通りではなく、さまざまな問題点を含むので、機会をあらためて報告することにしたい。

### 【注】

（1）『狂言集』という名称は、筆者の仮称である。大きくは三グループの雑纂的な狂言台本の集まりであるために、論述上、この名称を用いたい。本論文で扱うBは、その中の一グループで六冊構成をとるので、一冊～六冊をA～Fと略称することにした。Bの末尾には、「Y０９３２６４」と登録番号が付されている。Bの形態は、冊子本（縦25㎝・横16.7㎝

／こより綴じ）で墨付31丁である。

なお、当『狂言集』は、筆者が前任校である成城大学短期大学部日本語・日本文学コース在職中に、まず、日本語・日本文学コース研究室に教材・研究用として蔵される形となった。本稿の翻刻・考察の基礎は、その時に発する。また、二〇一二年度東海大学大学院の「日本語学特殊講義」（春学期・秋学期）において、「鏡男」「鬼瓦」を講義した。受講生の中には、修士課程二年生の山岸麻乃さんほか数名が居り、翻刻を体験する時間も持った。

（2）別稿で翻刻・考察する予定である（考察は、本書第Ⅰ部第三章として収録。翻刻は、第Ⅱ部に収録）。

（3）翻刻（本書第Ⅱ部）では印刷の煩雑さを避け、「　で統一している。同凡例12参照。

（4）寛政四年（一七九二）に大蔵虎寛が書写したもの。大蔵虎明が寛永一九年（一六四二）に書写大成したものの伝統を承けつぎつつ、その後百五十年間の変容をセリフ・語彙・表現に反映している。

（5）注4傍線部をさす。

（6）寛政一〇年（一七九八）に刊行された笑話集の一つ『落噺無事志有意』の「俊寛」には、

○「ヤア千鳥か、二人はおゆるしあつて都《みやこ》へかへる。早《はや》く呼《よび》かへしや」といへば、「アイ」と千鳥が岩《いは》の上へかけ上りて、「コンナむかふのふね引」。（岩波古典文学大系『江戸笑話集』486～487頁）

とあって、「引」の字で、「ふね」の「ね」の音を「ねー」とのばすよう示されている。「俊寛」は能「俊寛」のパロディーとして作られた落噺《おとしばなし》（笑話）であるので、「謡」の謡い方の指示と重なる部分がある。本稿の狂言「鏡男」の謡い部分とも共通した状況での、「引」の用例となっている。

なお、成城本「鬼瓦」には、「ハァ引」（10オℓ9）のように、感動詞の発音（発声）について、のばす記号として「引」を使用した例もある。

（7）「ℓ3」は、原本の行数であり、かつ、翻刻（本書第Ⅱ部）該当丁数の三行目を表わす。以下、同様。

（8）狂言台本に関する「重宝」と「調法」については、小林賢次『狂言台本とその言語事象の研究』（二〇〇八年二月ひつじ書房刊）の第十三章「「重宝」と「調法」――狂言台本における使用状況とその語史――」が詳しい。

（9）成城本「鏡男」、および「鬼瓦」では、中世～近世文献に多く見られる「云」の行書・草書とは異なる、「言」の行書・草書が使われているので、原本通り、「言」と翻字している。なお、三・三で言及する大蔵虎光本でも、「言」を多く用いていることが、その翻刻本より明らかである。

（10）『日葡辞書』（一六〇三年日本イエズス会刊）の「Acugio.」項に、「＊みにくくて、見かけの悪い女」（訳は、岩波書店刊邦訳を参照）とあるように、中世と現代ではその意味するところを異にしている。

（11）「一般の」と断ったのは、伝統的狂言台本である虎寛本は、書写年代は一七九二年と下《くだ》るものの、「トコロデ」の使用が五二例と少なくないからである。詳細は、小林千草一九七三・九「中世口語における原因・理由を表わす条件句」（『国語学』第九四集所載。のち、武蔵野書院刊『中世のことばと資料』に所収）参照。

（12）大蔵虎光本は、文化一四年（一八一七）に大蔵八右衛門虎光が書写したものである。大蔵八右衛門家は、大蔵虎明——虎寛が宗家系であるのに対して、分家系である。

（13）（　）内は、編者橋本朝生氏の校訂に拠るもので、文政五年岡田信言書写明治四十一年橋本賀十郎転写大蔵虎光本（関西大学図書館蔵）の本文である。

（14）臨川書店刊『大蔵家傳之書古本能狂言』所収の影印を底本とする。

（15）筆者による翻刻が、『清原宣賢講「日本書紀抄」本文と研究』（二〇〇三年三月勉誠出版刊）に収められている。

（16）「左衛門」は一字の記号めいた文字となっている。「森」と合わせて「シンザエモン」と読ませるのであろう。

（17）「／」は、改行を示す。題名「悪太郎」の下、シテ悪太郎役の役者名「森左衛門」より心もち下げて「一出家　太茂」と記されている。

# 第三章　成城本「悪太郎」の書誌と考察

## 一　はじめに

本章は、成城大学図書館蔵『狂言集』[1]のうち、

　Ｂ（請求記号９１２・３／ＫＹ３／２（Ｗ）とラベルの貼られた一冊）

に所収された「悪太郎」につき、その狂言台本としての性格および表現の特性について考察するものである。

成城大学図書館蔵『狂言集』（以下、「成城本」と略称する）は雑纂的なものであり、Ｂの含まれる一群六冊に関しても、その一冊ごとの性格把握が必須の前提作業となってくる。

Ｂの前に位置する、Ａ（請求記号９１２・３／ＫＹ３／１（Ｗ）とラベルの貼られた一冊）に所収された「柿山伏」については、

　小林千草二〇一三ａ「狂言台本の翻刻と考察〈成城本「柿山伏」の場合〉」（『東海大学　日本語・日本文学　研究と注釈』第三号、二〇一三年三月　本書第Ⅰ部第一章として収録。ただし、翻刻部分はⅡに移す。）

Ｂの「悪太郎」以外の二曲については、

　小林千草二〇一三ｂ「狂言台本の翻刻と考察〈成城本「鏡男」「鬼瓦」の場合〉」（『湘南大学』第四七号、二〇一三

年三月　本書第Ⅰ部第二章として収録。ただし、翻刻部分はⅡに移す。）を発表しているので、ａｂの結果を踏まえて論究することがある。

ａｂでは、「表記」「語彙」に触れる章を設けたが、本稿では、セリフを中心とする表現の考察に焦点を絞ることにしたい。

## 二　狂言台本としての成城本「悪太郎」の状況

成城本「悪太郎」は、Ｂに収められている。「鏡男」についで「鬼瓦」が15丁オで終了したあと、15ウを白紙にし、16オから「悪太郎」は始まる。冒頭部に、

（ｉ）悪太郎　一シテ悪太郎　森左衛門　一伯父　勘介
一出家　太茂

と記されており、人名は狂言役者名である。このうち、「森左衛門」(2)は、「鬼瓦」の「シテ大名」やＦ（請求記号９１２・３／ＫＹ３／６（Ｗ）とラベルの貼られた一冊）に所収された「武悪」に「太郎冠者」としても名が記されている。

「悪太郎」は16オ～31オまで墨付きされており、31オℓ3からは出立の説明文となっている。

セリフの記し方は、

（ⅱ）○（太郎）　／○「太郎　／○「

で悪太郎を、

（ⅲ）「伯父　／伯「

で伯父を、

(iv)⌐出家　／出⌐

で出家を示している（なお、以下⌐は「で示す）。

半丁の字詰めは8行と9行とが相半ばし、中には10行のものもあり、字体は一筆ではあるが、丁寧なところ雑に見えるところなどが入り混じっている。

## 三　本文の性格

成城本「悪太郎」は、大体において、大蔵虎寛本狂言「悪太郎」（岩波文庫『大蔵虎寛本能狂言（下）』を底本とする）に基づいた本文であると言えるが、ほとんど同一本文（同一セリフ）であっても、

(v) 扨も〳〵しハひ人かな（16オℓ2）↕扨も〳〵しはい亭主かな。（下123頁）

のように、「人」とするか「亭主」とするかといった微細な語彙上の相異、

(vi) 酒かたらいて心持ハ悪ひ（16オℓ4）↕ア、呑み足らいで気味がわるい（下123頁）

のように、句単位・語単位での相異を含みもつものが生じている。

しかも、これにとどまらず、

(vii) 先急て参う　別の事てハ有るまひ　又例のいけんでかな御さらふ　伯父御のいけんても中〳〵酒を止る事てハ御さらぬ　いかふようたそふな　是程やう事でハ無いが　ざゝんざア　浜松のおとハざゝんざアハ、、

――――（16オℓ8〜16ウℓ6）↕欠

のように、成城本にあって虎寛本にはない本文（セリフ）、

(viii) 欠↕斯う参ても御宿に御座れば能いが、若内に居られぬ時は参たせんも無い事じや。（下123頁）

のように、虎寛本にあって成城本にない本文（セリフ）が生じている。

本稿では、vii・viiiのようなものを丁寧に考察することによって、成城本「悪太郎」の狂言台本としての性格や、これを国語学の資料として用いる場合の留意点を指摘していこうと思う。

## 四　成城本「悪太郎」と虎寛本――セリフの有無・出入りより――

成城本「悪太郎」虎寛本「悪太郎」は、物語としては同じ展開をしている。つまり、

「序」として　悪太郎が一人語りで道行きを行ない、伯父宅へ向かう。

「破」として　伯父と会い、伯父より酒を呑むなと訓戒され、呑おさめに酒を所望し、したたかに酔う。

「急」として　酩酊して伯父の家を辞した悪太郎が道で寝ている間に伯父がやって来て、僧の装束に換えて退《の》く。眼のさめた悪太郎がわが身の変容に驚き、これは仏の教えだと受け入れつつある時に、出家が来て、コミカルな問答をかわし、ついにその人の弟子となる。

が展開している。それぞれの台本の「序の段」、「破の段」、「急の段」の部分を、翻刻行数で示すと〈表1〉のようになる。

〈表　1〉

| 狂言「悪太郎」 | 序の段 | 破の段 | 急の段 |
|---|---|---|---|
| 成城本 | 15行 | 118行 | 123行 |
| 虎寛本 | 5行 | 65行 | 67行 |

大ざっぱにセリフ分量を比較すると、「序の段」における部分が、成城本に特長のあることがわかる。つまり、成城本「悪太郎」は、「序の段」に悪太郎の一人語り（独言）をより多く盛り込んでいることが知られる。

「破の段」「急の段」は、それぞれほぼ同じような比率の展開をしている。しかし、後述するように「破の段」における両方のセリフ上の出入りは大きい。

以下、「悪太郎」の物語展開に合わせて、三段に分けて考察を行なう。

## 四・一「序の段」比較考察

①（第三節viiに同じ）

今しがた訪れた家の亭主が「しハひ人」で「今一ッおさゆるかと思ふたれバ其侭取ッて仕もふた」ため、「酒かたらいて心待ハ[3]悪ひ」悪太郎は、「イヤ伯父者人か何にやら用の事かあるに依てこひといわれて御さる程に急てあれへ参ツてさけをねだつて給うと在る」と思い返して、伯父宅に向かうことにした。その際に出るセリフが①（vii）である。酒にかなり酔った人が、道行きの時に常套[4]的に謡う「ざざんざ」を成城本では謡わせている。つまり、成城本では伯父宅に到着する前に、悪太郎は〝かなり出来ている〟設定となっている。本人も「いかふようたそふな」と認めている。

虎寛本では、それほど酔った設定にはしていないので、謡も出ない。岩波日本古典文学大系『狂言集　下』所収の山本東本「悪太郎」では、

①アア　しわい亭主かな。人に酒を盛るならば、たんのうするほど振舞いはせいで。いま一つ二つおさようと思うたれば、盃をちやっと引いた。アア　飲み足らいで気味が悪い。（324頁）

のように、成城本と虎寛本を合わせたようなセリフが登場する。ト書きにも、「悪太郎、長刀を肩にして、酔った様子で登場」とあるから、現行本（大蔵流山本家）でも酔わせてはいるが、「ざざんざ」の謡などを謡う状況ではない。

②イヤ伯父者人の方へ参つて酒を給ふと在る（16ウℓ6～ℓ7）↕欠

は、酔っぱらった者の繰《く》り言《ごと》の反映である。それほど酔わしていない虎寛本や現行本では②のような繰り返しは不

要である。
③欠↕斯う参ても御宿に御座れば能いが、若内に居られぬ時は参たせんも無い事じや。（下123頁）
虎寛本の悪太郎はそれほど酔っていないから、理性的な思考が出来る。③のセリフは、そのような思考の一つで、成城本のかなり酔った悪太郎には言えないセリフである。

## 四・二「破の段」比較考察

④○《太郎》「いかにも身共て御さる　「《伯父》いかう酒によふたそうな　○「イヤゑひハ致さぬがいつ此方酒をふるまわれた事か御さる（17オℓ3～ℓ6）↕欠
は、伯父が「イヤ悪太郎か来と見へて声か致ス　太郎おりやつたか」と応じたのに対し、悪太郎が次に言ったセリフである。すでに酒にしたたかに酔っていることを確認するように、成城本は「いかう酒によふたそうな」を伯父に言わせ、それに対して悪太郎は「いつ此方酒をふるまわれた事か御さる」と嫌味な返答[5]を返している。

虎寛本や山本東本（現行本）では、酒に酔って悪口《あっこう》を吐く段階には至っていないので、④の傍線部のようなセリフは要《い》らない。
⑤欠↕（シテ）扨此間は久しう御舞沙汰致て御座るが、何と替らせらるゝ事も御座らぬか。（伯父）身共も変る事もおりないが、そなたも息災でめでたうおりやる。（下123頁）
ここも、虎寛本の悪太郎がそれほど酔っていないため、世間並みの挨拶が出来ているという場面である。現行本も虎寛本を踏襲しているが、成城本では酔いが進んでいるので、④のような悪口は吐けても、⑤のような挨拶が出来ていない状態を反映している。
⑥「《伯父》いかにも用の事か有ルに依て呼にやつた　そこははし近な程に先こう通らしめ　○「心得ました　「《伯父》先ッ下に

おりやれ　○「心へて御さるヤツトナ　「ア《伯父》、あぶなひ〳〵　○扨御用と（「御いけんと」を見せ消ち）[6]仰らるゝハ何事て御さる（17オℓ8～17ウℓ5）↕欠

⑥の前に、成城本では「用の事が有ると仰られたに依て参つて御さる　其用ハ何事て御さる」と悪太郎は伯父に言い、虎寛本では「扨此間用の事が有るといふて人を被下て御座るに依て、夫故今日参りましたが、いか様な御用で御ざるぞ」と同趣の事を言っている。それに対して、成城本では⑥の一連の会話をはさみこませている。これから言うことを外部に聞かせたくないという伯父の配慮や、すでにかなり酔って足元のおぼつかなくなった悪太郎の様子、再度「御用と仰らるゝハ何事て御さる」と聞く酔っぱらいのくどさが、この⑥には反映されている。そのような設定の不要な虎寛本にはこの会話がなく、現行本も虎寛本を踏襲している。

⑦○「たが其様な事をいゝまするそ　其様な事を言ふやつハ此長刀にのせて呉れましやう（18オℓ3～ℓ5）↕なう腹立や。誰《た》が其様な事を云ました。（下124頁）

⑦は、伯父に「別の事てもない　そなたが御酒をのんであくぎやくをするといふて伯父の分としてなぜに異見をいわぬぞとミな仰らるゝ　此以後ハ酒をふつとやめたらハよからう」と言われた悪太郎が、即座に反応したセリフである。虎寛本でも「用といふて別成事でもおりない。和御料が大酒を好み悪逆をするを、なぜに身共に異見を云ぬといふて、何れもしからせらるゝ程に、向後はふつゝりとおもひ留て呉さしめ」（下123～124頁）と言われた悪太郎は、「なう腹立や」とは言うものの、成城本の傍線部のようなセリフは吐いていない。「長刀にのせる」というのは、「長刀で痛めつけてやる」ということで、「御酒をのんであくぎやくをする」と非難される一つにちがいない。

⑦のすぐあとに、伯父は、

○夫〳〵夫をお見やれ　身共か前てさへ其通りてハなひか　ふつと酒を止メさしめ（18オℓ5～ℓ7）

と諭すが、「なう腹立や」と言っただけの虎寛本では、

○夫々、はや某が前でさへ其様にはらを立るでは無いか。（下124頁）

と、⑦のあり様に応じたセリフを返している。

なお、山本東本（大蔵流山本家現行台本）では、

⑦′悪太郎ヤ、誰《た》がそのようなことを申しました。立って長刀を振り廻しそのようなことを申した者は、この長刀《なぎなた》に乗せてやりましょう。また、すわる伯父それそれ　それお見やれ、某が前でさえ、そのように腹を立つるではないか。向後は、ふっと酒を飲ましますな。（下325頁）

のように、成城本と虎寛本とを合わせたようなセリフ構成をとっている。

⑧欠↕（伯父）何じや、呑まい。（シテ）中〱。（下124頁）

⑧のセリフは、成城本にはない。悪太郎が「お丶気遣ひ被成まするな　給る事てハ御さりま〔せ〕ぬ」と言ったことに対して、⑧のようなやりとりはなく、伯父は「夫は近比万足する」と言っている。ところが、虎寛本では、「イヤ〱、腹は立ませぬ。其儀成らば是程好の御酒で御座れども、こなたの仰らる丶事で御座るによつて、今日よりふつゝりと給ますまい」と、悪太郎は丁寧なことばを尽くして伯父に申上げている形をとる。このことばを聞いて、伯父がやや乱暴に⑧のようにくり返すことによって、〝誓言のあとに名残りに酒を飲む〟というどんでん返しへの序曲を奏でているのである。この序曲的な会話を、山本東本（現行本）も踏襲している。

成城本・虎寛本ともに、伯父は誓言を求める。それに対して、成城本も虎寛本も「弓矢八幡給《た》べますまひ」と誓言するのであるが、そこに至る中間に、成城本は、

⑨○「何が扨たべぬと申が誓言て御さる　伯父「イヤ〱夫てハ心えぬ　呑ぬが定《ジョウ》成らハ是非共せいこんを立さしめ（18ウℓ1～ℓ4）↕欠

という会話をはさんでいる。「呑ぬが定《ジョウ》成らハ是非共せいこんを立さしめ」に、悪太郎の口先を疑っている伯父の

心境が露わである。

悪太郎の誓言に対して、

⑩伯父「夫ハ近比満足致ス（18ウℓ5）↕やれ〳〵嬉しや。折角某が異見をしたに、さつそく聞入ておくりやつて、近来満足致す。（下124頁）

と、伯父は言う。成城本には傍線部が欠けているが、⑨で口先だけの悪太郎をあやぶんでいたほどであるから、成城本の伯父が傍線部をすぐ口にするわけがない。

虎寛本では、傍線部の伯父の喜びの表明に対して、

⑪欠↕（シテ）何が扨、こなたの仰らるゝ事を何と致いて背く物で御座るぞ。けふよりしては一すいも呑事では御座らぬ。（伯父）近頃悦ばしい事じや。身共も安堵致いておりやる。（下124頁）

のように、成城本にはない一会話が再び設けられている。

⑩⑪の会話を設けている虎寛本の方に、このように会話しながら悪太郎が「名残りに酒を飲みたい」と言い出す〝落差〟を、より大きく仕込もうという演出意図がうかがわれる。この演出意図は山本東本（現行本）にも受けつがれている。

悪太郎は伯父に「些と御願ひが御さる」（18ウℓ6）と切り出す。それに対して、

⑫伯父「夫ハまたいか様な事じや（18ウℓ7）↕（伯父）何が扨、某が異見を聞ておくりやつたに依て、何成とも聞うが、いか様な願でおりやる。（下124頁）

と、伯父は答える。虎寛本の傍線部が、成城本には欠けている。⑩⑪同様、この傍線部がある方が、伯父の誠意をこの直後に裏切るという悪太郎のどんでん返しが、より効果的である。ただし、⑩⑪では虎寛本を踏襲している山本東本（現行本）は、⑫に関して、「それはいかようなことじゃ」とあり、成城本と同じようなセリフにとどめてい

る。

悪太郎の「願《ねがい》」は、「明日からハ給ル事か成りませぬに依て名残に」（19オℓ4～ℓ5）「明日よりしてはふつゝりと酒を呑事は成りませぬ。今日は生涯の暇乞で御座る程に」（下124～125頁）酒を飲ましてくれと言うものであった。成城本が「名残」に対して、虎寛本が「生涯の暇乞」と仰々しい。山本東本（現行本）は、虎寛本のセリフを踏襲しつつ、「今生《こんじヨう》の暇乞《いとまごい》でござるによって」と、さらに表現が大げさになっている。

名残りに酒を呑みたいという悪太郎に、伯父は「是ハ尤しや」と納得・同意をした。成城本では、「夫成らハ一ッふる舞てやらう　夫に待て」（19オℓ6～ℓ7）と二文構成で命ずるが、虎寛本では、「其儀ならば一つ振舞てやらう程に、先下《（しも）》に居さしめ」と、接続助詞「程に[7]」を用いて長い一文で命じる。虎寛本では、伯父は軽い敬意を表わす「しめ」を使っている。甥への敬意というよりも、自己のことばづかいが丁寧であることを前面におし出した物言いである。「其儀ならば」という堅苦しい言い方も、伯父のステイタスの反映であろう。

成城本の伯父は、甥に「夫に待て」というほど気安いし、押しも効《き》くという設定になっている。伯父が気安いと、悪太郎も「心得ました」で済むが、堅苦しい言い方・丁寧な口調をとる伯父に対しては、虎寛本のように、「畏て御座る」と返事せざるをえない。

親しみと押しを有する成城本の伯父が、「一ッ呑め」と誘うのに対し、虎寛本は「一つ呑うで行しめ」と、やはり、軽い敬意を添えた表現をとっている。

⑬○「是ハ御自身に持せられて御座る　ハァ、例の大盃が出まして御さるな　伯父「手間を取らすまいと思ふて大盃をいたひた　一ッ呑め　○《ヤコレハ》「有難ふ御ざります　扨々いつ見ましてもなりの能ひ御盃て御さる　（19オℓ9～19ウℓ5）↕（シテ）是は例の大盃を持せられ［て］御ざるの。（伯父）暇乞じやに依て、夫故大盃を出《（だい）》た。さあ〳〵呑しめ（下125頁）

成城本では、太郎冠者などの使用人を使わずに伯父が自ら酒を持って来たことに悪太郎は注目した言辞を成しているが、虎寛本では、「例の大盃」を持って来たことに注目した言辞を成している。悪太郎の視点（注目点）の相異を受けて、対する伯父のセリフは変わってくる。大盃を持ち出した理由は、成城本が「（悪太郎の呑む）手間を取らすまいと思ふて」であるし、虎寛本は、「暇乞じやに依て（特別に）」である。

成城本の方に悪太郎のセリフが一回多く設けられているが、そこで、悪太郎は伯父の持って来た大盃の大きさだけではなく〝質〟の高さを「なりの能ひ」として誉《ほ》めている。この〝ほめる〟という行為が、後にはさらに成城本で顕在化してくる。

成城本も虎寛本も、悪太郎は「おしやくハ是へ下されひ」と、手酌を申し出る。それに対して、両方とも、伯父が「つひでやらう」と言う。伯父のことばに恐縮して、悪太郎が「慮外て御さる」と挨拶するのも両本共通する。

⑭欠↕（シテ）を、、ちやうど御座る。（伯父）ちやうど有る。（シテ）さらば給《たべ》ませう。（下125頁）

伯父が盃に酌をし、悪太郎がそれを受けている際の会話であるが、成城本はその間のセリフを出さず、伯父は、

⑮ヤイ〳〵其酒の風味ハ何とあるぞ（19ウℓ8）

と、すぐ聞いている。⑮のセリフは、気安い伯父のことばであるが、虎寛本でも同じようなセリフとなっている。

⑮の伯父の問いに対して、

⑯「ゑひざめであり様ハ一ッ給たひ〳〵と存る所につゝかけて給ましたニ依て只ひひやりと致ひた斗りて風味ハ知れません　今一ッ給へふうみを覚へませう（20オℓ1〜ℓ5）

と成城本の悪太郎は答えているが、傍線部以外は、虎寛本でもほぼ同じである。傍線部分は、四・一で述べたように、成城本が、悪太郎がすでに大酒をくらったあとであるという設定になっている故の言辞である。

⑰欠↕（シテ）を、、またちやうど御座る。（伯父）ちやうど有る。（下125頁）

このお酌のシーンも、成城本にはない。すぐ、

⑱伯「ヤイ〳〵何と有るぞ（20オℓ7）

という、風味を再度聞く伯父のセリフとなっている。

⑲○「（一）ヤ此様なむまい御酒ハつひに呑だ事ハ御さらぬ　伯父「（二）定てそうて有ふ　是ハ去方より遠ん来いしや○「（三）去ハ社《こそ》申さぬ事か　私も常の御酒でハ無ひと覚へました　御遠来と御さらハ今一ッたべませう（20オℓ7～20ウℓ5）↕（シテ）ハア。（一）'イヤ、こなたで給まする御酒にあだな御酒は御座らぬが、今日のは取わき結構に覚へまする。（伯父）（二）'誠にそなたは好ほど有て能う呑覚へて居る。是は遠来じや。（シテ）ヤ、御遠来。（伯父）中〳〵。（シテ）（三）'私の申さぬ事か。常の御酒では御座るまいと存て御座る。御遠来成らば今一つ給ませう。（下125～126頁）

成城本・虎寛本ともに、主要部分は三つの会話で成り立っている。傍線部が一致する語彙・表現、点線部がほぼ共通する表現である。会話（一）に関して、虎寛本の（一）'に伯父への追従めいた言辞が含まれるが、これは、そのような場の用意されない虎寛本において、必要な伯父への御機嫌とりの場である。[8] 虎寛本の会話（二）'は、大酒呑みのプラス面を伯父が評価して言ったもので、すでにかなり酔っていると設定している成城本では、そんなプラス思考は伯父の口から出るはずがない。会話（三）（三）'は、幾分、虎寛本の方に悪太郎の伯父に対する敬いの気持ちがこめられた表現となっている。

なお、虎寛本に、「ヤ、御遠来」「中〳〵」という短いセリフのやりとりがあるが、これは⑭⑰同様、伯父と悪太郎の短いコミュニケーションを入れこむことによって、〝場〟の臨場感を高めようとする虎寛本の演出から生じたものである。[9]

「遠来の酒」の二盃目をつぐ時、

⑳伯「其儀成らバ今一ッ呑め　ちうどあるハ　○「又ちうど御さります（20ウℓ5～ℓ6）↕（伯父）夫成らば数能う今一つ呑しめ。（シテ）是は度々慮外に御座る。をゝ、又ちやうど御ざる。（伯父）をゝ、ちやうど有る。（下126頁）

という会話がなされる。成城本ではじめて、酒を注《つ》ぐ時の主客の常套句「ちょうどある」が出た場面である。ただし、どちらが先に発したかは、逆の設定になっている。成城本では、「又ちうど御さります」(10)のあと、酒を受けた悪太郎が、長々と、次のような伯父への追従《ついしょう》のことばを述べる必要があり、このような順番になっているのである。追従の局面として、悪太郎は、虎寛本では「又ちやうど御ざる」であるのに対し、「又ちうど御さります」と「ます」を添えて丁寧な言語雰囲気を作りつつある。

㉑扨ケ様に又一ッ受持た所を呑ふ〱と致しますれハィャもふ月ニも花ニもかへられたものでハ御ざりませぬ　伯「呑ものハそうて有らう　爰ニテ○ムセル　伯「是ハ何としたぞ　「ィャつゝかけて給へましたに依て些とむせましたちと休て給へませう　伯「夫が能《よか》らう　○「扨いつぞハ此方《こなた》へ申そう〱と存て御座れ共折《をり》も御さらぬによつて申ませぬか世上の此方の取沙汰を聞せられて御さるか　伯「夫ハ心元無い　何と取沙汰するぞ　○「そつ共御気遣被成るゝ事でハ御ざりませぬ　世上で此方を皆ほめまする　伯「夫ハ何んと言ふてほむるぞ　○「ャィ太郎そちの伯父御様のよふなけつこふなお人は無ひ　あのよふなけつこふなお人ハ後にハくわつと御加増を取らせられ御立身をなさりやうと皆ほめまする　伯「夫ハ悪るうぃハるゝ様にハ無いが去ながら酒を呑するつひせうでハ無ひか　○「ァゝもつたい無ひ　御酒杯《など》を下されてつひセうなど申様な某でハ御さらぬ　弓矢八幡ほめまする（20ウℓ7～22オℓ7）↕欠

㉑は、成城本に設けられた悪太郎の伯父への追従場面である。虎寛本にはなく、現行台本である山本東本にもない。この四二〇字くらいのセリフを舞台で交わすとなると、上演時間の延長は避けられなくなる。

㉑の会話の中で、悪太郎は、「月ニも花ニもかへられたものでハ御ざりませぬ」「御気遣被成るゝ事でハ御ざりま

せぬ」と、きわめて丁寧な物言いをしている。いまだ「〜でハ御ざいません」になっていないところに、明治以前——江戸後期〜幕末期の言語状態がかいま見られる。

㉑で悪太郎は求められもしないのに、「弓矢八幡ほめまする」と、自分のことばの真実性を訴えている。先ほど、⑨において、「何が扨たべぬと申が誓言て御さる」と、誓言（「弓矢八幡」）を最初は拒否していたのとは、大ちがいである。成城本の台本の流れとしては、逆に㉑の場面を用意することで、悪太郎にあって「弓矢八幡」が誓言よりもその場の単なる〝強調〟であることも、伝えているのである。

「弓矢八幡ほめまする」と聞いた伯父は、悪太郎の「弓矢八幡」のことばに籠める軽さを感じたであろう。それゆえ、退出した悪太郎の跡を追い、正体なく道に酔い伏しているのを見て、ついに、ある行動に出る。その〝ある行動〟に至る前奏としても、ここの「弓矢八幡」のことばは効《き》いている。狂言はセリフ劇の積み重ねであるから、そこに用いられたセリフは、古典名作あるいは近代文学作品を読み解くのと同じこまやかさをもって鑑賞分析していかなければならないものである。

㉑という長い会話で独自性をもたせた成城本も、伝統（伝承）性に立つ狂言上、先んずる虎寛本の筋立てに近づいていかなければならない。それが次の㉒である。

㉒伯「夫ハよろこばしい事しや　○「ィャ是ハ上ェかすひて気持が悪るう御さる　足して下されい　伯「酒ハおしまねどいこうよふたさうな　最早止メにした成らよからふ　○「ャいかな〱五ッや七ッでよふ事でハ御さらぬついで下されい（22オℓ7〜22ウℓ4）↕（シテ）扨々氣味の能い御酌じや。さらば給ませう。（伯父）夫が能らう。また一息にのうだ。（シテ）扨こなたはまいらぬか。（伯父）イヤ〱、身共はのまぬ。（シテ）夫成らば御名代に今一つ給ませう。（伯父）酒はをしまぬが、下地も有り、もはや過うぞや。（シテ）いかな〱、此盃で五つや七つで酔ふ事では御座らぬ。（下126頁）

傍線部が一致する語彙・表現、点線部が類似した表現であるが、後半部にそれがあるのは当然で、前半部は、㉑の有無でセリフ展開が異なってくるからである。

虎寛本の方は、三杯目を呑んだ悪太郎が、伯父に「こなたはまいらぬか」と声をかけ、「イヤ〱、身共はのまぬ」という伯父に対して、「御名代に今一つ給ませう」と四杯目を呑むという展開をしている。伯父は「酒はをしまぬが、下地も有り、もはや過《すぎや》うぞや」と止める。ここではじめて虎寛本でも、この時すでに悪太郎が酔っていることを示す「下地も有り」ということばが出ている。

一方、最初からかなり酔って来訪していることの明白な成城本では、「いこうよふたさうな　最早止メにした成らよからふ」と、伯父はあからさまに止めにかかっている。

㉓欠↕（伯父）夫成らばついでやらう。そりや〱。（シテ）を丶、又なみ〱とうけ持ました。（伯父）又なみ〱と有る。（シテ）断う請持て、是を呑う〱と存る所は何に替られた物では御座らぬ。（伯父）呑者は定てさうで有う。（シテ）また給ませう。（伯父）ハア、また一息にのうだ。（シテ）扨も〱、のめば〱《のむ》程うまい酒で御ざる。迚の事に今一つ給ませう。（伯父）最前も云通り酒はをしまぬが、もはやすぎやう程に入らぬ物でおりやる。（シテ）扨々悋い事を仰らる丶。明日よりはふつ丶りと給る事は成りませぬ。暇乞で御ざる程に、ひらに今一つついで被下い。（126頁）

㉓は成城本にはないセリフである。「下地」はあっても、成城本に描かれるほどには酔っていない悪太郎がさらに深酔いする場として、㉓の会話（コミュニケーション）は用意されている。

伯父の名代として四杯目を呑み、ここでまた「一息に」呑んで、「今一つ給ませう」と言っている。悪太郎は、「明日よりはふつ丶りと給る事は成りませぬ。暇乞で御ざる程に」と、名残りを理由に、止める伯父のことばを聞き入れない。

伯父はしかたなく、「夫成らば半盞ついで遣らう」と言うが、ここから成城本も似よりが出てくる。

㉔（㉒末からのつづき）ついで下たされい　伯「夫成らハ半さんついてやらふ　○「ｧ、き持のわるひ　一ッついて下たされひ　伯「夫ならハついひでやらう　○「ｧ、またなみ〳〵と御さる　さらは給へましやう　もふたへますまい　伯「最早呑ぬか　○「もういやて御さる（22ウℓ4～23オℓ2）↕（伯父）夫成らば半盞ついで遣らう。（シテ）ア、気味の悪い。ちやうどついで被下い。（伯父）其儀成らばついでやらう。そりや〳〵。（シテ）をヽ、またちやうど御座る。（伯父）をヽ、又ちやうど有るは。（シテ）さらば給ませう。（伯父）夫が能らう。ハア、ちと手際があしう成た。（シテ）もはや給ますまい。（伯父）もう呑まい。（シテ）アヽ、もういやで御座る。（126～127頁）

傍線部が一致する語彙・表現、点線部が類似した表現であるが、この部分の似よりの高さは一目瞭然である。その似よりの中で、現行台本である山本東本も使っている「アア　気味の悪い。一つ[11]がせられい」（327頁）の「気味」を、成城本で「き持」（気持ち）と変えているのは、成城本の演じられる当代の言語状態を反映している。中世～近世初期の伝承ではなく、江戸後期～幕末期へかけて卑近な口語において力を得てきた「気持ちが悪い」という表現への傾斜である。また、あいかわらず虎寛本は、お酌の際の双方のコミュニケーションを丁寧に再現している。そこでは、「ちやうど」という副詞（発音としては、擬声擬態語の名ごりを有する）がやりとりされる。

虎寛本では、伯父の「ちと手際があしう成た」という観察のことばの次に、七杯目を呑み干した悪太郎は、「もはや給ますまい」と出るが、成城本では、「さらは給へましやう」と言って四杯目を呑み終えた（この際は、セリフがなく舞台上ではしぐさだけと思われる）悪太郎が、「もふたへますまい」と自ら言い切る形となっている。[12]

㉕　伯「夫成らハ取らう　ャィ〳〵最早戻らぬか　○「どこへ　伯「是はいかな事　宿へ戻らぬか　○「宿への　伯「中〳〵　○「心得ました　ヤツ《(ト)》イナ　ハ、ーーーー」　伯「いこうよふたそうな　○「ｨャよひハ致しませぬかひさしう居しひておりましたに依てしびりがきれました　慮外なから手を取つて下たされひ　伯「夫成らハ手を取

てやらふ　○「ヤットナ〳〵　ア、あふなひ　よふたそうな（23オℓ2～23ウℓ3）↕（伯父）夫成らばとるぞや。（シテ）はやう取らせられい。扨も〳〵結構なをぢごかな。大盃で三つ五つ、ほつてとえふた。（伯父）イヤ、なう〳〵悪太郎、わごりよはもはや戻らぬか。（シテ）どこへ。（伯父）はて、どこへといふ事が有る物か。内へ戻らぬかといふ事じや。（シテ）内への。（伯父）中〳〵。（シテ）戻りませう〳〵。ヤットナ。（伯父）ハア、えふたさうな。（シテ）えひは致しませぬが、しばらく居敷いて居ましたに依てちとしびりがきれました。慮外ながら手を取て被下い。（伯父）心得た。さらば立しめ。（シテ）ヤットナ。（伯父）ハア、、酔ふたさうな。（シテ）いかな〳〵、えひは致しませぬ。（下127頁）

傍線部と点線部の状況から、㉕については、虎寛本の方にセリフの増加があることがわかる。つまり、成城本のセリフやりとりが両本の基本的な流れで、虎寛本は悪太郎のセリフを二回分増やし、伯父のセリフを長めに仕立てている。ただ、伯父に手を取られて立ちあがった悪太郎がよろめいたのを、虎寛本では伯父が観察ののち「ハア、、[13]酔ふたさうな」と言うのに対し、成城本では、立ちあがりつつある悪太郎自身が「ア、あふなひ　よふたそうな」と言うのが、異なっている。虎寛本で、伯父に「酔ふたさうな」と指摘されても、悪太郎が「いかな〳〵、えひは致しませぬ。」と否定しているのも、この設定の違いに拠る。

伯父は別れぎわに、悪太郎に明日からの断酒を確認する。それに対して悪太郎は、「何と此むまひ酒がやめらるゝ物て御さるぞ」（両本一致）「又明日も給へねハ成ませぬ／明日からはいよ〳〵給ねば成りませぬ。」（成城本／虎寛本）と答える。伯父は当然、憤慨して断酒を再度約束させる。そして、「最早おりやるか」「さらハ〳〵」「能ふおりやつた」という両本一致する別れの挨拶で、この「破の段」全体が終了する（㉖の冒頭の「ハア」を、悪太郎が伯父に発した別れの挨拶としての応答詞と見る可能性も残る）。

## 四・三「急の段」比較考察

伯父の家を出た悪太郎が大道を歩《あゆ》み行くところから「急の段」となる。

㉖ハアハ―――――　扨も〱けつこうな伯父御様かな　名残に一ッふるもふて下たされいと言ふたれハ大盃て五ッ六ッ七ッ　明日与《より》ハ急度呑な　ハ、―――――　何と此むまひ酒か呑すに居らるゝものて御座らうそ　又明日ものまねバ成らぬ　ヤア〱▲いつも此道ハ一筋じやかけふハ又ニタ筋ニも三筋ニも見ゆる　某ハ▲よふたそうな　さらハ▲些トうたふて参う▲。ざゝんざァ　浜松の音ハさゝんさァ　ハ、―――　扨も〱心面白ふようた　さらバちと此所に休らうて参らう　ヱイ〱ヤツトナ（24オℓ2～24ウℓ5）↕ハア。扨も〱結構な伯父や人かな。▲ちと諷ふて参らう。（シテ、謡）▲ざゞんざ、浜松のおとはざゞんざ。（シテ）ア、、▲ちとえふたさうな。▲毎《いつ》も此道は一すじじやが、けふは二すじにも三すじにも見ゆる。是では中〱行れまい。ちと休んで参らう。ヤツトナ。（下128頁）

双方に傍線部や点線部があっても、線のほどこされた部分のずれ（▲で示す）があるので、注意が必要である。成城本における「一ッふるもふて下たされいと言ふたれハ」「明日与《より》ハ急度呑な」「ハ、―――――　何と此むまひ酒か呑すに居らるものて御座らうそ　又明日ものまねバ成らぬ」という独自本文（セリフ）は、悪太郎の〝したたかさ〟を描くとともに、伯父が〝ある行動〟に出る必然性を観客に納得させるステップとしても重要である。また、成城本に三回入れられた「ハハハ」の大笑いは、悪太郎の豪快さ（豪傑性）を、虎寛本よりも印象づける。現行台本の一つである山本東本にも、この豪傑笑いの設定はない。物語展開のずっと後で、行き合わせた出家が、

㉗（出家）「扨〱其なたハ悪につよきハ善にもつよひと言ふか和御料の事てあらふ」（30オℓ8～ℓ9）↕欠

と、独自本文を口にするが、その「強き」と、ここの豪傑笑いは響き合っている。成城本の台本がきわめて練《ね》られた台本であることが、このことでも知られる。

虎寛本では、「此道は一すじじやが、けふは二すじにも三すじにも見ゆる」ことで、「是では中〳〵行れまい」と判断した悪太郎は、道端で休むことにしたが、成城本では、「扨も〳〵心面白ふようた」という〝いい気分〟のまま一休みをはかる。この一休みに至る動機づけ（理由づけ）の相異が、「ざゝんざァ」[14]の挿入箇所に影響を与えていたのである。

なお、㉖において、成城本でも悪太郎は「大盃て五ッ六ッ七ッ」と言っているように大盃で実際は七杯まで呑んでいたことがわかる。全てをセリフに反映していなかっただけである。それは、他の独自本文をきわだたせるための〝セリフの刈《か》り込《こ》み〟であったものであろう。一方、虎寛本は、実際のセリフをカウントすると「大盃で七杯」呑んでいるが、㉖のセリフでは「大さかづきで三つ五つ、ほつてと酔ふた」と言っている。これは、自分が何杯飲んだかすでに分からなくなった悪太郎の酔いっぷりを表現しようとしたセリフと考えられる。そう考えると、狂言台本のセリフは、周到に仕込まれている。

次なる狂言の展開は、酩酊した悪太郎が無事に家にたどりつくか心配した伯父が、しばらく後に跡をつける場面である。両本相似た文章がつづくが、成城本の方に、

㉘酒を呑ぬ様にいけんを申て御されハ（24ウℓ6～ℓ7）

および

㉙最前も喜程《よっぽど》異見を申て御座れハ最早止メましやうとハ申て御座れどもあの躰でハ中〳〵やむる事てハ有まひ（25オℓ1～ℓ3）

の語が増えている。逆に言うと、虎寛本での伯父は、ここにおいて、自分が悪太郎に意見をしたことをあらためて述べ立ててはいない。

そののち、両本の流れは、

㉚去れ　社《〔ば〕(こそ)》あれに正躰ものふ寝《ね》て居る　扨〱につくひやつて御さる　何卒止るよふにいたしたい物しやか　イヤ思ひ出した　致よふか御座る（25オℓ4～ℓ7）↕さればこそ道の真中に寝てゐる。扨々にが〱しい事じやが、何と致う。イヤ、思ひ出《(だい)》た。致し様が御ざる。（下128頁）

となるが、㉘㉙のセリフを言った成城本の伯父が、「扨〱につくひやつ」と口にするのは、「かわいさ余ってにくさが百倍」の類《たぐい》である。しかし、その心底は、「(悪太郎の大酒が)何卒止るよふにいたしたい物じや」であり、その方法として、この狂言「悪太郎」の「急の破」である〝出家姿に悪太郎を成す〟が浮上してくる。

酩酊して道に寝ている悪太郎を伯父が「扨々にが〱しい事じや」ととらえる虎寛本と比較すると、その「急の急」に至るドラマ性は、成城本の方が明確である。

伯父の「致よふか御座る」の実際は、ト書きに記されている。

| | |
|---|---|
| ㉛　成城本 | ト言テ太鼓座へ行塗笠ト へんてつ黒玉数珠ト持テ太郎ノ側迠行下ニ居て先に坪折小袖取りへんてつをきせ笠トじゆずト取て長刀ト小サ刀ヲ取リ立テ長刀ヲツイテ（25オℓ7～ℓ8　小字割注形態） |
| 虎寛本 | と云て、刀・長刀・小袖を取、へんとつ・数珠・笠をおきて（下120頁） |
| 山本東本 | 長刀・小サ刀を取り、厚板を脱がせて取り、代りに編綴・数珠・塗笠を置き、取った物を後見座に持って行った後、目付柱のあたりに出て（329頁） |

時代的に先んずる虎寛本よりも、成城本のト書きが丁寧であるのが注目される。

悪太郎を、このように僧の姿にさせたのち、

㉜ヤイ　己《(おのれ)》大酒を呑み悪逆をするによつて今よりして汝か名を南無阿弥陀佛と付るぞゑい（25オℓ9～25ウℓ2）↕ヤ

イ、汝よく聞け。日頃大酒をこのみ悪逆をするに依て、今此姿に成す。則けふよりして汝が名を南無阿弥陀佛と付るぞ。ヱイ、（下128頁）

と言って（「急の破」にあたる）、伯父は引っ込む。成城本には、「此姿に成す」という文言が欠けている。しかし、これは書写ミスではなく、意図的に初めから無いのである。つまり、眠りの覚めた悪太郎が、まず寝惚けて、「たそ湯をくれひ　茶をくれい／誰《た》そ湯を呉い、茶を呉い」（成城本／虎寛本）と言ったのち、ここがわが家ではなく、「海《カイ》道／道の真中」（成城本／虎寛本）であったことに気づいたのち、

㉝何として此所にふせつた物であらふぞ　ヲ、夫〳〵伯父御の方へ参て酒をのうだ（15）おもふか給へよふて此所にふせつた物であらふ　是ハ殊之外さむうなつたが小袖ハなんとしたしらぬ　ヤァ是ハ衣《コロモ》じや　ころもか有らう筈ハなひが是ハなんじや　是ハ禅僧のざぜんのする時等ニこふするじよろとやら云物しや　じよろが是にあらふ筈か無ひが　某が宿をずる時は小袖を着刀をさし長刀を持て出たと思ふたか一色も見へぬ　是ハミな出家の道具しや（25ウℓ5～26オℓ7）↕何として此所《このところ》に寝て居た事かしらぬ。をゝそれ〳〵、けふも余所《よそ》へいて酒をのうで、戻りに又をぢや人の方へいて御酒をねだって給たと存たが、すれば給えふて此所に寝た物で有う。ア、、殊の外寒う成たが、小袖は何としたか。ハア、、是は何《なに》じや。扨々是は薄い物じやが。扨身共が刀や長刀が有るはづじやが、是は何じや。何やら玉をつらぬいた物じやが、是は何といふ物じやしらぬ。ハア、是に笠が有る。扨々合点《がてん》の行ぬ。身共が宿を出《ご》る時はこそでを着、刀をさし、長刀を持て出たが、其様なものは無うて、何やら見知らぬ物斗り有るが、何共合点の行ぬ事じや。（下129頁）

という流れになっていく時、「此姿に成す」の語がない方が、変容したわが姿の一つ一つを驚きで見つめられるからである。

㉝中、傍線部や点線部以外が、成城本の独自本文、あるいは、虎寛本の独自本文である。伯父が用意した出家の

道具のうち、成城本は「衣《ころも》」と「じよろ」を、虎寛本は「衣」と「数珠」「笠」を具体的にとりあげているが、唯一共通する「衣」も表現の仕方が異なるので、一致が希薄になってしまっている。しかも虎寛本は、「合点の行ぬ」を二度も用いて悪太郎の現在の〝驚き、疑問〟を表現するが、成城本はそれら〝驚き、疑問〟を表明させていない。〝驚き、疑問〟を一気に超《こ》えた宗教的感化(悟り)を描こうとするからである。

悪太郎は、あることに気づく。それが次の㉞である。

㉞夫々最前夢心のように汝大酒をのミ悪逆をするによつて　けふよりしてハ汝か名を南無阿弥陀佛と付るそゑひとゆうかと思ふたれバ其侭目か覚た　すれハ某が日比大酒を給へて悪逆迠をするに依て佛道へ引入させられ釋迦かだるまのへんげさせられた物て有う　此上ハふつつと思ひ切たぞ　是からハかく屋へ入り同心《どうしん》をおこそふと在る（26オℓ7〜26ウℓ6）↕ハア、、　夫々最前夢心の様に、日頃悪逆をするに依て此姿に成す。則けふよりしては汝が名を南無阿弥陀佛と付るぞ。ヱイ。と承ると其まゝ目が覚たが、すれば某が日来《(ひごろ)》大酒をこのみ酔狂を致すに依て、佛道へ引入んが為、佛菩薩の此躰に被成た物で有う。けふよりしてはふつゝりとおもひ切て、佛道修行を致うと存る。扨も〳〵、今までは只うか〳〵と益ない大酒致いて、酔狂致いて御座る。是からは随分と往生［を］願はうと在る。（下129頁）

「夢心のように」聞いた声が悪太郎の心中(頭の中)で再現される際にも、成城本には「此姿に成す」の語がない。ない方が、こののちに展開する「南無阿弥陀仏」という名に関する勘違い場面がより際立つと、成城本の台本では考えていたにちがいない。

「仏道へ引入」たのが、虎寛本では「佛菩薩」であるが、成城本では「釋迦かだるまの変げさせられた物」となっており、相異る。だるまは禅宗であり、㉝の悪太郎のセリフに「是ハ禅僧のざぜんのする時等ニ」と成城本にあったのも、これに深く関わっている。ただし、成城本では、「是からハかく屋へ入り同心をおこそふ」とあるから、「隔夜《かくや》」(隔夜参詣の修業をする僧) になるということで、最終的に禅僧になるわけではない。成城本の伯父の意図としては、「阿弥号」をもつ念仏宗系の僧、あるいは禅僧どちらでも選べるように「じょろ」も用意していたというところであろうか。

なお、虎寛本の「あくぼう」(悪坊)では、

㉟ハ、ア、是は何じや。を、夫々、是は禅僧の座禅をする時斯うするぢよろと云物じや。此ぢよろが[16]何として是に有る事か、合てんの行ぬ事じや。(下121頁)

㊱日頃身共が大酒を好み、悪逆を致すに依て、佛道へ引入んが為、定て釋迦か達磨の変化させられて、此姿に被成た物で有う。(下122頁)

とあるので、成城本のセリフとの共通性がある(傍線部・点線部参照)。狂言「悪坊」は、長刀を扱う「六角殿の童坊」である悪坊が、やはり酔狂して寝入ったのち、直前にいためつけた出家より僧形にさせられる展開をもち、「悪太郎」と似た部分をもつ。したがって、成城本「悪太郎」は、そのセリフをも生かしているようである。悪坊が、「ざゞんざ、浜松の音は颯々《(ざざんざ)》。」(下117頁)と酔いつつ謡を詠って登場する型も、成城本「悪太郎」と似通っている。

成城本より後の成立である山本東本では、虎寛本と同じく「衣」「じゅず」「笠」が挙げられており、「じょろ」がない。また、虎寛本にあった「佛道へ引入んが為、佛菩薩の」の語がなく、ただ単に「この體《てい》になされたものであろう。」とのみある。もちろん、「夢心《ゆめごころ》のように」という語で「霊夢」とわからないことはないが、明白に神仏の名前をあげないところに、神仏の化現をそれほど信じなくなった時代相(幕末~明治期)を反映しているものと推定される。しかも、山本東本では、

㊲南無阿彌陀佛、南無阿彌陀佛、これは興がった名じゃ。ぜひに及ばぬ、薄いぴらぴらした物なりと着て、宿へ

戻り、一つ飲み直そうと存る。今日はさんざんのめに会うた。（330頁）

のように言い、虎寛本・成城本とは全く違う行動に悪太郎は出ている。これも、「隔夜」あるいは「後生［を］願はう」という修業がすたれた社会相を反映したものと思われる。

仏教の心に目ざめた悪太郎の耳に「南無阿弥陀仏」の声が入ってくる。狂言「悪太郎」の「急の急」へと場面は進んで来た。

幕より出て来た一人の出家はただ念仏を唱えていただけであるが、わが名を呼ばれていると勘違いした悪太郎は「返事を致さずハ成るまひ」（27オℓ1）と思い、「ヤア[17]」と答え「ヤア〱」と答える。出家は、悪太郎を「気違[18]ひそうな」（成城本27オℓ4／虎寛本欠）と判断し、「道をかへて参らう」（両本一致）と道を変える。悪太郎は、返事をするのに聞きつけない出家を「つんぼふ[19]／つんぼ」（成城本／虎寛本）と思い、出家の跡を追って返事をしつづける。ここに至って、出家は悪太郎のことを「気違（ひ）」（両本一致）と見定め、念仏を早めてみる。すると、悪太郎も「早めて返事」をする。狂言という笑劇としても、ここは面白い所である。

その後、出家は、

㊳イヤのふ〱和御料ハ身共か念佛を申せハなぜに返事をするぞ（28オℓ2〜ℓ4）↕（出家）イヤなう〱。（シテ）ヤア〱。こちの事でおりやるか。（出家）中〱、そなたの事じや。扨最前から愚僧が念佛を申せばそなたは返事をするが、あれは何とした事じや。（下131頁）

と問う。虎寛本の方に一回分互いの会話が増えているが、これは、酒を注《つ》ぐ場面にも見られた虎寛本の会話の流れの特徴である。また、成城本では出家は「身共《みども》」と言うが、虎寛本では「愚僧」と僧侶であることを強調する自称詞を用いている。「愚僧」があらたまった表現であるのと軌を同じくして、悪太郎をさす二人称が、成城本「和御料」に対して虎寛本は「そなた」となっており、やや距離感が保たれている。

㊳の問いに対して、悪太郎は、

㊴身共か名を呼に依て夫ゆへ返事を致ス（28オℓ4〜ℓ5）↕イヤ、身共が名を呼うでおりやる程に、夫故返事をした事でおりやる。（下131頁）

と答える。傍線部・点線部をキーワードとすると、キーワードは両方共通している。原因・理由を表わす接続助詞（相当句）が成城本「に依て」、虎寛本「程に」になっているのは、国語史的に解釈すると、「に依て」となっている方が新しい(20)。成城本の成立の遅さが証明される。また、虎寛本の悪太郎は、「おりやる」を二例用いて出家に対して丁寧な物言いを心がけているが、成城本の悪太郎は丁寧語も添えず、飾り気なくポンポンと話すキャラクター化が成されている。

㊴のあと、出家は、「すれハ和語料ハ△子細を知らぬと見へた」（28オℓ8／虎寛本は、△に「南無阿彌陀佛の」が入る）と言って、念仏――百万遍の子細を語る。

その語りは、多少の出入りはあるものの虎寛本・成城本ほぼ共通し、〝語りもの〟の伝承性(21)の強さを感じる。

㊵惣して南無阿弥陀と言ハ西法浄土の弥陀《ミタ》の名て和御料や身共か分として中〱附る名でハおり無ひぞ（29オℓ5〜ℓ8）↕則南無阿彌陀佛といふは西方極楽浄土の御佛の名で、中〱そなたや愚僧などが付《（つく）》名ではおりないぞ。（下131頁）

これは、その語りの最終末であるが、傍線部・点線部に似よりの高さを見ることができる。しかし、「惣して」「則」という副詞の相異、「弥陀」「御佛」の相異のほか、成城本が「和御料・身共」虎寛本が「そなた・愚僧」という組み合わせで出ることも、㊳同様、相異している。

㊵を聞いた悪太郎は、

㊶某ハ　悪太郎と言ふて　大酒を呑ふて悪逆をするがけふも此所に酒によふて　寝て居〔た〕らハ何国《イック》共知らす汝　大酒

をのみ悪逆をするによつてけふ与《（より）》ハ汝か名を南無阿弥陀佛と附たそゑひと言ふかと思ふたれハ目が覚た所でかてんの行ぬ事しやと思ふ所迄和御料の南無阿弥陀佛と言ふて来《ク》る依て夫故返事をした事で御さる（29ウℓ1〜30オℓ1）↕私は悪太郎と申て、日来大酒をこのみ悪道を致いて御ざるが、今日も殊の外給酔、路次とも存ぜずふせつて居ましたれば、夢心の様に、汝日頃悪虐をし大酒を好に依て、今此姿と成す。則汝が名をば南無阿彌陀佛と付るぞ。ヱイ。と承て其儘目が覚て當りを見れば、宿を出る時は小袖を着、刀をさし、長刀を持て出ましたが、其様な物は無うて、此様なうすい物と此様な物と笠が有たに依て、某もふしんに思ふてうかくとして居る所へ、こなたの南無あみだ佛といふて御ざったに依て、夫故返事をした事で御座る。（下132頁）

と、わが素姓を語る。傍線部・点線部は一致部分と同趣表現であるが、㉞に関して問題とした「此姿にと成す」の語が成城本には欠けている。成城本は、「悪太郎」という台本全体にわたって、この件を意図的に省いているのである。そのため、虎寛本の「宿を出る時は……笠が有た」という「此姿」を具体的に説明する三行分のセリフも、成城本には出ないのである。

なお、成城本の「か《（が）》てんの行ぬ事し《（じ）》や」は虎寛本では「ふしんに思ふ」と対応しているが、同趣表現において「不審に思ふ」の方が「合点の行かぬ」より古い形[22]であるので、この部分、成城本の方により新しさが出ていることになる。

また、虎寛本「御ざつたに依て」が成城本では「来《ク》る依て」となっているが、この「に依て」と「依て」の対立も、成城本の方に新しさが出ている[23]。つまり、「ニヨッテ」の「ニ」が脱した接続助詞的用法が「ヨッテ」なのである。

㊶の悪太郎のセリフを読みなおすと、成城本では言い収めの文末のみ「〜で御ざる」と丁寧語を使っているが、虎寛本では「〜御ざる」二例「〜ます」二例の丁寧語を用いており、出家に対してより丁寧な対応(あしらい)をす

る悪太郎が造型されている。

悪太郎の打明け話を聞いて出家と悪太郎との間で、

㊷出家「扨〳〵夫ハふしきな事しや　すれハうたがひない　釋迦かだるまの佛道迄引入させられた物てあらふ　○「定てさうで有　扨此方に些ト頼たひ事か有る　出家「夫ハ又いケ様な事しや　○「何卒是から和御料の弟子にして諸国を執《修》行させておくりやれ　出家「扨〳〵其なたハ悪につよきハ善にもつよひと言ふか和御料の事てあらふ　扨某か弟子に致う程に諸国執《修》行さしめ（30オℓ1～30ウℓ2）↕(出家)子細を聞ば近頃尤じや。扨々夫は不思議な事でおりやる。(シテ)扨加様に出合まするも他生の縁で御座るに依て、何卒こなたの弟子にして、諸国修業をさせて被下い。(出家)夫は奇得《きどく》な事じや。その儀成らば愚僧が弟子にして、諸国を修行させておまさうぞ。（下132頁）

という会話がかわされるが、成城本と虎寛本で、違いが出ている。つまり、傍線部・点線部以外の存在である。このうち、「釋迦かだるまの佛道迄引入させられた物てあらふ」は、㉞で既に述べたように、成城本の設定の一貫性で、こうなっている。また、「其《そ》なたハ悪につよきハ善にもつよひ」も、成城本の悪太郎造型の一貫性に拠るものである。

㊶に関して、悪太郎のことばづかいに触れたが、成城本では出家のことばも飾り気がない。一方、虎寛本では、出家は「～でおりやる」(丁寧語)「～でおまさう」(謙譲語)など軽度ではあるが敬意表現を用いている。

㊸○「夫ハ近比忝のうおりやる　扨某かかく屋へ入た事ハ世じやうにかくれかあるまい　出家「誠にかくれハ有まい　○「此由をうとふて戻う　和御料も是へ寄《よら》しめ　出家「心へた（30ウℓ2～ℓ6）↕(シテ)夫は忝う御ざる。其儀成らば迚の事に此よしを諷ふて戻りませう。(出家)夫が能らう。（下132頁）

は、次なる会話である。やはり、成城本に独自本文がある。㉞に独自本文として出た「かく屋へ入」るという事が、ここにも関わっている。また、「此由をうとふて戻う」として謡を誘う場合にも、「和御料も是へ寄《よら》しめ」と出家をリードしているのも、成城本の特徴である。

「悪につよきハ善にもつよひ」という悪太郎の人間としての押しの強さを、成城本はこのようなセリフにも込めさせており、周到である。

## 五　おわりに

以上、成城本「悪太郎」を、先んずる虎寛本と対照しつつ、本文（セリフ）の特徴を探ってきたが、いくつかの場面で、虎寛本と現行台本（山本東本）との中間形――過渡形を呈していることもわかった。その事例をさらに加えるならば、㊷における成城本独自本文「扨〱其なたハ悪につよきハ善にもつよひと言ふか和御料の事てあらふ」というセリフが、

○出家ハハア、「悪に強いは善にも強い」というが、すなわちそなたのことじゃ。（333頁）

のように、現行本に見えることである。岩波大系頭注が、

○「あくにつよければぜんにもつよし」（毛吹草）

と注するように、『毛吹草』（一六三八年序、一六四五年刊。松江重頼著）にも見られる諺である。虎寛本以降、成城本のような台本を経て、大蔵流山本家の山本東本に生かされて、現行台本に至っているのである。

成城本の曲末に付されている「出立ち」の注記を見ると、㉝のセリフにあった禅僧の使う「じょろ」が小道具として記されていない。そのことは、成城本のト書き㉛に「じょろ」への言及がないことと軌を一にし、成城本に唯一存在する〝あいまいさ〟――禅宗系の要素をくみこみながら、念仏系に最終的に落ちつくという〝無頓着〟を

呈している。

成城本のセリフで、虎寛本と相異する部分は、周到な全体の構成・流れ上変えられているもので、単なる思いつきではなかった。この成城本の台本の基になるものを提供した狂言役者（成城本を書写した狂言役者にとっては師匠にあたる人）は、意図と意思をもって、伝承性の高い虎寛本を変えたのである。その行為は、その狂言役者の当代性と芸術性の具現であった。しかし、のち、大蔵流山本東本で知られるように、虎寛本への依拠の高い詞章をもつ「悪太郎」が伝えられて現在に至ったことになる。

【注】

（1）『狂言集』という名称は、筆者の仮称である。大きくは三グループの雑纂的な狂言台本の集まりであるために、論述上、この名称を用いたい。本論文で扱うBは、その中の一グループで六冊構成をとるので、一冊～六冊をA～Fと略称することにした。Bの末尾には、「Y０９３２６４」と登録番号が付されている。Bの形態は、冊子本（縦25㎝・横16.7㎝／こより綴じ）で墨付31丁である。

なお、当『狂言集』は、筆者が前任校である成城大学短期大学部日本語・日本文学コース在職中に、まず、日本語・日本文学コース研究室に教材・研究用として蔵される形となった。本稿の翻刻・考察の基礎は、その時に発する。

（2）「左衛門」は、一字の記号めいた文字となっている。「森」と合わせて「シンザエモン」と読ませるのであろう。

（3）「心持」（こころもち）の語史については、小学館刊『日本国語大辞典』第二版の「気持」項の語誌が要を得て参考となる。その語誌（2）に、「「心持」は元来、心の持ち方ということで、「気だて」「心がまえ」などの意で使われたが、江戸時代中期以降、物事に際して感じた心の状態の意が主になってからは「心地」の俗語的な表現として会話文に多用されるようになった。」とあるが、本例もまさにその例である。

（4）虎寛本でも、「悪坊」では、酔った悪坊の道行で「ざゞんざ、浜松の音は颯々《ざざんざ》」（下117頁）と謡わせている。

(5) 虎寛本でも、「悪坊」では、「今日も能《よい》御機嫌で御ざる」(下119頁)と言った定宿の亭主に向かって、悪坊が「いつおのれが酒を盛た事が有るぞ」と皮肉まじりの悪態をついている。

(6) 「御意見」というセリフだと、伯父が自分を呼びつける理由を悪太郎が知っていることになるので、成城本は単に「御用」と訂正したのである。

(7) 原因・理由を表わすホドニに関して、虎寛本ではその使用率が三三・〇%と、虎明本におけるホドニ使用率七二・一%から落ちて来ている、つまり、ホドニが衰退を見せているのであるが、後件が命令表現の場合に限って、虎寛本でもホドニがニヨッテの勢力を半ばほど抑えている。詳細は、小林千草「中世口語における原因・理由を表わす条件句」(『国語学』第九四集、一九七三年九月。後、武蔵野書院刊『中世のことばと資料』所収)参照。

(8) 山本東本でも、虎寛本と同じ設定をしている。つまり、「こなたでたぶる御酒《ごしュ》にあだなはござらぬが、きょうのはとりわき結構に飲み覚えました」(下326頁)のごとく。

(9) 注8とも関係するが、山本東本は虎寛本と同じセリフ展開をとる。

(10) 成城本における「ちうど」の表記は、特徴的である。

(11) 成城本のセリフ「一つ」が、山本東本で生きているのが面白い。

(12) 虎寛本で七杯目、成城本で大盃四杯目で悪太郎は呑めなくなる。山本家の現行台本でもある山本東本では、七杯目で呑めなくなっており、これも虎寛本を踏襲していることになる。

(13) 「ハア、〵」は、目前の状況を見ての判断に基づく感動詞である。

(14) 虎寛本は「ざゞんざ」で、成城本のように最終音を伸《の》ばしていない。

(15) 引用の格助詞「と」の脱(書記上の不注意による脱字)ではなく、このようなしゃべり口の反映と見たい。

(16) 虎寛本「悪坊」の原本末には、作物としての「ぢよろ」の絵が付されていたことが、岩波文庫『能狂言(下)』122頁で知られる。

(17) 虎寛本「靱猿」の「(シテ)ヤイ〳〵、ヤイ猿曳。(猿引)ヤア。(シテ)ヤアとはおのれ憎い奴の。」(上268頁)を見ると、横柄な返事のし方となる。

(18)「精神状態が尋常でないさま」を表わすこの語は、現在、差別語として、歴史的原文引用以外は使用されないが、語そのものの登場は、虎寛本狂言の反映する時代相であり、虎寛本「素襖落」に「(シテ)道通りが気違ひじやといふて笑らひまする。(主)あれはほめさせらる、のじや。」(中180頁)の例もある。

(19)この語も、現在、差別語として、歴史的原文引用以外は使用されない。「つんぼう」の語形は、『東海道中膝栗毛』六上に「被《かふ》り行 聾《つんぼう》の笠印《かさじるし》は、わざとおのれひとりの心をよろこばしむるも、みな倶《とも》に驛路《むまやぢ》のわざくれ」(岩波古典文学大系323頁)と出ており、「六編」刊行年である文化四年(一八〇七)の例となる。

(20)注7所引の拙稿参照。

(21)さらに遡って虎明本「あく太郎」でも、ほぼ共通した本文を確かめることが出来るし、くだって大蔵流山本家現行本文である山本東本でもほぼ共通した本文を認めることが出来る。

(22)小林千草「コミュニケーション言語としての「不審」の変容――大蔵虎明本狂言と大蔵虎寛本狂言との比較を通して――」(『成城大学短期大学部紀要』第三三号、二〇〇一年三月。のち、武蔵野書院刊『中世文献の表現論的研究』に収録)、同「天理本『狂言六義』における「不審」――大蔵虎明本・虎寛本狂言との距離を計る――」(『成城大学短期大学部紀要』第三五号、二〇〇三年三月)参照。

(23)小林千草「近世上方語におけるサカイとその周辺」(『近代語研究』第五集、一九七七年三月。のち、『中世のことばと資料』所収)の「三　ニヨッテ・ヨッテの語史と性格」参照。

# 第四章　成城本「老武者」の書誌と考察

## 一　はじめに

本章は、成城大学図書館蔵『狂言集』[1]のうち、Ｃ（請求記号９１２・３／ＫＹ３／３（Ｗ）とラベルの貼られた一冊）に所収された狂言「老武者」に関する考察である。

成城大学図書館蔵『狂言集』（以下、「成城本」と略称する）は、雑纂的なもので、近世後期の狂言受容の実態を知るために貴重ではあるが、その取り扱いには慎重さが要求される。そこで、先立つ考察群、

○小林千草二〇一三・三ａ「狂言台本の翻刻と考察〈成城本「柿山伏」の場合〉」（「東海大学　日本語・日本文学　研究と注釈」第三号　本書第Ⅰ部第一章として収録。ただし、翻刻部分は第Ⅱ部に移す。）

○小林千草二〇一三・三ｂ「狂言台本の翻刻と考察〈成城本「鏡男」「鬼瓦」の場合〉」（「湘南文学」第四七号　本書第Ⅰ部第二章として収録。ただし、翻刻部分は第Ⅱ部に移す。）

○小林千草二〇一三・一〇「成城大学図書館蔵　狂言「骨皮」「墨塗」の性格と表現」（『近代語研究』第一七集　武蔵野書院刊　本書第Ⅰ部第五章として収録）

○小林千草二〇一四・三「成城大学図書館蔵「悪太郎」の性格と表現」（小林賢次・小林千草編『日本語史の新視点と現代日本語』勉誠出版刊　本書第Ⅰ部第三章として収録）
○小林千草編二〇一四・三「翻刻　成城大学図書館蔵狂言「悪太郎」「骨皮」「墨塗」」（小林賢次・小林千草編『日本語史の新視点と現代日本語』勉誠出版刊　本書第Ⅱ部翻刻［四］［六］［七］として収録）
○小林千草二〇一四・三「狂言台本の翻刻と考察〈成城本「武悪」の場合〉」（『湘南文学』第四八号　本書第Ⅰ部第六章として収録。ただし、翻刻部分は第Ⅱ部に移す。）

などを補う形で本稿を発表し、成城本『狂言集』の持つ資料的性格および言語的性格解明を更に進めたいと考える。

## 二　「老武者」について

「老武者」を収める冊子の表に、「シテ出羽より後斗り」と添え書きされている通り、シテである「宿老」が登場する場面からセリフが記されている。大蔵虎寛本[2]の頁数（岩波文庫『能狂言』中を底本とする）で示すと、500頁～508頁8行目までが無い。これは、シテを勤めた岡氏（詳細は、本章五・一参照）が、自分の登場場面からの台本書写、あるいは、口稽古の筆録を認められた経過を反映するものであろう。シテが中入りし、装束を変える間に展開される若い衆の会話が記されていないのも、シテ以外の部分の書写が許されなかったためであろう。

「老武者」のシテをするのは、中年以降の役者であるから、岡氏も中年以降老年に近づく年齢の公演、それに先立つ「老武者」書写であったと推測する。

## 三　成城本「老武者」と虎寛本「老武者」との相異箇所

内容的には、虎寛本「老武者」の本文に非常に近く、次に示すような語彙的・表現的相異にとどまる。以下用例は、↕印の上が成城本（岡氏署名本）、下が虎寛本「老武者」である。相異事項が二つ以上ある場合は、出現順に用例番号を複数ふっている。

①承れハ誰か方へ（6オℓ2）↕承れば誰か所へ（503頁）

②③イヤ参程に　　はや酒盛か初たと見へて賑かな（6オℓ5～ℓ6）↕イヤ来程に　是じや。はや酒盛か初たと見へて賑やかな（503頁）

④⑤中々　宿老の声か致すハ（6オℓ7～ℓ8）↕申〱　宿老の声か致す　（503頁）

⑥ェィお宿老出させられて御坐るか（6ウℓ1）↕イヱお宿老、出させられて御ざるか。（503頁）

⑦⑧「是は何と思召て御出被成て御坐る　（6ウℓ2～ℓ3）↕是は何と思召て出させられて御座るぞ。（503頁）

⑨聞たに依て　　老の慰に（6ウℓ5～ℓ6）↕聞たに依て某も老の慰に（504頁）

⑩近比安ひ事て　御坐れ共（6ウℓ8）↕近比安い事では御座れ共（504頁）

⑪其上　聞ハ酒盛の有躰しや（7オℓ2～ℓ3）↕其うへ今聞ば酒盛の有る躰じや（504頁）

⑫折　能ひ程に是非共（7オℓ3）↕折も能い程に、是非共（504頁）

⑬酒盛最中て御坐る程に　戻らせられい（7オℓ5～ℓ6）↕酒盛最中で御座る程に、先戻らせられい。（504頁）

⑭若い者とハ（7オℓ7）↕若い者といふは（504頁）

⑮「　　左様て御座る（7オℓ7～ℓ8）↕いかにも左様で御座る。（504頁）

⑯ィャ夫は一段の事しや（7オℓ8）↕イヱ、夫は一段の事じや。（504頁）
⑰身共ハ又成るまい―と思ふて（7オℓ8～7ウℓ1）↕身共は又成るまいかと思ふて（504頁）
⑱若い者―か来ている（7ウℓ1～ℓ2）↕若いもの共が来てゐる（504頁）
⑲――先ツ待せられひ（7ウℓ3）↕ア、、先待せられい。（504頁）
⑳こなたの子供達や（7ウℓ5）↕こなたの子―達や（504頁）
㉑㉒大勢に成ましてハいか、て御坐る程に（7ウℓ8）↕大勢に成てもいかゞで御座る程に（504頁）
㉓ヤアラそちハむさとした事を言ふ（8オℓ1～ℓ2）↕ヤアラ、そちこそむさとした事をいふ（504頁）
㉔若い者ハ通して（8オℓ2）↕若い者をば通して（504頁）
㉕㉖去とてハ―聞わけの無ひ（8オℓ5）↕さりとて―御聞わけの無い。（504頁）
㉗㉘成らぬでは御坐らぬ程に後に御座れといふに（8オℓ5～ℓ6）↕成らぬでは御ざらね共、後に御ざれと申す事で御ざる（504頁）
㉙己れ此宿老の言う事を聞すハ為にわるからふ――（8オℓ6～ℓ7）↕おのれ此宿老のいふ事を聞ずは、為にわるからうぞよ。（505頁）
㉚㉛「為にわるかろう　とて何と召る（8オℓ8）↕為にわるい　といふて何と召る。（505頁）
㉜「弥《いよいよ》　こなたハかさたかな事をおしやる（8ウℓ1～ℓ2）↕いよ〳〵こなたはかさ高な事を仰らるゝ。（505頁）
㉝㉞㉟㊱㊲いかに宿老じやと言うて其様な事をおしやつた成らハ――御児の御盃を被成うと被仰ても　某かさゝへてさすまいか何と有る（8ウℓ2～ℓ5）↕いかに宿老じやと云て、其つれな無躰な事をおしやつた成らば、此上はお児の御盃を被成うと仰られうとまゝよ。身共がさゝへてさすまいか何とする。（505頁）
㊳身共か踏込て御盃を戴て見せう（8ウℓ7）↕身共も踏込て御盃をいたゞいて見せう。（505頁）

㊴「イヤイヤとう有ても通す事てハ御さらぬ（8ウℓ8）↕いや〳〵どう有ても通す事は成らぬ。（505頁）

㊵　通らねハ成らぬ（9オℓ1）↕身共も通らねば成らぬ。（505頁）

㊶「とう有ても通す事ハ成らぬ（9オℓ2）↕どう有ても通す事ではない。（505頁）

㊷ア、痛〳〵（9オℓ3）↕ア、痛〳〵〳〵（505頁）

㊸㊹ヤイ〳〵〳〵　ヤイそこのやつ（9オℓ3）↕ヤイ〳〵〳〵　そこなやつ（505頁）

㊺㊻㊼㊽此年に成る者をしたゝかに痛おつた　己今に目に物見せう（9オℓ4〜ℓ6）↕（シテ）此年寄たものをしたゝかに痛めおつて、為に成るまいぞ。（亭主）為に成らぬといふて何と召る。（シテ）　目に物を見せう。（505頁）

㊾㊿深敷い事ハ有まい（9オℓ7）↕深しい事が有物か。（505頁）

51「其儀ならハ何も頼まする　（9ウℓ2）↕其儀ならば何れも頼まするぞ。（505頁）

52何れも是へ寄せられひ（9ウℓ3）↕皆是へ寄らせられい。（506頁）

53「心得ました（9ウℓ3）↕欠

54ひさゝいはれ（9ウℓ7〜ℓ8）↕ひとては取れ（506頁）　【謡章句中の相異】

55鑓先を揃へて（10オℓ6〜ℓ7）↕鉾（きつさき）を揃へて（507頁）　【謡章句中の相異】

56いたき留（10ウℓ1）↕いだき取（507頁）　【謡章句中の相異】

## 四　相異から見える語彙・表現の特性

前節に示した成城本と虎寛本との相異箇所をもとに、成城本の語彙・表現の特性をいくつかの項目に分けつつ考察していく。

## 四・一　文や句の増減

文や句の増減としては、③㉟㊻㊼(53)があるが、(53)以外は全て虎寛本の方に文や句が多くなっている。

成城本の③のセリフだと、宿老は舞台を一回りもせぬうちに、亭主の家に着くことになるが、狂言の一般的なセリフまわしとしては、虎寛本のように「イヤ来程に是じや。はや酒盛か初たと見へて賑やかな」と言って、少々時をかせぐのが常である。虎寛本より後に書写された分家大蔵八右衛門家の虎光本でも[3]「いや参程ニ是ぢや」(古典文庫四352頁)と言っている。虎光本「老武者」は詳細に見てゆくと、虎寛本にも成城本にも遠い本文を持つが、ここは一般的道行の事例として参考になろう。

㉟は、成城本「いかに宿老じやと言うて其様な事をおしやつた成らハ御児の御盃を被成うと被仰ても某かさゝへてさすまいか何と有る」に対して、虎寛本のセリフは「いかに宿老じやと云て、其つれな無躰な事をおしやつた成らば、此上はお児の御盃を被成うと仰られうとまゝよ。身共がさゝへてさすまいか何とする。」のごとく、傍線部のことばを足しつつ、一旦文を切っている。虎寛本のセリフの方が、喧嘩を相手にふっかける会話としては盛り上がりがあるが、③の「是じや」を略した成城本としては、㉟も簡素にセリフを運ぼうとした結果と見なせる。虎寛本における㊻「て、為に成るまいぞ。」㊼「(亭主)為に成らぬといふて何と召る。」のセリフが、成城本にないのも、成城本の簡素なセリフ構成の結果と見られる。

(53)は、唯一、成城本に多いセリフで、宿老が仲間の老人を語らって、亭主の宿で酒盛りをする若い衆のところに喧嘩に行く際、「何れも是へ寄せられひ」と宿老が言い、仲間の老人が「心得ました」と応じる場面である。シテ謡が入る前に、成城本のようなシテツレ(仲間の老人たち)の声を合わせた「心得ました」が有る方が落ち着きはよい。全体、簡素化の方向で仕上がっていた成城本台本が、「序・破・急」の急の急で、唯一、色を付けた部分であろうか。

なお、㊷㊸の感動詞の増減については、後の項目で触れる。

### 四・二　文増減にかかわりのない語・句の増減

ここでは、文増減にかかわりのない語・句の増減を扱う。

⑨⑪⑬⑮⑲㉝㉞㊵は、虎寛本の方に語・句があって、成城本に欠けているもので、⑨と㊵は「某」「身共」という自分の行為を正当化（主張）するために自然に入れこんだもので、これらがあった方が表現上は迫力がある。また、⑪の「今」、⑬の「先」、⑮の「いかにも」、㉞の「此上は」などの副詞、⑲の「ア、」の感動詞や㉝の「無躰な」の形容語も、これらがあった方が表現上はセリフが生き生きとする。これらがそがれている成城本は、今まで把握してきた「簡素化された台本」という性格に加えて、〝虎寛本のような宗家伝承本〟よりは一ランク位（くらい。能でいう位の意味）を落とした、書写許可用の台本であったことを窺わせる。後者の性格は、今まで考察をしてきた曲目では見られなかったものである。

逆に、成城本の方に語・句の多いのは、㊽の「己今に」一語であり、虎寛本における㊻㊼のようなセリフを刈り込んでしまった成城本にあって、この「己今に」を使うことによって、かろうじて宿老の怒りを演出していることになる。「やや位の低い台本」におけるバランス効果であろう。

### 四・三　助詞の相異

助詞の相異については、まず、⑤（終助詞「ハ」の有無）、⑧（疑問の終助詞「ぞ」の有無）、⑩（係助詞「ハ」の有無）、⑫（係助詞「も」の有無）、⑰（疑問の終助詞「か」の有無）、㉕（係助詞「ハ」の有無）、㉙（終助詞「ぞよ」の有無）、(51)（終助詞「ぞ」の有無）が挙げられるが、⑤㉕以外、「有（有る）」のは、全て虎寛本の方である。

疑問の終助詞の添加は、近世も後のものになるほど省略されていくから、⑧⑰の状態は、成城本が虎寛本より成立が新しいという支証に普通にはなるが、やや古めかしい語法をもつ台本の方が「位の高い台本」だという認識が介在していたとしたら、問題は別である。また、虎寛本における㉙(51)の「ぞよ」「ぞ」の存在は、このセリフの発話者の強い意思（㉙は脅し、(51)は切なる願い）を表象しており、これらのない成城本はセリフ上、やや弱さが見られる。ここを、成城本が「やや位の低い台本」であることを考えれば、納得がいく。

⑤の「中々　宿老の声か致すハ」のような終助詞「ハ」（わ）を使った表現は、岡氏署名本の他曲にも見られ[4]、一例ながら成城本〈岡氏署名本〉の一貫した特徴を示している。㉕の「さりとては」「さりとて」は、「は」の有無によって、逆接的結論を誘導し時に強調にのみ働く副詞に対して、逆接の接続詞という相異が生じているが、表現上の優劣はにわかに決めがたい。

⑫の副助詞「も」の有無は、「も」の有る虎寛本の方が表現として落ち着きがよい。

㉒は、「大勢に成ましてハ」と「大勢に成ても」という仮定条件を構成する句の相異であるが、丁寧な表現機能のある助動詞「ます」の挿入ともかかわり、成城本の方が、この場面で亭主が断る際も、宿老に対してできるだけ穏便なことばづかいをしようとつとめている様子がうかがわれる。つまり、「てハ」は自然な行為の流れを前提にし、「ても」は逆接的把握があからさまに出ており、聞く宿老にとっても、成城本の方が耳に立たない表現法となる。ここでは、成城本「老武者」自体のシテ・アドのキャラクター把握（人物造型）の差異が、やはり、出てきている。「やや位の低い台本」といえど、その台本固有の存在価値である。

㉓の「ハ」と「こそ」、㉔の「ハ」と「をば」の相異は、虎寛本の方に、宿老の不満から来る強い語調が反映さ

れている。その強い語調が、後の宿老のセリフにおける「ぞよ」（㉙）「ぞ」（51）にも反映されてくるのである。成城本は、亭主のことばづかいはもとより、宿老の不満・怒りへの移行場面に関しても、虎寛本より〝ゆるやか〟である。「老武者」に祝言性を出そうとすると、成城本のような有り方が選ばれてくるであろう。

㉗の「程に」と「共」の相異は、順接の原因・理由表現と逆接表現の対比となり、後件に「後に御座れ」という同一の命令を与えるにしろ、聞く相手にとっては、虎寛本の方が痛に障る言い方となる。虎寛本の人物造型・演出が、ここにも出ている。逆に、成城本では、亭主が穏便に宿老を説得しようとつとめている様子がセリフから伝わってくる。

㊳の「身共か踏込て御盃を戴て見せう」と「身共も踏込て御盃をいたゞいて見せう。」は、主格に「が」を用いるか、並列の「も」を使うかの相異である。「が」の場合は、宿老の行為を際立たせ、「も」の場合は、すでに酒宴をして楽しんでいる若い衆と自分も同じ行為をするのだという意味になり、表現角度の相異であり、セリフ上の優劣はつきかねる。また、現実の舞台では、役者のとっさのセリフとして〝ゆれ〟が生じても無難な部分でもある。

㊾は、「深敷い事ハ有まい」ならば「ハ」が妥当だし、「深しい事が有物か。」ならば「が」が妥当となる。虎寛本の宿老の方が怒りが激しい設定なので、反語表現としての「深しい事が有物か。」が採られ、その結果、成城本との間に助詞の相異が生まれたと考えられる。

### 四・四　感動詞に関する相異

感動詞に関する相異は、④の「中々」と「申〳〵」、⑥の「ヱイ」と「イヱ」、⑯の「イヤ」と「イヱ」、㊸の「ヤイ」の有無である。

④の「中々」と「申〳〵」は、実は対応する相異ではなく、「中々」の方は、訪問して「のふ〳〵　誰ハおりや

るか　居さしますか」と問いかけた宿老に対する亭主の「はい」に当たる返答であり、虎寛本における「申〳〵」は、すでに内座敷にいて酒盛りの最中の若い衆への、声をひそめた忠告としての呼びかけである。

⑥の成城本「ヱイ」は、声で宿老が訪ねて来たとは知りつつも、知らぬ顔をして戸をあけ、出会いがしらに初めて宿老と知ったような感動詞(間投詞)である。虎寛本の「イヱ」の方は、亭主の基本線は変わらないが、宿老が訪ねてきたこと自体、意外な気分であることを最初からあからさまに表出しようとしたセリフとなっている。虎寛本は、後続のセリフで「是は何と思召て出させられて御座るぞ。」と疑問の終助詞を付けて、宿老の来訪を強くいぶかっている雰囲気を作っているが、その雰囲気づくりに、この「イヱ」も共振している。

⑯は、稚児を囲んで宴会をしているのが自分の支配下の若い衆であると知った宿老が、「それは好都合」と気づいて発したのが、成城本の「イヤ」である。虎寛本の「イヱ」の方は、気づきといっても、単に今知ったことへの直截な喜び表現となっている。虎寛本のように宿老に喜びがあるほど、のちの亭主の対応への憤りも増すというもので、これら感動詞の選びかたにも、それぞれの台本のもっていきかたが反映されている。

⑲の「ア、」は、語の増減のところでも触れたが、一人喜びをしてしゃべりまくる宿老を亭主があわてて止めた際のことばである。これも、宿老が一人喜びをしている風をことさら前面に出していない成城本には、なくても済む語である。

㊸は、両本とも「ヤイ〳〵〳〵」と三回、宿老は亭主に乱暴な呼びかけをするが、成城本がもう一つ「ヤイ」を付け足しているところが相違点である。このセリフの一つ前、突き倒された宿老が痛さに叫ぶところ㊷があるが、成城本は「ア、痛〳〵」、虎寛本は「ア、痛〳〵〳〵」と三回なので、この場面での両者の緊迫感の絶対数値を保つために、それぞれが感動詞に工夫した結果が、このような相異として出てきていると見られる。

## 四・五　敬語に関する相異

敬語に関する相異は、②⑦⑱㉑㉖㉘㉜㊱㊴である。②と⑱については、他要素とのからみで次項で言及する。

⑦の「御出被成て」と「出させられて」の敬意差は微妙である。「御～なさる」という敬意表現が一般的となっていた近世期では、成城本の方がなじみやすかったか。

㉑の「ます」という丁寧語の挿入については、成城本の方に、亭主が当初は宿老に対してやわらかな応対を心がけようとしていたことを窺わせる。

㉖は、虎寛本の亭主が、わざと「御」という敬語表現を入れこんで、慇懃無礼な形で宿老をあしらおうとしているところである。

㉜の「おしやる」と「仰らるゝ」とは、「おしゃる」の方が縮約形であるので敬意は「仰らるゝ」よりも幾分低い。㉝では、ともに「おしゃる」を一回、「仰らるゝ」を一回使っている中での、㉜の対比であることに注目して、虎寛本の方で亭主が慇懃無礼な言い方にしていると受け取っておきたい。㉘で、虎寛本の結びが、「～と申す事で御ざる」ときわめて丁寧になっていたのも、その一貫した流れの中にある。

㊱の「某」と「身共」とは、「身共」にやや改まった感があり、こうすることによって虎寛本の亭主が慇懃無礼に宿老をつき放そうとしていることが知られる。

㊴は、成城本の方が、「イヤイヤとう有ても通す事てハ御さらぬ」と丁寧語を用い、虎寛本が「いや〳〵どう有ても通す事は成らぬ」と敬語を省いた対応をしている。これは、成城本の亭主が可能ならば穏便に宿老を退散させようと試みているのに対し、虎寛本が戦闘的な物言いに入っているという演出の相異が反映した結果である。成城本は㉑以降の色合いを保っていると言えよう。

## 四・六　語句の相異

最後に、語句の相異に入る。

①の「方」と「所」は、成城本の「方」に、幾分話者の敬意がこめられている。②の「参る」と「来る」についても、成城本の「参る」に話者である宿老の品位と観客に対するわきまえ表現を見出すことができる。

⑭の「とハ」と「といふは」、㉛の「とて」と「といふて」は、同じ傾向性を持つ。つまり、虎寛本の方にわざとらしい〝言い立て〟がなされている。この〝言い立て〟は、曲の位をあげることに効果がある。

⑳の「子供達」と「子達」の場合は、「達」に複数意識はこもっているから、それ以外の相異による表現効果は見出しにくい。

⑱の「若い者」と「若いもの共」は、虎寛本に複数認識が強く出ているとともに、「たち」ではなく「ども」待遇したところに、宿老が自ら上位者意識をもっていることが明らかとなる。

㉚の「わるかろう」と「わるい」の相異は、成城本が推量形を用いて事態を幾分ぼやかして全体の表現をやわらかにしようと試みたあとが見られる。

㊲の「何と有る」と「何とする」の相異であるが、「何と有る」は「あなたはそれについてどう思うか」と聞いているのに対して、「何とする」は「あなたはそれについてどう動く」と聞いており、虎寛本により喧嘩口調が認められる。それは、㉟の「と被仰ても」と「と仰られうとまゝよ」との対比でも、指摘することができる。

㊶の成城本「とう有ても通す事ハ成らぬ」は、亭主の意思表示としてのもの、虎寛本「どう有ても通す事ではない」は、客観的事実を述べることによって逆にゆるぎない亭主の意思表示としたもので、発話者の声の調子や表情が同質ならば、虎寛本の方が幾分強い表現として受けとられる可能性がある。

㊺の「此年に成る者」と「此年寄たもの」との相異は、成城本の方に、より老齢者の発話の色合いを感じる。宿

老を演じる狂言役者の実年齢によっても変動可能なセリフであり、表現上の優劣を論ずるべきではないであろう。

(52)は、「何れも」と「皆」の相異であるが、成城本「何れも」の方に、宿老の仲間の老人たちへの敬意や品の良い物言いが彷彿する一方、虎寛本の「皆」には、宿老がリーダー格として仲間をしきっている強さが感じられる。

### 四・七　四・一〜四・六のまとめ

四・一〜四・六にかけて、成城本と虎寛本の相異の背景やそれによってひきおこされる表現効果等について言及してきたが、多くの場合、

○虎寛本の曲としての位の高さの反映とそれによって生じた差異

○虎寛本において、亭主と宿老の会話を諍いに流れゆくものとして、強い語調・口調を特色づけているため生じた差異

に結論づけることが出来た。

大蔵虎寛本では、「老武者」は「鬼山伏狂言」に分類されているが、本来的には、一五〇年前に遡る大蔵虎明本[5]におけるように「脇狂言」として祝言性の高い曲目であったと思われる。成城本の岡氏が、間狂言とともに、この「老武者」を同じ冊子に書写しているのも、このことと無縁ではないであろう。岡氏がある程度の年齢に達し、「老武者」のシテ宿老を演じるにふさわしい時期に来たとき、師匠筋より演能許可をいただき、シテの関わる部分「シテ出羽より後斗り」のみセリフや出立（装束や作り物）を書写することが許されたのが、この成城本「老武者」であった。

### 四・八　謡仕立ての最後の部分における相異

(54)～(56)は、謡仕立ての最後の部分における相異である。

(54)の「ひさ、いはれ」は、意味不明であり、虎寛本の「ひとては取れ」が正しい形と思われる。虎明本には、この章句はないが、虎寛本よりややのちの大蔵流分家の台本である虎光本も「一手はとれ」（読みは「ひとてはとれ」、意味は「一応の腕は有している」）であるので、まちがいはない。他の冊では誤写の際立たなかった成城本〈岡氏署名本〉におけるこの誤写をどう見るか問題ではあるが、脇狂言の認可ゆえにわざとこの程度の質の台本を書写許可したことも否定できないのではと考える。能「翁」の詞章の呪文めいたのと同様、「ひさ、いはれ」には「久しい」「祝う」などと似た音が入っており、同音で謡うだけで祝言性は高まってくるのではないか。

(55)は、「鐽先」を「きつさき」と読ませるならば、相異はなくなる。虎光本は「切っ先」と表記されており、わかりやすい。

(56)は、「いたき留」と「いだき取」の相異である。原本では、「いたき留」の「留」字の左傍に「取」と並記しているが、これは、「いたき留」とともに、「いだき取」の詞章もあることを伝授された跡と見られる。この部分、台本によってゆれており、虎光本は「走り留抱とり」であるものの、その異本[6]では「いだきとり走りとめ」となっている。

## 五　発展的考察――「岡氏署名本」狂言の性格

### 五・一　「岡」「岡氏」と署名された六冊の書誌

本章で考察を加えた「老武者」、および、本章「はじめに」に挙げた筆者の翻刻・論考は、全て、成城大学図書

館蔵『狂言集』のうち、表紙に直接「岡」「岡氏」と署名された六冊の一群[7]についてであった。つまり、

Ａ　請求記号９１２・３／ＫＹ３／１(Ｗ)　墨付６丁　「柿山伏」
Ｂ　請求記号９１２・３／ＫＹ３／２(Ｗ)　墨付31丁　「鏡男」「鬼瓦」「悪太郎」
Ｃ　請求記号９１２・３／ＫＹ３／３(Ｗ)　墨付11丁　「黒塚の間」「老武者」
Ｄ　請求記号９１２・３／ＫＹ３／４(Ｗ)　墨付21丁　「骨皮」「墨塗」「現在鵺　間」
Ｅ　請求記号９１２・３／ＫＹ３／５(Ｗ)　墨付21丁　「はん女の間」「篭太鼓の間」「はしとみの間」「船弁慶の間」
Ｆ　請求記号９１２・３／ＫＹ３／６(Ｗ)　墨付23丁　「武悪」

に関するものであった。

Ａ～Ｆの記号は、今、私に付したものであるが、これらは丁数も収録曲数も異なっており、虎明本狂言台本や虎寛本狂言台本のような大系的なものではなく、雑纂的である。表紙に「岡」「岡氏」と署名した字体と本文の字体とが似通っているので、岡某が、書写して所持した狂言台本と考えられる。書写・所持の動機は、その曲を演じるためであり、台本書写にあたっては、師匠の許可が必要である。

現存各流台本との比較検討により、Ａ～Ｆ（以下、〈岡氏署名本〉〈岡氏本〉と略称する）は、大蔵流の台本であることがわかった。したがって、師匠とは、大蔵宗家、あるいは、宗家筋の実力者ということになるが、虎寛本や虎光本からは自由なセリフ部分を持つ曲が存在することから、「大蔵宗家筋」につながる人としておきたい。

Ａ～Ｆ所収の曲によっては、その台本を使って狂言を演じた役者名が記されており、最も多く出るのが、「森左衛門」（花押的な書き方がなされている）であり、全て名前をもって記される書記環境から、「しんざえもん」という名前がここに得られる。この「しんざえもん」と表紙の「岡」「岡氏」を合わせると「岡　森左衛門」という狂言役

者名が浮上してくるが、いまだ文献上の確認には至っていない。

### 五・二　〈岡氏署名本〉における狂言の性格――虎寛本との似より度など――

本稿を含めて、これまでの考察をまとめると、次のようになる。ただし、「成城本」ではなく、「〈岡氏署名本〉」という名称でまとめるのは、成城大学図書館蔵『狂言集』中の〈岡氏署名本〉以外の狂言台本との識別を明確にするためである。また、●○◎記号は、虎寛本との似寄り度を視覚的に表示したもので、●が似寄り度が低く、○が似寄り度が高く、◎が極めて似寄り度が高いということになる。

A「柿山伏」●……基本的な曲にかかわらず、相異が認められ、虎寛本とは異なる表現意識（演出意識）のもとに、感動詞・終助詞はじめ一部の語彙・表現が微細に変えられている。伝統的な烏の啼き声が「コカアコカア」ではなく、「カアカア」であるところに[8]、一八〇〇年早々の言語状態を想定することが可能であろう。

B「鏡男」○……虎寛本を基層に、若干後の時代に、虎寛本のセリフを質の変わらぬ状態で一部の語彙や助詞を変えたり添加したりし、一部、夫のことば・妻のことばを丁寧にしたり、当代のことばを少々反映させたりして、その時代実際に舞台にかける際に最良と思われる手入れをほどこしている。

「鬼瓦」○……虎寛本を基層に、若干後の時代に、虎寛本のセリフを質の変わらぬ状態で一部の語彙や助詞を変えたり添加したりして、その時代実際に舞台にかける際に最良と思われる手入れをほどこしている。

「悪太郎」●……虎寛本と現行台本（山本東本）との中間形――過渡形を呈している。言いかえると、〈岡氏署名本〉のような台本を経て、大蔵流山本家の山本東本に生かされて、現行台本に至っている。〈岡氏署名本〉の基になるものを提供した狂言役者（岡氏の師匠）は、意図と意思をもって、伝承性の高い虎寛本を変えたのである。しかし、のち、大蔵流山本東本で知られるように、虎寛本への依拠の高い詞章をもつ「悪太郎」が伝えられて現在に至る。なお、虎寛本「御ざったに依て」が〈岡氏本〉では「来る依て」となるなど、国語史的にも新しさが指摘できる。

C　「老武者」○……虎寛本の本文・語句とほぼ一致し、相異は微細な語句・表現にとどまる。

D　「骨皮」●……虎寛本以来のセリフを根幹に据えつつも、分家の八右衛門家（虎光本）のセリフをも取り入れたようなものが、当時狂言舞台にかけられていたことを示す、貴重な台本である。「悪太郎」同様、当時の狂言役者のオリジナルな〝解釈〟が入った台本が江戸後期〜幕末期に行なわれていたのである。しかし、明治期以来現行の舞台に至るまでに、伝統復帰と言おうか、虎寛本狂言に近い形で現行曲はおちついてきた（ただし、「悪太郎」の場合は、〈岡氏署名本〉のオリジナルな部分も、いくつかは融合されて遺されている）。なお、〈岡氏本〉に「かつけが起つて御座る仍て」と、新語形が出るのは、「悪太郎」の言語状態と共通する。

「墨塗」◎……虎寛本の本文・語句とほとんど一致し、相異は微細な語句にとどまる。

E　狂言曲所収ナシ

F　「武悪」○……虎寛本を基層に、若干後の時代に、虎寛本のセリフを質の変わらぬ状態で一部の語彙や助詞を変えたり添加したりして、その時代実際に舞台にかける際に最良と思われる手入れをほどこしている。なお、ここにも、「きやつハ幼少より遣ふた者しや依て定てそふてあろう」という新語形が〈岡氏本〉に見られる。

ひるがえって、大蔵虎明本や虎寛本の所収する狂言曲の大系的均一性[9]は、国語史（日本語史）研究上、稀有の、ありがたいものではあるが、虎明や虎寛の一個人の内容的・言語的配慮が全曲に及ばないと、あのような均一性は得られないのではないかという疑問を抱かせる。たとえば、虎明本と虎清本との（親子であり時代の重なる台本における）言語的・表現的相異を考える際に、今回のような同じ狂言役者が書写・所持した台本の曲によりまちまちの状態は、ある種のヒントを与えるものと考える。虎明本については、その前の伝承（口頭にしろ、台本にしろ）がどうであったかは、なかなか遡れないのが現状であるが、将来、数曲の古狂言台本が世に出たならば、大蔵虎明本を言語資料として用いる場合の虎明自身の言語統一や関与を含めて、さまざまなことが知られることと思う。

### 五・三　〈岡氏署名本〉における間狂言について

五・一の文献A～F紹介部分で傍線を付した「黒塚の間」「現在鵺　間」「はん女の間」「篭太鼓の間」「はしとみの間」「船弁慶の間」は、全て、能「黒塚」「現在鵺」「班女」「籠太鼓」「半蔀」「船弁慶」の間台本であり、能の間を勤めることが師匠より言い渡された時に、森左衛門が書写したもので、現存する『古本能狂言集』(大蔵虎明)や『貞享年間大蔵流間狂言二種　正・続』(能楽資料集成)所収本のように、間狂言を大系的に伝えたものではない。これら間狂言のセリフを含む内容については、現在調査を続行中で、詳細は後日を期したいが、C本、D本の状態から、狂言のお役(主としてシテ)が許可された時、同時に上演される能の間を勤める許可を得たら、このような台本が個人的に出来上がるであろうことは想像にかたくない。

大蔵虎明『古本能狂言』所収間狂言および貞享松井本等大蔵流間狂言台本(わんや書店刊　能楽資料集成)との比較からは、貞享松井本等大蔵流間狂言台本寄りの台本である。〈岡氏署名本〉の成立年代から言って、これは妥当なところであろう。しかし、キーワードは一致するものの、会話の流れ(ワキとのやりとり)や表現(描写の方向性)は、六曲ともそれぞれ異なる部分を多く有し、間狂言の現場的流動性を、〈岡氏署名本〉は反映しているように思われる。

特に、〈岡氏署名本〉間狂言六曲が、貞享松井本等大蔵流間狂言台本のセリフよりも「～候間」を多用し、より硬い文調にしていることが目立つ。現行の大蔵流の間狂言を能鑑賞において体験した感想から言っても、この〈岡氏署名本〉間狂言六曲は硬いセリフ回しとなっている。これが、江戸後期～幕末期の実態かどうか、今後の精査が必要であろうが、岡氏など宗家一族ではない狂言役者が一日に演じられる能と狂言に出演する場合、より硬い文語のセリフを間狂言で用いた方が、同時上演の狂言における口語セリフとの間に落差が生じて、間狂言の位が上がって見えるという効果を考えてのものではなかったろうか。

## 六　おわりに

「岡氏署名本」は、一人の狂言役者が自ら演じるに当たって、師匠より台本書写を許されて書写したものの長きに渡る集積であり、生涯でそう多くを演じる機会のなかった宗家周辺の役者の貴重な台本であった。狂言役者は、同時に能の間（あい）――間狂言を勤めるわけであるが、その間をも時にまかされるほどの腕前であったので、「黒塚の間」「現在鵺間」「はん女の間」「篭太鼓の間」「はしとみの間」「船弁慶の間」など、間狂言も同時に今に残されたのである。

「岡氏署名本」は、その詞章やことばから、幕末期～明治初期にかけての台本と推定されるが、このような「破本」に近い限られた曲数の台本にも、これからの狂言資料研究は眼を向けていく必要があるであろう。伝統踏襲という重大な使命と台本確定者の主体的せめぎ合いの様相、上演された時代の言語層の意図的、あるいは、予期せぬ反映など、芸能史・文化史に収まらない国語学的注目点が解明されていく可能性は高いものと思われる。

**【注】**

（1）『狂言集』という名称は、筆者の仮称である。大きくは三グループの雑纂的な狂言台本の集まりであるために、論述上、この名称を用いたい。本論文で扱うCは、その中の一グループで六冊構成をとるので、一冊～六冊をA～Fで略称することにした。Cの末尾には、「Y093265」と登録番号が付されている。Cの形態は、冊子本(縦25㎝・横16.9㎝／こより綴じ)で墨付11丁である。

なお、当『狂言集』は、筆者が前任校である成城大学短期大学部日本語・日本文学コース在職中に、まず、日本語・日本文学コース研究室に教材・研究用として蔵される形となった。本稿の翻刻・考察の基礎は、その時に発する。

(2)　寛政四年(一七九二)に大蔵虎寛が書写したもの。大蔵虎明が寛永一九年(一六四二)に書写大成したものの伝統を受けつぎつつ、その後百五十年間の変容をセリフ・語彙・表現に反映している。

(3)　大蔵虎光本は、文化一四年(一八一七)に大蔵八右衛門虎光が書写したものである。大蔵八右衛門家は、大蔵虎明・虎寛が宗家系であるのに対し、分家系である。

(4)　たとえば、「柿山伏」には、

○ャ烏しやと云ハ　○マタ　猿しやと云ふハ

「鏡男」には、

○　鬼のつらに見ゆるハ　などの例が見られる。

(5)　虎寛本に先んじて、大蔵虎明が寛永一九年(一六四二)に書写したもの。大蔵虎明本狂言調査は、臨川書店刊複製本に拠る。

(6)　虎光本では、「老武者」は巻十六に収録されている。古典文庫に橋本朝生氏により翻刻された「老武者」は、文政六年山岸清斎書写大蔵虎光本(吉田幸一氏蔵)を底本とし、文政五年岡田信言書写明治四十一年橋本賀十郎転写大蔵虎光本(関西大学図書館蔵)の校異を載せる。「いだきとり走りとめ」は、異本としての関西大学図書館蔵本の本文である。元の書写年代は、一年しか隔たらないのに、虎光本狂言台本二種間の相異は、伝承としての書かれたものに、それぞれの書写者の口伝的記憶が反映しての結果ではないかと推測するが、詳細は未調査である。なお、虎光本狂言台本二種間の言語的相異について純粋に国語学的立場から考察したものとして、小林賢次「大蔵虎光本狂言集の本文の異同について――文法的事象に関して」(東京都立大学『人文学報』二六六、一九九五年二月)「大蔵虎光本狂言集の本文の異同について――待遇表現に関して」(『近代語研究』第一〇集、一九九九年一〇月)などがある。本稿執筆時点で、橋本朝生氏

（筆者の高校時代の同窓生）も小林賢次も故人となってしまった。二人の早すぎる逝去は、この分野の研究発展のためにも限りなく惜しまれる。

（7）「岡」「岡氏」と署名された六冊の一群については、成城大学図書館において「狂言台本十五番」という名称が付されている。しかし、Aの表紙に記された「附子」の曲はある時期に綴じ放されており、実際は一四曲しかないので「十五番」という名称は実態にそぐわない。

A～Fの六冊は、全て冊子本であり、右脇の上下二ケ所をこよりで「　―　―　」のように綴じられ、表紙も本文と同紙でそこに曲名（時に、演じる役者名も）が書きつけられており、簡素、かつ、実質的な台本となっている。用紙（料紙）の大きさは、A（縦25㎝・横16.9㎝）、B（縦25㎝・横16.7㎝）、C（縦25㎝・横16.9㎝）、D（縦24.2㎝・横17.2㎝）、E（縦24.9㎝・横16.8㎝）、F（縦25.1㎝・横17㎝）である。㎜単位で微妙に出入りしているが、当時の手すき和紙の実状を考えると、求めた時期や紙屋が異なると、この程度の〝ゆれ〟は十分想定される。本人の意識では、ほぼ同形の台本を志したと見てよい。

（8）近代語学会の研究発表の席上、「カアカア」という烏の啼き声表記の実例について会員諸氏より有益な質問・ご助言を賜わり、かつ私信でのご教示に預かることもできた。小林千草二〇一三・三a（12～14頁）ですでに筆者の触れたことを踏まえて、この件に今後とも留意していきたい。

（9）微細に見れば、問題のある曲が混在することは、本書第七章三で触れることになる。

（付記）本稿の骨子については、平成二十五年十二月七日（於白百合女子大学）に開催された近代語学会で発表する機会に恵まれた（当日の発表資料の「三　狂言「老武者」について」「四　〈岡氏署名本〉における間狂言について」「五　まとめ―江戸後期～幕末期狂言台本の実態―」が該当）。

# 第五章　成城本「骨皮」「墨塗」の書誌と考察

## 一　はじめに

本章は、成城大学図書館蔵『狂言集』[1]のうち、

D（請求記号912・3／KY3／4(W)とラベルの貼られた一冊）

に所収された「骨皮」「墨塗」につき、その狂言台本としての性格および表現の特性について考察するものである。

成城大学図書館蔵『狂言集』（以下、「成城本」と略称する）は雑纂的なものであり、「岡」氏蔵であったことが表紙に書きつけられている六冊構成の一群A～Fに関しても、その一冊ごと（時には所収された各曲ごと）の性格把握が必須の前提作業となってくる。Dの前に位置する、

A（請求記号912・3／KY3／1(W)とラベルの貼られた一冊）に所収された「柿山伏」

については、

小林千草二〇一三・三a「狂言台本の翻刻と考察〈成城本「柿山伏」の場合〉」（『東海大学　日本語・日本文学　研究と注釈』第三号　本書第Ⅰ部第一章として収録。ただし、翻刻部分は第Ⅱ部に移す）

B（請求記号912・3／KY3／2(W)とラベルの貼られた一冊）に所収された「鏡男」「鬼瓦」「悪太郎」

については、

小林千草二〇一三・三b「狂言台本の翻刻と考察〈成城本「鏡男」「鬼瓦」の場合〉」(「湘南文学」第四七号　本書第Ⅰ部第二章として収録。ただし、翻刻部分は第Ⅱ部に移す)

小林千草c「成城大学図書館蔵狂言「悪太郎」の性格と表現」(小林賢次・小林千草編『日本語史の新視点と現代日本語』勉誠出版　所収　本書第Ⅰ部第三章として収録)

を発表しているので、abcの結果を踏まえて論究することがある。

## 二　狂言台本としての成城本「骨皮」「墨塗」の状況

一で触れたように、「骨皮」「墨塗」[2]はDに収められている。和紙を半折にして紙縒《こより》で二ヶ所を綴じて一冊の本としたDは、表紙にあたる部分に、

①

骨皮　シテ　しんほち　左内

住持　森左衛門

傘借り　金吾

馬借　和調

斎呼　三喜

墨塗　シテ大名　忠兵衛

太郎冠者　安弥

女　森左衛門

現在鵜　間

岡氏

と書き込まれている。左端の「岡氏」がＤ所有者の名前と見られるが、筆跡から、この台本の書写者と考えて大過ないと思われる（ただし、それぞれの役に付けられた実在の役者名のうち、どれが「岡氏」なのか決定するには、まだ時間をかけたいと思う(3)）。

「現在鵺　間」は、能「現在鵺」（五番目物。金剛、喜多流。作者未詳。別曲「鵺」と同工異曲の作品(4)）の間《あい》のセリフを記したもので、墨付本文20オ～21ウを占めている。

「骨皮」は1オ～9ウ、「墨塗」は10オ～19オを占めている。「骨皮」の本文の行詰めは、9～12行までいささかのバラつきがあるが、10行詰が半分を占めている。一方、「墨塗」は、9～10行詰のどちらかで、その七割が9行詰であり、行詰に関しては、二曲相異を見せている。実際の字の配置を見ると、一行の増減はそれほどのちがいを感じさせない。ちなみに、間《あい》のセリフを記した「現在鵺　間」は10行詰となっている。

狂言台本であるから、セリフの発話者を併記することは基本となる。

「骨皮」の場合、

②ⅰ　住是ハ此寺の住持て御座る（1オℓ2）／住「中〳〵(5)（1オℓ7）／住「　（1ウℓ2）

ⅱ　新「　（1オℓ6）／シテ「　（1ウℓ7）／新イヤ今日只今の事て（2ウℓ8～ℓ9）／シテ安ひ事で（3オℓ2）／「シテイヤ呼せらる丶そうな（3オℓ10）

ⅲ　傘かり是ハ此當りに住居致者て御坐る（2オℓ5～ℓ6）／傘「　（2ウℓ3）／傘扨々夫ハ（2ウℓ6～ℓ7）

ⅳ　馬貸是ハ此當に住居致者て御座る（4ウℓ3）

ⅴ　斎呼是ハ此當りに住居致者て御座る（6オℓ10）／斎只今参も（6ウℓ4）／斎「　（7ウℓ2）

のような形で、セリフ主を明記する。また、「墨塗」では、

③ⅰ　シテ名乗鴈盗人同断（10オℓ2）／主「　（10オℓ4）／「さあ〳〵来ひ〳〵（10オℓ10　シテの主人と太郎冠者の会話がつづく場合）

ⅱ　太郎「（10オℓ3）／女「能う御座りませう（10オℓ9～ℓ10　シテの主人と太郎冠者の会話がつづく場合）

ⅲ　女「（11オℓ1）／「（11オℓ3）／「（11オℓ8　女と太郎冠者の会話がつづく場合）／「（13オℓ1　女とシテの主人の会話がつづく場合）

のような形で、セリフ主を明記する。いずれにしろ、Aの「柿山伏」、Bの「悪太郎」のように、「○」を記してセリフ主を添える方法をとってはいない。全て「岡」（岡氏）と所有者名の入れられた六冊一組の台本におけるセリフ名表示の不統一に関しては、出演を許可された狂言役者が師匠筋より伝承台本の書写を認可された際、その拠り所とする台本の状況をそのまま写すために、このような曲ごとの不統一が生じたものと考えられる。

特に、「墨塗」の場合、「○」は、

④主「中〱　。此當りニてシテ墨の付きたるを見付て肝を潰し（16オℓ7）

⑤太郎「畏て御座る　大臣柱の方へのきて此言葉の内　○　女「夫ハ近比よろこばしひ事て御座る（16ウℓ7～ℓ8）

など、特殊な注記機能を託されており、セリフ主を示す「○」とは、異なっている。

## 三　成城本「骨皮」と虎寛本――セリフの有無・出入りより――

成城本「骨皮」は、大蔵虎寛本狂言（寛政四年〈一七九二〉に大蔵虎寛が書写したもの。岩波文庫『能狂言』上・中・下を底本とする）中の「骨皮」の本文に近いが、Bの「悪太郎」同様、セリフの有無を含めて、かなりの出入りをもつ。その実態を、物語の展開順に追っていこう。

### 三・一　「序の段」比較考察

「序の段」にあたる、〝住持が新発意に寺を譲るまで〟を、比較考察する。

⑥今日ハ最上吉日て御座るに仍而《て》今日より此寺を新発意に譲つて隠居致うと存る（1オℓ2〜ℓ4）↕今日は最上吉日で御座る程に、新発知を呼出し、寺を譲うと存る。（下89頁）

⑥は、住持が「是ハ此寺の住持て御座る」（両本一致）と名乗りをしたのち、観客に向かって独白するセリフである。内容的には同じことを、ほんの少しことばを変えて言っている。しかし、成城本「に仍て」と虎寛本「程に」の対立は、国語史的には重要である。小林千草一九七三・九「中世口語における原因・理由を表わす条件句」（「国語学」第九四集。のち、武蔵野書院刊『中世のことばと資料』に所収）で報告したように、大蔵虎明本狂言（寛永一九年〈一六四二〉に大蔵虎明が書写したもの）では、原因・理由を表わす条件句（接続助詞）としては「ホドニ」が優勢で、大蔵虎寛本狂言で「ニヨッテ」優勢に逆転するという国語史的変遷が見出される。「ニヨッテ」優勢にあって、文末が命令・依頼表現の場合を中心に「ホドニ」が未だ命脈を保っていたのが虎寛本の時代であるが、その数少ない「ホドニ」の用例が、成城本で「に仍て」（ニヨッテ）に変えられているところに成城本の新しさが浮き出ている。

⑥ののち、住持が新発意を呼び出すのに、成城本は「のふ〳〵」と表記し、虎寛本は「なう〳〵」と表記する。「ノウ」という感動詞の歴史的仮名遣いは「なう」であるから、虎寛本の表記の方がより規範的であったものだし、次の⑦の「ソウナ」も規範的には虎寛本の「さうな」が正しい。したがって、今は一々指摘はしないが、成城本の表記は、規範がどんどんくずれていった近世後期以降の様相を反映していることが多い。

⑦ィヤ呼わせらるゝそふな　申シ呼せられますか（1オℓ6〜ℓ7）↕イヤ、呼せらるゝさうな。申《まうし》、呼せられまするか（下89頁）

⑦は、住持の呼び声を聞いた新発意が登場する時のセリフであるが、成城本の方が「ますか」となっている。「まするか」と「ますか」——つまり、「まする」と「ます」では「ます」の方が後の変化形なので、成城本の新しさが、ここでも浮き出ている。

⑧欠↕愚僧も年が寄て、朝夕《あさゆふ》の勤行も旦那あしらひもむつかしい。（下89頁）

⑧は、住持が新発意に今日から寺を譲る旨を伝えるセリフの中で、譲る理由の一つとして述べられているが、成城本は、⑥の名乗りにもあった「今日は最上吉日じやに依て」のみしか伝えない。しかし、この部分にないだけで、実は、次に展開する会話群にもちこされているのである。

住持の勧めに対して新発意は、成城本では「夫ハ近比忝うハ御座れ共何卒今少し此方持せられて被下い」と一旦辞退し、虎寛本は「近比　忝《かたじけなう》　は存まするが、遅ふても苦敷う無い事で御ざる。其上私もいまだ若輩に御座る程に、今少し待せられて被下い。」と辞退するが、破線部が成城本には欠けている。

新発意の一旦の辞退に対して住持は、

⑨イヤ〳〵某も年寄て朝夕の勤行《ごんぎやう》の旦那あしらひのと申て殊之外六ヶ敷に仍て今日よりしてハ隠居する程にそう心得さしめ（1ウℓ2～ℓ5）↕近来尤じや。さりながら、(ア)旦那衆も一段能らうと仰らるゝ。其上、隠居する(イ)といふてよ所《そ》へ行でもなし、(ウ)則眠蔵に求聞持《くもんじ》をくつて居る程に、何成共知れぬことが有らば聞におりやれ。（下89頁）

のように答える。この部分に、⑧で欠けていたものが二重線のように成城本に出て来ている。一方、虎寛本は、（ア）（イ）（ウ）という新情報を新発意に伝えている。特に（ウ）の「眠蔵に求聞持《くもんじ》をくつて居る」という語で、この住持が禅僧で、この寺が禅寺であることが判明する。成城本は、この段階までは禅宗系であることを表立ててはいない。

成城本に、破線部の辞退のことばがないのは、それだけ言える新発意ならば、以降の馬鹿な旦那あしらいはしないはずと成城本の台本作成者が省いたのである。⑨の（ア）を省いたのも、旦那衆もこんなお馬鹿な新発意に寺を譲ることを「一段能らう」などと言わないだろうし、ましてや後の展開では、寺を譲られたことを旦那衆三人が三人とも初耳のように驚いていることなどを考え合わせた上での演出処理と思われる。

⑩新「其儀成らハ畏て御坐る　住「(エ)又是からハ朝夕の旦那あしらひを誠に大切にさしめ　シテ「心得ました　住「(オ)身共また隠居すると言ふても余所迠行でも無ひ　りやうへ居程に又知れぬ事か在らバおしやれ　新「何か扱心得ました　住「(カ)又後程逢ひましやう　シテ(キ)其儀成らハ後ほど御目に掛りませう（1ウℓ5〜2オℓ1）↕（シテ）畏て御ざる。（住持）扨寺を持てからは、随分と旦那衆の氣に入る様にせねば成らぬ程に、さう心得さしめ。（シテ）何が扨、随分氣に入様に致しませう。（住持）夫成らば用が有らば何時《なんどき》成共おしやれや。（シテ）心得ました。（下89〜90頁）

⑨につづく会話である。一致することばに引いた傍線は、短いものが三つしかなく、この部分の会話における両本の出入りをきわ立たせている。成城本の（エ）は、前段の住職のことば（二重線）とも重なり、しつこすぎるようであるが、後々、新発意はこの「旦那あしらひ」で失敗を重ねるのであるから、笑劇《コメディー》における強調（誇張）として仕込まれていると見られる。成城本（オ）は、虎寛本にあった⑨の（イ）（ウ）をここでまかなっていると見られるが、「りやう」（寮）という、禅寺で最も使われるがそれ以外の寺でも使わないこともない語を用いているところに、成城本が設定の普遍性を試みた跡を見てとれる。

住持と新発意のかわす（カ）（キ）という会話は、虎寛本には全くない。しかし、大蔵虎光本（文化一四年〈一八一七〉に大蔵八右衛門虎光が書写したもの。古典文庫『大蔵虎光本狂言集』本文に拠る）に、

⑪住「又後ニ逢ませう　シテ「夫ならば（なれハ）[6]後程御目に掛りませう。（一272頁）

のごとく同趣本文があるので、江戸も末期に大蔵流では入れられることのあったセリフであったと思われる。この会話のあった方が、師匠であったが住職を退《ひ》いた人と弟子であったが新たに住職に成った人との改まった関係成立をことばによって象徴し、一つの寺で公と私との距離があらたに保たれるようになったことが印象づけられることになる。

住持を奥に見送った新発意は、「のふ〳〵嬉しや」（虎寛本は「なう〳〵嬉しや〳〵」と「嬉しや」が一つ多い）と喜び、「是からハ　X旦那あしらひを大切に致う」（虎寛本は、先ほどの住持の教えたことを受けて「是からは随分と　Y旦那衆を大切に致て、気に入る様に致う」）と、心がまえ（決心）を述べる。XとYとは相似たことを言っているようであるが、後の段において成城本・虎寛本ともに新発意はこのXYのことばにこだわった言動をとることになり、「旦那あしらひを大切に」と「旦那衆の気に入る様に」は両方のきわ立った相異のように、ことばとしてくり返されていく。

## 三・二　「破の段」比較考察

「破の段」にあたる〝旦那衆の一人が傘借りに、もう一人が馬借りに来た時の新発意のあしらいとその報告をうけた住持の反応〟を比較考察する。

旦那衆の一人が傘を借りに寺を訪れる。役名は「傘かり」とある。

⑫是ハ此當りに住居致者て御坐る　某今日ハ山一ッあ方へ参りますか(ク)俄に時雨て御坐るに仍而《て》旦那寺へ参り傘をかつて参うと存る　(ケ)先そろり〳〵と　イヤ誠にかう参てもかさをかして被下るれハ能う御座るか旦那寺の事て御座るによつて貸て被下ぬと申事ハ御座るまい　イヤ参程に是しや　先ッ案内を乞う（2オℓ5〜2ウℓ1）

は、その名乗りであるが、紙幅の都合で虎寛本の本文を略している。ただし、虎寛本と一致するものを傍線で、似た表現に点線を添えているので、大略は把握可能である。(ク)について虎寛本では、「何《なに》とやら降りさうに成て」とあり、成城本のすでに「俄に時雨て」いる状態とは異なっている。

成城本の方に、(ケ)「先そろり〳〵と（略）御座るまい」のセリフが増えている。このセリフがあった方が、旦那衆（檀家）の旦那寺への信頼（期待度）が表明されて、この後の展開との落差を強烈にする。

現代日本語では、「借る」の連用形につき、東が「借りて」、西が「借って」という方言対立を有するが、成城本では「かって」と促音便形を用いており注目される。

傘かりが寺に着いた時の挨拶が成城本では、

⑬常之通　新ボチ常之通(7)（2ウℓ1）

とあって略されているが、虎寛本では、

′⑬（アド一）物申《ものまう》、案内申《あんないまう》。（シテ）表に物申と有る。案内とは誰《た》そ。どなたで御座る。（アド一）私で御座る。（下90頁）

と略さずに記されている（「アド一」とは傘借りのこと）。

新発意が本日寺を譲られたことを告げると傘借りは、「扨々夫ハ目出度事て御座る　夫と存た成ハ早速御祝ひに参りませう物を」（コ）と挨拶する。虎寛本では、「ヤレく、夫はめでたい事で御ざる。存《ぞんぜ》いで御悦をも申ませなんだ。重て御祝を申ませう。」（サ）という。（コ）と（サ）とは表裏を成す表現であり、全く違うことを言っているのではない。

成城本では、新発意が「扨只今ハ何と思召ての御出て御座るそ」と傘借りに聞くが、虎寛本にはこの問いかけはなく、直接、⑭のように傘借りの説明が来ている。

⑭只今参も別成事ても御座らぬか今日ハ山一ッあ方へ諸用有て参りまするか俄に時雨て御座るに仍而《て》何卒傘を貸て被下い（2ウℓ10〜3オℓ2）↕扨唯今参るも別成事でも御ざらぬ。山一つあなたへ参りまするが、何とやら降さうに御ざる程に、何卒傘をかして被下う成らば忝御ざる。（下90頁）

まず、虎寛本の方が、旦那の物言いが幾分丁寧であることが知られる。先ほどの旦那の名乗り⑫を受けて、虎寛本では「何とやら降さうに」とし、成城本は「俄に時雨て」としている。この一貫性は、それぞれの台本の整合性として重要になってくる。

⑭においても、⑥で指摘したのと同じく、虎寛本「程に」、成城本「に仍て」の対立がある。虎寛本でも帰結句が命令・依頼表現の場合は、「ホドニ」を用いる傾向が残っていたが、成城本ではそれさえ「ニヨッテ」に変えていることで、成城本の成立の新しさが浮き出ている。

新発意は、「安ひ事」と受け合い、

⑮イヤ申く是ハ師匠の傘てハ御座れ共是を貸て進セましやう（3オℓ4〜ℓ5）↕申く、此傘は師匠のまださし初《ぞめ》もせられぬ傘で御座れ共、是をかして進じませう。（下90〜91頁）

と、（新しい）傘を貸してやる。虎寛本では「師匠のまださし初《ぞめ》もせられぬ傘」としているが、成城本にはそのような限定は、のちの住持の〝小言〟にも出てこない。ただ、そこにあった「師匠の傘」を貸したという設定である。ひょっとして新しくない傘であったかもしれないというのが、成城本の含みである。のち住持が、この古い傘を貸したことさえ文句を言うようなら、住持の〝吝さ〟がきわ立つことになり、成城本の狙いはここにもあったことになる。

なお、表記の点で、虎寛本「ませう」が成城本「ましやう」となっているのは、成城本が規範からはずれた後々の表記形態となっていることを示す。

傘借りの旦那が去ったのち、両本、住持と新発意の会話の切り出しが相異している。つまり、

⑯住寺しんほちを呼フ　イヤのうく新発意おりやるか　「シテイヤ呼せらる、そうな　申呼せられまするか　住申く呼ておりやる　今来たのハ誰ておりやつたぞ　シテ「あれこそ誰殿て御坐りました　住「あの誰殿ハ寺へ能う参る人じやか何と言ふて見へられた　今日ハ諸用有て山一ッあ方へ参りまする　俄に時雨て御座るに仍而傘を貸て呉ひと云ふて見へられて御座る（3オℓ9〜3ウℓ6）↕（シテ）さらば此よしを云てほめられうと存る。申、御座りまするか。（住持）誰じや。（シテ）私で御ざる。（住持）を、、和御料《わごりょ》か。（シテ）唯今誰殿の見へまして御座る。（住持）

何《なん》じゃ。誰のわせた。（シテ）中〱。（住持）ハア、あの人は常は来ぬ人じやが、何《なに》と思ふて見へたぞ。（シテ）山一つあなたへ参りまするが、俄に降掛つて御ざる程に、傘をかしてくれいと申されて御座るに依て、則かして遣はして御座る。（下91頁）

のようになっており、成城本では住持の方から声をかけている。

つまり、成城本の住持は寺を譲ったものの気になってしかたがなく、寺の出入りに聞き耳を立てていたことになる。来訪者が「誰殿」（現行の舞台では、担当演者の名前を入れこむ）とわかった時、「寺へ能う参る人」としてプラス評価を住持は与えている。しかし、この後、傘は貸さなくてよかったのにと裁断するのであるから、住持は、やはり「吝い人」とキャラクター化されている。

一方、虎寛本の方は、成城本の「のふ〱嬉しやまんまと旦那あしらひを致て御座る」という自己満足を超え、「さらば此よしを云てほめられうと存る」と師匠に声をかける設定になっている。この段階で、虎寛本の新発意の方が、住持に頼り甘えていることになる。住持はと言うと、「誰殿」に対して「あの人は常に来ぬ人」とマイナス評価を下している。「常に来ぬ人が来た」というだけで、何か良くないことを感じている風である。

成城本⑯は、新発意のことばで終わるが、それに対して住持は、

⑰夫ハ定て貸ぬて有う（3ウℓ6）

と言い、「イヤ貸しまして御座る」と答える新発意を叱責する。新発意は、先にあった住持の教え（X）を盾に反論する。しかし、住持は「貸いでも如在《ぢょさい》に成らぬ挨拶か有る」と言って、

⑱此間師匠のさいて出れまして御座れハ散々辻風にあわれまして骨ハ骨皮ハ皮に成まして何の役に立ませぬに仍而真中を引ッくゝつて天上迠打上て置まして御座るかあれでハ御用に立ますまひと云へハ貸さひでも済事しや（4オℓ1〜ℓ7）

と教える。

すでに傘を貸したことを⑯末で報告した流れをとる虎寛本は、

> ⑰（住持）何じや、傘をかした。（シテ）中〳〵。（住持）ハア、借す様な傘は無いが、どの傘をかしてやらしました。（シテ）こなたの傘をかしまして御ざる。（住持）あの新しい傘を。（シテ）中〳〵。（住持）なうこゝな人、あれは身共がまださし初もせぬ傘を、人にかすといふ事が有る物でおりやるか。（下91頁）

という会話を展開する。それに対して、新発意はやはり、先ほどの住持の教え（Y）を盾に反論する。それに対する住持の新たな教えは、成城本の⑱とほぼ同文（⑱の傍線部は虎寛本との一致を示す）である。成城本のセリフの方が、住持を含めた寺方の物言いが「御座る」を添えてより改まって丁寧であり、住持の新発意への物言いは「じゃ」のままである。虎寛本がその末尾で「如才に成らぬ挨拶でおりやる」のごとく、住持が新発意に「おりやる」を用いて軽い敬意を添えているのとは異なりを見せている。

今度から気をつけると言った新発意に、住持は、成城本では、

> ⑲必むさとした事をおしやるな（4オℓ8～ℓ9）

と釘をさすが、虎寛本では、この場面においてこのセリフはない。

次に、別の旦那が馬借りにくる。これには貸す側から見た用語「馬貸し」が用いられているが、成城本に「馬かり」の表記も見えるので本稿では「馬借り」として〝馬貸しを頼んだ人〟として論を進める。

> ⑳是ハ此當に住居致者て御座る　今は諸用有て山壱ッあ方へ参りまするか俄ニかつけが起つて御座る仍而旦那寺へ参り馬を貸て参うと存る 道行　前之通　新発意　寺ヲ譲られ坐禅も談義も<br>案内　前之通　前之通　都て　前之通（4ウℓ3～ℓ6）

すでに傘借りの段があるので、成城本は「前之通」と略している。したがって、実際の舞台では、傘借りの⑫の

セリフ「先そろり〳〵と〜ィャ参る程に是しや　先ッ案内を乞う」がくり返されることになる。⑳の「仍而」（ヨッテ）は、「ニヨツテ」のさらに変化した形で、成城本の成立時期の新しさ――江戸後期でも限りなく幕末期に近い[8]ことを示唆している。

⑳末尾を見ると、成城本はそれ以降も省略を重ねている。そのうち、新発意の挨拶として傘借りの段の時にプラスして「坐禅も談義も都て」譲られたことをセリフとして言うように割注で指示がなされている。このセリフを舞台で生かした時、この寺が「禅寺」であったことが成城本で明確化する。

成城本でも、虎寛本でも、新発意は、「扨只今ハ何と思召ての御出て御坐るそ」と馬借りに尋ねる。馬借りは、

㉑只今参も別成事ても御坐らぬ　諸用有て山壱ッあ方へ参りまするか俄に途中てかつ氣《け》かおこつて御座るに仍而何卒馬を貸して被下い（4ウℓ8〜5オℓ1）

と、頼みこむ。この部分に関して、虎寛本は、

㉑'されば其事で御座る。山一つあなたへ所用有て参うと存て御座れば、途中より俄に脚氣［が］発て一足も引れませぬ。何卒御寺の馬をかして被下う成らば、忝御座る。（下93頁）

となっており、脚気が起こったことと馬を借りて行きたいこととは、原因・理由表現で結びつけられてはいない。事実を述べて、相手に事実の因果関係を推測してもらおうという控えめな依頼表現をとっている。ところが、先にあげた成城本は、「に仍て」という接続助詞（相当句）を用いて、因果関係を明確にしている。

旦那より馬借りの頼みを聞いた新発意のセリフについて、成城本は、

㉒しんほちハ傘の挨拶ヲ有た通り言ふ馬借もあきれて帰ル（5オℓ1）

のように省略している。虎寛本は、省略せずに記している。

馬借りの願いで来た旦那が去ったのち、新発意は、

㉓まんまと師匠の申された通りを申て御座る　さらハ此由師匠迠申てほめらりやうとそんずる　イヤ申〱只今誰殿の見へられて御座る（5オℓ2～ℓ5）

と、住持の所へ出向く。出向くというのは、成城本ではじめての設定である。師匠にほめられたいという新発意の思いも、ここで伝わってくる。

その間の事情を説明し終わった新発意に、住持は、「夫ハ定而《（て）》貸たで有らう」（虎寛本は「定てかしてやらしましたで有の」）[9]と言う。その後の二人の会話を虎寛本では全て記すが、成城本では「しんほちハ傘の挨拶ヲ言うた通りヲ師匠へ言」として一部略している。

ここで又、住職は、貸さなくても失礼にならない断わり文句を教える。

㉔此間やせか見へまするに依て上の山に青草に付て置まして御坐れハ散々駄狂ひを致いて腰の骨をしたゝかに打まして御座るに仍而馬屋角ミにこもをきせて寝て置まして御座れハ只目斗りまじり〱と致て居りまするがあの躰でハ御用ニ立ますまいと言へハ扨貸さいでも済事ておりやる（5ウℓ7～6オℓ4）

⑱同様、このようなキーワード的部分は両本相異をほとんど有しない[10]（虎寛本との一致を示す傍線参照）。

### 三・三「急の段」比較考察

「急の段」にあたる〝三人目の旦那が斎呼びに来た時の新発意のあしらいとその報告を受けた住持の反応〟を比較考察する。特に、「駄狂ひ」の語が呼び起こす住持と新発意のことば喧嘩が「急の急」を構成している。旦那衆として三番目に出るのが斎呼《ときよ》びである。

㉕是ハ此當りに住居致者て御座る　明日は　志《こころざす》　日に當つて御座るに仍而旦那寺へ参御住持を請待《しやうだい》いたし又おしんほちにも来て貰うとそんずる　先ッそろり〱と参う（6オℓ10～6ウℓ3）

と名乗って登場する。成城本は、以下を「道行常之通　案内も同断」と省略している。

寺に着いた斎呼びは、名乗りで言っていたことを丁寧な口調になおして新発意に伝える（このセリフ中、虎寛本の「こゝろざす日に當て御座る程に」が、成城本で「志日に當りまするに仍而」となっており、成城本の新しさを浮き立たせている）。

旦那の招待に対して、

㉖シテイヤ私は参りませうが師匠にハ得参られますまい　斎夫ハまた如様な事で御座るそ（6ウℓ7〜ℓ9）

という会話を経て、新発意は先ほど住持に教えられた断り文句（㉔参照）で、住持の行けないわけを説明する。

㉗斎イヤ私の申スは御住持様の事て御坐る　シテ中〳〵師匠の事て御坐る　斎扨合点の行かぬ　夫成らハ此方斗成共来て被下い　シテ何か扨私斗成り共参りませう　斎呼其儀成らハ私ハもうこふ参りませう　シテ最早御坐るか

斎「さらハ〳〵　シテ「能う御坐つた　斎ハア、（7オℓ6〜7ウℓ2）

驚きあきれた旦那は、㉗のような会話をして、去って行った。新発意は、

㉘まんまと旦那あしらひを致て御座る　急ひて只今の通を申て今度社《（こそ）》ほめらりやうと在る　イヤ申〳〵只今誰殿の見へられて御坐る（7ウℓ3〜ℓ6）

と、嬉しげに住持に報告に行く。いつも会話を丁寧に描く虎寛本だが、ここは、

㉘′なう〳〵嬉しや〳〵。まんまと最前の通り申て御ざる。今度は定てほめらるゝで有う、申、御座りまするか。

（下96頁）

と、最初に感動のことばを入れて、後は、あっさりと済ませている。

新発意の「誰殿の見へられて御座る」という一言を聞いて、成城本は「夫ハ又何と言うて見へられた」という住持の問いかけをはさんですぐ新発意の説明に入るが、虎寛本は、

㉙（住持）ハア、あの人はつゝと信者で、寺へも能うさい〱わするが、そなたへ寺を渡いた事を聞れた成らば、嘸悦うで戻られたで有う。（シテ）殊の外悦うで戻られました。（住持）さうで有う。外に何ぞ用でも有たか。（下96頁）

という短い会話をリズミカルにはさんで、新発意の説明に入る。

説明を聞いた住持と新発意は、次のような会話をかわす。

㉚ 住「夫ハ幸ひ明日ハ身共も隙で居るに仍而定て行と云ふたで有う　シテイヤ私ハ参りませうか師匠にハ得参られまひと申て御座る　住「夫ハなぜに　シテ「最前の通りを申て御座る　住「最ぜんハ馬の挨拶社《こそ》言ふたれ斎《とき》の挨拶ハ何と言ふたぞ（7ウℓ10～8オℓ6）↕（住持）扨々奇得人《きとくじん》じや。定て身共も行うといふて遣つたで有う。（シテ）イヤ、最前の通り申しました。（住持）最前 斎の挨拶は何ともをしへぬが、夫はまづ何とおしやつたぞ。（下96頁）

両方、傍線の少なさで知られるように、かなりの出入りを有している。「急の破」に突入する寸前の会話で、成城本は「馬の挨拶」などとオチをちらっと見せ、虎寛本はあからさまにそれとは出していない。演出者の個性の差が出る場面である。また、虎寛本では、斎呼びの旦那のことを、「つゝと信者で」「奇得人じゃ」と信心深い人として住持はほめている。その人に、「住持のだぐるい」が弟子の口から伝えられるのであるから、住持は大変なダメージをのちのち受けるであろうことが、表現の落差として仕込まれている。

「急の破」は、先ほど住持に教えられたことばを斎呼びにそのまま伝えたことを語る場面である。成城本は、「師匠ハ此間ハやせが見へまするに仍而馬の挨拶の通言ふ　あの躰でハ明日ハ得参られますまいと申て御座る」と一部省略しているが、今回は虎寛本も「此間ちと痩が前の通りいふ。　まじり〱と致いておりまする。あの躰では明日は得御出被成まいと申て御座れば～」などと、同じ箇所を略している。

これを聞いた住職はついにキレて、新発意との間で口喧嘩を始めた。

㉛ 住ヤイ〱〱〱そこな者　夫ハ馬の挨拶て社《こそ》あれ其様な事を云ふと言う事が有るものじや　其上　身共かい

つ駄狂をした事か有るそ　シテ「夫先度門前のいちやか来たれバめんそうへ引廻して駄狂を被成たでハ御坐らぬか　住「あれハ衣のほころびを縫うて貰うた　シテ☆「何じや　衣のほころびを縫て貰うた　住☆「中〳〵　シテ笑ふて

シテ衣のほころびを縫て貰う者か二タ人共鼻の先へあせしつくり流すものでおりやるぞ　住「やあら己ハにつくひやつの　★師匠のはぢハたがはぢじや　★皆己かはぢでハ無ひか　己のような奴ハヤァ〳〵先ッこふして置たかよい（8オℓ8～9オℓ3）

↕（住持）ヤイ〳〵そこなやつ。（シテ）ヤア。（住持）ヤアとはおのれ憎いやつの。夫は馬の挨拶でこそあれ、斎の挨拶に夫をいふと云事が有る物か。（シテ）でも、こなたは今度誰そ見へたならば今の通り云《（いへ）》とは仰られぬか。（住持）まだ其つれな事を云か。其上身共がいつだぐるひをした事が有るぞ。（シテ）いふた成らば恥をかゝせられうが。（住持）恥をかく覚へは無い。有らばおしやれ。（シテ）夫成らば申ませう。夫先度門前のいちやが来たでは御座らぬか。（住持）夫がだ狂ひか。（シテ）先聞かせられい。こなたは手まねをして、いちやを連て眠蔵へいて、だ狂ひを召れたでは御ざらぬか。（住持）イヤ、あれは衣のほころびを縫ふてもらふた。（シテ）ほころびをぬふて貰ふたものが、ふたり共に鼻の上へしつぽりと汗をかく物で御座るか。（住持）イヤ、己はにくいやつの。云せて置ば方量もない。師匠に恥をかゝせおる。おのれが様なやつはまつ斯うして置たがよい。（下97頁）

㉛を一見すると、虎寛本の方の会話数が多い。つまり、他の場面と同様、虎寛本の会話が短文で交互にとりかわされているためである[11]。キーワードとしては七、八割方一致（傍線部および点線部参照）した流れを認めることができるので、成城本が一人のセリフをまとめて長めに言っていることになる。そのリズムが逆転するのが、☆の所である。成城本が、会話にアクセントをつけたというところであろう。

虎寛本の「しっぽりと」を成城本が「しつくり」[12]に変えているのも、注目される。虎寛本の「イヤ、己はにくいやつの」に対して、成城本が「やあら己ハにつくいやつの」と言っているが、「やあら」と「につくい」に、住持の感情がより大きくこめられている。虎寛本が「師匠に恥をかゝせおる」と言ったのに対し、成城本は「師匠のはぢハたがはぢじや　皆己かはぢでハ無ひか」（★印）と二文構成で言っているのは、自己の恥を認めた上での居直り・へりくつ（責任転嫁）のようで、〝吝い〟だけではない住職の不徳がきわ立たせられている。成城本の意図した演出であろう。

狂言「骨皮」の芸能としての「急の急」は、口争いに手が出はじめた㉛のラストあたりからで、ついに、

シテ イヤ師匠者と言うて負る事てハ無ひ　ト言うて師匠を引廻ス　ヤア引⑬〱〱
㉜ト云なから／一へん引廻し正面より少シしんほちを／大臣柱ニ寄て打たをす
住 是ハ何とするぞ〱　是はいかな事　シテ ヤア、〱〱まいたのと言うてツキハナシ　勝たぞ〱住持ヲキアガリナガラ
ヤイ〱〱〱師匠を此様にして生来か能うあるまいそ　とれへ行　とらへて呉れひ　やるまいそ〱
シテ 勝ぞ〱　（住持）やるまいそ〱〱（9オℓ3〜9ウℓ2）↕（シテ）イヤ、師匠じやといふて負る事ではない。
（住持）何とするぞ。（シテ）ヤア〱〱、ヤットナ。勝たぞ〱。（住持）ヤイ〱、師匠を此様にして従来《（しゃうらい）》が能う有るまいぞ。あのわうちやく者、とらへて呉い。やるまいぞ〱。（下97頁）

となって、狂言「骨皮」は終了する。虎寛本より成城本の「急の急」の方が、「ヤア引⑬」「ヤア、」「ヤイ」などの間投詞もくり返しが多く、最後の追い込みもくり返され、すさまじい師弟の喧嘩となっている。このようなくり返しは、虎寛本より後の時代の要求（より刺激を求める）を反映しており、成城本のより新しさを物語る。なお、成城本に「わうちやく者」（横着者）の語がないのは、書写もれではなく、意図的なものであり、主人に無奉公な太郎冠者の叱責に多く使われる「横着者」がこの「骨皮」の結末には合わないと考えられ、省かれたと考えたい。

## 三・四　大蔵虎光本と比較して

大蔵流の分家八右衛門家の台本であり、文化一四年（一八一七）に大蔵虎光が書写した虎光本のセリフと、成城本

とが一致することがたまにあることを、例⑪に示したが、他にも次のようなものがある。

⑩′住「扨言迄ハなけれ共随分と旦那会釈を大切ニさしめ（一272頁）
○シテ「（略）是からハ随分と御檀那会釈を大切ニ願ふと存る（一273頁）
⑫′アト「（略）イヤ誠ニこふ参ても借《(貸)》て被下れバ能御座ルが若借《(貸)》て被下ぬ時ハ参た全《詮》も無イ事で御座ル。イヤ参る程ニ是ぢや。先案内を乞う（一273頁）
○シテ「嬉で被下イ（一273頁）
○シテ「扨何と思ふて御出被成て御座ルぞ（一274頁）
○シテ「のふ〳〵嬉しや。まんまと旦那会釈を致て御座ル。（一274頁）
○シテ「でも此方ハ旦那会釈を大切ニせいと被仰たでハ御座らぬか（一275頁）
○住「いかに大切ニせいと言たれバ迚（略）（一275頁）
○シテ「（略）今度誰そ見へましたならバ其通り申ませうぞ（一275頁）
⑲′住「構てむさとしたことをいわし舛なよ
　シテ「畏て御座ル。是ハいかな事。（略）（一276頁）
⑳′アト「（略）山壱ツあなたへ参ふと存て御座るが俄ニ脚気が起て御座ルニ依而旦那寺へ参り馬をかりて参ふと存ル。（一276頁）
○住「のふ〳〵夫ハ傘の挨拶で社有レ。どこにか馬の挨拶ニ其よふな事を言こと（いふといふ事）が有ル物でおりやるか（一278頁）
㉔′住「（略）馬やの隅にこもを着せて寝て置て御座ル（寝せて置て御座るかまた目をまぢり〳〵と致ひて居りまする）。あれでハ御用ニ立（立ます）まい（略）（一279頁）

○シテ「（略）また（まだ）目を（一281頁）

´㉚シテ「イヤ私は参りませふが此方ハ御出被成まいと申て断を申ました　住「夫ハなぜニ　シテ「最前の通り申まして御座ル（一282頁～283頁）

´㉛シテ「何ぢや☆衣のほころび（ふくろび）笑ふ（ナシ）　住「中☆く　シテ「笑ふ（略）（一284頁）

´㉜シテ「イヤアくく参たの。（一284頁）

´（ダッシュ）のついた用例番号は、成城本の用例番号との関わりを表わし、ゝ印は成城本との一致箇所である。中には、虎光本であっても、古典文庫本が対校に用いた（例文中（　）内）文政五年〈一八二二〉岡田信言書写明治四一年橋本賀十郎転写大蔵虎光本（関西大学図書館蔵）の本文に一致したものもある。

成城本が虎寛本と異なる部分のうち、かなりのものが虎光本と一致していることがわかる。もちろん、総量から見れば虎寛本との一致が高いのであるが、所々、虎光本に近い本文・語句をもつという事実は、重要である。

## 三・五　「骨皮」まとめ

成城本「骨皮」の台本が狂言舞台にかけられていた頃、虎寛本以来の大蔵宗家のセリフを根幹に据えつつも、分家の八右衛門家のセリフをもとり入れたようなものが行なわれていたという事実を摑むことが出来た。

これら、当時の狂言役者の〝解釈〟の入ったオリジナルな台本が江戸後期～幕末期に行なわれることがあったが、成城本「悪太郎」で考察[14]したように、明治以来現行の舞台に至るまでに、伝統復帰と言おうか、虎寛本狂言に近い形で現行曲はおちついてきた。ただし、「悪太郎」の場合、成城本「悪太郎」のオリジナルな部分も、いくつかは融合されて遺されていた。

なお、「骨皮」の場合、岩波古典文学大系や小学館古典文学全集に翻刻が所収されていなかったので、現行本との比較は後日の課題となっている。

## 四　成城本「墨塗」と虎寛本

成城本「墨塗」は、「骨皮」の終了した10オから始まるが、「骨皮」と異なり、虎寛本の本文・語句とほとんど一致する。相異は微細な語句にとどまる。

ト書き部分もほとんど一致し、A～Fの六冊を有する成城本一群の中でも、きわだっている。Bの「鬼瓦」が虎寛本との一致度が高かった(15)が、それを越える高さである。なお、Bの「鏡男」も一致度が高いが、「鬼瓦」にやや劣っているので、A～F所収曲中、「墨塗」の一致度は群をぬいていることになる。

## 五　おわりに

虎明本の伝承を受け、江戸期に入ってからの社会体制の変動(16)や観客の嗜好(志向)の変化(17)、「ほどに→によって」「不審な→合点がの行かぬ」「用に立つ→役に立つ(18)」等の国語史的変遷を反映して虎寛本の狂言台本が成立した。

その後、幕末を経由して現行に至るまでに、伝承の濃厚な曲と、当時の狂言役者の〝解釈〟によってセリフや演出が新しくされたもの、その新しい試みを含みつつも虎寛本へ伝統復帰したものなど、曲目ごとに出入りのあることが、本稿を含む一連の考察で判明した。同じような状況は、和泉流でも生じていたと思われ、今後、過渡期の狂言台本の精査が文学・芸能史的にも国語学的にも必要となってくるであろう。

【注】

(1)『狂言集』という名称は、筆者の仮称である。大きくは三グループの雑纂的な狂言台本の集まりであるために、論述上、この名称を用いたい。本論文で扱うDは、その中の一グループで六冊構成をとるので、一冊～六冊をA～Fと略称することにした。Dの末尾には「Y０９３２６６」と登録番号が付されている。Dの形態は、冊子本(縦24.2cm・横17.2cm／こより綴じ)で墨付21丁である。

なお、当『狂言集』は、筆者が前任校である成城大学短期大学部日本語・日本文学コース在職中にまず、日本語・日本文学コース研究室に教材・研究用として蔵される形となった。本稿の考察の基礎は、その時に発する。

(2)Dの「骨皮」「墨塗」の翻刻については、小林賢次・小林千草編『日本語史の新視点と現代日本語』(勉誠出版)に小林千草を責任者とする共編による「翻刻」が収録される予定である(本書第Ⅱ部に収録)。その「翻刻」においては、筆者の指導のもと、翻刻に参加した院生・元院生の山岸麻乃・浦谷陽子・峯村麻利子を、共編者として挙げている。

(3)大枠としては、「鬼瓦」「悪太郎」「骨皮」「墨塗」の演者の一人として名が記されている「森左衛門」がそれにあたるのではと推測しているが、「岡森左衛門」(おか・しんざえもん)なる狂言役者の文献上の確認までは至っていない。

(4)『日本国語大辞典』(第二版)の解説に拠る。平凡社『能狂言事典』でも「金剛・(喜多)」「作者不明」とある。豊臣秀次編『謡抄』に、「鵺」はあっても「現在鵺」は掲載されていない。なお、「鵺」の作者は「世阿弥」で、「観世・宝生・金春・金剛・喜多」五流ともに存在する。

(5)実際は〱であるが、「で示す。

(6)( )内は、関西大学図書館蔵本の校異である。

(7)当然ここを演じる役者は、出家狂言の他曲における同一(同趣)場面のセリフのやりとりを見聞きしたものを頼りに再現するか、師匠に教えてもらうことになる。

(8)小林千草「近世上方語におけるサカイとその周辺」(『近代語研究』第五集　一九七七年三月。のち、『中世のことばと資料』所収)の「三　ニヨッテ・ヨッテ・ヨッテの語史と性格」参照。

(9)「しますす」という軽い敬語を、住持は新発意に使っている。

(10)　さらに遡る虎明本では、⑱につき、
○笠ハ御ざったれ共、一日坊主の余所へさひて参られたれハ、辻風が吹てまいつて、ほねハほね、かハ、かハとなつたによつて、まん中をゆふて、てんじやうへあげておいたといハしめ(臨川書店刊『大蔵家傳之書古本能狂言』二―618頁)
㉔につき、
○いぜんうへのだんへあを草に付て御ざれハ、たぐるひを致て、こしのほねを打おつて御ざるに依て、役にたゝぬ程に、馬やのすミにつなひでおいたといハしめ(二―619頁)
と住持は新発意に教えているので、根幹になる語は伝承が強いことが知られる。

(11)　このような会話構成は舞台上に活気を生むが、シテとアドの間合《まあ》いなど技量が必要とされ、宗家一族以外の弟子にとっては困難となり、セリフは長めでも成城本の方がやりやすいということになる。

(12)　オノマトペとして「じっくり」の可能性も残るが、「しっぽり」に対応する語感をにおわすとしたら、「しつくり」(しっくり)か。

(13)　「ヤア引」は、「ヤア」の最終音「ア」を長く引くことを表わしている。それに対して「ヤア、」は「ヤア・ア」という発声法を反映させているものか。

(14)　小林千草cをさす。

(15)　小林千草二〇一三・三b参照。

(16)　これについては、「武悪」と「河原太郎」について、小林千草・千草子『ことばから迫る狂言論——理論と鑑賞の新視点』(二〇〇九年一月武蔵野書院刊)第二章・第三章で述べている。

(17)　その一端は、小林千草「狂言のオノマトペ——意外な真実」(『月刊言語』二〇〇一年八月号。のち、注16所掲本の第一章として収録)参照。

(18)　「ほどに→によって」については、本稿三・一に引用した小林千草一九七三・九参照。「不審な→合点のが行かぬ」については、初出論文はいくつかに分かれるものの再録した小林千草『中世文献の表現論的研究』(二〇〇一年一〇月武蔵野書院刊)第九章・第十章参照。「用に立つ→役に立つ」の詳細については、別の機会に論じたい。

# 第六章　成城本「武悪」の書誌と考察

## 一　はじめに

本章は、成城大学図書館蔵『狂言集』[1]のうち、F（請求記号912・3／KY3／6（W）とラベルの貼られた一冊）に所収された狂言「武悪」に関する書誌と考察である。

成城大学図書館蔵『狂言集』（以下、「成城本」と略称する）は、雑纂的なもので、近世後期の狂言受容の実体を知るためにきわめて興味深いものであるが、〝雑纂的〟ゆえに、曲ごとの性格を前もって、あるいは、その曲中の語彙・表現の分析と併行して把握する必要がある。そこで、本稿では、Fに収録された「武悪」を扱うこととする。

## 二　書誌的事項

成城本『狂言集』のF（912・3・KY3／6（W））は、紙こよりで上下二ヶ所を綴じた[2]簡素な和本（冊子本）で、表紙とした和紙に、「武悪」と直接書き付けられている。字体は本文同筆と認められる。左下の隅に、「岡」と記されているが、筆跡・筆勢から見て、曲の題を入れた人、つまり、以下の丁の本文を記した人の姓名と推定される。当然、この台本の所持者ともなる。

　表紙裏に、

㊀一　シテ武悪　太茂　　一　太郎冠者　森左衛門
　一　主　岩次郎
　　但　装束記入冊末ニあり

と、記されている。成城本狂言集A〜F六冊中、このように役者名が記されているのは、他に、

㊁鬼瓦　シテ大名　森左衛門　　太郎冠者　弥作　　（B本10オ冒頭）

㊂悪太郎　一　シテ悪太郎　森左衛門　　一　伯父　勘介
　一　出家　太茂　　（B本16オ冒頭）

㊃骨皮　シテ　しんほち　左内　　住持　森左衛門
　傘借り　金吾
　馬借　和調
　斎呼　三喜　　（D本表紙）

㊄墨塗　シテ大名　忠兵衛　　太郎冠者　安弥
　女　森左衛門　　（D本表紙、㊃のつづき）

がある。これら役者のうち一人が岡氏であり、演じるにあたって稽古をつけてもらった上で、台本書写を許された経過を想定することができる。役者名のうち、最も多いのが森左衛門（シンザエモン）であり、花押的に表記されているものもあり、この森左衛門こそが岡氏ではなかったかと推測する。役者名の記された曲名全てにシテ、あるいは、実際はシテよりも重要な役回り（「骨皮」の住持、「墨塗」の女）として名をつらねていることも、その傍証となる。

「武悪」は一冊一曲が収められており、墨付23丁である。これは、「柿山伏」「鬼瓦」「老武者」6丁、「鏡男」「骨皮」9丁、「墨塗」10丁「悪太郎」16丁に比べると、セリフ量の多い台本ということになる。

成城本「武悪」の本文は、結論的に言うと、大蔵虎寛本狂言[3]（岩波文庫を底本とする）の本文とほぼ同じであり、大蔵宗家系の台本である。

## 三　「武悪」の表記

「武悪」は、半丁9行詰と10行詰とが相半ばしている。

「「」「〽」「∧」などの記号を用いて[4]、発話の始まったことを示し、「主」「太郎」「武」（武悪のこと）などと発話者を丁寧に記している。二人しか登場人物のいない「鏡男」や「鬼瓦」で、一方を「女「」「太郎「」と表示し、一方を「「」で済ませていたのとは違う表記状態である。

語のくり返しには「〱」を用いているが、「安〱」「近〱」「中〱」「扱〱」など漢字一字のくり返しにも、「々」ではなく「〱」を使っており、これは翻刻（本書第Ⅱ部）にも反映させてある。

濁点は、「なんだ」（1オℓ6）「まだ出ひ」（1オℓ9）「なんじハ」（2ウℓ1）「させうず」（2ウℓ4）「じや」（2ウℓ9）「此しぎ」（3オℓ8）「まづ」（3オℓ8）「かゝるぞ」（3ウℓ2）「たバかつて」（3ウℓ2）「太郎冠者でハ」（4オℓ3）「客ばし」（4オ

ℓ7）「何じや」（5オℓ7）「上うが」（5ウℓ9）「いそがしひ」（6オℓ1）「斗りが」（7オℓ5）「御腹だち」（7ウℓ6）「のがれぬ」（8オℓ6）「ぢんじやうに」（8オℓ7）「たばかつて」（8ウℓ4）「やどて」（8ウℓ6）「たバかつて」（8ウℓ10）「ぼつこふて」（9オℓ7）「つぶいた」（9オℓ8）「いかほど」（9オℓ9）「とゞまつて」（9ウℓ1）「のがれぬ」（9ウℓ4）「尋じやうに」（9ウℓ4）「まだ」（9ウℓ5）「行うず」（10ウℓ5）「じや」（10ウℓ5）「ぼつかふて」（12ウℓ5）「たばかつて」（12ウℓ5）「たばかつて」（12ウℓ6）「やつなれば」（13オℓ4）「打こうだ」（13オℓ7）「なんだか」（13ウℓ7）「どこ元へ」（14ウℓ9）「まづ」（16オℓ1）「じゆるひ」（17ウℓ1「従類」の振り仮名）「鳥辺野でハ御さる」（17ウℓ9）「幽霊ばし」（17ウℓ9）「今までハ」（18オℓ3）「なんだ」（19オℓ3）「武悪でハなひか」（19オℓ7）「取わづす」（19ウℓ7）「まだ」（20オℓ6）「まだ」（21ウℓ1）「あの世でハ」（21ウℓ6）「まだ」（22オℓ6）「只今でハ」（22ウℓ10）「さばき髪」（23ウ出立の注記）「さばきかみ」（同上）など、52箇所に打たれている。全く濁点の付されていない丁が、4ウ・6ウ・10オ・11オ・11ウ・12オ・14オ・15オ・15ウ・16ウ・17オ・18ウ・20ウ・21オなどに生じており、総語数から見ても濁点意識は希薄である。むしろ、「～でハ」六例、「まだ」「たばかる」五例、「～なんだ」「じや」三例、「まづ」「ばし」「ぼつこむ」「ぢ《（じ）》んじやう」「さばき髪《かみ》」二例など、限られた使用状況での濁点付加に、傾向性が見出せる。

振り仮名は、「真斯《マツコウ》う」（3オℓ6「ウ」は衍）「未練《ミれん》」（9ウℓ2）「今日《キヤウ》」（13オℓ4）「明日《ハス》」（13オℓ5「ハ」は「ア」の誤り）「調《テウ》儀」（16オℓ6）「誰《タ》か」（16ウℓ4）「従類《じゆるひ》」（17ウℓ1）「親御《コ》様」（20ウℓ3）の八ヶ所である。

係助詞の「は」には、ほとんどの場合「ハ」が当てられ、「夫ならハ」「されハ」「遣ふた者なれハ」など接続助詞「ば」の「ハ」表記も同様である。

「イヤ」（1オℓ3、2ウℓ2、2ウℓ7、3ウℓ2、3ウℓ3、3ウℓ6、10ウℓ10、11ウℓ8、11ウℓ10、14オℓ10、17ウℓ5、19ウℓ9）

「ム、」（2ウℓ1、16ウℓ1、18オℓ2）　「ヱイ」（4オℓ5、4オℓ5）　「イヤ〱」（5オℓ9）　「ハア」（6ウℓ5、17オℓ3、18オℓ3）　「ヤイ」（8ウℓ1、15オℓ1、20オℓ8、21オℓ3）　「ア、」（11オℓ8、19ウℓ5、23ウℓ3）　「ヤ」（12オℓ5、20オℓ1、20ウ

ℓ4、21ウℓ2)　「ヤレ〱」(12オℓ7、20ウℓ6)　「イェ」(16オℓ3)　「ハテ」(17オℓ8、17ウℓ4)　「ヤイ〱」(19オℓ6、21オℓ9)　「ヤァ〱」(19オℓ8)

は、右側に寄せられて小字(やや小字など微妙な例もある)で書かれた感動詞である。

「ハア」(1ウℓ1)　「ハア引」(1ウℓ6、2ウℓ3、3オℓ5)　「ヱイ」(3オℓ5、12オℓ2)　「ヤレ〱」(5ウℓ7)
「イヤ〱」(5ウℓ10、6オℓ3、6ウℓ10、7オℓ3、14ウℓ3)　「サア〱」(9ウℓ8)　「ヤイ〱」(9ウℓ10、10オℓ5、21ウℓ5、22オℓ3、23オℓ5、23オℓ7、23ウℓ1)　「ア、」(10オℓ8)　「ヤイ」(17オℓ9、19オℓ9、19ウℓ6、20オℓ5)　「イヤ」(2ウℓ7、14ウℓ5、20ウℓ5)　「ヤイ〱〱ヤイ」(22ウℓ1)

などは、大字表記されたものである。このうち、「ハア」「ヱイ」「ヤレ〱」「イヤ〱」「ヤイ〱」「ア、」「ヤイ」「イヤ」は小字表記も共存する。しかし、「イヤ〱」と「ヤイ〱」については、大小判定の微妙なものもないわけではないが、発語時の声の大きさ・強さなどを意識して大字された場合があったことを予測させる。「ハア引」と記されたものは、末尾の「ア」を長く延ばす表示であり、岡氏署名本の他曲にも出るもので、このように特殊な発生を要するものは、大字表記されやすい。

ひら仮名表記のものは、

「やあら」(9ウℓ2)　「さあ〱」(13ウℓ3)

であり、大字表記され、漢字表記のものは、「扨〱」(16オℓ1)で、やはり大字表記されている。

仮名遣いに関しては、今まであげた例からも「なんじ」(ぢ)「じや」(ぢ)「いそがしひ」(い)「ぢんじやうに」(じ)「なひか」(い)「取わづす」(は)などが規範からはずれたものとして指摘されるが、特に、「い」を「ひ」と表記したものが多い。もちろん、「う」を「ふ」と表記したものもあり、口語におけるハ行転呼音現象が、口語のセリフを文字化してゆく狂言台本において、書き手を大いに悩ましている様子がしのばれる。四つ仮名の問題もネックになっているが、断定の助動詞「ぢや」は、虎明本狂言の段階で「じや」表記なので、今回特に問題とはならない。

漢字をいかに当てているかの例として、狂言で特徴的な語「御座る」を例にあげると、補助動詞・本動詞いずれにしろ、また、言い切りやさまざまな接続形態を含めて、「御」のみを漢字表記したものである「御さる」がほとんどを占め、「御座る」「御坐る」はそれぞれ一例、計二例にとどまる。この傾向は「鏡男」「鬼瓦」などとも共通する傾向である。

## 四　「武悪」の本文比較

二末で触れたように、成城本「武悪」の本文は、大蔵虎寛本「武悪」とほぼ同文である。表記上の微細な相異を除いて主な違いを列挙すると、次のようになる。↕の上部が成城本、下部が虎寛本の状態である。△は、成城本に欠けているが、虎寛本には語句が存在することを示している。逆の場合を、▲で示すことがある。

①最前から声をはかりに呼にとれへ居た（1オℓ4～ℓ5）↕傍線部「最前から」欠、点線部「に」（上351頁）
②次に△誰もおらぬか（1オℓ7）↕△に「は」有り（上351頁）
③今朝も人をおこしました△氣色も段々△△快よふ御さるに依て（1ウℓ3～ℓ4）↕△「が」、△△「に」（上351頁）
④武悪めか執成し聞事におりなひ（1オℓ5～ℓ6）↕ぶあく▲が取成し聞事におりやる。（上351頁）
⑤御詞を返しまするハ△慮外にハ御され共（2オℓ8）↕△「何共」（上352頁）
⑥ム、すれハなんじハ武悪に頼れたよな（2ウℓ1～ℓ2）↕「よ」欠（上352頁）
⑦か様に御受を申ますからは安〳〵と成敗致て参りませう（3オℓ2～ℓ4）↕加様に御請を申まするからは、安々と成敗致し▲ませう。（上352頁）

⑧扨　△武悪ハ日比心得た者て御さるに依て(3オℓ9〜3ウℓ1)↕△「あの」(上352頁)

⑨イヤ参る程に是しや　御太刀を見付られてハ成るまい　隠いて案内を乞うと存る(3ウℓ3〜ℓ5)↕「と存る」欠(352頁)

⑩イヤ表に物申とあるかあれハ慥に太郎冠者か声て御さる(3ウℓ6〜ℓ7)↕ハア、表に物申と有るが、あれは慥に太郎くは者か聲で御座る。(352頁)

⑪又しかりにおこされた物て有らう(3ウℓ7〜ℓ8)↕又聞におこされた物で有う。(上352頁)

⑫案内　△は誰そ(4オℓ2)↕案内とは誰そ。(上353頁)

⑬和御料成ハ案内に及ふか　つ丶と通りハせひて(4オℓ5〜ℓ6)↕わごりよ成らば案内に及ふか。つ丶と通りはせなんだぞ。(上353頁)

⑭夫ハそつ共氣遣ひを(一字墨塗で抹消)　△召さりやるな(4ウℓ9〜5オℓ1)↕それはそつとも氣遣お召さりやるな。(上353頁)

⑮中〵〵某も大方快よひ程に近〵〵にハ出勤をもするで有う　△△△(5オℓ3〜ℓ5)↕中〵〵、某も大かたこ丶ろ能い程に、近々には出勤をするで有うぞ。(太郎冠者)夫が能らう。(上353頁)

⑯太郎「(略)そなたに注進が有て参た　武「何じや注進　太郎「中〵〵(5オℓ7〜ℓ8)↕傍線部欠(上353頁)

⑰いか様な事ておりやるそ(5オℓ8〜ℓ9)↕「そ」欠

⑱(略)肴にはつたと事をか丶せられた　夫に付そなたは時ならす川魚を取て上るによつて(略)とおもふて其注進に参た(5ウℓ1〜ℓ6)↕「夫に付」欠(上353頁)

⑲夫成らハ取て上うが先内へ入て一盃呑まいか(5ウℓ9〜ℓ10)↕「夫成らハ」欠、点線部「ほどに」。(上354頁)

⑳去なから大分能さうなによつて(6ウℓ2〜ℓ3)↕「大かた」(上354頁)

㉑イヤ参(「来」を見せ消ちして、「参」と傍書)る程に是ておりやる(6ウℓ4〜ℓ5)↕「来」(上354頁)

㉒武「見た所ハちひさい池なれ共魚ハ夥敷しひ事しや(6ウℓ6~ℓ7)↕「おびたゞしう有る」(上354頁)
㉓あれ〱あのことく魚ハ居る事しや(6ウℓ8~ℓ9)↕「有る」(上354頁)
㉔太郎「誠におひたゝしい事しや(6ウℓ9)↕「おびたゞしい事有る」(上354頁)
㉕イヤ〱別に道具も入らぬ(6ウℓ10~7オℓ1)↕「は」(上354頁)
㉖(略)そちの不奉公か度重たによつて汝を成敗せぬにおいてハ身共迠も　△手討に被成うとの御事しや(8オℓ3~ℓ5)↕「が」。△「御」(上355頁)
㉗夫程迠に(8オℓ8)↕夫程に迄(上355頁)
㉘宿て知らせて呉れた成らハ(8オℓ10)↕傍線部欠(上355頁)
㉙介しやくをハ某かしてやろふ杯といふて社《(こそ)》くれうするそちかたばかつて川て討所存ハ聞ぬ事ておりやる(8ウℓ2~ℓ5)↕傍線部「云《(いは)》ふ」。「川て」欠。(上355頁)
㉚夫を汝に習わふか(8ウℓ5)↕「も」(上355頁)
㉛宿てしらせたうハ(8ウℓ6)↕「へ」(上355頁)
㉜参るそかゝるそとて討そこのふては(8ウℓ9)↕「といふて」(上355頁)
㉝「又某《(其)》つれな事を言うか(9オℓ2~ℓ3)↕「まだ」(上356頁)
㉞某も此當りて不悪《(武)》〱と云れて人に黒つらをも見知られた者かあの武悪　社《(こそ)》ハ(略)そちか吊ふて呉たとてそつとも受る事てハ無ひ(9オℓ5~9ウℓ1)↕「云て」、「こそ」、「ても」(上356頁)
㉟尋じやうにうたれひ(9ウℓ4~ℓ5)↕「きられい」(上356頁)
㊱太郎「早く上れ　武「サア〱己か討たかろふ肩《(方)》から切おれやい〱(9ウℓ8~ℓ9)↕傍線部欠。さあ〱、おのれが斬《(きり)》たからふかたより切をれいやい　〱《(きりをれいやい)》。(上356頁)

㊲又人に物を思わすする様な事をいふか　已れか討たからう肩《(方)》から切りおれひやひ〳〵(10オℓ3〜ℓ5)↕「また」、「斬」(上356頁)

㊳武「夫ハ△　いか様な事しや　太郎「去れハ其事しや(10ウℓ1)↕△「また」、傍線部欠(上356頁)

㊴何か扨見へぬ国へ△　行うず(10ウℓ4〜ℓ5)↕△「も」(上357頁)

㊵そなたも随分と御奉公を大切に勤さしめ(10ウℓ6〜ℓ7)↕随分(上357頁)

㊶何と妻子にかゝらせらるゝ程の事も有るまひ△　(10ウℓ9〜ℓ10)↕△「か」(上357頁)

㊷妻子に掛らせらるゝ程の事も有るまひ(10ウℓ10〜11オℓ1)↕では(上357頁)

㊸アヽ△　いたすまいものハ宮仕へて御さる(11オℓ8)↕△「扨」(上357頁)

㊹是からハ某か身の上の事て御さる(11ウℓ2〜ℓ3)↕是からは某が身の上が太事じや。(上357頁)

㊺扨頼ふた御方へハ何と申上た物て御さらふそ(11ウℓ4〜ℓ5)↕一文欠(上357頁)

㊻イヤ何角と申内に(11ウℓ8)↕「云」(上357頁)

㊼扨かの武悪めは何としたそ(12オℓ3〜ℓ4)↕「成敗したか」(上357頁)

㊽一定で御さる(12オℓ6)↕真実で御座る。(上357〜358頁)

㊾身共又汝を遣つた後て殊之外気遣をしたひやひ(12オℓ7〜ℓ8)↕身共は汝をやつた跡で、殊之外氣遣ひをしたいやい。(上358頁)

㊿夫ハまたいか様な事て御さる(12オℓ9)↕「いか様の」(上358頁)

51何か武悪めハ日比心得た者しやに依て参るそかゝろそてハ(12ウℓ1〜ℓ2)↕「あの」、「かゝるぞ」(上358頁)

52殊の外気遣ひに有たいやひ(12ウℓ3〜ℓ4)↕いくばくか(上358頁)

53御太事に被成ませひ△　(12ウℓ9)↕御太事に被成ませいは。(上358頁)

㊹扱武悪程のやつなれば今日《キャウ》ハ手討にせうか（13オℓ4〜ℓ5）↕扱ぶあく程の者成れども、けふは手討にせうか、（上358頁）

㊺参りまする〱（13ウℓ3）↕傍線部欠（上358頁）

㊻去れハ其事て御さる（13ウℓ8）↕傍線部欠（上358頁）

㊼きやつハ幼少より遣ふた者しや依て定てそふてあろう（14オℓ1〜ℓ2）↕きやつは幼少より遣ふた者じやに依て、定てさうで有う。（上358頁）

㊽どこ元へ居る事や知らぬ（14ウℓ9〜15オℓ1）↕どこもとに居る事じやしらぬ。（上359頁）

㊾何面目もなひといふて何として是へハ出たそ（15オℓ2〜ℓ3）↕傍線部欠（上359頁）

㊿其なたの影て今日を助た事ハ助たか（15オℓ4〜ℓ5）↕そなたの影で命を助る事は助たが（上359頁）

61清水の▲観世音を信仰するに依て其御利生て有ふと思ふ（15オℓ5〜ℓ7）↕清水の観世音を信仰したに依て其御利生て有う　（上359頁）

62再参詣する事も成まひとおもふて御暇乞に清水へ参詣せうとおもふて（15オℓ7〜ℓ9）↕ふたゝび参詣する事も成るまいに依て、御暇乞に清水へ参うとおもふて（上359頁）

63最前路次て武悪か最期ハ何と有そと御尋被成に依て今一度こなたの御目に掛りたひ〱と申まして御さると申上て置た　△幸ひ此所ハ鳥辺野なり　そなたは幽霊に成て御目に掛らしめ（16オℓ6〜ℓ10）↕「御尋被成た時分」、「こなたに」。傍線部欠。△は「所で」（上360頁）

64武「何しや　幽霊　太郎「中〱（16ウℓ1）↕傍線部欠

65某も今迠色〱の者に成たれ共（16ウℓ1〜ℓ2）↕成たが（上360頁）

66又うろたへた事をいふ人しや（16ウℓ3〜ℓ4）↕傍線部欠

⑥⑦昔語にも聞及ふて有う　幽霊らしふ取繕ふてあの藪の影から出さしめといふ事しや（16ウℓ5～ℓ7）↕「聞及ふだで有う程に」、傍線部欠（上360頁）
⑥⑧追付出うそ（17オℓ2）↕追付出るぞ（上360頁）
⑥⑨ハア合点の行ぬ事しや　何を見させられたか知らぬ　見まして御さる（17オℓ3～ℓ4）↕「ハテ」、傍線部欠、△は「ハ」（上360頁）
⑦⓪人影もさしませぬ（17オℓ7）↕人影も見へませぬ（上360頁）
⑦①ヤイ己れ武悪を助て置て某か前へ討た杯と偽り後日に知る、と（17オℓ9～17ウℓ1）↕傍線部欠（上360頁）
⑦②思ひ當た事か御さる（17ウℓ5～ℓ6）↕おもひあたる（上361頁）
⑦③今一度こなたの御目に掛りたひ〱と申て御ざるか此所ハ鳥辺野でハ御さるなり　若し武悪か幽霊ばし出ました物て御さらうか（17ウℓ7～18オℓ1）↕こなたに、幸、傍線部欠（上361頁）
⑦④ハア今までハ心面白ふ有たか（18オℓ3～ℓ4）↕点線部「ハア、」。▲欠（上361頁）
⑦⑤此様な時分ハ早う宿へ戻ふ（18オℓ7）↕点線部「には」。「早う」欠（上361頁）
⑦⑥それかよふ御さりませう（18オℓ7～ℓ8）↕夫か能御ざらう。（上361頁）
⑦⑦主「遊山にハ又毎《いつ》成り共氣分の能時分に出るか能い　太郎「左様て御さる（18オℓ8～ℓ9）↕セリフは同一であるが、出る場所が、「さあ〱来い〱　太郎「参ります〱」の後。（上361頁）
⑦⑧参ります〱（18ウℓ1）↕参りまする〱（上361頁）
⑦⑨某に逢たひと言う　ハ尤しや（18ウℓ7）↕△は「た」（上361頁）
⑧⓪外に道ハ御さりません（19オℓ1）↕外に道は御ざらぬ（上361頁）
⑧①得言葉を掛なんだと有てハ（19オℓ3）↕得言葉を掛なんだと有ば（上361頁）

㉜入らぬ物て御さるそ（19オℓ5）↕「そ」欠（上361頁）

㉝ヤイ〱夫へ出たハ武悪でハなひか（19オℓ6～ℓ7）↕何者じや。（上361～362頁）

㉞ヤァ〱武悪か幽霊しやと言ふハ（19オℓ8）↕ヤイ〱（上362頁）

㉟ヤイ其武悪ハ太郎冠者に言付て成敗させたか何として是へ出たそ（19オℓ9～19ウℓ1）↕「ヤイ」欠、「是へは」（上362頁）

㊱ヤイ太郎冠者今のを聞たか（19ウℓ6）↕ヤイヤイ（上362頁）

㊲イヤちと尋ぬる事か有る（19ウℓ9）↕まだ（上362頁）

㊳ヤ申そはへハ寄らせらる丶な（20オℓ1）↕ ▲申、そばへは寄らせらる丶な。（上362頁）

㊴ヤイ太郎冠者すれハ後生をハ願ふ事しやなあ（20オℓ5～ℓ6）↕ヤイヤイ（上362頁）

㊵必側へハ寄らせる丶な（20オℓ7）↕「ハ」欠

㊶地獄も知る人（20オℓ8）↕地獄にも知る人（上362頁）

㊷多くのお知る人に御目に掛りました　中にもこなたの御ン親御《コ》様に（20ウℓ1～ℓ3）↕「掛つて御ざるが」、「親御様」（上362頁）

㊸早う言ふて聞て呉れいやひ（20ウℓ7）↕早ういふて聞せいやい。（上362頁）

㊹討死を被成た事て御されハ（20ウℓ7～ℓ8）↕所（上362頁）

㊺ヤ申側へ寄らせらる丶な（21ウℓ2）↕「ヤ」欠（上362頁）

㊻仰られまして御さる（21ウℓ5）↕仰付（上362頁）

㊼さう言ふて呉ひ（21ウℓ8）↕欠（上362頁）

㊽届てくれひと言へ（22オℓ2）↕届てもらうて呉れい。（上363頁）

(99)今の通り言て早う御届申てもはや早う戻たらハ能からふ（22オℓ3～ℓ4）↕申せ。（上363頁）

(100)△此世に居てケ様ニ親者人の（略）あの世にいて（略）忝う御さりまする（略）勝手に御さる（22ウℓ3～ℓ10）↕△「身共が」。傍線部は、それぞれ、「こそ」、「へ」、「御ざる」（上364頁）

(101)是非共△御供致ませう（23オℓ4～ℓ5）↕△「御供して来いと仰付られましたに依て、どふ有ても」（上364頁）

(102)ヤイ〳〵汝か跡をも念比に吊ふて取らせう程に早う戻れ（23オℓ5～ℓ6）↕ヤイ〳〵、汝が跡をも念頃に弔ふてとらせう。早う戻れ。（上364頁）

(103)また是へ来る（23オℓ9）↕まだ是へくる。（上364頁）

(104)ア、ゆるひてくれい〳〵〳〵（23ウℓ3）↕あ丶ゆるいてくれい〳〵。傍線部欠（上364頁）

## 五　相異から見える語彙・表現の特性

前節に示した成城本と虎寛本との相異箇所をもとに、成城本の語彙・表現の特性をいくつかの項目に分けて考察していく。

### 五・一　成城本独自のセリフ

成城本「悪太郎」では、冒頭の設定が虎寛本と幾分異なり、シテとアドの性格造型（キャラクター）も虎寛本とはいささか色合いを異にしているので、それぞれの会話や会話の流れも微妙にずれをもっていた[5]。今回の「武悪」は、虎寛本にほとんど近いセリフ構成をとっており、成城本独自のセリフは、⑯㊱㊳㊺(56)(63)(64)(69)(97)など、多くはない。

⑯は、主命を受けて討ちに来た事実を隠して、太郎冠者(「太郎」と略記することがある)が武悪に「そなたに注進が有て参た」と告げる部分で、虎寛本では、すぐ、「夫は心元ないが、いか様な事でおりやる。」と武悪が問い返すところを、傍線部のように短い会話を間にはさむ形をとる。この会話があった方が、二人の元々の親しさが浮き立つ効果がある。その親しさを浮き立たせる会話を、虎寛本は、すでに⑮において「夫が能らう」と会話を一つ加えているので、⑯の傍線部が無くとも、虎寛本に台本上の欠点(弱さ)が生じるわけではない。

なお、岩波古典文学大系『狂言集　上』に所収の山本東本「武悪」の本文では、⑮⑯について、成城本と同じ展開をしており、虎寛本→成城本[6]→山本東本(大蔵流山本家現行台本)という流れが推測される。

㊱は、成城本のように「早く上れ」というセリフがあった方が、「まだ言たい事もあれ共とやこふいへハ命を惜むに当るといふによつて今夫へ上つて尋常に討れう」(虎寛本も同文)と言った武悪に、「(つべこべ言わずに)早く上れ」と、太郎がことばで強く攻め立てていることになり、舞台効果は上がる。山本東本は虎寛本通りであるので、ここは、成城本の独自性が光るところである。

㊳は、「扨是からハそなたにちと頼事がある」と言い出した太郎冠者に、「夫ハいか様な事しや」と応じた武悪に対して、「去れハ其事しや」と太郎が合いの手を入れたものである。もちろん、このセリフがあった方が、もともと親しい間柄である二人の様子が彷彿とする。山本東本も成城本と同じセリフをもつ。

㊺は、武悪の生命《いのち》を助けたのち、主命をそむいた心理的重荷をしょって太郎冠者が主人の家へと道行《みちゆき》する場面の一人言である。この「扨頼ふた御方へハ何と申上た者て御さらふそ」のセリフで、観客は、太郎が大いに悩んでいることを直截に知ることが出来る。様子やしぐさだけで同じ心情を演じられる高度な技をもつ役者でない場合、このセリフがあった方が演じやすい。成城本にこのセリフがあるのも、そういう実利的背景も関わっていたことであろう。このセリフは、山本東本にもなく、成城本独自のものである。

(56)の「去れハ其事て御さる」は、㊳と同趣のセリフ挿入であり、この場合、主人と太郎冠者の信頼の深さを印象づけている。ただし、㊳と異なるのは、山本東本にもこのセリフは取り入れられていない。

(63)は、清水参詣の際、姿を主人に見られた武悪を、幽霊に仕立ててこの場をうまく収めようと考えた太郎冠者が、幽霊となる必然性を武悪に説く場面である。「今一度こなたの御目に掛りたひ〱と申まして御さると申上て置た」のが一つの必然性、「幸ひ此所ハ鳥辺野なり」というのがもう一つの必然性であり、後の必然性の方を、「〜なり」という文語的はさみ込み文にして、説得のシャープさを演出したのが成城本である。

虎寛本では、「今一度こなたに御目にかゝり度い〱と申まして御ざると申上て置た」と「そなたハ幽霊に成て御目に掛らしめ」とを、「所で」という原因・理由を表わす接続助詞（相当句）で結んで、〃再び主人に会うための幽霊〃という説得方向をとっている。清水寺近くの古来よりの葬送の地〃鳥辺野〃の語がセリフに入っていた方が、武悪へのみならず観客への説得力としても効果がある。

なお、山本東本は、傍線部が無いだけではなく、虎寛本と成城本の一致した部分とも異なりを見せ、

(105)「頼うだ人へは某よいように申上げておこうほどに、幽霊になってお目にかからしめ」（233頁）

と、至ってシンプルな説得をしている。

(64)は、(63)を太郎が言った時の武悪の反応と更なる太郎の返事であり、これがあった方が、会話は活き活きとしてくる。山本東本でも、(105)の会話を受けて、「武悪何《なに》、幽霊。太郎冠者なかなか。」とあるので、会話（コミュニケーション）構成法としては、成城本と同一である。

(69)は、武悪らしい人影を見たと騒ぐ主に対して、太郎があたりを探したのち、このように一人言を言いつつ戻る場面である。「見まして御さる」は、主人の目前に至った折のセリフで、その前に「ハァ合点の行ぬ事しや　何を見させられたか知らぬ」が入るわけで、虎寛本のように「ハテ合点の行ぬ事じや。」だけでは、不審の度合いが薄

いと考え時、このような「何を見させられたか知らぬ」と言うセリフが演出上必要とされてくる。

山本東本では、

(106)太郎冠者舞台の方へ戻りながら　ハテ、合点の行かぬ。人かげもござらぬが。頼うだお方は何を見させられたか知らぬ。
常座で主に向かい　ハ、見ましてござる（237頁）

のようになっており、傍線部に関しては、成城本と同一である。ただし、「ハア」に対して「ハテ」、「見ましてござる」の上については「ハ」となっている点が、虎寛本と同一であり、大蔵流山本家の現行台本に直結する山本東本が、虎寛本の伝承に立ちつつ、成城本のような台本時代を経て来た足跡を奇しくも映し出している。（〇点部の東本独自の添加も、注目される）

(97)は、幽霊として出て来た武悪に、主人が亡き父のあの世での様子を聞き、それに対する武悪が得てきた父の伝言について、さらに返答を伝える場面である。

現代語の感覚ならば、「さう言ふて呉ひ」は、「そう言ってくれ」となるから、伝言を一旦述べたのち、最後に「そう言ってくれ」と念を押すかたちでの使用となる。ところが成城本のは、伝言をする前に、「こう伝えてくれ」と前置きする「さう言ふて呉い」である。

虎寛本でも、

(107)さう云《いう》て呉い。是はこなたの譲らせられた太刀・かたなで御ざる。則是を進じまするとと云《いう》て、ぶあくに届けて呉れいといへ。（363頁）

のように、太刀・かたなを譲る場面では「さう云《いう》て呉い」を用いているが、扇子を渡す際には、

(108)是は持ふるしましたれ共、途中の事で御座るに依て、先是を進じまする。重て能《よい》便りに何程《いかほど》なりとも進じませうといふて、届てもらうて呉れい。（363頁）

のように、「さう云《いう》て呉い」を省いている。成城本は、丁寧にもこの部分にも「さう言ふて呉ひ」を入れこんだ台本となっている。山本東本では、この二場面とも、「さう言ふて呉ひ」を用いていない。虎寛本の頃から成城本の反映する時代相で一時期流行《はや》ったこのような物言いが下火になったころ、山本東本のセリフが記されたと推測される。以上、九ヶ所の成城本「武悪」独自本文（セリフ）は、(97)がいく分異質の性格をもつものの、登場人物の会話を生き生きと本物らしくする効果があった。逆に、虎寛本のセリフで、成城本に無いのは、⑮の「夫が能らう」だけであるので、成城本「武悪」の方に、会話のやりとりをはさみこみ、よりわかりやすく、よりリズミカルな会話を構築しようとする意図が見られた。また、その意図は、時をやや遅くする山本東本にも同じように認められ、成城本が幕末期の台本である可能性をさらに補強する事例となった。

## 五・二　セリフは同一で会話箇所の異なるもの

成城本と虎寛本で、セリフの内容は同一なのに、会話される箇所が異なるものが一例出ている。それが、(77)である。ところが、山本東本では、成城本と同じく、

(109)主今までは心面白うあったが、汝が幽霊と言うたによって、しきりに気味が悪うなった。太郎冠者私も恐ろしゅうなりました。主いそいで宿へ戻ろう。太郎冠者それがようござりましょう。主遊山には心面白い時出たがよい。太郎冠者さようでござる。主サアサア　来い来い。歩き出す　太郎冠者参りまする。参りまする。（238頁）

のような展開をとる。したがって、虎寛本の会話の流れが、成城本の反映する舞台の頃、(77)のように改められ、それを山本東本や現行台本が踏襲していることになる。

### 五・三　くり返し回数の相異

狂言には、くり返されるセリフがある。たとえば、ラストの追い込みの「やるまいぞ〳〵」、道行の「まいりまする〳〵」など。これらの表現について、成城本と虎寛本を見るに、(55)(104)に、くり返し回数のちがいが出ている。

まず、(55)であるが、太郎冠者より武悪を討ったとの報告を受けた主人が気晴らしに遊山をすることを言い出し、「さあ〳〵来い〳〵」と太郎をいざなった時、「参りまする〳〵」とリズミカルに応じた部分である。虎寛本では、「参りまする」の一語であるから、舞台上の発話もかしこまって重々しくなされる演出である。山本東本では、成城本と同じく、リズミカルに「参りまする参りまする」と応じている。

(104)は、主人の亡き親御様からあの世に連れて来るように言われたとして、幽霊に化けた武悪が主人を追い回すところで、主人が逃げ入りをしようとする場面である。成城本は、「ア、ゆるひてくれい〳〵〳〵」と四回くり返すが、虎寛本は「あゝゆるいてくれい〳〵」の二回である。山本東本は「アア　ゆるいてくれい、ゆるいてくれい　ゆるいてくれい」の三回のくり返しを台本に反映している。

もっとも、舞台の橋掛りの長さによって、台本以上に言わねば幕入り出来ない場面もあり、台本通り現行舞台で必ずしも言っているわけではないが、〝台本に書き記す〟という言わば規範意識上、回数にちがいのあることは、やはりそれとして確認しておかねばならない。

成城本は、虎寛本より多く言っているのであるから、山本東本とその点は傾向を同じくする。その後、原則としては四回ないしは三回で十分だという見なおしがなされ、山本東本は台本上三回反映させたと見なすことが出来る。

### 五・四　語句の増減（助詞・感動詞・敬語表現以外）

ここでは、語や句の増減をとり扱うが、助詞や感動詞、敬語表現に関するものについては、別項目で扱うこととする。

まず、成城本にあって虎寛本にない語句のうち、①(最前から)⑨(と存する)67(といふ事しや)71(某か前へ討た杯と偽り)が、成城本と山本東本とが同一であり、これらの語・句は、虎寛本以降、台本に取り入れられたことがわかる。⑨の場合、「と存る」とあった方が、それ以上が太郎冠者の独白であったことが観客に明白に伝わる効果がある。限られた表現やしぐさで、同輩の武悪を成敗せねばならない太郎冠者の深い悩みを表現できない時、それをことばに具現化した上で、「と存る」をつづけておくと、観客は、太郎の心内会話を全て共有した気がしてくる——その効果をねらった「と存る」である。67も、会話の結びとして「という事しや」がある方が、それ以上が「幽霊に成て御目に掛らしめ」の具体的内容——この場をしのぐ太郎冠者の提案(作戦)の説明として、わかりやすく観客に届く。①と71も、これらの語・句のあった方が、セリフとしてはよりリアルである。

成城本にあって虎寛本にない語句のうち、⑱(夫に付)⑲(夫成らハ)66(人しや)75(早う)は、山本東本では、それぞれ、「また」「おっつけ」「まだそのようなことをおしゃる」「いそいで」と、別表現をとっている。しいて言えば、⑱75は、ほぼ意味的には等価の言い換えを山本東本はとっているとみなしうる。

成城本にあって虎寛本にない語句のうち、㉘(て呉れ)㉙(川て)61(と思ふ)については、山本東本にも欠けている。㉘61は無くとも文意はそれほどの影響を受けないが、㉙は、先立つ会話「ハァ此池にも魚か居るか」「見た所ハちひさい池なれ共」(「池」については三本共通)にあった「池」と、ここの「川」は、たとえ川を引きこんで池のようにした〝池〟であっても、観客の耳に入った時のセリフとして整合性が悪いので、成城本ののちの台本である山本東本などでは「池」に訂す可能性がある。

次に、成城本になくて虎寛本にある語句に眼を向けると、㊳(また)のみが山本東本にもなく、⑧(あの)100(身共が)101(御供して来いと仰付られましたに依て、どふ有ても)は、山本東本に「あの」「身共が」「お供して来いと、仰せ付けられてござる」のように、同一ないしは同趣文脈として生かされている。また、⑤（何共）については、「ちかごろ」という別角度からの副詞に変えられている。

　以上、三本の出入りを総合して見ると、最ものちの山本東本が、大蔵宗家の台本虎寛本の伝承を半ばうけつぎ、その後の時代の台本である成城本のような影響を半ば受けつつ、大蔵流山本家としての台本を形造っていったことがうかがわれる。

### 五・五　助詞の増減と相異

　成城本と虎寛本間における助詞の相異を、山本東本の当該箇所のあり方まで含めて表にすると、〈表1〉のようになる。

〈表1〉

| 成城本 | 虎寛本 | 山本東本 |
|---|---|---|
| ①とれへ△居た | とれに | 別表現（何をしていた） |
| ②次に△ | 次には● | 次には● |
| ③～おこしました△　氣色も | ～おこしましたが●気色も | ～おこしましてござるが●、気色も |
| ⑥頼れた○よな | 頼れた　な | 頼まれたよ○な |
| ⑫案内△　は誰そ | 案内とは●誰そ | 案内とは●誰そ |
| ⑮するで有う○ | するで有うぞ | するであろう○ |
| ⑰おりやるそ○ | おりやる | 別表現（いか様なことじゃ） |
| ⑲取て上うが先内へ入て | 取て上うほどに、先内へ入て | 取って上ぎょう○が、何と内へ入って |

---

㉕道具で
㉖そちの
㉗夫程迠に
㉚夫を
㉛宿て○
㉜か丶るそとて
㉞武悪社《こそ》ハ
㉞呉たとて
㊱肩《方》から○○
㊴国へ○行
㊶有るまひ△
㊷事も有るまひ
㊸被成ませひ△
㊹やつなれば
㊼しや依て
㊽どこ元へ
㊽事や知らぬ
62成まひとおもふて
63こなたの
63~と申上て置た△そなたは

---

道具は●
そちが●
夫程に迄
夫も●
宿へ
か丶るぞといふて
ぶあくこそ●
呉ても●●
かたより
国へも行
有るまいか●
事では有るまい
被成ませいは●
者成れども●●
じやに依て●●●
どこもとに●
事じやしらぬ●●
成るまいに依て●●●
こなたに
~と申上う所で、そなたは

---

道具は●
そちが●
それほどまで
それも●
宿で○
かかるぞで
武悪こそ●
くれても●●
方から○○
国へ○行
あるまいか●
別表現(おとがめもあるまい)
なされませいは●
やつなれども●●
じやによって●●●
どのあたりに●
ことじや知らぬ●●
なるまいによって●●●●
該当文欠
~申しおこうほどに、~

| | | |
|---|---|---|
| (65)成たれ共○ | 成たが | なったれども○○ |
| (67)聞及ふて有う△　幽霊らしふ～ | 聞及ふだで有う程に、幽霊らしう～ | 別表現（昔話に聞き伝えたように、幽霊らしゅう） |
| (73)こなたの | こなたに● | こなたに● |
| (74)今までハ○ | 今まで | 今までハ○ |
| (75)時分ハ | 時分には | 該当文脈欠 |
| (81)と有てハ○○○○ | と有ば | とあっては○○○○ |
| (82)御さるそ△ | 御ざる● | ござる● |
| (85)是へ△ | 是へは● | これへは● |
| (90)側へハ△ | そばへ● | そばへ● |
| (91)地獄も | 地獄にも●● | 地獄にも●● |
| (100)此世に居てケ様に | 此世に居てこそ●● | この世にいてこそ●● |
| (100)あの世にいて | あの世へいて● | あの世へ行《い》て● |
| (102)取らせう程に早う戻れ | とらせう。●早う戻れ | とらせう。●早う戻れ |

助詞の場合、三本並べると微細にゆれ動いていることがわかるが、もっとも後の成立とみられる山本東本が、虎寛本や成城本の助詞を、いくぶん伝統的な規範を求めつつ、バランスよく台本に生かしている様子が見てとれる。

⑥の「すれハなんじハ武悪に頼れたよな」は、虎寛本の「すれば汝は、ぶあくに頼れたな」より、主人の疑問を越えた確認の深さを良く表現している。

⑲は、原因・理由を表わす「ほどに」を使った虎寛本より、成城本・山本東本の方に、「主人に魚を取って上げ

よう」という行為と「内へ入って一盃呑む」という行為の独立性・別個性を認識しつつ、それでも「一盃呑もう」と誘う武悪の太郎への親しみ・ねぎらいが反映されている。

㉖「そちの」は、「の」を使った方に、太郎冠者の武悪への敬意が認められるが、同輩ならば、虎寛本・山本東本のように「そちが」でも十分である。

(53)の虎寛本のセリフ「御太事に被成ませいは」の「は」は、現代語の感覚では命令形に終助詞「は」が付いていて不安定な気がするが、山本東本も同じ文型をとる。この部分のセリフとして、山本東本まで伝承されて来たものと見てよく、たまたま成城本に欠けたと思われる。

(54)は、成城本の場合は、「武悪程不奉公で不忠なやつだから」の意で接続助詞「ば」を使い、虎寛本の場合は、「ぶあく程の腕の立つ者だけれども」の意で逆接の接続助詞「ども」を使ったことになり、上句にこめられたニュアンスを異にしている。山本東本は、ニュアンスとしては虎寛本を受け継ぐが、武悪をさして「やつ」という主人から見た卑しめの語を用いているのは成城本と同じである。

(57)は、原因・理由を表わす接続助詞（相当句）「依て」と「に依て」の相異である。「に」を脱した「依て」が後発形であり、関西を中心に幕末～明治期に使用が増加していったと見られ、成城本が虎寛本より後の成立であることを示す好事例である。岡氏と署名された他の冊でも、「悪太郎」「骨皮」にも「依て」（仍て）は登場し、成城本の一特性ともなっている。山本東本は、伝承を重んじる立場から、虎寛本と同じく「によって」である。

(58)の「事や知らぬ」と「事じやしらぬ」の相異は、いろいろ問題を含有する。と言うのも、「ありやなしやと」と「あるかないかと」のような疑問の係助詞「や」「か」の意識のもとに「か知らぬ」を「や知らぬ」と変容させたものか、

(110)扨きやつはどこ許に居《ゐ》る事じやしらぬ。（虎寛本狂言「宗論」下15頁）

などの「じゃ」が早口にぞんざいに発言された時に「や」と変容したもの[7]を反映させたものか、不明であるからである。いずれにしろ、虎寛本と山本東本とが同一で、成城本のみが特異である。

③(63)(67)は、成城本で二文にしているものを、虎寛本で、それぞれ「が」(逆接)[8]「ところで」「程に」(原因・理由)という接続助詞を使って一文に結びつけたものである。山本東本では、③(63)を虎寛本のように一文構成とするが、(63)について、「所で」と「ほどに」という相異を見せている。

(102)は、虎寛本が二文構成をとるものを、成城本が「程に」を用いて一文としたものである。山本東本は、虎寛本と同じ二文構成をとる。

## 五・六　感動詞の増減と相異

本項では、感動詞の増減と相異を扱う。

⑩は、「イヤ」と「ハア」の相異である。「イヤ」の方に、今気づいたという色合いが強く、「ハア」の方に、ゆっくりとした状況認識の時の流れが反映されている。山本東本では、

(111)いや、表《おもて》に聞きなれた声で物申とあるが、あれはたしかに太郎冠者が声でござる(228頁)

のごとく、成城本と同じ「イヤ」を用いている。

㊸は、「ア、」と「あゝ扨」という感動詞の相異となる。山本東本は、「ア、」が「アッア」となるものの、「扨」(さて)の語はなく、成城本と同趣表現をとっている。

(51)の「何が」につき、『日本国語大辞典』(第二版)は「連語」とした上で、

[3]どう考えても否定できない事実を、動かない事実として認める気持を表す。なにしろ。なんと言っても。

と語釈し、虎寛本狂言「止動方向」の、

(112)さう有らば、何が遣ひ付《（つけ）》ぬ人を遣ふ事で御座るに依て、嘸ぞ叱りませう。（中16頁）

の例をあげているが、(51)は、「何が扠《さて》」と同じ意味機能をもつものとして、感動表現の一つとしてみなす。[9]「武悪」の場合、虎寛本はこの語を用いず、「あの」という特定力の強い代名詞（連体詞）を用いることによって強調効果を出している。山本東本は、虎寛本と同じく、「あの」を用いている。文章表現の上からは、成城本のように「何が」があった方が、会話としては相手へのもちかけ度が高く臨場感が増す。

(59)の「何」も、(51)と同じく「何」を含むが、こちらの「何」については、『日本国語大辞典』では、「感動詞」として認定し、

四①相手の言語・行動や、前の文脈の事柄を否定し、反発する気持を表すことば。

㋑軽く否定する。いや。

＊洒落本・道中粋語録（一七七九〜一七八〇頃）「『後といはず呑なせへナ』『ナニ、よさっしゃりまし』」

＊三四郎（一九〇八）〈夏目漱石〉三「『ぢゃ余程御悪いんですな』『なに左様ぢゃないんでせう』」

㋺強くとがめる。なんだと。

＊滑稽本・浮世風呂（一八〇九〜一八一三頃）二・下「猿眼《さるまなこ》めヱ」『なに、このぢぢむさあまめ』」

②予想外の事態に気付いたり、驚いたりする気持を表すことば。

＊虎寛本狂言・法師が母（室町末〜近世初）[10]「そなたへ年のころ廿ばかり成女は行かぬか。何、ゆかぬ」

＊浄瑠璃・凱陣八島（一六八三頃）「其まきぬをかぶりてゐよ。ムム何心得たとてうなづくか」

③人に呼びかける時のことば（用例略）

と説明している。このうち、四①㋺が、(59)と同趣用法となり、虎寛本として例の挙がった四②とは用法を異にする。成城本(59)は、四①㋑の『道中粋語録』（一七七九〜一七八〇頃）や『浮世風呂』あたりの反映する言語相とほぼ同

じものを反映している。山本東本でも、この箇所に「何」は使わず、成城本独自の使用例となっている。

(69)は、「ハア」と「ハテ」の相異である。「ハテ」の方が、「合点の行ぬ」状態を言い表わすのによりふさわしい感動詞であり、「ハア」の方は、「合点の行ぬ」心情そのものを嘆じているニュアンスがある。山本東本は、虎寛本と同じ「ハテ」である。

(74)は、「ハア」と「ハアヽ」の相異で、「ハアヽ」の方に感嘆の度合いが強まっている。山本東本では、「ハア」も「ハアヽ」もなく、「今までは心面白うあったが、汝が幽霊と言うたによって、しきりに気味が悪うなった」と、主人は言っている。

(84)は、「ヤア〱」と「ヤイ〱」の相異で、成城本の方に、主人自身、その事態に驚き、かつ、納得しようとしている姿勢が見られ、虎寛本の方に、太郎冠者にもそのことを聞かせようとする主人の行動が現われている。山本東本は、虎寛本と同じ「ヤイ〱」をとる。

(85)は、「ヤイ」の有無である。主人が「其武悪ハ太郎冠者に言付て成敗させたか何として是へ出たそ」ということを、武悪にも太郎冠者にも言いきかせたいという思いが「ヤイ」にはこめられており、山本東本もこの形をとる。

(86)(89)は、「ヤイ」と「ヤイ〱」の相異であり、一般に、「ヤイヤイ」の方が「ヤイ」より相手へのもちかけは強い。ただし、成城本の場合、すでに主人は(85)でヤイを使っているので、(86)で「ヤイ」一語であっても、主人の語調そのものが弱まる性格のものではない。むしろ、(85)で「ヤイ」を使わなかった虎寛本にあって、(86)で「ヤイヤイ」を使うことで、全体にメリハリが出ることになる。なお、山本東本は、(86)においても「ヤイヤイ」を使い、主人のテンションの高いことを示している。(89)の場合は、虎寛本の方に、主人の太郎冠者へのもちかけの度合いが高く、この傾向は山本東本もひきついで「ヤイヤイ」としている。

(87)は感動詞の有無だけではなく、「イヤちと」と「まだ」という表現の角度そのものが違いを有する。山本東本では、「武悪に尋ぬることがある」とだけ表現し、「イヤちと」も「まだ」も使っていない。

(88)(95)は、似たシチュエーションでのセリフである。ともに、太郎冠者が幽霊に化けた武悪に主人が近づくのを止めようとする場面で、成城本は、あわてて止めにいる太郎冠者の感情の高まりを「ヤ」で表わしているが、虎寛本には、欠けている。山本東本では、二ヶ所とも、虎寛本のセリフと同じく「ヤ」という感動詞はない。この「ヤ」のある方が、太郎冠者の困惑やあせりが生々しく伝わってくる。

以上をまとめると、成城本と虎寛本とが感動詞に関して相異を見せている時、山本東本は三対八の割合で虎寛本の状態に等しく、成城本的様相を含みつつも、より伝統的な虎寛本のセリフに回帰していることが見てとれる。

### 五・七　敬語に関するものや一般語彙の相異

本項では、右以外の語句の相異を扱うが、敬語に関するものも含まれてくる。

敬語に関するものとしては、④⑦⑭㉖㊻(54)(76)(78)(80)(92)(93)(100)などがある。

④は「武悪め」という接尾語の有無である。「め」が入っている方が、主人の武悪への腹立ちがよく表われている。しかし、問題は、この文末の方である。「聞事《ききごと》」という語は、下に断定の助動詞をともなってはじめて「聞く価値のある／聞くに足る」ものとなり、それをここで主人が使うことで、「聞くに耐えない」という〝皮肉〟を逆に表わせることになる。ところが成城本は、「聞事におりなひ」としている。「聞くに耐えない」の否定の色合いを「おりない」にこめたものとすると、成城本の台本時点での、この慣用表現に対する理解の浅さ——と言えないまでも、受けとり方の変容があったことをうかがわせる。

成城本よりのちの山本東本は、

(113)今にはじめぬ武悪がとりなし、聞きごとにおりゃる。（226頁）

であるから、虎寛本のセリフを踏襲している。

⑦の「申ます」と「申まする」は、「ます」と「まする」の相異で、「ます」の方が後の語形である。虎寛本にも「ます」の語形は出るものの、虎寛本「まする」を成城本で「ます」に変えているところにこそ、成城本の新しさがある。(78)の「参ります〱」も、同趣の事例である。

⑦の「成敗致て参りませう」と「成敗致しませう」とは、「参る」の語が入った成城本の方に、主人に対する太郎冠者のあらたまりの気持ちがより強く反映されている。

⑦の二ヶ所につき、山本東本では、

(114)かようにお受けを申し上げまするからは、やすやすと討って参りまする。（227頁）

のように、虎寛本のように「まする」を用いながら、「討って参りまする」のように「参る」を成城本同様入れるなど、折衷的様相が見られる。しかも、「お受けを申し上げまする」と「上げる」を入れこんだり、最終文末を「ませう」ではなく「まする」と言い切るなど、山本東本独自の色合いもつけ、これはこれで骨太《ほねぶと》のセリフ回しをとっている。

⑭の「氣遣ひを召さりやるな」と「氣遣お召さりやるな」との相異は、微妙な書写のゆれをも反映している。成城本の場合、「気遣ひを■お召さりやるな」と書写したのち、■印の部分を墨で塗りつぶした跡が見られる。目的（対象）を表わす格助詞の「を」を入れると、同音の「wo」「o」が重なり言いにくいので、一方にした過程が推定される。虎寛本の場合は、「お」に連続がないから、発音上、何ら問題はなく、かつ、武悪に対する太郎冠者の敬意も反映された。山本東本では、「それはそっとも如在《じョさい》することではおりない」と全く別表現をとっている。

㉑は、「参る」と「来（る）」との相異であるが、これは書写状態がからんでいる。成城本は、まず「来」と書き、

見せ消ちをして「参」と訂す。この場合、虎寛本のような「来」を捨て、「参る」をとったことになり、武悪の太郎冠者への（あるいは観客への）あらたまりが表わされている。山本東本では「イヤ、何かと言ううちに、この池でおりゃる」と別表現をとっている。

㉖のうち、「そちの」と「そちが」という格助詞の相異については、五・五項で扱ったが、「の」の方に、太郎冠者の武悪への敬意が高く現われている。㉖の後半の「手討」と「御手討」であるが、これは虎寛本の方に、主人に対する太郎の敬意が表現されている。山本東本では、

(115)某もお合口をもっておとりなしをし、ともどもおわびを申し上げたれでも、そちを成敗せぬにおいては、某ともにお手討ちになさりょうとのおことじゃ。（231頁）

となり、前半部は表現の方向を異にし、後半は、虎寛本同様、「お手討ち」となっている。

㉘は、「～てくれる」という語を介在させた方が、相手への配慮が加わり、広い意味での敬意が加わる。㉙の「いふて社《こそ》くれうする」と「云《いは》ふ」、(93)の「聞て呉れい」と「聞せい」も、成城本の方に相手への敬意が全体表現を通して反映されている。ところが、(98)の「届てくれひと言へ」と「届てもらうて呉れい」の場合は、「届てくれひ」と「届てもらうて呉れい」とが実質には対応し、「てもらう」を挿入した虎寛本の方に、相手への敬意が全体表現を通して反映されている。

(76)は「御さりませう」と「御ざらう」、(80)は「御さりません」と「御ざらぬ」、(100)は「御さりまする」と「御さる」の相異であるが、「ござります（る）」を使う成城本の方が虎寛本より相手への敬意は高くなる。山本東本では、「ござりましょう」「ござりませぬ」「ござる」となっており、三例中二例が成城本と同じく「ござります」を用いている。

虎寛本でも「粟田口」「末広がり」「秀句傘」はじめ「ござります」の例は無いわけではないが、のちの時代の成

城本や山本東本ではより密に使われて来ていることになる。台本が演劇として舞台にかけられている時代相を反映していると見てよいであろう。

以降は、一般的な語彙の相異を扱う。

③は、「段々」と「段々に」との相異であるが、「に」の無い形が後出形と見られる。虎寛本狂言の段階で両形併存しているので、単なるゆれと見てもよいが、山本東本も「に」の無い形をとる。

㊵の「随分と」と「随分」の相異も、似たような現象であるが、この場合、「と」のない語形も『平家物語』などからあり、前後は定めにくい。山本東本は、虎寛本と同じく「随分」である。

⑪の「しかりに」と「聞に」の相異は、成城本の場合、武悪が主人より叱責の使いがあることを予想した設定となっている。一方、虎寛本は、体調のよしあしを問い合わせする使いを想定していることになる。

山本東本では、

(116)また、例の叱《しか》りにおこされたものであろう。（228頁）

とあるので、成城本の「しかりに」をさらに強めた設定となっている。

⑬は、「せいで」と「せなんだぞ」の相異となる。山本東本では「なぜにつっと通りはせいで」として、「せいで」という反語問いかけがわかりにくい時代の観客に対しても大丈夫なように、「なぜに」という疑問副詞を入れこんだセリフとしている。

⑳は、「大分」と「大かた」という副詞の相異である。山本東本では、「だんだん」を用い、成城本・虎寛本とは表現の角度を少々変えている。

㉒㉓㉔は、虎寛本では一貫して、「魚がおびたゝしい(事)有る」ことに注目して表現している。ところが成城本

は、「魚がおびたゝしくいる」状態に注目して表現している。表現の観点が異なるわけである。山本東本では、㉒にあたる会話は欠けている[11]が、

(117)武悪イヤ、見たところは小さな池なれども、シイシイシイ。あれあれ、あのごとく居るは。(230頁)

(118)太郎冠者まことにおびただしい魚じゃ。(230頁)

のごとく、両方を切衷したような会話構成をとっている。

㉝㊲(103)は、「又」(また)と「まだ」の相異である。仮名書きされた「また」なら、「まだ」の可能性もあるが、㉝㊲は漢字表記「又」なので、この相異はきわ立ってくる。「又」同じ行為がくり返されることは、〝まだその行為がつづいている〟ことになり、結果としては同じようなものであるが、台本を書いた者の段階では、「又」と「まだ」はセリフとしても異なる意味を託されて選び記されたものと思われる。山本東本では、(103)にあたるセリフ全体が欠けているが、㉝㊲については、虎寛本のごとく「まだ」となっている。

㉟は、「討たれひ」「きられい」の相異で、「討つ」と「切る」(斬る)の対立となる。同じ相異は、㊱㊲でも生じている。山本東本は、これら三例ともに、虎寛本同様「切る」を用いている。虎寛本でも最初は「成敗する」「討つ」を用い、〝生簀の場〟でも武悪と太郎との間で、

(119)(シテ)誠に、見れば御太刀じゃ。すれば汝は真実打《うち》に来たか。(太郎冠者)御意で打に来た。覚悟せい。(355頁)

のごとく「討つ」を用いているのであるから㉟㊱㊲でも「打つ」でよいようなものであるが、「打つ」より、より具体的行為をさす「切る」(斬る)を用いている。一方、成城本は、同一文中にくり返して使う必要のある場合、最初は「討つ」を使い、後ろを「切る」を使うようにしている。成城本独自のこだわりであろう。

㊹の「身の上の事て御さる」と「身の上が太事じや」の相異は、丁寧語の有無が関わる他、表現の角度を異にしている。山本東本は、虎寛本同様、「身の上が大事じゃ」である。

㊼の「何としたそ」と「成敗したか」の相異は、成城本の方が現代語なら「あの件は、どうなった」と経過と結果を問う形であるのに対し、虎寛本は、「成敗する」ことが出来たかどうかを直裁に聞いている。山本東本は、成城本と同じく、「して、武悪ハ何とした」と聞いている。

㊽は、武悪を「討った」という報告を受けた主人が、「夫わ誠か」と聞き、再度「真実か」と聞いた場面での太郎の返答である。「真実か」と聞かれて「真実で御座る」と答える虎寛本に対して、「一定で御さる」(明白な事実)と答える成城本の方により答える者の言語責任が現われている。山本東本も成城本と同じセリフをとる。

㊾は、もともとは虎寛本のような係助詞「ハ」の入った文において、強めの副詞として「又」を入れこんだために「ハ」がスリップした形を、成城本は伝えており、きわめて口頭語的である。

㊿は、「いか様な」と「いか様の」という形容動詞的活用部分の「な」と「の」の相異である。山本東本は、成城本と同じく「いか様な」である。

(51)は、「参るそか、ろそ」と「参るぞか、るぞ」との相異であるが、虎寛本のような「参るぞかかるぞ」の方がこのイディオムとしては正形であり、山本東本も正形を踏襲している。

(52)は、「殊の外」と「いくばくか」の相異である。「いくばくか」の方がややあらたまった語調であるが、主人のもったいをつけた言いぶりとしてはよく合っており、山本東本も「いくばくか」である。

(60)は、「今日を助た」と「命を助る」の相異であるが、「今日を助るた」は、生命《いのち》というより今日一日の糧《かて》を得るというニュアンスがあり、ここの文脈にはややそぐわない。「命」という漢字のくずしを「今日」と読みあやまって書写したものか。山本東本でも虎寛本同様「命を助る」である。

(62)の「参詣せう」と「参う」の相異は、漢語と和語の対立であるが、山本東本では成城本と同じく「参詣致そう」と漢語を使用している。

(63)の「御尋被成に依て」と「御尋被成た時分」の相異であるが、成城本では、「武悪か最期ハ何と有そと御尋被成」という主人の行為の事実を原因として生じた、太郎冠者の行為「今一度(略)と申上て置た」を叙述している。虎寛本では、主人が尋ねられた時にの意を強調する表現をとっている。セリフの前半で原因・理由表現を使っていないので、虎寛本では△印において「今一度こなたに御目にかゝり度い〱と申まして御ざると申上て置た所で、そなたは幽霊に成て御目にかゝらしめ」と、「所で」を用いた原因・理由表現を使うことが可能となった。「所で」は中世後期あたりから原因・理由表現として少しずつ使われていく(12)が、このように後半を命令形にとることは少ない。なお、この部分、山本東本は、(105)のごとく、かなりセリフを刈りこんでいる。

(68)は、「出う」と「出る」の相異である。「出る」という言い切りより、未来の意思を表わす助動詞をともなった「出う」の方がこの場のセリフとしては落ちつく。山本東本でも成城本と同じ「出《じョ》う」である。

(70)は、「人影」が「さす」か「見ゆ」の相異であるが、成城本のように、「さす」が一般的で、山本東本も「さす」をとる。

(72)は、「思ひ當た」と「おもひあたる」の相異で、過去形(完了形)か、現在形かのちがいとなる。山本東本では、「ちと思い當ることがござる」のように、虎寛本同様、現在形をとっている。なお、(60)の「事」につづく「助た」「助る」も同じ現象であり、(61)の「に依て」につづく「信仰する」「信仰した」、および、(79)の係助詞「は」につづく「言う」「言うた」は、逆の現象である。(60)(61)(79)の該当部について、山本東本は全て現在形をとるので、結果として、成城本と虎寛本に半々の似よりを持つ。

(73)の「こなたの御目に掛りたひ」と「こなたに御目に懸りたい」の相異は、(63)と同じ相異である。「お目」は名詞であるので、これを強く意識すると「こなたのお目」となり、「お目に掛りたい」という一まとまりの動詞句を意識すると、動詞句の対象は「こなたに」となってくる。山本東本は、「こなたに、お目にかかりたい」で、虎寛本と同じである。

(83)のセリフ主は、主人である。成城本の場合は、武悪の幽霊とおぼしき者に、「武悪でハなひか」と確認の問いを投げかけた形であり、虎寛本の場合は、「何者じゃ」と一般的な問いかけをしたことになる。ここに至るまでの流れを考えると、直截に「武悪でハなひか」と問いかけた方が、自然である。山本東本も成城本と同じ形をとる。

(94)は、「事」と「所」という形式名詞の相異であるが、この文脈で「所」の語はやや落ちつきがわるい。山本東本は成城本と同じ「こと」である。

(96)は、「仰らる」と「仰付らる」の相異であり、ともに敬語である。「付く」という語が付随した語の方が、〝命令する〟という意識がより強くこもる。山本東本は、虎寛本と同じく「仰せ付けらる」を用いている。

(99)は、成城本が接続助詞「て」を用いて一文化しているのに対し、虎寛本が「申せ」と命令形にして二文構成をとっているのが相異している。山本東本では、

> (120)ヤイヤイ武悪、これを持って　もはや戻ったならばよかろう。（241頁）

のごとく、成城本のように接続助詞「て」を使ってはいるが、さらに会話を刈りこんでいる。(102)も、成城本が「程に」という原因・理由を表わす接続助詞(相当句)を用いて一文化、虎寛本がそれを使わず二文化しているという相異である。こちらの場合は、山本東本は虎寛本と同じ形態をとっている。

以上、一般的な語彙の相異につき、相異の理由や背景につき考察を加えて来た。その結果、成城本独自の表現意識に基づくものが若干あり、それを、成城本よりのちの山本東本が平均すると半ばほど継承し、半ばは伝統的なものとして虎寛本に回帰した(あるいは踏襲した)本文を有することが知られた。

## 六　おわりに

成城本「武悪」は、大蔵虎寛本「武悪」とほとんど同じで、成城大学図書館蔵『狂言集』の一群A～F六冊本の中では、「鏡男」「鬼瓦」と同程度の一致度を持つものである。[13] しかし、その濃度を詳細に計測すると、「鏡男」「鬼瓦」よりはほんのわずかだが似より濃度の薄いところがあり、その部分の半ばほどが山本東本と共通していた。ということは、大蔵虎寛本の伝統（伝承）を濃厚にうけつつ、大蔵流諸派（諸家）の台本が幕末期～明治初期に流動していく際、成城本のような台本を経由し、あるいは互いに並立的影響を受けつつ、山本東本のような形に落ちついてきたことを想定させる。

山本東本は、『狂言集　上』の解説に依ると、

(121)本書は大蔵流、山本東次郎家の先々代山本東《あずま》（一八三六～一九〇二）の書写した本を底本とした。山本東は豊後岡藩の藩士、赤羽家に生まれ、同藩の山本武兵衛の養子となった。若くして宮野孫左衛門に芸を承《う》け、さらに大蔵流家元、大蔵千太郎に学んで免許皆伝を得た。徳川幕府の時代、江戸詰めであったが、維新に際し帰郷、明治十一年上京、明治の能楽界において山本東次郎の名で活躍し、名人として人に許された。明治三十一年隠居して東と称し、同三十五年六十七歳で没した。東の書写した本は、山本家に二本伝わっている。一つは二番乃至十番ずつ分冊になっているもので、所収曲は次に述べる本と同じである。安政三年、万延元年、文久二年などの年号がそのうちの若干に記されており、彼の二十代すなわち修業時代の書写である。もう一つは、脇狂言部・大名部・小名部・聟女部・鬼山伏部・出家座頭部・集部の七部、及び極重習《ごくおもならい》として『花子《はなご》』『釣狐《つりぎつね》』が別冊になっているものである。これは年号が記されていないけれども晩年のものであり、数多くの注記がされていて

子孫のために残されたものである。

私がここに底本としたのは前者であるが、（以下、略）（31頁）

のような性格をもつものであることがわかる。

山本東本に、安政三年（一八五六）、万延元年（一八六〇）、文久二年（一八六二）などの年号が記されているそうであるが、成城本も、これら幕末期に、山本東本よりほんの少し先んじて成立していたものと考えたい。

【注】

（1）『狂言集』という名称は、筆者の仮称である。大きくは三グループの雑纂的な狂言台本一四冊の集まりであるために、論述上、この名称を用いたい。本論文で扱うFは、その中の一グループで六冊構成をとるので、一冊～六冊をA～Fと略称することにした。Fの末尾には、「Y093268」と登録番号が付されている。Fの形態は、冊子本（縦25.1㎝・横17㎝／こより綴じ）で墨付23丁である。

なお、当『狂言集』は、筆者が前任校である成城大学短期大学部日本語・日本文学コース在職中に、まず、日本語・日本文学コース研究室に教材・研究用として蔵される形となった。本稿の翻刻・考察の基礎は、その時に発する。

（2）綴じ方は、A～Eが「―　―」に対して、Fのみ「―　―　　―　―」と形状を異にする。これは、「武悪」という大曲に対する〝あらたまり〟意識の具現であろうか。

（3）寛政四年（一七九二）に大蔵虎寛が書写したもの。大蔵虎明が寛永一九年（一六四二）に書写大成したものの伝統を承けつぎつつ、その後百五十年間の変容をセリフ・語彙・表現に反映している。

（4）翻刻（本書第Ⅱ部）では印刷の煩雑さを避け、「で統一している。「翻刻」凡例参照。

（5）小林千草二〇一四・三「成城大学図書館蔵「悪太郎」の性格と表現」（小林賢次・小林千草編『日本語史の新視点と現代日本語』勉誠出版　所収。本書第Ⅰ部第三章として収録）参照。

（6）山本東本の先行写本（先行の口承形態も含む）を考えるならば、あるいは〝同時期の並立〟も考えられる。

(7) 断定の助動詞「じゃ」が「や」に変化したものかどうかについては、慎重を期したい。なお、村上謙「ジャからヤへ—明治大正期関西弁指定表現体系における「標準語化」の影響—」(『近代語研究』第一七集所収)は、前田勇・金沢裕之説を踏まえて、興味深い論となっている。

(8) この場合、逆接の度合いはほとんどなく、二つのやや性格の異なる事態を単に結びつけてゆく働きをしている。

(9) この立場をとるので、『日本国語大辞典』の「何が」初出の

＊玉塵抄(一五六三)一二「なにが庭で拝しまらせいではと云てをがまれたぞ」

や、「なにがさて」の初出の

＊虎寛本狂言・萩大名(室町末~近世初)「ていしゅ歌を所望か。中々。何がさてよまひでは」

は、反語を作る「何が」を根幹に含むものとして、感動詞からは除外したい。感動詞としての「何が」が確立するのは、一七〇〇年前後頃と推定する。

(10) 『日本国語大辞典』は、書写年代が虎明本より一五〇年も遅れる虎寛本についても、このような成立年次を表示している(注9＊の第二例(　)内も参照)。伝承性から見たら、多くの語彙・語法・表現はそのように考えられるが、一七九二年書写という時代の制約を受けて、虎寛本には近世中期のことばが混入している場合がある。

(11) 欠けていても、台本上の落度《おちど》は生じない。と言うのは、これ以前に同趣セリフが設けられており、くり返し話題にのぼすのがくどいと思ったら、後のを略すことが可能である。

(12) 小林千草一九七三・九「中世口語における原因・理由を表わす多件句」(『国語学』第九四集掲載。のち、武蔵野書院刊『中世のことばと資料』に所収)、一九七七・三「近世上方語におけるサカイとその周辺」(『近代語研究』第五集　掲載。のち、『中世のことばと資料』に所収)参照。

(13) A~F六冊本中、虎寛本と最も一致の高いのは、「墨塗」である。

(付記) 本稿の骨子については、平成二十五年十二月七日(於白百合女子大学)に開催された近代語学会で発表する機会に恵まれた(当日の発表資料の「二　狂言「武悪」について」が該当)。席上、種々有益な御助言・御質問を受けることが出来た。厚く感謝申し上げます。

# 第七章　成城大学図書館蔵『狂言集』のうちの大蔵流台本の資料的位置づけと言語状況

## 一　はじめに

本書第一章～第六章まで使いつづけてきた〝成城大学図書館蔵『狂言集』〟という呼称は、そのつど注に記したように、筆者の仮称である。大きくは三グループの雑纂的な狂言台本の集まりであるため、論述上この名称を用いたのである。

では、成城大学図書館の扱いではどうなっているかについて、本章で一括して示すと、点線部の上部のようになっている（点線部の下部は、それぞれ論文化の過程で筆者が命名していった略称であり、以下、こちらの略称も適宜使用する）。

[1]　狂言台本十五番(1)〔1〕～〔6〕

請求記号　　　　　　　　登録番号

〔1〕　912・3／KY3／1（W）　Y093263

「柿山伏」

- - - - - - - - - - - - - - - - - -

⇩筆者の推定では、大蔵流台本。

〈岡氏署名本〉〈岡氏本〉〈岡本〉　A

〔2〕 912・3/KY3/2(W)　Y093264

「鏡男」「鬼瓦」「悪太郎」

〔3〕 912・3/KY3/3(W)　Y093265

「黒塚の間」「老武者」

〔4〕 912・3/KY3/4(W)　Y093266

「骨皮」「墨塗」「現在鶴間」

〔5〕 912・3/KY3/5(W)　Y093267

「はん女の間」「篭太鼓の間」「はしとみの間」

「般弁慶の間」

〔6〕 912・3/KY3/6(W)　Y093268

「武悪」

[2] 狂言台本〔1〕~〔5〕

〔1〕 912・3/KY3/1(W)　Y093270

〔2〕 912・3/KY3/2(W)　Y093271

〔3〕 912・3/KY3/3(W)　Y093272

〔4〕 912・3/KY3/4(W)　Y093273

〔5〕 912・3/KY3/5(W)　Y093275[2]

[3] 狂言台本〔1〕~〔3〕

〔1〕 912・3/KY3/1(W)　Y093277

〔2〕 912・3/KY3/2(W)　Y093278

---

〈岡氏署名本〉〈岡氏本〉〈岡本〉　B

〈岡氏署名本〉〈岡氏本〉〈岡本〉　C

〈岡氏署名本〉〈岡氏本〉〈岡本〉　D

〈岡氏署名本〉〈岡氏本〉〈岡本〉　E

〈岡氏署名本〉〈岡氏本〉〈岡本〉　F

⇩筆者の推定では、和泉流台本、およびそれに深くかかわる台本

成城〈丙〉本

成城〈丁〉本

〈遠山氏本〉〈遠山本〉

成城〈甲〉本

成城〈乙〉本

⇩筆者の推定では、鷺流台本

〈平間語壱番〉本・〈間語壱番〉本

〈曲章三番〉本

〔3〕　912・3／KY3／3(W)　Y093280[3]　------　〈曲章四番〉本

「狂言台本十五番〔1〕～〔6〕」「狂言台本〔1〕～〔5〕」「狂言台本〔1〕～〔3〕」という名称は当和本受け入れ時につけられたものと見られるが、必ずしも、そこに所属する台本の性格を正しくは伝えていない。しかも、「狂言台本十五番〔1〕～〔6〕」「狂言台本〔1〕～〔5〕」「狂言台本〔1〕～〔3〕」ごとに「912・3／KY3／1(W)」以下数字がふられているので、混同を生みやすい。最も安全な方法は、登録番号を並記することであろう。

「狂言台本十五番〔1〕～〔6〕」「狂言台本〔1〕～〔5〕」「狂言台本〔1〕～〔3〕」という大きなくくりで三グループに分けられているが、これは古書店にそれらが入った時点で出所を分けて保管されていたことの反映と見られる。筆者の調査によっても、三グループはそれぞれ性格の異なる台本であることが判明したわけである。つまり、点線部の下部、⇩印直下に記したように、

[1]　六冊(A～F)は、大蔵流台本

[2]　五冊は、和泉流台本、およびそれに深くかかわる台本

[3]　三冊は、鷺流台本

であったのである。

調査を進める中で、[3]〈曲章四番〉本の巻末の奥書、

①萬延元申歳十一月吉日写之／西口克太郎／吉迪(花押)／蔵書　(／は、改行を示す。)

や「通圓」の曲末の注記、

②右者家元直傳之秘書ナリ　鷺十代目　拱辰先生／書ヲ／安政四丁巳年七月岡山義憲写候ヲ今度又西口吉迪写置ナリ(9ウ)

そして、〈平間語壱番〉本の裏表紙の

③萬延二酉二月吉旦／西口文左衛門／蔵書

から、〔3〕が幕末期の書写になることが分かった。[4] また、〔1〕の大蔵流台本（A・B・C・D・E・F）、〔2〕の和泉流台本（主として、成城〈甲〉本・成城〈乙〉本）の個々の曲を、各流の主要台本と成立時代順に並べた時の内容的位置づけ、さらに、各曲の用語を国語史的に検討した結果、〔1〕〔2〕も幕末期のものであることが判明した。[5]

以上は、成城大学図書館蔵『狂言集』における〔1〕、つまり「岡氏本」の資料的位置の再確認を兼ねたものであったが、本章では、岡氏本に所収された大蔵流幕末期の八曲につき、各章で言及できなかった点を補いつつ、本書のまとめにかえたい。

## 二　「柿山伏」の欠けた本文について

「柿山伏」は、柿主のことばに乗らされて柿の木より飛んだものの落下して腰を痛めた山伏が、

④サァ〳〵おのれが内へ連ていて看病をせひ（A　6ウℓ5〜ℓ6）

と言い、柿主が

⑤「イヤおのれハ（A　6ウℓ6〈丁末〉）

と言い出したところで終わっている。その理由は、7オ一行目から記されていたであろう後続のセリフが、7ウに「附子」の本文が記されていたため、「附子」取り出しの際に七丁目全体が取りはずされて消えてしまった結果と考えられる。

「柿山伏」も「附子」も、狂言役者にとっては比較的初歩的な曲に属し（A本の筆跡が、他の五冊に比べて若書き

に見えるのもその故か）、「附子」をその後再演する機会があった時、別仕立ての台本となしたのであろう。

さて、問題は、散佚した⑤以下のセリフはどのようなものであったかということである。すでに本書第一章三において、「成城本「柿山伏」の本文は、結論的に言うと、大蔵虎寛本狂言（岩波文庫を底本とする）の本文とほぼ同じ」と述べているので、⑥として虎寛本のセリフを記す。

⑥（アド）イヤ、おのれはにくいやつの。柿を盗んでくらふ山伏を誰《た》が看病する物じや。（シテ）其つれな事をいふたらば為にわるからうぞよ。（アド）為にわるからうといふて何《なに》とする。（シテ）目に物を見せう。（アド）夫は誰《たれ》が。（シテ）身共が。（アド）そちがぶんとして目に物を見せたり共、深しい事は有るまいぞ。☆（シテ）ていとさういふか。（アド）おんでもない事。（シテ）おのれ悔まうぞよ。（アド）何《なん》の悔まう。（シテ）たつた今目に物を見せう。常のごとく夫山伏といつばをいふて、何と殊勝なかといふぼろん〳〵橋の下のせうぶもいふて（アド）此様な所に長居は無用。急で罷帰らう。是は何とする〳〵。扨々是は奇特《きどく》な事じや。橋拠りへ行さうにして段々と跡へ祈り戻さるゝ躰。是非に及ばぬ。宿へ連ていて看病をせう程に、是へ負れい。（シテ）心得た。（アド）急度《きつと》とらへて居よ。（シテ）心得た。（アド）ヤツトナ。ヤイ聞くか。（シテ）何事じや。（アド）宿へ連て居てかん病をするは安けれ共、おのれが様に柿を盗んで喰ふ山伏は、まつ斯うして置たが能い。と云て真中へ打倒し入（シテ）ヤイ〳〵〳〵〳〵、此たつとい山伏を此様にして、しやう来《らい》が能う有るまい。あのわうちやく者、とらへて呉い。やるまいぞ〳〵〳〵。（中481～482頁）

。点を添えた六文字は成城本と重なるものであるが、⑥のセリフ全体は従来の字詰め・行詰めがつづくかぎり、7オに収まらない。7ウの半ばまで使っても収まらない。今のところ、☆印をつけたあたりで7オ末に至り、「以下、口伝」のような処理がなされていたものと想定しておきたい。

## 三　「ほどに」「によって」（「よって」）から見る当該台本の資料的位置づけ

狂言資料において、原因・理由を表わす条件句を構成する表現形式「ほどに」「によって」の様相が、大蔵虎明本と大蔵虎寛本で大きく変化していること――簡単に言えば、虎明本の反映する時代から虎寛本の反映する時代にかけて「ほどに」から「によって」への国語史的変遷（勢力交替現象）があったことは、旧稿（小林千草一九七三・九「中世口語における原因・理由を表わす条件句」「国語学」第九四集。のち、武蔵野書院刊『中世のことばと資料』に所収）で報告した通りである。旧稿につづいて発表した、

小林千草一九七七・三「近世上方語におけるサカイとその周辺」（『近代語研究　第五集』武蔵野書院刊）においては、近世初期から末期に至る上方資料を中心に「ほどに」「によって」等の使用状況を調査し、本書第二章三・三の〈表1〉として再掲したような表に整理したが、「によって」が語頭の「に」を脱した「よって」という語形を生じて、かつ、その語形がコンスタントに見られるようになるのは、近世もかなり後半―幕末期になってからであることが、この表から読みとることが出来る。

成城本A～Fにおいても「悪太郎」「骨皮」「武悪」に各一例の「よって」が出ていることは、本書第三章四・三、第五章三・二、第六章五・五で個別に言及している。成城本A～Fが幕末期の台本であると推定されるのも、この「よって」の存在が大きく働いている。

さて、本章初掲の〈表1〉の下部は、成城本における「ほどに」と「によって」（「よって」は（）内に内訳数を示す）の用例数を曲毎に整理したものである。整理にあたっては、旧稿やその続稿同様、後件の種類別に分けている。なぜなら、「ほどに」から「によって」への国語史的変遷が行なわれていた過程で、後件が(d)命令(e)依頼の場合に

〈表　1〉

| 狂言台本・狂言曲目 | | | 後件の種類／表現形式 | (a) 推量 | (b) 見解 | (c) 意志 | (d) 命令 | (e) 依頼 | (f) 疑問 | (g) 事実の叙述 | 総計 |
|---|---|---|---|---|---|---|---|---|---|---|---|
| 虎明本　30曲＊1 | | | ホドニ | 25 | 15 | 101 | 67 | 18 | 1 | 12 | 239 |
| | | | ニヨッテ | | | | | | 1 | 32 | 33 |
| 虎清本　全曲 | | | ホドニ | 10 | 12 | 34 | 6 | 14 | 1 | 12 | 89 |
| | | | ニヨッテ | | | | | | 2 | 15 | 17 |
| 虎寛本　30曲＊1 | | | ホドニ | 3 | 4 | 20 | 55 | 14 | | 2 | 98 |
| | | | ニヨッテ | 17 | 10 | 65 | 24 | 10 | | 46 | 172 |
| 成城本 | A | 柿山伏 | ホドニ | | 2 | 2 | | | | | 4 |
| | | | ニヨッテ | | | | | | 1 | | 1 |
| | B | 鏡　男 | ホドニ | | | | 1 | 1 | 1 | | 3 |
| | | | ニヨッテ | | 1 | 1 | | | | 6 | 8 |
| | | 鬼　瓦 | ホドニ | | | | 1 | | | | 1 |
| | | | ニヨッテ | | 1 | 2 | | | | | 3 |
| | | 悪太郎 | ホドニ | | | | 2 | | | | 2 |
| | | | ニヨッテ | | | 1 | | 1 | | 15(1) | 17(1) |
| | C | 老武者 | ホドニ | | 1 | | 3 | 2 | | | 6 |
| | | | ニヨッテ | | | 1 | | | | 1 | 2 |
| | D | 骨　皮 | ホドニ | | | | 3 | 1 | | | 4 |
| | | | ニヨッテ | 1 | 1 | 7(1) | | 5 | | 6 | 20(1) |
| | | 墨　塗 | ホドニ | | 1 | 1 | 2 | 1 | | | 5 |
| | | | ニヨッテ | 2 | 1 | 3 | 1 | | 1 | 4 | 12 |
| | F | 武　悪 | ホドニ | | | 1 | 9 | 4 | | | 14 |
| | | | ニヨッテ | 5(1) | | 7 | 8 | 1 | | 9 | 30(1) |
| 成城本８曲　計 | | | ホドニ | | 4 | 4 | 21 | 9 | 1 | | 39 |
| | | | ニヨッテ | 8(1) | 4 | 22(1) | 9 | 7 | 1 | 41(1) | 92(3) |

＊１　虎明本と虎寛本との共通曲30曲を調査。
＊２　用例数における（　）表示は、「ヨツテ」の用例数の内訳である。
＊３　「墨塗」には「～ニヨツテノコト」という例が他に１例ある。

限っては「ほどに」が「によって」を抑えていた事実があり、その進行（浸食）状態によって反映する言語年代の早い遅いがわかるからである。また、「によって」が「ほどに」の表現領域にくいこんでいく時、そのほとんどの場合、後件が(g)事実の叙述（前件も「事実の叙述」であり、そのため、意志や推量の助動詞は上接しにくい）[6]であり、(g)への集中と(g)以外への拡がりが、やはり反映する言語年代の早い遅いを知らせるマーカー（指標）となるからである。

〈表1〉の上部には、小林一九七三・九でも掲載した大蔵虎明本と大蔵虎寛本との共通曲目三〇曲[7]の調査結果、および、大蔵虎明の父が次男八右衛門（清虎。虎明の異母弟）に書写させたと推定される正保三年（一六四六）成立の虎清本全八曲の調査結果を再掲したものである。虎清本は、写本成立年代では虎明本に四年遅れるものの、虎明の父の言語相を反映していると見られ、微妙な位置づけではあるが、一応第二番目に掲出してある。

〈表1〉をもとに、各台本の「ほどに」の用例数を1として、「によって」の用例数を表示すると、

| | ほどに | によって |
|---|---|---|
| 虎明本 | 1 | 0.14 |
| 虎清本 | 1 | 0.19 |
| 虎寛本 | 1 | 1.76 |
| 成城本 | 1 | 2.36 |

のようになる。虎明本の「によって」の用例数は、「ほどに」の0.14倍にしかすぎないが、父の虎清本では0.19と、わずかながら「によって」の使用が高まっている。しかし、後件の種類については、(g)がほとんどで(f)が二例ほど混じる程度であり、虎明本と同一傾向を呈している。ところが、虎明本より一五〇年後の成立である虎寛本では、「によって」の用例数が「ほどに」の1.76倍になっていることが知られる。つまり、ここで「ほどに」から「によっ

て」への勢力交替現象が生じたのである。(d)(e)へのくいこみは、まだ「ほどに」を凌駕するところまでいかないが、(c)意志では完全に凌駕し、(a)推量(b)見解でも優勢である。もちろん、最初から「ほどに」より優勢であった(g)の表現領域では、ますます専用的になってきている。

さて、成城本八曲の総計を見ると、「によって」は「ほどに」の2.36倍で、虎寛本よりさらに「によって」の使用率が高まっていることが明らかである。成城本が虎寛本(一七九二年)より五、六十年のちの幕末期のものであることは、この数値からも逆に裏付けられる。

〈表1〉下部の成城本の様相を、曲毎に見ると、「柿山伏」で、「ほどに」の使用が「によって」の使用を大幅に上回っていることが知られる。本書第一章三において、「成城本「柿山伏」の本文は、結論的に言うと、大蔵虎寛本狂言の本文とほぼ同じであり」と記したが、第一章四の虎寛本と成城本との「主な違い」の挙例の中にも、「ほどに」「によって」の〝ゆれ〟は見出されない。つまり、虎寛本の段階で「ほどに」の優勢が守られていたのである(成城本には欠けている例⑥部分を加えても、「ほどに」一例(後件は(d)命令)がさらに加わるのみである)。

同じことが、「老武者」でも指摘される。本書第四章三において、「虎寛本「老武者」の本文に非常に近く」と報告しているし、「語彙的・表現的相異にとどまる」として挙例した中にも、「ほどに」「によって」の〝ゆれ〟は見られなかった。したがって、この「老武者」では虎寛本の段階で「ほどに」の優勢が守られていたのである。

「柿山伏」と「老武者」とは、「ほどに」と「によって」という原因・理由を表わす条件句においては、虎寛本の段階で前時代の言語相を反映する曲であったということになる。旧稿(一九七三・九)では、計量的に扱ったため、曲毎の凹凸がならされていたが、幕末期の台本と比較することで、虎寛本に所収された曲毎の不均質さに注意を払わなければならないことを教訓とすることが出来た。

## 四　終助詞「は」（わ）から見る当該台本の資料的位置づけ

成城本「鏡男」における、

⑦ア、何やら腹の立た事が有たか　ヲ、夫〳〵なふ恐しや〳〵　其侭の画に書た鬼のつらに見ゆるハ（B　4オ）

⑧なう〳〵是のハ内に居さしますか　今戻ておりやるハ（B　4ウ～5オ）

は、⑦が妻への京土産に「鏡」を買ってそれを道中ながめていた夫の一人言、⑧が越後松の山の家にたどりつき妻に呼びかけたセリフである。したがって、ともに男性の使用である。

「鏡男」は、虎清本にも虎明本にも虎寛本にも同曲が収められているので、その様相を次に示すが、念のため大蔵流八右衛門派の台本で大蔵虎光によって文化一四年（一八一七）に書かれた大蔵虎光本（古典文庫所収の翻刻を底本とする）の本文も添えておく。

虎清本

⑨[1]ちと又はらをたてゝみよう。あつこはもの。なふ〳〵をそろしひつらや△。（わんや書店刊『狂言古本二種』41頁下）

虎明本

⑨[2]ちとはらをたてゝミう、あつこわ物、なふ〳〵おそろしや、そのまゝおにのそうにミゆる△、（臨川書店刊複製本『大蔵家傳之書古本能狂言』一241頁）

虎寛本

⑨[3]ア、、何やら腹の立事が有たが。を、夫々。なう、おそろしや〳〵。其まゝ画に書た鬼のつらに見ゆる△。（岩波文庫中350頁）

虎光本

⑨[4]ちと腹を立た処を写て見度物で御座ルが。（略）其時ハ腹が立てすでにさしちがよふと致た。のふ恐しや〳〵今腹を立た処ハ二タ目とハ見られぬ其侭

⑩1おりやるか。〳〵。只今くだりついておりやるぞ。（42頁上）

⑩2おじやるか。〳〵、たゞいまくだっておりやるハ（二242頁）

⑩3なう〳〵、是のは内に居さしますか。今戻ておりやる。（中350頁）

の鬼で御座た。（古典文庫一104頁）

⑩4のふ〳〵是のは内ニおりやるかいさし舛ルか（ますか）女「イヤ是のが戻らせられたと見へて声が致。中〳〵今戻らせられて御座ルかシテ「中〳〵今戻た（戻つておりやる）。（二105頁）　文中の（　）内は、底本である吉田幸一氏蔵本に対する関西大学図書館蔵本の校異。

⑨については、四本ともに「～ハ」の使用はない。⑩については、虎明本（⑩2）に「～ハ」の使用がある。成城本⑩の「～ハ」は、虎明本の踏襲ではなく、虎寛本から踏襲してきたセリフに独自に終助詞「ハ」（わ）をつけたものである。また、時代的には成城本に近い時期の虎光本が「～ハ」でないことにも注目しておきたい。

もちろん、虎清本「鏡男」においても、

⑪おとこ「（略）いかなあく女も。よき女に。みゆるによつてのてうほうです は（夫→妻　42頁下）

のような古風な言い方「で候《す》」に終助詞「は」の下接したもの、

⑫おとこ「さて〳〵女といふものは。くだらぬものじやようみよ。おのれがつらがうつつて。みゆるわいやい(夫↓妻　42頁下)

のように、終助詞「ハ」に間投助詞「イ」のついた「ワイ」にさらに「ヤイ」のくっついた「わいやい」も見られるから、終助詞「は」(わ)による強いもちかけは、中世から近世にかけて[8]時おり用いられてはいた。

また、⑩$^{2}$以外に、虎明本「鏡男」では、

⑬(夫)／只今下ておじやるハ(夫↓妻　二242頁)

⑩$^{2}$との間に妻のセリフ「なふうれしや、是の人が下られたものじやよ」をはさんで、出る。

⑭(夫)／されどもそなたにおまらせうと思ふて、(略)せう〳〵でなひたから物、日本にかくれもなひもの、一つもとめてくだつてすハ(夫↓妻　二243頁)

⑮(夫)／惣じて(略)いかな悪女も、よき女にミゆるによつての重宝です ハ(夫↓妻　二244頁)

⑯(夫)／それハおのれがはらをたて、見るによつて、さやうにミゆるハ(夫↓妻　二246頁)

など「〜ハ」が多く使われている(このうち⑮は虎清本のセリフ⑪と同一)し、[9]「〜わいやい」の形も、

⑰(夫)／さて〳〵おんなと云ものハくだらぬ事をいふものじや、ようみよ、おのれがつらがうつつてミゆるハひやひ(夫↓妻　二245頁)

のように出る(⑰は、虎清本の⑫に同じ)。このうち⑭⑮の「〜候《す》は」は、老人や田舎者が用いるという特殊性がある。しかし、このような〃田舎人〃を含めた庶民が「〜ハ」を多用しないと、「〜わ」や「〜わいやい」は生まれないのであり、中世末期から江戸初期における「〜ハ」のある程度の使用状況は想定しておくべきである。

それを虎寛本が継承していない——狂言のことばとして反映させていないことの方が問題なのである。「〜候《す》は」

も継承していないところに、「〜は」自体を、この「鏡男」という曲では使いたくないという意図が見てとれる。のちに触れるように、虎寛は全ての「〜は」を無視するのではなく、虎明本よりも限定して用いているのである。

ところが、虎光本では、たまたま⑨[4]⑩[4]では使っていないが、「鏡男」の別の箇所において、

⑱（夫）「（略）ちとろしすがら鏡を見て参ふ。笑ふ写るハ〳〵。（夫一人言　一105頁）

⑲シテ「さい〳〵文の音信をも支度有たれ共訴詔に隙がなふて夫故不沙汰をしておりやるハ（夫↓妻　一106頁）

⑳シテ「おしやれバそのよふな物ぢや。乍去そなたへハ結構な土産を求て来タハ（夫↓妻　一107頁）

のように使っている。特に⑲⑳は、夫がむつまじげに妻に語りかける場合で使っている。おそらく、江戸後期〜幕末期の庶民の男女の会話で主として男から女に発された強いもちかけの終助詞「は」（わ）の反映である。虎寛本のセリフの影響下にありながら、成城本も虎光本と同時代の狂言台本として、「〜ハ」を自分たちのセリフの中に生かしたのである。

成城本において、終助詞「は」の使われた曲は、他に、

柿山伏

㉑（山伏）ャ烏しやと言ハ（山伏一人言　成城本Ａ　4オ）

㉒（山伏）マタ猿しやと言ふハ（山伏一人言　成城本Ａ　4ウ）

鬼瓦

㉓（主）「夫よ〳〵夫に付まだ汝か悦事かあるハやひ（主↓太郎冠者　成城本Ｂ　10ウ）

悪太郎

㉔伯（父）「其儀成らバ今一ッ呑め　ちうどあるハ　○（悪太郎）「又ちうど御さります（伯父↓悪太郎　成城本Ｂ　20ウ）

**老武者**

㉕（亭主）「中〳〵　宿老の声か致すハ　先ツしつかに被成い（宿の亭主→若い衆たち　成城本C　6オ）

**武悪**

㉖（太郎）「あれ〳〵〳〵へも行ハ（太郎冠者→武悪　成城本F　7オ）

㉗主「そりや〳〵何やらあれへ出たハ（主→太郎冠者　成城本F　18ウ）

㉘主「ヤア〳〵武悪か幽霊しやと言ふハ（主→太郎冠者　成城本F　19オ）

㉙主「ヤイ太郎冠者親しや人ハ修羅道へ落させられたと言ふハ（主→太郎冠者　成城本F　21オ）

㉚主「ヤイ〳〵太郎冠者　此世てハはかねをならひた侍かあの世でハ扇子一本に事をかゝせらるゝ、といふハ（主→太郎冠者　成城本F　21ウ）

がある（「骨皮」「墨塗」には「～ハ」の例がない）。内容的にもっとも近いと推定される虎寛本と比べると、㉑㉒㉔㉕㉗につき、虎寛本では終助詞「ハ」が添えられておらず（「鬼瓦」の㉓についてはセリフそのものが欠）、「鏡男」同様、虎寛本では終助詞「ハ」がきわめておさえられた使用状況であることがうかがわれる。ただし、狂言のことばが一筋縄でいかないのは、曲毎に伝承の維持や当代の言語反映の度合いに温度差があって、虎寛本「悪太郎」では、成城本㉔の事例のやや後の場面に「をゝ、又ちやうど有るは。」（伯父→悪太郎　下127頁）という同趣表現があり、また、成城本に用例が無かった「墨塗」に、

㉛先こなたも悦ふで下されいは。内々の訴訟の事もおもひのまゝにかなひ、安堵の御教書もいたゞき、新地をも過分に拝領致いて御ざる。（男→女　上293頁）

のように、そのまま命令形で終止してもよい文に終助詞「ハ」（わ）を添えたセリフが見られたりもする。

さて、成城本「鏡男」とほぼ同時代の虎光本「鏡男」には、四例の（⑱⑲⑳）の「～ハ」が見られたので、他の曲目についても、虎光本の状況を確認しておく必要がある。結果は、次のようになる。

柿山伏……終助詞「ハ」（わ）例なし

鬼瓦

㉜シテ（主人）「国元への御暇迄を被下たハ（主人→太郎冠者　四24頁）

悪太郎

㉝シテ（悪太郎）「扨夫に付てそなたにちと頼む事か有は（悪太郎→出家　四192頁）

老武者

㉞三（位）「（略）御盃が戴度と（申）舛ルが御盃を被下舛ルか　児「盃をせふは　三（位）「心得ました。是〳〵御盃を被下と被仰ルは（第一例：稚児→おつきの三位、第二例：三位→宿の亭主　四350頁）

㉟アト（宿の亭主）「誰で御座ル　シテ（宿老）「身共ですは（宿老→宿の亭主　四353頁）

骨皮

㊱住（持）「（略）扨〳〵気の毒な。夫もかさいでも（借さひて）如在ニならぬ挨拶がをりやるハ（住持→新発意　一279頁）

墨塗

㊲シテ（主人）「国許への御暇迄を被下たは（主人→太郎冠者　三247頁）

㊳シテ（主人）「此間ハ訴詔の事ニ隙がのふて不沙汰をしてすは（主人→女　三250頁）

㊴シテ（主人）「悦ふで呉さしめ。思ひの侭ニ叶ふておりやるハ（主人→女　三250頁）

㊵シテ（主人）「又用之事が有ていておりやるハ（主人→女　三253頁）

武悪

㊶太郎「夫〳〵夫へも行ハ|あれへも行ハ|（太郎冠者↓武悪　二144頁）
㊷主（人）「某は又汝をやつた跡で殊外気遣ふたは|（主人↓太郎冠者　二150頁）
㊸主（人）「あの武悪は（日頃）心得た奴ぢやニ依而参るぞ掛るぞと言て（で）討そこのふてハ某の（か）名迄出ルと思ふて殊外案事〈じ〉た（気遣ふた）ハ|（主人↓太郎冠者　二150頁）
㊹太郎「（略）イヤよい事が有ルハ|（太郎冠者↓武悪　二153頁）
㊺〈主〉「ソリヤ〳〵〳〵。ア、（ナシ）あれへ何やら出たは|（主人↓太郎冠者　二156頁）
㊻主（人）「ヤイ〳〵武悪が幽霊ぢやと言ハ|（主人↓太郎冠者　二156〜157頁）
㊼主（人）「シヲル　ヤイ〳〵太郎官者。をいたわしや親ぢや人ハ（親しや人はおいたわしや）終〈修〉羅道へ落させられたと言ハ|（主人↓太郎冠者　二158頁）

㉜〜㊼まで一八例の「〜ハ」があるが、これに前掲「鏡男」の⑱〜⑳の四例を加えると、虎光本の終助詞「ハ」の用例は全てで二二例となり、成城本の全用例一二例（「〜ハヤイ」一例を含む）をはるかに超える数値を有する。虎光本の「〜ハ」は、古風な言い方である「〜候《す》ハ」二例（㉟㊳）を含むものの、

（ⅰ）　一人言にしろ、相手がいるにしろ、今自分が気づいた（知った）事実や、目の前に展開する事実（時に、現在では完了した事実）を、強い感動をもって発する時に使われる。

（ⅱ）　中でも、第三者の言辞を、自分に言い聞かせる、あるいは直接会話する相手に伝えることを目的とする場合には、「〜と言ふハ」という文型をとることが多い。

（ⅲ）　相手への注意喚起が強い場合は、「夫〳〵《それぞれ》」「ソリャ〳〵」「ヤイヤイ」などの感動詞をともなうことが多い（「イヤ」の場合は、自分への言いきかせのニュアンスが強い）。

などの表現特性がある。これらの性格は、成城本の用例にも適用され、両本合わせると、さらに、

(iv) 全て男性の使用であり、いまだ女性の使用は見当たらない。

(v) 上位者から下位者への使用例が多い（当時の社会意識・身分意識から考えると、夫→妻、男→愛人もこの範疇に入る）。

(vi) 同輩間の場合は、(i)でいう〝目の前に展開する事実〟を相手に強く伝えて注意を喚起させる用法となる。

などの表現性が抽出されてくる。

大蔵流虎光本や成城本とほぼ同時期の和泉流『三百番集』（三宅庄市〈一八二四～一八八五〉の手沢本を主とする。(10) 冨山房刊上下を底本とする）所収の「鏡男」と見ると、

㊽アド〽それは和御寮の顔ぢやわいの。（店の主人→男　下73頁下）

㊾シテ〽（略）ありや〳〵。笑ふは〳〵。笑ふ。さて〳〵機嫌のよい顔ぢや。（男一人言　下74頁下）

㊿女〽えゝ腹立ちや〳〵。（略）身が燃えて。腹が立つわいやい。（妻→夫　下75頁下）

(51)（女）〽（略）妾がこのやうに云へば。中の女が食ひつかうといふやうな顔をして居るわいやい〳〵。(11)（妻→夫　下75頁下）

(52)シテ〽それもそちが。腹を立てゝ向ふその顔ぢやわいやい。（夫→妻　下75頁下）

のごとく、㊾に二例の「～ハ」がある他は、「わいの」一例（愛想のよい店の主人のことば）、「わいやい」四例（全て怒りの場面におけるもので、妻三例、夫一例の使用）となっており、ワイ系主流で、虎光本や成城本の様相とは異なっている。「武悪」を見ても、

(53)シテ〽戯《ざ》れ事をするな。魚が怖《お》づるわいやい。（武悪→太郎冠者　上360頁下）

(54)小アド〽その様にいへば。太刀の打附けどころを忘れたわいやい。（太郎冠者→武悪　上361頁下）

(55)アド〽やれ〳〵嬉しや〳〵。（略）心にかゝつて悪かつたに。討つたと聞いて安堵したわいやい。（主人→太郎冠者　上362頁下）

(56)アド〽（略）今一両人も。人を附けてやればよかつたものをと思うて。いかう案じたわいやい。（主人→太郎冠者　上362頁下）

(57)アド〽あれは親ぢや人が。重代の業よしぢやと云うて御秘蔵なされたわいやい。（主人→太郎冠者　上363頁上）

(58)シテ〽身共は途方に暮れて。よい思案も出ぬわいやい。（武悪→太郎冠者　上364頁上）

(59)アド〽そりや〳〵。何やら出たは〳〵。（主人→太郎冠者　上364頁下～365頁上）

(60)アド〽そちが後も弔うてやるわいやい。（主人→武悪　上367頁下）

のごとく、(59)に二例の「～は」がある他は、「わいやい」が七例も使われており、虎光本や成城本の様相とはやはり異なっている。

㊺と(59)とは、「～ハ」で共通しており、これを「～ワイヤイ」に置きかえることは出来ない。ところが、㊸と(56)とは置きかえが可能である。しかし、現実には、それぞれがそれぞれを選択しているのであり、そこには、その会話を発する人物設定の問題が横たわっている。つまり、『三百番集』のように「わいやい」を多用すると、上下関係において上位者がかなり横柄な物言いを日常的にし、同輩間でもやや乱暴な物言いに馴れているという人物設定（キャラクター化）がなされていることをうかがわせる。おそらく、和泉流の幕末～明治期にかけての舞台演出を、『三百番集』はそのセリフに反映させているものと思われる。和泉流は、ワイ系の終助詞が多彩に生まれ愛好された江戸時代に町方《まちかた》の話しことばを意識的にセリフにとりこんだが、「わいやい」の多様については、〝狂言らしさ〟をねらってわざと誇張したところがある[12]。

それ故、大蔵流虎光本や成城本の「～ハ」の多様とは、きわめて対照的な物言いとして、観客の耳に入っていったことであろう。

　現代でも関西の男性は、終助詞「わ」を気のおけない相手に対して日常口語で使っているが、その幕末期の様相（関西・関東に特徴づけられる前の様相）が、成城本や虎光本のセリフに反映されているものと見られる。男性のこのような日常口語における終助詞「わ」（文末は下降調）の多様は、女性の日常口語での終助詞「わ」の使用を助長し、幕末期から明治にかけて、その語気の強さに〝新しい女〟の自己主張をこめて男性とは一線を画する表現効果をもって使われ出した（この際は、文末は一旦上昇して優しくやや下降してとまる）のが、女ことばの終助詞「わ」であると筆者は考えている。[13]

　さすが、成城本では女性の使用例はないが、狂言という伝統芸能におけるセリフにも、口語で勢いづいた終助詞「～ハ」（わ）が、先にあげた（i）～（vi）のような表現効果をになって使われている事実は、注目しておきたい事象である。

## 五　オノマトペから見る当該台本の資料的位置づけ

　成城本A～Fにおけるオノマトペ（擬声擬態語）については、曲の性格上、「柿山伏」がきわだっている。その実態については、本書第一章で詳しく見てきた。本章では、別の視点を導入して、狂言のオノマトペの問題点を指摘しておこう。

## 五・一　「鬼瓦」のオノマトペより

成城本Bに所収された「鬼瓦」には、オノマトペ（それに類して考えられるもの）が、

(61)（主人）「扨いつ参ても森〳〵としたしゆしような御前てハ無いか（11ウ～12オ）

(62)（主人）「（略）汝もこゝかしこへ気を付て篤《とく》と見覚て置け（12ウ）

(63)（主人）「あの目のくる〳〵とした所また鼻のいかつた所なとハそのまゝでは無ひか（14オ）

(64)（主人）「扨又あの口の耳せゝ迠くわつときれた所ハ常〳〵汝を叱《シカル》る時のつらに似たでハ無ひか（14オ）

(65)（主人）「さらバ機けんを直いていざとつと笑ふて戻らう（15オ）

のように、五語五例出る。一方、幕末～明治期の和泉流『狂言三百番集』所収の「鬼瓦」では、

(66) シテ（主人）〽さらばお前へ向はう。じやぐわん〳〵。拝む。（上92頁下）

(67) シテ〽（略）汝もとく〳〵と見覚へて置け。（上93頁上）

(68) シテ〽何と国許の大工が。此様な事を篤と合点してせうか。（上93頁上）

(69) シテ〽（略）やい太郎冠者。あのつうつと空に。黒い物が見える。あれは何ぢや。（上93頁下）

(70) シテ〽（略）国許の女共が。妻戸の脇まで送つて出て。軈て御息災で御帰りなされい。目出度うお目に掛かりませうと云うて。につと笑うた顔に其儘ぢや。（上93頁下）

(71) シテ〽（略）猿田彦の鼻程きよいと高いは。さりとてはよう似た。（上93頁下）

(72) シテ〽此様な時は。どつと笑うてのかう。つうつと是へ寄れ。（上94頁上）

の六語八例である。(62)↔(67)の「とく〳〵」、(65)↔(72)の「どっと」が共通して同一場面に登場するのは、ルーツを同じくする狂言「鬼瓦」の台本だからであるが、どちらかと言うと、やはり異流ということで相異の方が大きい。

成城本の五語五例は、虎寛本（一七九二年書写）そのままである。それでは、『三百番集』に先んじる和泉流「雲

形本[14]」（一八一八～三〇年頃）ではどのような状態であったのであろうか。

㉝（太郎冠者《アト》）／（略）そつともお気遣《キヅカ》ひはござりませぬ（五40ウ）

㉞シテ（主人）／ぢやぐわん〳〵右の行間注に「シテ。真中ノ。向フヘ出。扇ヲ。左ノ手ニ持。右ノ手ニテ。鰐口ヲ打」とある（五41ウ）

㉟シテ／（略）いひつくるためでもあるに依而《ヨツテ》堂《ダウ》の様子《ヤウス》をとくと見《ミ》ておかう（五42ウ）

㊱シテ／こぞの秋国元《アキクニモト》をたつ時女共《トキヲンナドモ》が妻戸《ツマド》の口迠《クチマデ》おくつて出《デ》て（略）某《ソレガシ》の袂《タモト》に取《トリ》ついてさめ〳〵と泣《ナイ》た。其時《ソノトキ》（略）めでたうお目《メ》にかゝりませうといふてにつとわらふた顔《カホ》があの鬼瓦《オニガハラ》によう似《ニ》て思《オモ》ひだされてなつかしい[15]（五43ウ）

㊲シテ／（略）汝《ナンヂ》はとくと見ぬに依而《ヨツテ》ぢやが（略）（五44オ）

㊳（シテ）／（略）いやこれハ機嫌《キゲン》を《ノ》直《ナホ》してめでたう[16]どつとわらふてゆかう（五44ウ）

右がその結果であるが、六語七例である。

㉞は㊽、㉟は㊾（ただし、動作の主体を異にする）、㊱「にっと」は㊿、㊳は㉜と同一であり、雲形本のセリフを三百番集本が踏襲していることになる。

同じ和泉流の台本でも、オノマトペに関しては三百番集本の方に㊾㉛など、表現上の面白さがある。どこでオノマトペを効果的に使うかは、各流工夫をする所である。和泉流雲形本の「ぢやぐわん〳〵」という因幡堂の鰐口を鳴らす音は、雲形本に先行する台本である波形本[17]三35ウに「主／しやぐはん〳〵ト扇ニテタヽキヒロケ引」とあり、天明期には存在した演出であるが、大蔵流では、虎寛本・虎光本そして成城本にもない。大蔵流は、妻の目の大きな所や口が大きい描写でオノマトペを用い、和泉流は三百番集のように鼻の高い描写に「きょいと」という漸新なオノマトペを導入してみた。『日国』に拠れば、浄瑠璃『平仮名盛衰記』（一七三九年）四の「お背はきょいと高ければ、からだに似合ぬおつむりがちいさい」を初出とし、ついで、雑俳『類字折句集』（一七六二年）の「きょいと高いが本陣の松」を挙げている。ただし、「きょいきょいと」という畳語形なら、雑俳『西国船』（一七〇二年）に「きょいきょいと・尖った山や鹿のこゑ」という例があり、さらに三〇年余り遡れることになる。私の手元の抄物カードにも、また、『時代別国語大辞典 室町時代編』（三省堂刊）にも「きょいと」の例がないので、おそらく一七〇〇年頃から江戸庶民たちの間に流行っていたオノマトペだったのであろう。それを、幕末～明治期に、大蔵流との特化も意識して、和泉流三百番集はセリフとして生かしてきたのである。

## 五・二「骨皮」のオノマトペより

成城本Dに所収された狂言「骨皮」は、内容上、オノマトペを意識した曲目ではない。むしろ、気のきかない新発意が師匠のことばをそのままを相手に伝えることによるちぐはぐ感を面白みとしてねらっているので、余りオノマトペでその集中度を乱したくはないはずである。ところが、

⑲住此間やせ↕か見へまするに依て上の山に青草に付て置まして御坐れハ散々駄狂ひを致いて腰の骨をした、かに打まして御座るに仍而馬屋角ミにこもをきせて寝て置まして御座れハ只目斗りまじり〳〵と致て居りまする↕が　あの躰で御用ニ立ますまいと言へハ扨貸さいでも済事ておりやる（5ウ～6オ）

⑳シテイヤ此間師匠ハ些とやせ↕が見へまするに仍而上の山へ青草に付けて置まして御坐れハさん〴〵駄狂ひ致ィて腰の骨をした、かに打まして御座るに仍而馬家の角に菰をきせて寝かして置まして御坐れハ只目斗まじり〳〵致して居まする↕　あの躰でハ御用にハ立ますまい（6ウ～7オ）

㉑シテ「師匠ハ此間ハやせ↕が見へまするに仍而馬の挨拶の通言ふ　あの躰でハ明日ハ得参られますまいと申て御座る（8オ）　実際の舞台では、⑳と同じセリフが出ており、「まじりまじり（と）」の用例がある。

という馬借り人に対する寺側としての断り文句に「まじりまじり（と）」が三回使われ、馬の件にからんで浮上して

きた師匠(住持)と門前のいちや(女性)との一件について、

(82)シテ衣のほころびを縫て貰う者か二タ人共鼻の先へあせしつくり流すものでおりやるそ（8ウ）

のごとく「しつくり」が一例使われている。

新発意の融通のきかない口真似を三パターンくり返してのラストであるから、オノマトペも邪魔ではないという意識、および、このオノマトペがあった方が新発意の説明を聞いた時の檀家衆の〝思う所〟がさらに強烈になるという〝読み込み〟があって、「まじりまじり(と)」は入れられたものとみなされる。

このような演出上の〝読み込み〟がどの程度各時代の台本や他流の台本で一般的であるのかを、時系列で見てみることにしよう。

馬の件に関しては、大蔵流では虎寛本(一七九二年)より「まじりまじりと」が書き記され、かつ、虎光本[18]や成城本にも伝承されている。成城本の(80)「まじり〱」は、実際の舞台の上では、時の勢いで「と」がない状態でも発される場合があることを予測させる。大蔵流に対して、和泉流や鷺流では、同趣のことをくり返し述べていても「まじりまじり(と)」を使わない演出法をとっている。読み物としての性格も付与されて刊行された『狂言記　外五十番』(一七〇〇年刊)にも「骨皮」は所収されているが[19]、そこに同趣表現はあってもオノマトペは一切使われていない。

住持と門前の女いちやとの一件に関しては、大蔵虎明本(一六四二年書写)に、

(83)いぜんもんぜんのいちやがきたれハ、めんざうへつれてござつて、うんすうと云て、はなにあせをかひて、ふたり御ざつたが、それハだくるひでハなひか[20]（二620頁）

のように、「うんすう」という実際の声を反映したオノマトペが記されており、生々しいが、虎寛本ではこれを捨て、「しつぽりと汗をかく」(下97頁)という幾分品の良い表現に変えている。虎光本も成城本もその線を踏襲する

が、オノマトペは虎光本が「しつぽりと」であるのに対し、成城本は「しつくりと」(82)であり、それぞれ台本作成者のささやかな自由裁量を有している。

虎明本の「うんすう」(21)は、生々しい表現であったが、和泉流の天理本(『狂言六義』一六四五年頃)では、

(84)して〳〵いつぞや門前のいちやが斎の物をもつてきたればいやト云物ヲむりにめんざうへつれていて一時も二時もとばとのむめくやうにおしやツたハそれハだくるひでハなひカ（天理図書館善本叢書『狂言六義 上』129ウ～130オ 262～263頁）

のごとく、同じ音をイメージするにしろ遠回しである。和泉家古本(一六五三～九三年)では「はとのむめくやうにおしやつた」(22)(92頁)となり、波形本(一七八六年頃)では、

(85)シテ／いつぞや門前のいちやが斎《トヲ》の物を持て来たれハいヤがる物を無理ニめんぞうへ引ずりこふて鳩《ハト》のうめくやうな音《ヲト》をめされた　あれは駄《ダ》ぐるいでハござらぬか　師／(略)シテ／のふ十念もさづけ所も有ふに納戸《ナンド》ちやうだいゐ引づりかふて鳩《ハト》のうめくやうな十念ハついに見た事がござらぬ（一〇18オ）

のように天理本や和泉家古本を踏襲し（天理本と比べて「土鳩《どばと》」が「鳩」になった分、二度同趣セリフがくり返されている）、三百番集本(23)でも、

(86)シテ〳〵なんぼうの十念も聞いたが。ひと時もふた時も。塔の鳩の呻《うめ》くやうな十念は。つひに聞いた事がない。
（下172頁上）

のように、天理本以来の伝統を守ったセリフが見られる。

鷺流では、享保保教本(一七一六～二四年)、宝暦名女川本(一七六一年頃)ともに、この件についてオノマトペを使わず、品性を保っているかに見える。地方に伝播した『山口鷺流狂言資料集』所収の「渡辺本」にも「骨皮」があるが、馬の件も、住持といちやの一件も、オノマトペが一切使われていない。『山口鷺流狂言資料集』所収の明治

～大正年間にかけての台本の中には、時に地方色豊かに漸新なオノマトペが見られることがあるだけに、この「骨皮」におけるオノマトペ無色の状態はかえって、他流と比べて〝色〟が出ているように思う。

なお、『狂言記　外五十番』(一七〇〇年)では、住持といちやの件に関して、

㊇▲しんほち物をぬふにはとのうめくやうにふふう〳〵といふてふたりながらあせをかいてでた事をよふしつてゐるぞ〳〵 (勉誡社刊複製本　四6オ)

のように「ふふう〳〵と」いう生々しいオノマトペを入れこんでいる。「ほね皮しんぼち」と題されたこの曲中、馬の件では一切のオノマトペがないのに、ここのみ「ふふうふふうと」を入れこんでいるのは、『狂言記 外五十番』が和泉流天理本(一六四五年頃)や和泉家古本(一六五三～九三年)と共通する台本の影響を受けているからであろう。

## 六　おわりに

成城本「柿山伏」も「老武者」も、原因・理由を表わす条件句に関する表現形式(簡単に言えば接続助詞)では、他曲とは異なり、「によって」よりも「ほどに」を優勢に用いる〝古い言語相〟を反映する状態でありながら、内容的にはきわめて近い関係にある虎寛本よりも「～ハ。」(わ)が使われているなど幕末期台本としての言語相を反映した場合がある。

オノマトペに関しては、大蔵流としての伝承は虎寛本以降成城本までかなり強く維持されていたが、同じく幕末～明治期の他流の台本とは、相異を見せていた。その相異は、互いの流派の〝特化〟を助長するもので、競合する舞台演劇にあっては、かえって有効な工夫でもあったと思われる。

幕末期台本におけるこのような〝伝承〟と〝当代性〟の問題は、逆に、私たちに、虎明本や虎寛本を言語資料として扱う場合の留意点を喚起してくれ、また、常に他流の状況はどうであったかを考えさせる契機となると思われる。

【注】

（1）〔3〕の「黒塚の間」、〔4〕の「現在鵺間」、〔5〕の「はん女の間」「篭太鼓の間」「はしとみの間」「船弁慶の間」を含めても、「十四番」にしかならない。これを「十五番」とした（おそらく古書店）のは、Aの表紙の「ぶす」を一曲としてカウントしたためであろう。しかし、本書第一章二に記すごとく、書写本人によってある時期に「ぶす」は冊子よりとりはずされたと推測される。

（2）2シリーズ内で、登録番号がとんでいることにつき、現在未詳とのこと。

（3）3シリーズ内で、登録番号がとんでいることにつき、現在未詳とのこと。

（4）小林千草二〇一六・三「成城〈曲章四番〉狂言本の性格について――名女川本との共通曲を中心に――」（『湘南文学』第五一号）
小林千草二〇一六「成城〈曲章三番〉狂言本の性格と用語――「悪太郎」「鈍太郎」「花折新発知」「腰祈」「梟」を通して――」（『近代語研究』第一九集　武蔵野書院刊掲載予定』）
小林千草二〇一六「幕末書写鷺流狂言台本の性格と用語――成城〈曲章三番〉本「伯養」「すいから」の場合――」（『国文学言語と文芸』第一三二号掲載予定）
など参照。

（5）1の大蔵流台本についての論考は、本書に所収している。2の和泉流台本については、
小林千草二〇一六・三「成城〈甲〉本における「ぜあ」――その実態と狂言台本としての性格――」（『東海大学紀要文学部』第一〇四輯）

参照。

（6）小林千草一九七三・九および一九七七・三参照。

（7）虎明本・虎寛本両本の共通曲番一六五番のうち、ゑびす大黒・連歌毘沙門・福の神・大黒連歌・餅酒・昆布柿・雁かりかね・三人夫・つくしのおく・松ゆつり葉・すゑひろかり・よろい・隠笠・財のつち・目近籠骨（目近）・三本の柱・松やに・さいほう・せんじ物・牛馬・なべやつばち・たうずまふ・老武者・阿そう・入間川・雁盗人・すみぬり・鬼がわら・鼻取ずまふ・ふずまふの三〇番を調査。なお、本章では、「三〇番」ではなく「三〇曲」という言い方をする。「番」だと、書名や略称名と紛らわしくなるからである。

（8）慶應大学附属研究所斯道文庫蔵『百二十句本平家物語』（汲古書院刊複製による）巻第四・三十六句には、「アワヤ叓出来リ」（269頁）という文（会話文）が出る。これを原拠本として一五九二年に不干ハビアンが室町口語に和《やわ》らげた『天草本平家物語』（一五九三年刊）では、「あわや！事ができたわ」（awaya! coto ga deqita wa　121頁　勉誠文庫複製本による）としており、ハビアンは独自に終助詞「ハ」（わ）を添えている。当時の口語にあって、このような〝気づき〟の場面では、「ハ」（わ）という終助詞を添えることがふさわしかったからである。『天草版平家物語』より時代的に遡った『太平記』でも、

○四方ノ寄手是ヲ聞《キキ》、「スハヤ城中ニ返《カヘリ》忠《チユウ》ノ者出来《イデキ》テ、火ヲ懸《カケ》タルハ。時ノ聲ヲ合《アハ》セヨヤ。」トテ（岩波古典文学大系『太平記』一108頁。適宜振り仮名を略している）

○諸方ノ官軍、九院ノ衆徒是ヲ聞《キキ》テ、スハヤ相図ノ鐘ヲ鳴《ナラ》スハ。サラバ攻口《セメクチ》へ馳向《ハセムカツ》テ防ガントテ（二187頁）

○「スハヤ武士共ガ参リテ、院・内ヲ失ヒ進《マヰ》ラセントスルハ。」トテ女院・皇后御心ヲ迷ハシテ臥《フシ》沈マセ給ヒ、内侍・上童《ウヘワラハ》・上臈・女房ナドハ、向後《ユクヘ》モ不レ知《ラ》逃《ゲ》フタメイテ此彼《ココカシコ》ニ立吟《サマヨ》フ。（三170頁）

のように使われており、鎌倉末期～室町時代～戦国時代にかけて用いられてきている。

『太平記』の事例のように、「スハヤ」という感動詞と共存することが多いが、『ロドリゲス日本大文典』（一六〇四～〇八年。三省堂刊の土井忠生博士訳本による）には、「スハヤ」を伴わない形もあり、しかも

○4．文末を結ぶ直説法の現在形か過去形かの後に置かれたものは、Ha bem dizia eu?（私がうまく言ったでせう）、

eisque(それこの通りだ)、vedes que?(御覧でせう)等といふ意味を表す。例へば、Attaua(あったは)は、あった事は御覧になったでせうの意。Mairanuua(参らぬは)は、参らぬ事は御覧の通りでせうの意。Sonomino ayamarideua nacattaua.(その身の謬りではなかったは。)あの人が罪を犯したのでないといふ事は私がうまくも言ひあてた通りである。（第二巻・助詞の構成・助辞VA(は)、BA(ば)に就いて・附則五　537頁）

という鋭い指摘も見られる。筆者が「～ハ」(わ)に関して抽出した〝気づき〟機能や〝言い聞かせ〟機能と深く関わる指摘である。

(9) 虎明本「鏡男」中、妻が夫に言うセリフ「此うちのおんながはらをたておつて、わらハにかぶりつくやうにしおるハ、なれ《にと》《ヒ》これがうそか」(二246頁)の「ハ」は、これで文が切れる終助詞ではなく、「なにとこれがうそか」につづく係助詞と見た。もし、ここで切れるなら、女性の使用例となる。

(10) 小林賢次二〇〇四「セハシ(忙)の成立とセバシ(狭)」(『国語語彙史の研究』二三　和泉書院刊。のち、清文堂出版刊『中世語彙語史論考』に所収)の〈表1〉では、「一八三七～六六年」と成立の幅をさらに限定している。なお、本章に引用した狂言台本の成立年代表示は、小林賢次の〈表1〉に拠るところが大きい。小林賢次には、『狂言台本とその言語事象の研究』(二〇〇八年二月ひつじ書房刊)があり、その「序章」所掲の〈表〉がその基となっているが、具体的な用例数とともに並べられた各流・各台本・その成立年代表記は、別テーマで考える際にもきわめて有益である。

(11) ここを具体的にどのように発声したかが問題であるが、「……顔をして居るわいやいわいやい」ではなく、「……顔をして居るわいやい。して居るわいやい」と見なした。用例としても二例となる。

(12) その傾向は、一八一八～三〇年頃書写された雲形本にすでに出ている。同時代の大蔵流狂言のセリフとの意識的な〝特化〟であろう。

(13) 小林千草二〇一四・三・三〇講演「〝新しい女〟の誕生とことば」(国立国語研究所第七回NINJALフォーラム)、および、その記録である『近代の日本語はこうしてできた』(二〇一四・四・七　国立国語研究所刊)の「「新しい女」の誕生とことば」章参照。当該章では、「一　江戸後期～幕末期の女ことば　その一：『浮世風呂』より」「二　江戸後期～幕末期の女ことば　その二：『春色梅児譽美』より」「三　明治前期の女ことば　『当世書生気質』『辰巳巷談』より」「四言文一致運動の頃『浮雲』の場合」「五　新しい女の誕生、漱石作品の女たち」と、時代を追って〝女ことば〟としての「わ」の成立と衰退を概説している。なお、漱石作品の女性の使う「わ」については、これ以前に発表した次の二著を参照いただければありがたい。

小林千草二〇〇七・七『女ことばはどこへ消えたか?』（光文社新書　光文社刊）

小林千草二〇一二・一二『『明暗』夫婦の言語力学』（東海教育研究所刊）

(14)「雲形本」とは、名古屋狂言共同社蔵本編『狂言六議』二〇冊（二〇〇曲）のことで、小林賢次が研究用として所持していた「写真」版にて、今回、調査。

(15) 原本では「なつかしいわいやい」（五43ウ〜44オ）と記された上で、44丁オ一行目にあった「わいやい」を見せ消ちしている。このセリフの前後で「わいやい」を使っているので、読みなおし推稿した際に和泉元業（山脇和泉家七代目〈十四世〉一七八二〜一八五〇）がさすが多いと見て、ここを削ったものと推定される。これは、注12と関連する事象である。

(16) 原本「いた」を見せ消ちして、右に「めでたう」と直す。

(17) 小林賢次所持の写真版で調査。「波形本」は、「天明六年（一七八六）頃早川幸八書写。一六冊、二五四曲」（小林賢次二〇〇八・二「序章」参照）。

(18) 虎光本の翻刻である古典文庫本には、筆者の高校時代の同級生橋本朝生氏による丁寧な校訂がほどこされている。底本としたのが吉田幸一氏蔵本であるが、関西大学図書館蔵本との校異が示されており、今問題とするオノマトペにも一ヶ所異同が次のように生じている（。点略称）。

三回くり返されるはずの「まじり〳〵と」のうち、第一回目の住持が新発意に手本として教えるセリフ中、吉田本にはそのオノマトペを含む文言がなく、関西本にのみ「かまた目をまぢり〳〵と致ひて居りまする」（三279頁）のようにオノマトペがある。吉田本が一行とばして書写したためか。

(19) ただし、曲目が「ほね皮しんぼち」となっている。

(20) この部分、書写の際の事情か、細字でぎっしり詰めて書かれている。

(21)『日国』は、虎明本の当該例を挙げている。『時代別国語大辞典　室町時代編』には立項がない。

(22)和泉家古本の底本は、『日本庶民文化史料集成　第四巻狂言』(三一書房刊)所収池田廣司解題・校注「和泉家古本『六議』」である。

(23)波形本と三百番集本の中間に位置する雲形本には「骨皮」が欠けており、参照出来ない。

# 第Ⅱ部　幕末期大蔵流狂言台本の翻刻

# 凡　例

翻刻にあたっては、可能なかぎり底本（A・B・C・D・F本）の体裁を生かすように努め、以下のような方針をとった。

1　底本の丁数は、アラビア数字とオ（表）・ウ（裏）で、（1オ）のごとく示した。また、行数もアラビア数字で表示し、一行あたりの字詰めは底本の体裁を反映させた。

2　底本には、当時の表記形態を反映してさまざまな変体仮名が用いられているが、現行の普通の字体に統一している。ただし、「ハ」「バ」「ニ」や動詞活用語尾など、一部カタカナ表記を反映させたものがある。もちろん、「イヤ」「ヤア〱」「ヤイ」など、もともとカタカナを用いて機能的に表記されたものは、底本通りである。なお「て」に用いられた「而」については、「に依。仍而」等の場合のみ「而」を反映させている。また、「ひ」と「い」のくずし字については、きわめて微妙な例が多く、判断にゆれが生じている場合があろう。

3　漢字表記は、可能なかぎり原姿を反映するが、一部、印刷の都合で現行の字体に拠ったものがある。

4　振り仮名は底本通りに反映している。したがって、ひら仮名の場合とカタカナの場合とがある。私に、振り仮名をつけたものは、（　）に囲ってある。

5　反復記号は、「〱」「々」など、底本のままを反映している。

6　清濁についても、底本のままとする。

7　明らかに、誤字・衍字・濁点の振り誤りと見られるところは、右傍に（　）を用いて、正しい形を示している。また、〔　〕を用いて補読をしたところがある。

8　ことさら小さく書かれた文字は、小活字を用いて、底本の様子を反映させている。割注については、原姿を反映させにくいところでは、小活字で組み、／で改行を示す場合がある。

9　底本における見せ消ちや訂正・補記などについては、その箇所に（　）を用いて説明を加えている。

10　底本には句読点がなく、翻刻でもそれを反映することにするが、文の切れ目は一マスを空けて、文意を取りやすくしている。

11　□は、原本の虫喰いや汚れなどによって判読不能なことを表わす。□に文字の入っているものは、推定されたものである。■は、墨で塗りつぶされていることを示す。

12　セリフの発話者表示は、底本の通りである。ただし、表示箇所（位置）については、同じ曲でも微妙に相異があり、全てを正確に反映さすには限界がある。また、セリフ記号もいくつかのパターンがあるが、印刷の都合上、「　で統一してある。

13　謡部分に伏された譜号は、印刷の都合上、省略してある。

## ［一］　成城本「柿山伏」

（A本　1オ）

1　シテ山伏 (山)貝をも持たぬ山伏か〱道〱
2　うそを吹かうよ　是は出羽の羽黒山　与《(より)》
3　出たるかけ出の山伏てす　此度大峯
4　かつら城を仕廻只今本国へ罷下る
5　先急て参らふ　ィャ誠に行ハ萬行とハ
6　申せとも取分山伏の行ハ野に伏

（1ウ）

1　山に伏岩木を枕と致す　其奇特にハ
2　空飛鳥をも目の前に祈り落すが
3　山伏の行力てす　ャ是ハいかな事　今朝
4　宿を早う立たれハ殊の外物ほしう
5　成た　當りに在所はないか知らぬ
6　ィャ是に見事な柿か有る　是をうち

（2オ）

1　落て給ふ小サ刀ニてヤツトナ〱中カ〱

2 とゝく事でハなひ　礫を打う　是に幸
3 手ころの石かある　是を打う　ヤツトナ〳〵
4 中々そはへも行ぬ　何とした物て有う
5 ィャ是に上つて喰へと言ぬ斗りの能い
6 上り所かある　是へ上りて給ふ　ヤツトナ

（2ウ）
1 ィャ下て見たとハ違ふて格別見事な
2 是ハとれに致うそ　ィャ是ハ能さそふな
3 是に致う　扨も〳〵うまひ柿かな　今度ハ
4 とれに致うぞ　是に見事な　是に致う
5 去なから是ハちと渋さうなか先ツ
6 給て見よふ　されバこそ渋ひ　と言ふて種を／吹ちらす

（3オ）
1 主「是は此當りに住居致者てこさる　某
2 樹《ちゆ》木を数多持て御さるか當年ハ柿か
3 大なり致ひて御さる　柿と申物ハゑて
4 人の取りたかる物て御さる程に見廻りに
5 参らふと存る　先ツそろり〳〵と参ふ
6 ャ誠に當年のよふに大なり致いた事ハ

（3ウ）
1 御さらぬ　人斗りても御さらぬ　鳶烏も
2 着たかる程に油断ハならぬ事て御さる
3 ト言ふて廻る時／柿の頭へ当る　はて合点の行ぬ事じや
4 是ハいかな事　柿の木へいかめな山伏か
5 登りて柿を喰ふ　何として遣ふャイイャ〳〵
6 山伏を荒立れハ却て仇をなすと

（4オ）
1 中程に散〳〵になふつて帰うと存る
2 ヤイ〳〵〳〵あの柿の木の影へ隠たを人かと
3 思へハあれハ烏しや　(山)ャ烏しやと言ハ
4 主「烏ならハ鳴物しやかおのれ鳴かぬか
5 啼すハ人て有ふ　弓矢をおこせ　射
6 殺てくれう　○鳴すハ成まい　ヵァ〳〵

（4ウ）
1 主「さればこそ啼た　扨よふ見れハ烏てハ
2 なひ　猿しや　○マタ猿しやと言ふハ
3 「猿と云ふものハ身せゝりをして啼

4 物しや　啼ぬか　鳴すハ人てあらふ
5 鉄砲を持て来ひ　打殺いてやらう
6 ○身せゝりをして鳴すハ成まい　キヤア〱〱

（5オ）

1 「されハこそ啼た　扨々きやつハ物真似の
2 上手なやつて御さる　今度ハきやつが
3 こまる事が（「を」を見せ消ち）有さうな物しや　夫〱
4 あれをよく〱見れハ猿ても鳥ても
5 なひ　鳶しや　○マタ鳶しやと言
6 「鳶と言ふ物ハ羽をのして鳴物しやか

（5ウ）

1 啼ぬか　啼すハ人てあらふ　一矢に射
2 殺てやらう　○ヤ羽をのして鳴すハ
3 なるまい　ヒイヨロ〱〱　「されハ　社《（こそ）》啼た
4 扨最前から間もある程にはや飛
5 さうな物しや　○是ハいかな事
6 飛すハ成まい　「飛ブそうな

（6オ）

1 ○ヒイ飛ふそよ　「飛そうな　「ヒイ飛ふそよ　「飛そうな　〱〱
2 いくつも／言て　ヒイヨロ〱〱　アイタ〱〱
「能ひなりの
3 急て罷帰う　○ヤイ〱ヤイそこなやつ
4 「ヤア　○ヤアとハおのれ憎いやつの
5 最前から此尊ひ山伏を鳥類畜類ニ
6 たとをる（「なぶらふ」を見せ消ち）のみならす剰さへ鳶
しやと言

（6ウ）

1 惣じて山伏の果ハ鳶に成と言ふに
2 依て身共も鳶に成かと思ふてあの
3 高ひ所から飛たれハまだうぶ毛も
4 はへぬものを飛せおつて腰の骨を
5 したゝかに打せおつた　サア〱おのれが
6 内へ連ていいて看病をせひ　「イヤおのれハ

## ［二］　成城本「鏡男」

（B本　1オ）

1　　　鏡男

2　「帰る嬉しき古郷に〳〵急て妻子に

3　逢ふよ　○是は越後の国松の山家の

4　者て御座る　某訴《そ》訟《しゃう》の事御座て

5　永〳〵在京致所に訴訟思ひのまゝに

6　叶ひ此度国元へ下うと存る　先そろり〳〵

7　参ふ　誠に国元てハ此様な事ハしらいて

8　今日か明日かと待兼て居るて御さらふ

（1ウ）

1　戻て此様子を皆の者へ咄たならハ

2　嘸悦て御さらふ　扨て某も一門共や

3　妻子共へも土産を調へて下らうと存て

4　御座るか永〳〵の在京なれハ皆遣ひ切て

5　僨ひか御さらぬに依て何も求て下リ

6　ませぬ　乍去女共へハ何より重《テウ》宝な宝を

7　調へ〔て〕御座る　則此鏡て御さる　昔ハ神物て

8　中〳〵人間の手へ渡る物てハ御さらね共

（2オ）

1　今ハ都にハあまた御さるに依て某も一ツ

2　買取て御さる　是に付いろ〳〵子細の有

3　事て御さる　其子細ハ仁皇十一代垂《スイ》仁

4　天皇の皇女《コヲ》倭《ヤマト》姫の命《ミコト》忝も御神鏡を

5　いたゝき国々を御巡《マハリ》り有しに伊勢の国

6　二見の浦より田作の翁の御案内者にて

7　御鎮座の定りたると申ス　そのとき

8　戴《イタヽカ》せられたる御神鏡と申も則此鏡の

（2ウ）

1　事じやと申ス　扨何程の宝ても奇特か

2　なけれハ役に立ませぬか此鏡程奇特な

3　宝物ハ御さるまい　惣て人間か我と我が

4　姿ハ見る事ハ成らぬ物て御さる　此鏡に向ば

5　あれあの如く我姿かあり〳〵と見へまする

6　又女の為にハ弥重宝て御さる　先此鏡に向ひ

7　我顔の善悪を知り顔にハおしろいを

ぬり紅かねを付《（つけ）》頭にハ油を付て髪を
（3オ）
ゆへハいかな悪女も十位《トクライ》い二十位ひも
美しう見へまする　すれハ女の為にハ是に
上《ヱ》　こす宝ハ御さらぬ　扨又男ニも調法て
御さる　此鏡に向て十九《ツヽ》や廿《はたち》のうるハしひ
顔を見てハ悦ひ又中年に及んた顔を
見てハ諸事分別をし扨又年寄
老かゞまり頭にハ雪をいたゝき顔にハ
四海の浪をたゝへ腰にハ梓の弓を張たる
姿を見てハ後生をも願ひすれば
（3ウ）
後生をも前生をも取はづすまいわ
此鏡て御さる　去ハ某も路治《（次）》の　慰《（なぐさみ）》に
ちと見うと存る　扨も〳〵奇特な事
じや　我と我か姿が曇り霞も無う
有々と見ゆる事じや　扨も〳〵機嫌の
能ひ顔かな　是ハ正身の北野々《（の）》笑ひ
佛を見る様な　イヤ今度ハ腹の立た

顔を見たひ物じやか是ハ何そ腹の
（4オ）
立た事を思ひ出さすハなるまひ
ア、何やら腹の立た事が有たか　ヲ、夫〳〵
なふ恐しや〳〵　其侭の画に書た鬼の
つらに見ゆるハ　ハア是に付《（つき）》思ひ出た事か
御さる　在京の中《ウチ》去ル寺へ参て説法を
承て御さるか地獄へおつるも極楽へ行も
心から　地獄極楽ハ目の前に在ると
おときやつたか是て得心致た　今某か
腹を立た顔ハ其侭の鬼しや　是を
（4ウ）
思へは聊尓に腹を立う事てハ御さらぬ
去ハ又機嫌の直いてうるハしひ顔を
見うと存る　扨も〳〵機けんの能ひ顔で
御さる　笑ふ〳〵　イヤ余念もなう鏡に見入て
居て時刻か移る　さらハ先鏡を仕廻て
急て国元へ罷帰う　イヤ誠に此鏡を女共に
取らせたならハ定てことなひ悦で御さらふ

何かと申内に国元迠参り着た　則是か
某か内じや　なう〳〵是のハ内に居さし

（5オ）

ますか　今戻ておりやるハ　女「ヤァ〳〵是のハ
戻らせられて御さるか　主中〳〵今都より
戻ておりやる　女「やれ〳〵早ふ帰らせられた
先こなたも御息才て目出度う御さる
主「いかにも身共も随分息才じやか其方《そなた》初
皆かわる事もなうて目出度うおりやる
女「何かさてわらハも替る事も御座らぬ
扨こなたの御訴訟《そしゃう》の事ハ何と成まして
御さるぞ　「されハ其事しや　訴訟も

（5ウ）

思ひのまゝに叶ふておりやる程にそなたも
悦うてくれさしめ　女「夫は近比目出度う
御ざりまする　わらハも殊の外案して
居りましたがこなたの思召のまゝに叶て
わらハも嬉しう思ひまする　「扨一門共や
そなたへ何ぞ土産を求て下り度う
思ふたか永〳〵の在京なれハ遣ひ切て
價かなさに何も求て参らなんた

（6オ）

女「何がさてこなたの息才て帰らせらるゝが
何よりのお土産て御さる程に外に何か入り
ませうぞ　「去なからそなたへおませうと
思ふてつゝと重宝な物を求て参た
則是ておりやる　是ハ鏡と言ふて昔ハ
神〳〵の持あつかわせらるゝ物て中〳〵人間の
手へ渡る物てハ無けれ共今てハ都に
あまた出来て有物しやに依て是を

（6ウ）

そなたへ遣うとおもふて求て来た
女「今も申通りこなたの御息才て戻らせられたが
何よりの御土産て外に何も入ませぬが
折角こなたの御志て御さるに依て申受
ませう　扨是ハ何に成物て御さるぞ
「惣して人間か我と我か顔かたちを見る
事ハ成らね共此鏡に向へば我姿が

8 あり〳〵と移り惣して女ハ鏡に向ひ
9 顔のよしあしを知りけわひ化粧と
（7オ）
1 いふて顔にハおしろひをぬり紅かね付《つけ》
2 油を付て髪を結へハいかな悪女でも
3 十位も二十位ひも美しう見ゆるに依て
4 女の為にハ是程の重宝ハなひ程に
5 先ッ夫を明て見さしめ　女「やれ〳〵
6 夫ハ忝う御さる　すれハ何よりの宝て
7 御さる　去らハ見ませう　「早ふお見やれ
8 女「ヤイワ男　在京の内女を抱て置て能ふ
（7ウ）
1 是迠連《つれ》て来おつたな　何として
2 くれうぞ　なふ腹立や〳〵
3 「是〳〵そなたハ無□《むさ》とした事を言ふ
4 終に鏡を見た事のなひに依て鏡の
5 訳を知らぬ　其うちに見ゆるか則
6 そなたの顔ておりやる　女「ェ、　又其つれな
7 事をおしやる　わらハが腹を立れハ

---

8 同し様に腹を立てわらハにかみ付《つく》様に
（8オ）
1 いたす　何としてくれうぞ
2 「是ハいかな事　さすかハ松の山家の
3 者しや　鏡を見た事かなひに依て
4 くだらぬ事を申　是〳〵女共　其様に
5 わゝしういはづとも先心を静にして
6 お見やれ　是手をうつせバ手が移る
7 扇を移セハ扇か移る　身共かそばへ
8 よれハ某か移る　何成共其鏡に向へバ
9 移るに依ての宝ておりやる　則和御料か
（8ウ）
1 腹を立て見るに依てそなたの顔が
2 鏡に移るのておりやる　合点か行ぬか
3 女「なふ腹立や〳〵何の角のといふて此女の
4 そばへ寄てわらハをたらそふと言う
5 事か　中〳〵聊尓にたらさるゝ事てハ
6 なひ　所詮此様な物ハ打くだひて
7 のけう　「ァ、是〳〵先待しめ

其様な事をいうて和御料か入らずハ
（9オ）
外の者にやつて仕廻ふ　こちへ
おこさしめ　（女）ヤイ和男其女を連て
とれへ行ぞ　やるまいぞ〱

一シテ　太郎冠者出立　小サ刀差　鏡懐中
掛すほふニても
一女　常之通
作物さらし布壹丈五尺

## 〔三〕　成城本「鬼瓦」

（B本　10オ）

### 鬼瓦

シテ大名　太郎冠者
森左衛門　弥作

遠国に隠れもなひ大名てす　永〱
在京致す所に訴訟悉く叶ひ安堵の
御《ミ》教《きやう》書をいたゝき新地を過分に拝領
いたし其上國元への御暇迠を被下て
御さる　此様な難有事ハ御さらぬ　まづ
太郎冠者を呼出し悦はせうと存る
やひ〱太郎冠者あるかやひ　太郎「ハァ引
（10ウ）
「居たか　太郎「おまへに　「ねんのふ早かつた
汝を呼出す事別成事てもない　永〱
在京する所に訴訟悉く叶ひ安堵の
御教書を戴き新地を過分に拝領したハ
何と難有ひ事てハ無いか　太郎「か様の御仕合を
待受ますする所に近比目出たう存まする
「夫よ〱夫に付まだ汝か悦事か
あるハやひ　太郎「夫ハ又いか様の事て御さるそ
（11オ）
「国許への御暇迠を下された
太郎「是ハ重〱思召侭の御仕合て御さる
「其通りしや　扨か様に何事も思ひの
まゝに叶ふといふも日比因幡堂のおや
くしを信仰するによつて其御利生て

有うと思ふ　御礼御暇乞に参詣せうと
おもふか何と有らうそ　「《太郎》是ハ一段と能ぅ
御さりませう　「夫成らハ追付て行う
供をせひ　「《太郎》畏て御さる　「さあ〳〵

（11ウ）
こひ〳〵　「《太郎》参りまする〳〵
「扨国許てハ此様な事ハ知らひて今日か
明日かと待兼て居るて有らう
「《太郎》無御待兼て御さりませう　「戻てこの
仕合を咄た成らハさそ悦ふて有うそ
「《太郎》殊無ひ御満足て御さりませう
「イヤ何かと言う内に参り着いた
「《太郎》誠に御前て御さる　「汝も是へ寄て拝かめ
「《太郎》心得ました　「扨いつ参ても森〳〵とした

（12オ）
しゆしような御前てハ無いか　「《太郎》仰らるゝ通
しゆしような御前て御さる　「扨身共か
思ふハ此度仕合能う國元へ下るもひとへに
此御薬師の後利生じやに依て國許へ

下たならハ此御薬師を移て安じやう
セうとおもふか何とて有らうそ
「《太郎》是ハ一段と能う御坐りませう
「夫成らハ是程にこそ成らす共此御《ミ》堂ハ

（12ウ）
格好《カツカウ》のよひ御堂しやに依て迚もの事に
此かつこうに御堂をも建ふとおもふ程に
汝もこゝかしこへ気を付《（つけ）》て篤《（とく）》と見覚て
置け　「《太郎》畏て御さる　（一）扨〳〵あの欄間《らんま》の
彫《ホリ》物なとハ殊之外手のこうだ事
しやなあ　「《太郎》誠に手のこうだ事て御さる
「迚もの事にうしろ堂へ廻て見やう
「《太郎》能う御さりませう　「さあこひ〳〵

（13オ）
参りまする〳〵　「此御堂ハ飛弾《ヒダ》（騨）の
工匠《タクミ》か建たといふか誠にとれから見ても
形《ナリ》の能ひ御堂しやなァ　「《太郎》とれから見
ましても形《ナ》りの能ひ御堂て御さる
「ヤィ太郎冠者あの破風《ハフ》なとハ何と手の

こうた事てハ無いか　太郎「殊の外念の入た
破風て御さる　「ヤイ太郎冠者
太郎「何事て御さる　「あの破風の上にある
物ハ何しや　太郎「ハァあれは鬼瓦て御さる
（13ウ）
「何しや鬼瓦じや　太郎「中〳〵　「ハァあの
鬼瓦ハ誰にやら顔か能う似た
太郎「イヤ申あれに似た顔ハ御さりますまひ
「イヤ〳〵能う似た者か有たか誰レて有たか
ヲ、夫〳〵なく　「イヤ申頼ふた人こなたハ
何を歎《ナゲ》かせらるゝそ　「されハ其事しや
さひぜんからあの鬼瓦か誰やらに能う
似た〳〵とおもふたれバ國許の女共に其侭
しやと言てなく　太郎「誠に仰らるれハとこやら
（14オ）
似まして御さる　「あの目のくる〳〵と
した所また鼻のいかつた所なとハその
まゝでハ無ひか　いか様《(さま)》能う似まして
御さる　「扨又あの口の耳せゝ迫くわつと
きれた所ハ常〳〵汝を叱《シカル》る時のつらに
似たでハ無ひか　太郎「成程私をしからせらるゝ
時の御顔に能う似まして御さる
「爰許て身共か内の者を誰見た者も
（14ウ）
有るまいに此様にも生うつしにすると
言ふか不思議な事しやなア
太郎「左様て御さる　「身共ハあの鬼瓦を
見たれハしきりに女共かなつかしう
成たいやいなく　太郎「近此御尤て御さる　イヤ
申〳〵頼のふた人能う思召ても見させ
られい　此様に御仕合能うて追付下た
らせらるれハ其儘逢せらるゝ事て
御さる　歎かせらるゝ所でハ御さるまい　御機嫌
を
（15オ）
直させられひ　「誠にそちかいふ通り
追付下れハ逢るゝ事しや　其上仕合
能う下るに何も歎所てハない　さらバ

4 機けんを直いていざとつと笑ふて
5 戻らう 太郎「能う御さりませふ
6 「夫へ出ひ 太郎「心得ました 「また出ひ
7 太郎「畏て御さる 「さあわらへ　二人笑ふて とまるなり
8 一 シテ 墨塗り同断 一 太郎冠者 常之通
9 但長上下ニてする時ハ大名与（と）名乗ら
ずに
10 すへし 其外にも少〱ツ、替るべし

## ［四］　成城本「悪太郎」

（B本　16オ）
1 悪太郎 一 シテ悪太郎 森左衛門 一 伯父 勘介
一 出家 太茂
2 太郎○扨も〱しハひ人かな 今一ッおさ
3 ゆるかと思ふたれバ其侭取ッて
4 仕もふた 酒かたらいて心持ハ悪い
5 イヤ伯父者人か何にやら用の事か
6 あるに依てこひといわれて御さる
7 程に急てあれへ参ツてさけを
8 ねだつて給うと存る 先急て

（16ウ）
1 参う 別の事てハ有るまひ 又例の
2 いけんでかな御さらふ 伯父御のいけん
3 ても中〱酒を止る事てハ御さらぬ
4 いかふようたそふな 是程やう事でハ
5 無いが ◦ざゝんざア 浜松のおとハ
6 ざゝんざアハ、、――― イヤ伯父者人の
7 方へ参つて酒を給ふと存る イヤかう言
8 程に是しや もの申案内もう

（17オ）
1 お伯父者人ハ内におりやるか
2 伯父「イヤ悪太郎か来と見へて声か致ス
3 太郎おりやつたか、 太郎○「いかにも身共て
4 御さる 伯父「いかう酒によふたそうな
5 ○「イヤゑひハ致さぬがいつ此方酒を
6 ふるまわれた事か御さる 用の事が
7 有ると仰られたに依て参つて御さる

其用ハ何事て御さる　伯父「いかにも
（17ウ）
用の事か有ルに依て呼にやつた
そこははし近な程に先こう通らしめ
○「心得ました　伯父「先ッ下におりやれ
○「心へて御さるヤットナ　伯父「ア、あぶなひ〳〵
○扨御用と（「御いけんと」を見せ消ち）仰らるゝハ何事て御さる
伯父「別の事てもない　そなたが御酒を
のんてあくぎやくをするといふて
伯父の分としてなぜに異見を
（18オ）
いわぬぞとミな仰らるゝ　此以後ハ
酒をふつとやめたらハよからう
○「たが其様な事をいゝまするそ　其様な
事を言ふやつハ此長刀にのせて
呉れましやう　伯父「夫〳〵夫をお見やれ
身共か前てさへ其通りてハなひか
ふつと酒を止メさしめ　○「おゝ気遣ひ

---

被成まするな　給る事てハ御さりま《〔せ〕》ぬ
伯父「夫は近比万《（満）》足する　迚の事に誓言を
（18ウ）
立さしめ　○「何が扨たべぬと申が
誓言て御さる　伯父「イヤ〳〵夫てハ心えぬ
呑ぬが定《ジョウ》成らハ是非共せいこんを
立さしめ　○「其儀成らハ弓矢八幡
給へますまひ　伯父「夫は近比満足致ス
○「さてこなた様ニも些《（ち）》と御願ひが御さる
伯父「夫ハまたいか様な事じや　○「何卒
一ッ振もふて下されい　伯父「是ハいかな事
（19オ）
そちハ今誓言を立たでハ無ひか
夫に酒を呑ませひと言う事か有物か
○「去れハ其事て御さる　最早誓言を
立ましたに依て明日からハ給ル事か
成りませぬに依て名残に一ッ振廻て
下されい　伯父「是ハ尤しや　夫成らハ
一ッふる舞てやらう　夫に待て

○「心得ました　伯「サア〳〵一ッ呑め
○「是ハ御自身に持せられて御座る
（19ウ）
ハア、例の大盃が出まして御さるな
伯父「手間を取らすまいと思ふて大盃を
いたひた　一ッ呑め　○「ヤコレハ有難ふ御ざります
扨々いつ見ましてもなりの能ひ
御盃て御さる　おしやくハ是へ下た
されひ　伯「迚の事に見共かつひで
やらう　○「是ハ慮外て御さる
伯「ヤイ〳〵其酒の風味ハ何とあるぞ
（20オ）
○「ゑひざめであり様ハ一ッ給たひ〳〵と
存る所につゝかけて給へましたニ依て
只ひひやりと致ひた斗りて風味ハ
知れません　今一ッ給へふうみを
覚へませう　伯「夫ならハ今一ッのふで
風味を覚ゑひ　○「心得ました
伯「ヤイ〳〵何と有るぞ　○「ヤ此様なむまい

御酒ハつひに呑だ事ハ御さらぬ
（20ウ）
伯父「定てそうて有ふ　是ハ去方より
遠ん来いしや　○「去ハ社《こそ》申さぬ
事か　私も常の御酒でハ無ひと
覚へました　御遠来と御さらハ今一ッ
たべませう　伯「其儀成らバ今一ッ呑め
ちうどあるハ　○「ちうど御さります
扨ケ様に又一ッ受持た所を呑ふ〳〵と
致しますれハイヤもふ月ニも花ニも
（21オ）
かへられたものでハ御ざりませぬ
伯「呑ものハそうて有らう　爰ニテ○ムセル
伯「是ハ何としたぞ　○「イヤつゝかけて
給へましたに依て些とむせました
ちと休て給へませう　伯「夫が能《よか》らう
○「扨いつぞハ此方《こなた》へ申そう〳〵と存て
御座れ共折《をり》も御さらぬによつて
申ませぬか世上の此方の取沙汰を

（21ウ）
1 聞せられて御さるか　伯「夫ハ心元無い
2 何と取沙汰するそ　○「そつ共御氣遣
3 被成るゝ事でハ御ざりませぬ　世上で
4 此方を皆ほめまする　伯「夫ハ何んと
5 言ふてほむるぞ　○「ャィ太郎そちの
6 伯父御様のよふなけつこふなお人ハ
7 無ひ　あのよふなけつこふなお人ハ
8 後にハくわつと御加増を取らせられ

（22オ）
1 御立身をなさりやうと皆ほめ
2 まする　伯「夫ハ悪るういハるゝ様にハ
3 無いが去ながら酒を呑するつひ
4 セうでハ無ひか　○「ァ、もつたい無ひ
5 御酒杯《(など)》を下されてつひセうなど
6 中様な某でハ御さらぬ　弓矢八幡
7 ほめまする　伯「夫ハよろこばしい
8 事しや　○「ィャ是ハ上ェかすひて
9 気持が悪るう御さる　足して下されい

---

（22ウ）
1 伯「酒ハおしまねどいこうよふた
2 さうな　最早止メにした成らよからふ
3 「ャいかな〳〵五ッや七ッでよふ事でハ
4 御さらぬ　ついで下されい
5 伯「夫成らハ半さんついてやらふ
6 ○「ァ、き持のわるひ　一ッついて下されひ
7 伯「夫ならハつひでやらう　○「ァ、また
8 なみ〳〵と御さる　さらハ給へましやう

（23オ）
1 もふたへますまい　伯「最早呑ぬか
2 ○「もういやて御さる　伯「夫成らハ取らう
3 ャィ〳〵最早戻らぬか　○「どこへ
4 伯「是はいかな事　宿へ戻らぬか
5 ○「宿への　伯「中〳〵○「心得ました　ヤツイナ《(ト)》
ハ、ーーーー
6 伯「いこうよふたそうな　○「ィャよひハ致し
7 ませぬかひさしう居しひておりまし
8 たに依てしびりがきれました

（23ウ）
慮外なから手を取つて下されひ
伯「夫成らハ手を取てやらふ　○「ヤットナ〳〵
ア、あふなひ　よふたそうな　伯「ヤイ〳〵明日《アス》
与《(より)》
酒を吞事ハ成らぬ程にそう心得い
○「何と此むまひ酒がやめらる物て御さるぞ
又明日も給へねハ成ませぬ　伯「これハ
いかな事　あれ程誓言を立ても
其様な事か有る物か　急度吞しますな
○「お氣遣ひ被成ますな　吞事てハ御さらぬ
（24オ）
もふこう参りまする　伯「最早おりやるか
○「さらハ〳〵　伯「能ふおりやつた　○「ハア
ハ――――
扨も〳〵けつこうな伯父御様かな　名残に
一ッふるもふて下されいと言ふたれハ
大盃て五ッ六ッ七ッ明日与《(より)》ハ急度吞な
ハ、――――何と此むまひ酒か吞すに居らるゝ
ものて御座らうそ　又明日ものまねバ
成らぬ　ヤァ〳〵いつも此道ハ一筋じやか
けふハ又二タ筋ニも三筋ニも見ゆる　某ハ
（24ウ）
よふたそうな　さらハ些トうたふて
参う　○ざゝんざァ　濱松の音ハさゝんさァ
ハ、――――扨も〳〵心面白ふようた　さらバ
ちと此所に休らうて参らう　ヱイ〳〵
ヤットナ　伯「最前おひの悪太郎が
参て御さるに依て酒を吞ぬ様にいけんを
申て御されハ名残に一ッ吞せひと申て
御さるに依てのませて御さるが殊の外
よふた様にて御座つた　心元のふ御さるニ依て
道迠参つて様子を見ようとぞんする
（25オ）
最前も喜程《(よっぽど)》異見を申て御座れハ
最早止メましやうとハ申て御座れども
あの躰でハ中〳〵やむる事てハ有まひ
去れ［ば］社《(こそ)》あれに正躰ものふ寝《ね》て居る　扨〳〵

5 につくひやつて御さる　何卒止るよふに
6 いたしたい物しやか　イヤ思ひ出した
7 致よふか御座る　ト言テ太鼓座へ行塗笠トへんてつ黒玉珠数ト持て太郎ノ側迠行下ニ居て
8 先に坪折小袖取りへんてつをきせ笠トじゅずト取て長刀ト小サ刀を取り立て長刀ヲツイテ
9 ヤイ　己《（おのれ）》　大酒を呑み悪逆をするによつて
（25ウ）
1 今よりして汝か名を南無阿弥陀佛と
2 付るぞゑいト言て入ル　○「ア、能うねた　たそ
3 湯をくれひ　茶をくれい　是ハいかな事
4 宿じや〳〵思ふたれバ是ハ海《カイ》道じや
5 何として此所にふせつた物であらふぞ
6 ヲ、夫〳〵伯父御の方へ参て酒をのうだ
7 おもふか給へよふて此所にふせつた物で
8 あらふ　是ハ殊之外さむうなつたが
9 小袖ハなんとしたしらぬ　ヤァ是ハ　衣《コロモ》じや
（26オ）
1 ころもか有らう筈ハなひが是ハなんじや
2 是ハ禅僧のざぜんのする時分ニこふする
3 じよろとやら言物しや　じよろが是に
4 あらふ筈か無ひが某が宿をずる時は
5 小袖を着刀をさし長刀を持て出たと
6 思ふたか一色も見へぬ　是ハミな出家の
7 道具しや　夫々最前夢心のように
8 汝大酒をのミ悪逆をするによつて
9 けふよりしてハ汝か名を南無阿弥陀佛と
10 付るそゑひとゆうかと思ふたれバ
（26ウ）
1 其侭目か覚た　すれハ某が日比大酒を
2 給へて悪逆迠をするに依て佛道へ
3 引入させられ釋迦かだるまのへんげ
4 させられた物て有う　此上ハふつつと
5 思ひ切たぞ　是からハかく屋へ入り
6 同心《どうしん》をおこそふと在るト言ふ内ニ出家幕内　与《（より）》
7 出家「南無阿弥陀〳〵南無阿弥陀佛
8 南無阿弥陀ト念佛ヲ申ナガラ出ル　○「是ハいかな事
9 早や何者やら某が名を存て呼うで
（27オ）
1 参る　返事を致さずハ成るまひ

出家「南無阿弥陀〱　○「ヤア
出家「南無阿弥陀佛　南無阿弥陀　○「ヤア〱
出家「是ハいかな事　あれは氣違ひそうな
今度ハ道をかへて参らう　○「是ハいかな事
あれ程返事を致スにきやつカ耳へハ
はいらぬそふな　定てつんぼふで有らう
是ハいかな事　今度ハ道をかへた　某も
又道をかへて返事を致そう
（27ウ）
出家「南無阿弥陀〱○「ヤア　出家「南無阿弥陀佛
南無阿弥陀○「ヤア〱〱　出家「いよ〱き〔や〕つハ
氣違じや　今度ハ念佛を早めて見う
○「是ハいかな事　いよ〱あれハつんぼふじや
出「南無阿弥陀〱南無阿弥陀佛
南無阿弥陀　○「イヤ今度ハ念佛を早めた
某も早めて返事を致そう
出「南無阿弥陀　○「ヤア　出「南無阿弥陀
○「ヤア　出「南無阿弥陀佛　南無阿弥陀
「ヤア〱〱〱ト言て何べんもおどり　あしこぎ足をして右左り迠小シ廻リスル

（28オ）
出「是ハいかな事　いよ〱あれハ氣違じや
○「いよ〱あれハつんぼふしや　出「イャのふ〱
和御料ハ身共か念佛を申せハなぜに
返事をするぞ　○「身共か名を呼に依て
夫ゆへ返事を致ス　出「すれハこの
南無阿弥陀佛と言ふハそちか名か
○「中〱身共か名しや　出家「是ハいかな事
すれハ和御料ハ子細を知らぬと見へた
語て聞そう　能うお聞きやれ
（28ウ）
○心得ました　出家「扨も相模の國田代寺の
住僧尊正僧(坊)と申たる御方　信濃の国
善光寺迠行キけつじやうおふしやうの
祈《き》念《の》を被成しかバある夜の御霊夢《れいむ》に
汝おふしやうのそくわひをとげ度バ
河内の國はしの寺へ行キもくげんじゅの
木《コ》のみを取り百八の珠数と成し

念佛百萬遍申さハけつじやうおふ
じやううたかひ有間敷クとの御霊夢で
(29オ)
あつた　○「ホ《引》、ン　出「其時上人河内の国
はしの寺迠行キもくげんじゆの
みを取り百八の珠数となし
念佛百萬遍申シつひにおふしや〔う〕の
そくわひをとげ給ふと言ふ　惣して
南無阿弥陀と言ハ西法(方)浄土の
弥陀《ミタ》の名て和御料や身共か分と
して中〱附る名でハおり無ひぞ
○「扨々子細を聞ハ有難ひ事しや
(29ウ)
何をかくそうぞ　某ハ悪太郎と言ふて
大酒を呑ふて悪逆をするがけふも
此所に酒によふて寝て居〔た〕らハ何国《イツク》共
知らす汝大酒をのみ悪逆をするに
よつてけふ与(より)ハ汝か名を南無阿弥
陀佛と附たそゑひと言ふかと
思ふたれハ目か覚た所でかてんの行ぬ
事しやと思ふ所迠和御料の南無阿弥
陀佛と言ふて来《ク》る依て夫故返事を
(30オ)
した事て御さる　出家「扨〱夫ハふしきな
事しや　すれハうたがひない　釋迦か
だるまの佛道迠引入させられた
物てあらふ　○「定てさうで有　扨此方に
些ト頼たひ事か有る　出家「夫ハ又いケ様な
事しや　○「何卒是から和御料の弟子に
して諸国を執(修)行させておくりやれ
出家「扨〱其なたハ悪につよきハ善にも
つよひと言ふか和御料の事てあらふ
(30ウ)
扨某か弟子に致う程に諸国執(修)行
さしめ　○「夫ハ近比忝のうおりやる
扨某かかく屋へ入た事ハ世じやうに
かくれかあるまい　出家「誠にかくれハ有まい
○「此由をうとふて戻う　和御料も是へ

6　寄《よら》しめ「心《出家》へた　○《太郎》　扨ハ六字の
7　名号を。夢につけたる我か名成レハ
8　二人今よりハ思ひ切り〳〵。唯一心に阿弥陀を
（31オ）
1　頼み。唯一心に弥陀を　頼ミて念佛
2　申て　帰りけり

一嶋《悪太郎》熨斗目　一髭《ヒゲ》　伯父
並袴くゝり　一頭巾　一長上下
一小袖厚板上ワはク　熨斗目
一小サ刀　一脚半　小サ刀
一長刀　扇子
一扇子　出家
後ニ　一衣
へんてつ　頭巾
黒塗笠　無地熨斗目
一盃　かね
但かつら桶蓋

---

## ［五］　成城本「老武者」

（C本　6オ）
1　老武者
2　是《シテ》ハ此所の宿老て御座る　承れハ誰か方へ
3　美敷《うつくしき》御児《ちご》の泊らせられたと申に依て
4　老の　慰《なぐさみ》にあれへ参り御盃を　戴《いただか》うと
5　存る　先ツそろり〳〵と参う　イヤ参程に
6　はや酒盛か　初《はじまつ》たと見へて賑かな　のふ〳〵
7　誰ハおりやるか　居さしますか「中〳〵
8　宿老の聲か致すハ　先ツしつかに被成い
9　「心得ました「誰そとなたて御坐る
（6ウ）
1　ヱイお宿老出させられて御坐るか
2　ヲ、身共ておりやる「是ハ何と思召て御出
3　被成て御坐る　今来るも別成事ても
4　なひ　聞ハ今夜そなたの所へ美しひ
5　少人泊らせられたと聞たに依て老の

慰に御盃か戴度うてわさ〳〵来た程に
能ひ様に言ふて御盃を戴せて呉さしめ
「近比安ひ事て御坐れ共つゝと御忍の事て
御坐る程に是ハ成ますまい　尤御忍ひてハ

（7オ）

有うすれ共美しい御児の此所へ泊らせ
らるゝと言ハ珍敷事しや　其上聞ハ
酒盛の有躰しや　折能ひ程に是非共
そう言ふてくれさしめ　「夫成らハ何を
隠しませう　只今若ひ衆の見へて酒盛
最中て御坐る程に戻らせられい
ム、若い者とハ（「て無ハ」を見せ消ちして「とハ」と傍記）當宿の者共か「左様て
御座る　ィャ夫ハ一段の事しや　身共ハ

（7ウ）

又成るまいと思ふて氣遣ひに有たか若い
者か来ているならハどりや身共も夫へいて
御盃を戴う　「先ツ待せられひ　扨〳〵
こなたハむさとした事を被仰るゝ　あの

若ひ衆の内にハこなたの子供達や孫達も
御さるにあれへ出させられてハ何れも氣か
つまりまする　其上御忍ひの事て御さつて
大勢に成ましてハいかゝて御坐る程に後に

（8オ）

御座れ　ャアラそちハむさとした事を
言ふ　御忍ひしやと言て若い者ハ通して
置て身共壱人入るゝ事ハ成らぬと言ふ
事か有物か　どう有ても通らねハ成らぬ
「去とてハ聞わけの無ひ（「無ひ」二字右脇に傍記）成らぬでは御坐らぬ程に
後に御座れといふに　己《（おの）》れ此宿老の
言う事を聞すハ為にわるからふ
「為にわるかろうとて何と召る　此宿《しゅく》に

（8ウ）

置まひか何とする　「弥《（いよいよ）》こなたハかさたかな
事をおしやる　いかに宿老じやと言うて
其様な事をおしやつた成らハ御児の御盃を
被成うと被仰ても某かさゝへてさすまいか

5 何と有る　何しやそちかさゝへてさすまい
6 「中〱　扱〱憎ひやつの　年社(こそ)寄たれ
7 此上ハ身共か踏込て御盃を戴て見せう
8 「イヤ〱とう有ても通す事てハ御さらぬ
(9オ)
1 「言ひ掛た事しや　通らねハ成らぬ
2 「とう有ても通す事ハ成らぬト言うてつきたをす
3 ア、痛〱　ヤイ〱〱ヤイそこのやつ
4 「ヤア　ヤアとハ己れ憎ひやつの　此年に
5 成る者をした、かに、痛おつた　己今に
6 目に物見せう　「夫ハ誰か　身共か
7 「年寄の分として深敷ひ事ハ有まい
8 「ていとそう言か　「おんてもなひ事
9 「悔ふそよ　「何の悔う　「たつた今目に
(9ウ)
1 物を見せう　のふ腹立や〱
2 「其儀ならハ何も頼まする　「心へました
3 何れも是へ寄せられひ　「心得ました
4 シテ老武者ハ腰に梓の弓を張リ翁《おひ》さび

5 たる鎗長刀をかたけつれてぞおし
6 寄せたる引　「若衆の勢ハ是を見て〱
7 昔ハ知らす当代ハ若族共こそひさゝ
8 いはれいかに勢ひ給ふともさしたる
(10オ)
1 事ハあらし物をと一度にとつとそ笑ひ
2 ける〱ト皆々笑ふ　年寄共ハ腹を立て〱
3 熊坂の入道六十三　齋藤別当実盛も
4 六十にあまつて打死する　其外老武者の
5 喰ふたる所か蛸ニなる　迚(とて)或ハ七十或は
6 八十何もおとらぬ老武者とも鎗先を
7 揃へて掛ﾘけり　ヱイトヲ〱〱若衆の
8 中より下知をなし　流石ニ是ハ親方達
9 なり　かまへて〱あやまちすなと
(10ウ)
1 いたき留(「留」字の左傍に「取」と並記)〱制すれハ思ひの外なる
2 若ぞくつきし〱とて我か家に
3 とそ帰りける

一シテ　腰祈り祖父同断　中入後側次　腰帯　少サ刀
なし打ゑぼし
但　無地のしめ着込ニして中入後左の肩ぬい
てもする　其節ハゑほしなし
一児　着付箔　長袴の下モ　かつら紙ニて　黒骨中啓
（11オ）
一三位　無地熨斗目　狂言袴　水衣　能力頭巾　腰帯　脚半
一立主　若衆の勢　何人ニても主出立
一連祖父　何人ニても腰祈祖父同断
但着流し無地熨斗目　面ハ祖父何人ニても
鑓かたげる
一　作り物　こし桶ふた
撞目《しゅもく》杖　壱本
かひさを　若衆勢人数程
鎗　連祖父人数程
奉書紙

---

## ［六］成城本「骨皮」

（D本　1オ）
骨皮　シテ住寺ニ付テ出　シテ柱ノ横板に座ス　住寺ハ名乗ニ立　例之通
住是ハ此寺の主寺て御座る　今日ハ最上吉日て
御座るに仍而《て》今日より此寺を新発意に
譲つて隠居致うと存る　先つしんほちを
呼出し申付う　イヤのふ〳〵しんほちおりやるか
居さしますか　新「イヤ呼わせらるゝそふな　申シ
呼せられますか住「中〳〵呼ておりやる　扨其方を
呼出スも別の事ても無い　今日ハ最上吉日じや
に依て今日より此寺をそなたにゆつゝて
某ハ隠居する程に左様心得さしめ
（1ウ）
新「夫ハ近比忝うハ御座れ共何卒今少し此方
持せられて被下《くだされ》い　住「イヤ〳〵某も年寄て
朝夕の勤行《ごんぎやう》の旦那あしらひのと申て殊之外
六ヶ敷に仍て今日よりしてハ隠居する程に

そう心得さしめ　新「其儀成らハ畏て御坐る
住「又是からハ朝夕の勤行の旦那あしらひを
誠に大切にさしめ　シテ「心得ました
住「身共また隠居すると言ふても余所迠行でも
無ひ　りやうへ居程に又知れぬ事か在らバ
おしやれ　新「何か扨心得ました　住「又後程
逢ひましやう　シテ其儀成らハ後ほど
（2オ）
御目に掛りませう 住寺ハ笛の上迠座テ居 シテハ名乗座へ行立テ　のふ〳〵
嬉しや　いつ此寺を譲らるゝかと存て御座れハ
今日ハ最上吉日しやと有て則此てらを
ゆつられて御坐る　是からハ旦那あしらひを
大切に致うと存る ト言テ左リへ廻リ大小ノ前へ座て居ル　傘かり 是ハ此當りに
住居致者て御坐る　某今日ハ山一ッあ方《なた》へ参り
ますか俄に時雨て御座るに仍而《て》旦那寺へ参り
傘をかつて参うと存る　先そろり〳〵と
イヤ誠にかう参てもかさをかして被下《くださ》るれハ
能う御座るか旦那寺の事て御座るによつて
貸て被下《くだされ》ぬと申事ハ御座るまい　イヤ参程に
（2ウ）
是しや　先ッ案内を乞う　常之通 新ボチ常之通　夫こそ
念の入た事て御座る　扨只今此方の方へ
人を遣る所て御座た　傘「夫ハ又如〔何〕様な事て
御座るそ　新「去れ〔ハ〕其事て御座る　此方にも
歓て被下い　今日ハ最上吉日しやとあつて
師匠与《より》此寺をゆつられて御座る　傘扨々
夫ハ目出度事て御座る　夫と存た成《なら》ハ早速
御祝ひに参りませう物を　新イヤ今日只今の
事て御座るに仍而御存無いハ尤て御座る　扨
只今ハ何と思召ての御出て御座るそ　傘只今
参も別成事ても御座らぬか今日ハ山一ッあ方《なた》へ
（3オ）
諸用有て参りまするか俄に時雨て御座るに仍而
何卒傘を貸て被下い　シテ安ひ事で
今貸て進せましやう　夫に待せられい
傘心得ました 大小ノ當リへ行傘を取り来ル　イヤ申〳〵是ハ師匠の
傘てハ御座れ共是を貸て進セましやう

6 傘「是ハ添う御座る　私ハもふこう参りまする
7 シテ「もはや御座るか　傘さらば〳〵　シテ「能う御座た
8 傘「ハア、名乗座へ行　シテ「のふ〳〵嬉しやまんまと旦那あし
9 らひを致て御座る　住寺しんほちを呼フ　イヤのう〳〵
10 新發意おりやるか　「シテイヤ呼せらる、そうな
11 申呼せられまするか　住中〳〵呼ておりやる

（3ウ）

1 今来たのハ誰ておりやつたぞ　シテ「あれこそ
2 誰殿て御坐りました　住「あの誰殿ハ寺へ能う
3 参る人じやか何と言ふて見へられた
4 今日ハ諸用有て山一ッあ方《（なた）》へ参りまする　俄に
5 時雨て御座るに仍而傘を貸て呉ひと云ふて
6 見へられて御座る　住「夫ハ定て貸ぬて有う
7 シテ「イヤ貸しまして御座る　住「是ハいかな事
8 夫を貸と言ふ事が有る物か　シテでも此方にハ
9 旦那あしらいを大切にせひとハ仰られぬか
10 住「いかに大切にせひと言へとて夫は貸いでも
11 如在《ぢよさい》に成らぬ挨拶か有る　シテ「夫ハ何と申

（4オ）

1 まするぞ　住「此間師匠のさいて出れまして
2 御座れハ散々辻風にあわれまして
3 骨ハ骨皮ハ皮に成まして何の役に
4 立ませぬに仍而真中を引ッくゝつて
5 天上迠打上ヶて置まして御座るかあれでハ
6 御用に立ますまひと言へハ貸さひでも
7 済事しや　シテ今度見へ〔た〕成らハさよふに
8 申ませう　住「必むさとした事をおしや
9 るな　シテ何か扨畏て御座るト云テ名乗座へ行　是ハいか
な事
10 まんまとほめらりやうと存て御座れバ

（4ウ）

1 したゝかにしかられた　今度見へられた
2 成らハ只今の通に申うと存るト云テ大小ノ前ニ座居ル
3 馬貸是ハ此當に住居致者て御座る　今は諸用
4 有て山壱ツあ方《（なた）》へ参りまするか俄ニかつけが
5 起つて御座る仍而旦那寺へ参り馬を貸て
6 参うと存る道行前之通案内前之通　新發意前之通　寺ヲ譲られ坐禅も談義も都て前之通

シテ 扨只今ハ何と思召ての御出て御坐るそ
馬かり 只今参も別成事ても御坐らぬ　諸用有て
山壱ツあ方へ参りまするか俄に途中てかつ
氣《け》かおこつて御座るに仍而何卒馬を

（5オ）

貸して被下い　しんほちハ傘の挨拶ヲ有た通り言ふ 馬貸もあきれて帰ル夫よりしんほち名乗座へ 行テ
シテ「まんまと師匠の申された通りを申て御座る
さらハ此由師匠迠申てほめらりやうと
そんずる　イヤ申〱只今誰殿の見へられて
御座る　住「夫ハ何と云うて見へられた
シテ 誰殿申されまするハ諸用有て山一ッあ方へ
参りまするか途中て俄ニかつけがおこつて
御座る程に馬を貸て呉れいと申て見へ
られて御坐る　住「夫ハ定而《（て）》貸たで有らう
シテ イヤ最前の通を申まして御座る

（5ウ）

住「最前ハ傘挨拶　社《（こそ）》したれ馬の挨拶ハ
言ハなんだか何と言うたぞ　しんほちハ傘の
挨拶ヲ言うた通りヲ師匠へ言　住「是ハいかな事　夫こそ
傘の挨拶て　社《（こそ）》あれ其様な事を云うと
言う事か有る物でおりやるぞ　是も又
如在ニならぬ挨拶かある　シテ「夫ハ何と申
まするそ　住 此間やせか見へまするに依て
上の山に青草に付て置まして御坐れハ
散々駄狂ひを致いて腰の骨をした丶かに
打まして御座るに仍而馬屋角ミにこもを

（6オ）

きせて寝て置きまして御座れハ只目　斗《（ばか）》り
まじり〱と致て居りまするがあの躰でハ
御用ニ立ますまいと言へハ扨貸さいでも
済事ておりやる　シテ「今度見へられた成らハ
左《（さ）》様に申ませう　住「必むさとした事を
言うまいぞ　シテ「心得ました　ト言て立テ名乗座へ行　シテ「是は
いかな事　今度　社《（こそ）》ほめらりよふとそんじて
御坐れハ又した丶かにしかられた　今度見へた
ならバ只今の様に申と存る　ト云テ又大小の前へ行座ス
斎呼 是ハ此當りに住居致者て御座る　明日は

(6ウ)
志《こころざす》日に當つて御座るに仍而旦那寺へ参御住寺を
請待《しやうだい》いたし又おしんほちにも来て貰うと
そんずる　先ッそろり〳〵と参う　道行常之通 案内も同断
しんほちも斎呼も □□前之通　斎只今参も別成事ても御さらぬか
明日ハ志日に當りまするに仍而何卒御住寺様ニも
又此方様ニも御出被成て被下さりやう成らハ
忝う御坐る　シテイヤ私ハ参りませうが
師匠にハ得参られますまい　斎夫ハまた
如《いか》様な事で御座るぞ　シテイヤ此間師匠ハ
些とやせが見へまするに仍而上の山へ
(7オ)
青草に付けて置まして御坐れハさん〲
駄狂ひ致ィて腰の骨をしたゝかに打
まして御座るに仍而馬家の角に菰《こも》を
きせて寝かして置まして御坐れハ只目斗《ばかり》
まじり〳〵致して居まする　あの躰でハ
御用にハ立ますまい　斎イヤ私の申スは
御住寺様の事て御坐る　シテ中〳〵師匠の
事て御坐る　斎扨合点の行かぬ　夫成らハ
此方斗《ばかり》成共来て被下《くだされ》い　シテ何か扨私斗
成り共参りませう　斎呼其儀成らハ私ハ
(7ウ)
もうこふ参りませう　シテ最早御坐るか
斎「さらハ〳〵　シテ「能う御坐つた　斎ハア、　シテ又名乗座へ行
まんまと旦那あしらひを致て御坐る
急ひて只今の通を申て今度社《こそ》ほめ
らりやうと存る　イヤ申〳〵只今誰殿の
見へられて御坐る　住「夫ハ又何と言うて
見へられた　シテ「誰殿被申《まうされ》まするハ明日ハ
志日に當つて御座るに仍而何卒此方様にも
私にも御出被成て被下いと申見へられて
御坐る　住「夫ハ幸ひ明日ハ身共も隙で
(8オ)
居るに仍而定て行と云ふたで有う
シテイヤ私ハ参りませうか師匠にハ得
参られまひと申て御座る　住「夫ハなぜに

4 シテ「最前の通りを申て御座る　住「最ぜんハ
5 馬の挨拶　社《こそ》言ふたれ斎《とき》の挨拶ハ
6 何と言ふたぞ　シテ「師匠ハ此間ハやせが
7 見へまするに仍而馬の挨拶の通言ふ　あの躰でハ明日ハ
8 得参られますまいと申て御座る　住ヤイ〱〱
9 そこな者　夫ハ馬の挨拶て　社《こそ》あれ其様な
10 事を云ふと言う事が有るものじや
（8ウ）
1 其上身共かいつ駄狂をした事か有るそ
2 シテ「夫先度門前のいちやか来たれバ
3 めんそうへ引廻して駄狂を被成《なされ》た
4 でハ御坐らぬか　住「あれハ衣のほころびを
5 縫うて貰うた　シテ「何じや　衣のほころ
6 びを縫て貰うた　住「中〱　シテ笑ふて
7 シテ衣のほころびを縫て貰う者か二タ人共
8 鼻の先へあせしつくり流すもので
9 おりやるそ　住「やあら己ハにつくひ

（9オ）
1 やつの　師匠のはぢハたがはぢじや
2 皆己かはぢでハ無ひか　己のような奴ハ
3 ヤア〱〱先ッこふして置たかよいト云、ながらしんほちを一へん引廻し正面与《より》少シ大臣柱ニ寄て打たをす
4 シテイヤ師匠者゛と言うて
5 住負る事てハ無ひト言うて師匠ヲ引廻ス　ヤア引〱〱
6 シテ是ハ何とするぞ〱　是ハいかな事
7 ヤア、〱〱まいたのト言うてツキハナシ勝たぞ〱
〱
8 住寺ヲキアガリナガラヤイ〱〱〱師匠を此様に
9 して生来か能うあるまいそ　とれへ行
（9ウ）
1 とらへて呉れひ　やるまいそ〱
2 シテ勝ぞ〱　(住持)やるまひそ〱〱〱

シンポチ
一着付　無地熨斗目　住持一着流　無地熨斗目
小嶋ニても　一腰帯
一狂言袴　一衣
一腰帯　どんす類　一袈裟
一角頭巾　一中啓

一へんてつ　　一黒玉珠数
一扇子　　一角頭巾《キン》
珠数いらす　　〆
〆
傘貸り
一着付　色無段熨斗目　一作物
一長上下　馬貸り　傘　壱本
一小サ刀　斎呼
一扇子　何れも同断
〆

## [七]　成城本「墨塗」

（D本　10オ）

1 墨塗
2 シテ名乗鴈盗人同断　太郎冠者呼出して
3 鴈盗人　杯《など》の如く言て　太郎「是ハ　重畳《かさねがさね》思召ス
4 侭の御仕合て御座る　主「其通しや　扨夫ニ付
5 明日は国元へ下ろうとおもふか彼人の方へ暇乞に
6 行た物て有らうか　但又沙汰無しに下らうか
7 太郎「兼々御恨ふかひ御方て御座るに仍而《て》是は
8 御出被成《なされ》たか能う御座ろう　主「某も左右《さう》
9 思ふ程に夫ならハ追付《おつつけ》て行う　(太郎)「能う
10 御座りませう　(主)「さあ〳〵来ひ〳〵
（10ウ）
1 太郎「参りまする〳〵　主「扨こちへ呼て逢ふ
2 でも能れ共皆暇乞に見へた時宿に居なから
3 逢ぬも氣の毒しやに依てあ方《なた》へ行て
4 ゆるりと暇乞をして戻ろう　(太郎)「夫が能う
5 御座ろう　(主)「去なから恨深ひ人しやに仍て
6 明日立て下ルと聞れた成らハ嘸《さぞ》肝をつぶ
7 さりやう　(太郎)「誠に殊内《ことない》御歎て御坐《ござら》う
8 主「イヤ来る程に是しや　身共ハ表へ通《とほら》う程に
9 床机を呉ひ　(太郎)「畏て御座る　ハア御床机て御座る
10 主「汝者《は》勝手行て身共か来た事を云うて来い
（11オ）
1 太郎「心得ました　物申《ものも》ウ案内申《も》ウ　女「イヤ聞馴た
2 声て表に物とある　案内とハ殿方《どなた》て御座る
3 太郎「私て御座る　女「ヱイ太郎冠者か　そち成らハ

よそ〳〵しい　案内に及うか　なせにかう通りハ
せぬぞ　太郎「左様にハ存て御坐れ共御客ばし
御坐らうかと存て案内を乞ました　扨
頼ふた人の御出被成《なされ》て御坐る　女「何しや　頼ふた
御方の御出被成た　(太郎)「中〳〵　(女)「是ハいかな事
あの頼ふた人ハ　童《わらは》か方を見限らせられた

(11ウ)

ものを　何として御出被成《なさ》るゝ物しや　これは
其方《ソナタ》[redacted]《が》（一旦、「越《を》」を書き塗り消す）童を悦ハせるのて有う　(太郎)「イヤ早表へ
通らせられて御坐る　女「たらさるゝとハ思へ共
夫成らハあれへいて見う　ィヤ是ハ誠に御出被成た
どち風か吹ての御出て御坐る　定て童か方でハ
御座るまい　門違ひて御座《ござら》う　(主)「其御恨ハ御尤て
御座るか此間は殊之外用の事か多う御座て
久敷《ひさし》う御見舞も不申《まうさず》太郎冠者さへいそかしうて
便りおも致しませなんた　女「此なたの口の

(12オ)

きかせられた侭に其様な事を仰らるゝ
たとへこなた社《こそ》御用多に御坐う共太郎冠者を
被下《くださ》るゝ事の成らぬと申事ハ御坐るまひか
定て童を忘れさせられた物て御坐《ござら》う
主「何しに忘るゝ物て御座るそ　真実ひまか
無うて御無沙汰致て御坐る　扨今日参るも別成《なる》
事ても御坐らぬ　先つ此方も悦て被下《くださ》れひ
内々の訴訟の事も思ひの侭に叶ひ安堵の
御教書を戴新地をも過分に拝領致いて
御坐る　女「やれ〳〵夫ハ目出度《めでたい》事て御座る

(12ウ)

童も此方の御訴訟の事を案して居ましたか
思召侭に叶うて御加僧(増)迠《まで》も取らせられ此様な
おうれしひ事ハ御座らぬ　主「去なから外に
此方の肝をつぶさせらるゝ事か御坐る
女「夫ハ心掛りな　いか様な事て御座る　早う
言ふて被下い　主「国許への御暇迠を被下《くだされ》て
明日は国許へ下りまするに依て今日ハ御暇乞に

8 参つた事て御座る　女「ヤア〳〵何と被仰らるゝ

そ

9 御暇か出まして明日ハはや御國許へ下せらるゝ

（13オ）

1 主「中〳〵　女なきて猪口の水を目ニぬる　「扨も〳〵童ハいつまで

も

2 此方《コノホヲ》へ御出被成らるゝ事と存て御目に掛りて

3 御座るに加様に今杯《など》御別れ申とそんじた

4 成らハ初より御目に掛りますまい物を

5 なと、と言てひた■《□いに》水を付るを太郎冠者見つけて　主「私もケ様に御座《ござら》うと

6 存た成らハ御目に掛るまい物を　去なから又

7 近ひ内にハ登りまするに依て其時分緩りと

8 御目に掛りましやう程に左右《さう》思ふて被下《くださ》れい

9 なと言てシテも泣く成　太郎「是はいかな事　あの女ハ誠ニ泣かと

（13ウ）

1 存て御座れハ側へ水を置て夫を付て

2 泣まねをいたす　此由を頼ふた人沾申さう

3 ト云ひてシテを呼　主「何事じや　太郎「あの女ハ誠に泣と

4 思召まするか　主「こゝな者ハあれ程真實

5 歎かるゝ物をなせに其様な事を言うそ

6 太郎「イヤあれハ側へ水を置て夫を塗て泣

7 まねを致まする　「またむさとした事を

8 言う　其様な事ハ言ぬものじや

9 女「申〳〵とれへ御坐るそ　主「今用の事か

（14オ）

1 有て太郎冠者か呼ひまするに依てあれへ

2 まいつた　女「夫見させられい　たま〳〵御出

3 被成《なされ》てもはや童をうるそふ思召して

4 表へ出させらるゝ　其心しやに依而御国へ

5 帰らせられたならハ童か事杯《など》ハふつつと

6 忘れさせらるゝで有らうと思へハかなしうて成ませぬ

7 (主)「何しに今沾馴染申た物をわするゝ物で

8 御坐るそ　国許へ下つた成らハ早々文の便りを

9 致ましやう　女「只今社《こそ》左様に仰らるれども

10 御国元へ下らせられた成らハ色〳〵面白ひ

（14ウ）

1 おたのしみも御座《ござら》う程に中〳〵童杯《など》の

2 事をバ思召出さるゝ事てハ御坐らぬ　忘れ

3 させ被《（られ）》ぬ御心成らハ爰元へ御出被成るゝ内も
4 折〳〵ハ御出被成《（なさ）》るゝ筈で御坐るか何のかのと
5 仰られて御出も不被成《（なされず）》太郎冠者さへ被下《（くだされ）》ぬ
6 ものを何として御国許て童を《が》事を思召
7 出さるゝ物て御坐るそ　逢ふハ別のはしめと
8 申せ共加《（か）》様はかなひ御別れに成らうと
9 存た成らハ御馴染ミ申まい物を　近此くやしい

（15オ）

1 事を致た 右の内太郎冠者 シテヲ呼 （「）あれ程水を付て泣を
2 此方ハ御氣か付きませぬか　「（主）扨〳〵そちハ
3 むさとした事を言う　あの様に真実に
4 言ふて泣物をまたしてもむさ（と）した事を
5 言うか　すつごんておろ　（太郎）「是ハいかな事　まだ
6 誠にされぬ　おもへハ〳〵あの女めハ憎ひやつて
7 御座る　何卒して恥をあたへたひ物じやか
8 夫〳〵能ひ事を思ひ出た ト云テ墨と 水ヲ取かへる　是〳〵ケ様
に
9 致た成らハ頼ふた人も御合点が参て有う ト言て座ニつく

（15ウ）

1 女「申〳〵頼ふた人とちへ御出被成《（おいでなされ）》たそ　申〳〵
2 頼のふた人〳〵　主「イヤとれへも参らぬか又表へ
3 人か逢ふと申に仍而些《（ち）》とあれへ参つた
4 女「夫〳〵見させられひ　童かとやこ《（か）》ふ申を
5 うるそう思召て何のかのと仰られて
6 立つ居つ被成《（なさ）》るゝ　いかに男じやと云うて
7 去《（さり）》とてハ御心つよひ御方て御座る
8 主「扨〳〵此方ハむさとした　何しにうるそふ
9 存ましやうそ　明日は爰元を去事で

（16オ）

1 御坐れハ色〳〵用の事か在るに依ての事て
2 御坐る　女「童ハ少の内御目に掛らひてさへ
3 たへがとう御坐るに御国へ下たらせた成らハ
4 何として能う御坐《（ござら）》うそ　主「夫程に思召成らハ
5 国許へ下つて早々太郎冠者を迎ひに
6 登せましやう　女「何と仰らるゝそ　太郎冠者を
7 迎ひに下さるゝ　主「中〳〵 。此當りニてシテ墨の付き たるを見付て肝を潰し 大臣柱の方へのきて
8 主「太郎冠者こちへこひ〳〵　太郎「用は御坐るまい

主「些ト用か有る　早う来ひ　太郎「何事て御坐る
主「あれハ何としたつらじや　太郎「夫見させられい
(16ウ)
私の中を聞せられぬに仍而墨と水を
取替て置ました　主「一段と出かひた　扨〱
憎ひやつじや　何卒して恥をあたへたひ
ものじやか　(太郎)「誠にあのつらを見せたい事て
御坐る　主「イヤ思ひ出した　是ハ身共か朝夕持
鏡成れ共しばしの形見にやりまするると言て
遣て呉ひ　太郎「畏て御座る　此言葉の内○　女「夫ハ近比
よろこばしひ事て御座る　去なから最前も
申通爰元でさへ太郎冠者を御使にも被下《(くだされ)》ぬ
(17オ)
ものをはる〲と御国へ下たらせられて
何として迎ひに被遣《(つかはさ)》る、物で御座《(ござら)》う　御国へ
(三字見せ消ち)御國へ下られせられて美しひ御奥様ニ御目に
掛らせられたらハ童ハ事ハ夢にも見させ
らる、事ハ有るまいと思ひますれハ身も
世もあられぬ様に悲しうて成りませぬ
ト言てひたものなく　太郎「イヤ申〱其様になけかせらる、
な
頼ふた人の仰らる、ハ是ハ朝夕肌身を放《はなさ》す
持せらる、鬘鏡で御坐るかこなたへ御形見へ
遣せらる、と仰られまする　女「イヤ童ハ御形見も
(17ウ)
入らぬ　頼ふた人に御別れ申て何にする物じや
主(太郎を消すように上書きされている)「イヤ其様に仰らる、な　最前も申通り国元へ
下つた成らハ早々太郎冠者を迎ひ遣し
まする程に夫迠某をなつかしひと思召時ハ
其鏡を見させられて心をなくさめさせ
られひと申事て御坐る　女「ハア何と仰らる、そ
追付太郎冠者を登せさせらる、に仍而夫迠に
こなたをおなつかしう思ひまする時分にこの
鏡を出て見て心をなくさめと被仰る、か
(18オ)
主「中〱其通て御坐る　女「夫成らハ御志て
御座るに仍而申受て置ましやう

3 主「夫て社《(こそ)》嬉しう御坐る　其儀なら先ッ蓋を
4 取つて見させられひ　女「夫成らハふたを
5 取つて見せうか ト言テ蓋ヲ取見テ我カ皃を見テ 「ハテ合点の
6 行かぬ　ヤイ和《(わ)》男能う童に恥をあたへ
7 おつたの　何として呉れうそ
8 主「イヤ身共ハ知らぬ　太郎冠者かした事て
9 おりやる　女「ヤイ太郎冠者能う童に恥を

（18ウ）

1 あたへたの　己《(おのれ)》引さいてくりやうか喰さひて
2 くりやうか ト言テ墨を顔へぬる 太郎「ア、私でハ御坐らぬ頼ふ
た
3 御方て御坐る　ゆるさへ《(せ)》られひ ト言てにくる
4 女「ヤイ和男　童に恥をあたへおつたに依て
5 己れ引さいてやろふか喰さひてのけふか
6 主「身共ハ知らぬ　ゆるさしめ〳〵
7 女「迯たと云ふて迯かそふか　横着者とらへて
8 くれひ　やるまいそ〳〵 追入ル也　シテ迠も顔へ墨をぬるなり　時宜ニよりてハ見物の人迠もぬるなり
9

（19オ）

一 シテ大名 着付　紅段熨斗目　　一 太郎冠者 常之通
一 素襖 但長上下ニてもする事有
一 ほら烏帽子　　女 一 着付　箔
一 小サ刀　　一 女帯
一 扇子　　一 びなん
一 鏡　懐中する　　〆
〆
作物　猪口二ツ 一ツハ水ヲ紙ニひたし置 一ツハ墨ヲすき油ニ漬て置 但　余の油は悪し
一 さらし布　壱丈五尺
一 腰桶

## ［八］　成城本「武悪」

（F本　1オ）

1 武悪
2 主「誰そ居るかやひ　誰もおらぬか　次にハ
3 誰もいぬか　太郎「イヤ　呼せらる、さうな　ハア
4 呼せられまするか　主「最前から声を

はかりに呼にとれへ居た　太郎「御次に居
まして御座るか御声を承りませなんだ
主「次に誰もおらぬか　太郎「外に誰もおりませぬ
主「夫ならハ言付る事か有る　是へ出い
太郎「畏て御さる　主「まだ出ひ　太郎「心得ました

（1ウ）

主「つゝと出ひ　太郎「ハア　主「例の不奉公者の
武悪めハ何としたそ　太郎「されハ其事て
御さる　今朝も人をおこしました　氣色も
段々快よふ御さるに依て此間にハ出勤をも
致そうと申越まして御さる　主「武悪めか
執成し聞事におりなひ　太郎「ハア引
主「けふハ汝に言付る程に成敗して来い
太郎「畏てハ御され共あの武悪か事ハ幼少より

（2オ）

召使われた者の事て御さるに依て又いけんをも
くわへませう程に何卒此度ハ御免被成て
下されい　主「夫ハ汝かいふ　迠《（まで）》も無ひ　幼少より
遣ふた者なれハけふハ心も直るかあすハ
出勤をもするかと思ふて居れハ日にまし
不奉公か度重て最早（「前」を見せ消ちして、「早」と傍書）　堪忍成らぬ
に
よつて汝に言付る　是非共成敗して来い
太郎「御詞を返しまするハ慮外にハ御され共
武悪か事におきましてハ幾重にも

（2ウ）

御侘言を申上まする　主「ム、　すれハなんじハ
武悪に頼れたよな　太郎「イヤ左様てハ御さらぬ
主「能うおりやる　太郎「ハア引　主「此上ハ武悪を成敗
せう共させうず　又せす共させうかていと
おしやるまいか　太郎「先物を言わさせられひ
主「物をいわせひとハ　太郎「成敗致ませう
主「イヤおしやるまひ物を　太郎「イヤ致ませう
主「夫ハ誠か　太郎「誠て御ざる　主「真実か　太郎「一定て
御さる　主「さうのふてハ叶ぬ事じや　是ハ

（3オ）

重代成れ共是を貸して遣《（や）》る程に
安〱と成敗して来ひ　太郎「か様に御受を

中ますからハ安〳〵と成敗致て参りませう 主「早う戻れ 太郎「心得ました 主「ヱイ 太郎「ハア引 太郎「扨も〳〵にか〳〵しひ事て御さる 真斯《マツコウ》う御さらうと存て色〳〵異見を加へて御坐れ共承引致さひて今此しぎに成て御さる 是非に及ぬ まづそろり〳〵と参ろう 扨武悪ハ日比

（3ウ）

心得た者て御さるに依て参るそかゝるぞてハ成まひか何と致う イャたバかつて討うと存ゐ イヤ参る程に是しや 御太刀を見付られてハ成るまい 隠いて案内を乞うと存る 物もふ 案内もふ 武悪ハうちにおりやるか 武「イャ 表に物申とあるかあれハ慥に太郎冠者か声て御さる 又しかりにおこされた物て有らう 去なから太郎冠者とハ日比申かわひた事も御さるに

（4オ）

よつて逢ふてもくるしう有るまいと存る 太郎「物もふ 武「案内は誰《タ》そ 太郎「武悪ハ内におりやるか 武「さういふハ太郎冠者でハなひか 太郎「さういふハ武悪てハなひか 武「ヱィ太郎冠者 太郎「ヱィ武悪 武「和御料成ハ案内に及ふか つゝと通りハせひて 太郎「さうハ思ふたれともし客ばし有ふかとおもふて夫故案内を乞うておりやる 武「夫ハねんの入た事しや 扨頼ふた人の

（4ウ）

御機嫌ハ何と有るぞ 太郎「されハ其事しや 今朝もけさとて御尋なされたによつて氣色も段々快ふ御さるに依て近〳〵にハ出勤をも致うと申越しました 杯《（など）》と申上たれハ殊なひお機けんておりやつた 武「夫ハ近比満足致す 和御料か御側に居て御執成を言て呉るゝによつて心永う養生をして此様な満足な事ハおりなひそ 太郎「夫ハそつ共氣遣ひを

（5オ）
（一字墨塗で抹消）召さりやるな　去なからそなたも段〳〵
氣色も能さそうな程に早う出勤を
した成らハ能らう　武「中〳〵某も大方
快よひ程に近〳〵にハ出勤をもするて
有う　扨今ハ何と思ふておりやつたそ
太郎「只今参るも別成る事てもおりなひ
そなたに注進か有て参た　武「何じや
注進　太郎「中〳〵　武「夫ハ心元なひ　いか様な
事ておりやるそ　太郎「イヤ〳〵そつ共氣遣ひ
な事てハ無ひ　頼ふた人今晩俄に

（5ウ）
客を得させらるゝか肴にはつたと
事をかゝせられた　夫に付そなたは
時ならす川魚を取て上るによつて
それを取て上させ鼻にあてゝ出勤
をもした成らハいよ〳〵御首尾も能か
らうとおもふて其注進に参た
武「ヤレ〳〵能こそ知らせておくりやつたれ
幸ひ裏に生洲程の所かあるか是に魚ハ
夥敷う居る　夫成らハ取て上うが
先内へ入て一盃呑まいか　太郎「イヤ〳〵内も

（6オ）
いそがしひ程に早う取て上さしめ
武「夫ならハ先つそなたからおりやれ
太郎「イヤ〳〵不案内なほとに和御料から
行かしめ　武「其儀成らハ身共から
参ふ　さあ〳〵おりやれ〳〵　太郎「参る〳〵
武「最前も言通り和御料か御側に居て
いろ〳〵と御取なしをも言ておくり
やるに依て心永う養生をして此よふな
満足な事ハおりないそ　太郎「夫ハ身共が

（6ウ）
能様に申上るに依て少しも気遣を
さしますな　去なから大分能さうなに
よつて少しも早う出勤をさしめ
武「何か扨此間にハ出勤をするて有う　イヤ
参（「来」を見せ消ちして、「参」と傍書）る程に是ておりやる　太郎「ハア

此池にも
魚か居るか　武「見た所ハちひさい池
なれ共魚ハ夥敷しひ事しや
シイ〱〱　あれ〱あのことく魚ハ居る
事しや　太郎「誠におひたゝしい事しや
扨是ハ何そ道具ても入か　武「イヤ〱別に
(7オ)
道具も入らぬ　おし草といふ事をして
取る程にそなたもはいつてとらしめ
太郎「イヤ〱身共ハ戻ると其儘お前へ出ねハ
成らぬ程に足をぬらひてハ成らぬ　和御料
斗りが這入てとらしめ　武「夫ならハ
某斗り這入て取う程にそなたハ夫て
草をあつめてくれさしめ　太郎「心得た
早う這入らしめ　武「心得た　ヤツトナ　シイ
〱
〱〱　太郎「あれ〱〱〱へも行ハ
武「心得た〱　太郎「かつきめ　やるまひそ

(7ウ)
武「され事をすな　シイ〱〱　太郎「うろたへ者
御太刀しやか見しらぬか　武「誠に見れハ
お太刀しや　すれハ汝ハ真実討に来たか
太郎「御意て打に来た　覚悟せひ　武「先待て
太郎「待とハ　武「物を言せひ　太郎「物を言せいとハ
武「されハ某(其)事しや　一旦の御腹だちハ
御尤成れ共御相口をもつて御侘言を
申し又とも〱御侘言を言てくれう
そちか安〱と御受を申て打に来る
所存は何共聞へぬ事ておりやる
(8オ)
太郎「夫ハ汝か言ふ迠も無い　御相口をも持て
御侘言を申某もとも〱御侘言を
申たれ共そちの不奉公か度重たに
よつて汝を成敗せぬにおいてハ身共迠も
手討に被成うとの御事しや　背に腹ハ
かへられす打に来た　迚ものがれぬ
所しや　ぢんじやうに討れい　武「先待て

太郎「待とハ　武「夫程迠に思召詰させられた
事成らハなせに宿て知らせてハくれぬそ
宿て知らせて呉れた成らハ妻子共に暇乞

（8ウ）

をし又そち共盃をしてヤイ武悪
尋常に腹を切れ　介しやくをハ某か
してやろふ　杯《など》といふて　社《こそ》くりうする
そちかたばかつて川て討所存は　聞《きこえ》ぬ
事ておりやる　太郎「夫を汝に習わふか
宿てしらせたうハ有たれ共やどて
知らせた成らハ妻子共名残かおしからうす
其上汝は日比心得た者しやによつて
参るそかゝるそとて討そこのふては
頼ふた人の御名迠も出ると思ふてたバかつて

（9オ）

討つ　跡ハ能ひ様に吊ふて取らせう程に
尋常に討たれひ　武「又某《其》つれな事を
言うか　御意て打に来た者に何しに手向ひ
をする物しや　こゝを能う聞てくれひ
某も此當りて不《武》悪〳〵と云れて人に
黒つらをも見知られた者かあの武悪　社《こそ》ハ
太郎冠者にたはかれ溝河へぼつこふて
かへる　杯《など》をふみつぶいた様にやみ〳〵と
打れたと皆人に言れう事成らハいかほど
そちか吊ふて呉たとてそつとも受る事

（9ウ）

ては無ひ　恨ハそちにとゞまつて有そなくなり
太郎「やあら汝ハ日比の口程にも無ひ　未《ミ》練《れん》な事
を
いふ者しや　とやこう言へハ命をおしむに
当る　迚ものがれぬ所しや　尋じやうに
うたれひ　武「まだ言たい事もあれ共
とやこふいへハ命を惜むに当るといふに
よつて今夫へ上つて尋常に討れう
太郎「早く上れ　武「サア〳〵己か討たかろふ
肩《方》から切おれやい〳〵　太郎冠者も太刀ふり上て見てなく
太郎「ヤイ〳〵汝を一討とハ思ふたれ共其覚悟

（10オ）
極た躰を見たれハ日頃の未練か起て
太刀の討付う所か無ひ　命を助るぞ
武「又人に物を思わずる様な事をいふか
己れか討たからう（方）肩から切りおれひ
やひ〳〵　太郎「ヤイ〳〵何しに偽りを
いふ物しや　則お太刀も鞘に納るそ
武「夫ハ誠か　太郎「誠しや　武「真実か　太郎「一定しや
武「偏に命の親と存る　太郎「ア、勿躰ない　その
手を取て立しめ　武「心得た
太郎「扨是からハそなたにちと頼事かある

（10ウ）
武「夫はいか様な事しや　太郎「去れハ其事しや
頼ふた人へハ武悪をまんまと手に掛ヶ
ましたと申上う所てそなたハ見へぬ
國へいいて呉すハ成まひ　武「何か扨見へぬ
国へ行うず　又身共か能ひ手本じやに
よつてそなたも随分と御奉公を大切に
勤さしめ　太郎「中〳〵大切に勤るて有う
和御料も随分息才におりやれ
武「何と妻子にかゝらせらるゝ程の事も
有るまひ　太郎「イャ中〳〵妻子に掛らせ

（11オ）
らるゝ程の事も有るまひ　其ふんハ
氣遣ひさしますな　武「夫成らハ心安い
扨見へぬ国へいたならハ是カ正真の生
別れといふ物しや　太郎「誠に生別れと
いふ物しや　武「去なから命さへあらハ
また逢ふ事もあ〔ら〕ふそ　太郎「中〳〵又逢ふ
事もあ〔ら〕ふとも　武「先夫迠ハさらハ
太郎「さらハ　二人「さらハ〳〵　太郎「ア、いたす
まいものハ宮仕へて御さる　武悪を一討と
存たれ共きやつか覚悟極め首さし

（11ウ）
延た所を見たれハ日比の未練か起て
命を助る事ハ助けて御さるか是からハ
某か身の上の事て御さる　先そろり〳〵と
参ふ　扨頼ふた御方へハ何と申上た物て

御さらふそ　去なから頼ふ〔た〕人ハつヽと
正直な御方しやに依て面白おかしう
申たならハ誠に成らぬと申事ハ御さる
まひ　イヤ何角と中内に戻りついた
申　頼ふ〔た〕御方御さりまするか　太郎冠者か
戻りまして御さる　主「イヤ太郎冠者か
（12オ）
戻つたそふな　太郎冠者戻たか〱
太郎「御さりますか〱　主「エイ戻つたか
太郎「只今戻りました　主「扨かの武悪めは
何としたそ　太郎「まんまと討まして御さる
主「ヤまんまと打た　太郎「中〱　主「夫わ誠か
太郎「誠て御さる　主「真実か　太郎「一定て御さる
主「ヤレ〱　夫ハ出かひた　身共又汝を遣つた
後て殊之外氣遣をしたひやひ
太郎「夫ハまたいか様な事て御さる
（12ウ）
主「何か武悪めハ日比心得た者しやに依て
参るそかヽろそてハ討そこのふてハ外分も

あしひと思ふて殊の外氣遣ひに有た
いやひ　太郎「私もぬかる事てハ御さらぬ
溝河へぼつかふてたばかつて打まして
御さる　主「何しや　たばかつて溝川へ
ほつかふて討た　太郎「中〱　主「夫ハ出かひた
扨其太刀の切れ味ハ何と有たそ
太郎「御太事に被成ませひ　唯水なとへ打こふだ
（13オ）
様て手の内に覚へか御さりませぬ
主「さうてあろふ　親しや人の業よししやと
いふて譲らせられた　太郎「定て左様て御さらふ
主「扨武悪程のやつなれば今日《キャウ》ハ手討に
せうか明日《ハス》（アスの誤記）ハ汝に言付て成敗させうかと
思ふて居たれハ何やら胸のうちへ
打こうだ様に有たか今日汝か成敗したと
いふ事を聞たれハ心かせひ〱としたいやい
太郎「御尤て御さる　主「此様な心面白ときハ
（13ウ）
遊山に出う　太郎「能う御さりませう

2 主「東山へ行う　太郎「なを〳〵て御さる
3 主「さあ〳〵来ひ〳〵　太郎「参りまする〳〵
4 主「扨武悪めが最期ハ何と有つたそ
5 太郎「さすかハ日比の口程御さつて首さし延《（のべ）》て
6 尋常に討れまして御さる　主「いかさま
7 さうて有ふ　身共に逢ひ度とハいわなんだか
8 太郎「去れハ其事て御さる　何卒今一度御目に
9 掛りたい〳〵と申まして御さる

（14オ）

1 主「きやつハ幼少より遣ふた者しや依て
2 定てそふてあろう　主廻りかゝると一の松て名乗ル　武「太郎冠者か
3 影て命を助る事ハ助て御さるか是と申も
4 日比清水の観世音を信仰致によつて
5 其御利生て有うと存る　又見へ〔ぬ〕國へいた
6 ならハ再参詣到事も成まひによつて
7 是より御暇乞に清水へ参らふと存る
8 ト言て舞臺へ。シテ袖ニて顔をかくし入る時行違ひ　一のまつへかゝみて居ル　主「太郎冠者そこ
を
9 のけ　太郎「何を見させらるゝ　主「今それへ

10 武悪か出た　いて見て参う　太郎「イャ中武悪ハ

（14ウ）

1 私か手に掛まして御さる　主「何しや
2 手にかけた　太郎「中〳〵私の手に掛ました
3 者か何と出る物て御さるそ　主「イヤ〳〵今のハ
4 慥ニ武悪て有た　いて見て参う
5 太郎「イヤ申　私を連れさせらるゝは何の為て
6 御さる　此様な時の為てハ御さらぬか　私か見て
7 参りませう　主「夫成らハ汝に言付る程ニ
8 急度見て来ひ　太郎「畏て御さる　扨〳〵
9 むさとしたやつて御さる　どこ元へ居る

（15オ）

1 事や知らぬ　ャイこゝなうろたへ者
2 武「面目もおりない　太郎「何面目もなひと
3 いふて何として是へハ出たそ
4 武「されハ其事しや　其なたの影て今日を
5 助た事ハ助たか是と言ふも日頃清水の
6 観世音を信仰するに依て其御利生て
7 有うと思ふ　又見へぬ国へいた成らハ再

8 参詣する事も成まひとおもふて御暇乞に
9 清水へ参詣せうとおもふて是迄出たれハ
10 某か運こそ尽たれ　今頼ふた人の御目に
（15ウ）
1 掛つた　此上ハそなたに恨ハなひ程に身共か
2 首を取つて頼ふた人の御目に掛ヶて
3 くれさしめ　太郎「またうろたへた事を
4 言う　一旦武悪をハ私が手に掛ましたと
5 申上た物を今又是か武悪の首て
6 御さると言ふて何と御目に掛らるゝ物しや
7 武「誠に其通しや（一字書いて、ぬりつぶし、右傍に「ト」）角某ハ十方《（とはう）》に暮《（くれ）》
て
8 分別にあたわぬに依て和御料よひ
9 よふに了簡をして呉さしめ
（16オ）
1 太郎「扨〳〵むさとした事をした　是ハまづ
2 何とした物て有うそ　武「されハ何として
3 能からうそ　太郎「イヱ今一度そなた頼ふた
4 人の御目に掛らしめ　武「何と頼ふた人の

5 前へ出らるゝものしや　太郎「されハそこか
6 調儀《テウキ》しや　最前路次て武悪か最期ハ
7 何と有そと御尋被成たに依て今一度
8 こなたの御目に掛りたひ〳〵と申まして
9 御さると申上て置た　幸ひ此所ハ鳥辺野
10 なり　そなたハ幽霊に成て御目に掛らしめ
（16ウ）
1 武「何しや　幽霊　太郎「中〳〵　武「ムム某も今迄
2 色〳〵の者に成たれ共終に幽霊に成た
3 事ハおりなひ　太郎「又うろたへた事を
4 いふ人しや　誰《タ》か幽霊に成た者か有物しや
5 昔語にも聞及ふて有う　幽霊らしふ
6 取繕ふてあの藪の影から出さしめと
7 いふ事しや　武「夫成らハ幽霊らしう
8 取つくらうてあの藪の影から出う程に
9 そなたハ頼ふた人の側へ寄らせられぬ
（17オ）
1 よふにして呉さしめ　太郎「其方ハ心得た
2 早う御出やれ　武「追付出うそ　楽屋へ入り直ニ支度ニ取掛ル

太郎「ハァ合点の行ぬ事しや　何を見させ
られたか知らぬ　見まして御さる
主「何と見たか　太郎「あの高ひ所へ上ッて見ます
れハ蟻のはう迄も見へまするか武悪か事ハ
さて置《(おき)》人影もさしませぬ　主「何しや
人影もさゝぬ　太郎「中〳〵　主「ハテ合点の
行ぬ　今のハ慥ニ武悪て有たか　ヤイ
己れ武悪を助て置て某か前へ
（17ウ）
討た杯《(など)》と偽り後日に知るゝと従類《じゅるひ》を
絶すそよ　太郎「弓矢八幡討まして御さる
主「何しや　弓矢八幡討た　太郎「中〳〵
主「ハテ合点の行ぬ　あの様に能ふ似た者も
無ひ者しや　太郎「イヤ私ハちと思ひ當た
事か御さる　主「夫ハいか様な事しや
太郎「最前も申通り今一度こなたの御目に
掛りたひ〳〵と申て御さるか此所ハ鳥辺野
でハ御さるなり　若し武悪か幽霊ばし

（18オ）
出ました物て御さらうか　主「何しヤ武悪か
ゆうれい　太郎「中〳〵　主「ム、爰ハ鳥辺野
しやな　太郎「左様て御さる　主「ハァ今までハ
心面白ふ有たか武悪か幽霊といふ事を
聞たれハしきりにおそろしう成つた
太郎「私も氣味がわるふ成ました
主「此様な時分ハ早う宿へ戻ふ　太郎「それか
よふ御さりませう　主「遊山にハ又毎《(いつ)》成り共
氣分の能時分に出るか能い　太郎「左様て御さる
（18ウ）
主「さあ〳〵来ひ〳〵　太郎「参ります〳〵
主「すれハ武悪か最後に今一度身共に逢度と
言ふたか　太郎「されハ其事て御さる　外の事ハ
申さひて唯こなたに今一度御目に掛り
たい〳〵と申まして御さる　主「さうて有ふ
あれハ幼少より遣ふた者しやによつて
某に逢たひと言うハ尤しや　ト言て橋掛りへ行　武悪を見て
そりや〳〵何やらあれへ出たハ

太郎「誠に何やら出まして御さる　主「外に道ハないか
(19オ)
太郎「外に道ハ御さりません　主「先待て〳〵
某し程の者か鳥辺野て異形な者に
逢ふて得言葉を掛なんだと有てハ
後難も口惜しい　言葉を掛う
太郎「去なから側へハ入らぬ物て御さるそ
主「中〳〵寄る事てハなひ　ャィ〳〵夫へ出たハ
武悪でハなひか　武「武悪か幽霊て御さる
主「ャァ〳〵武悪か幽霊しやと言ふハ　太郎「左様に
申まする　主「ヤイ其武悪ハ太郎冠者に
(19ウ)
言付て成敗させたか何として是へ出たそ
武「されハ其事て御さる　御主の命を背いた
者て御されハ地獄へも参らすまして
極楽へハ参らす魂ハ冥土に有なから
魄ハ此世にと丶まつてァ、苦しう御さる
主「ヤイ太郎冠者今のを聞たか　此世て
主命を背ひた者ハ来世迄も取わづす
といふ　汝も随分大切に奉公をせひ
太郎「畏て御ざる　主「イヤちと尋ぬる事か有る
(20オ)
太郎「ャ申そはへハ寄らせる丶な　主「心得た
地獄極楽か有ともいひ無ひ共いふて
有無の二けんか知れぬか有か定か又無ひか
定ふか　武「地獄も極楽もたしかに御さる
主「ヤイ太郎冠者すれハ後生をハ願ふ事
しやなあ　太郎「さよふて御さる　主「まだ尋る
事かある　太郎「申　必側へハ寄らせらる丶な
「よる事てハなひ　ャィ地獄も知る人と言ふ
事か有るか汝より先へいた者に逢ふた
(20ウ)
事か但し逢ぬ事か　武「多くのお知る
人に御目に掛りました　中にもこなたの
御ン親御《コ》様に御目に掛りまして御さる
主「ャ何しや　親しや人に逢ふた　是よりなひて側へ寄る
太郎「イヤ申〳〵　側へハ寄らせらる丶な
主「ャレ〳〵おなつかしや　何と被成て御さるそ

早う言ふて聞て呉れいやひ　武「討死を
被成た事て御されハ修羅道へ落させ
られ夜に三度日に三度の戦ひに
（21オ）
太刀も刀も打折せられて御さるに依て
御目に掛た成らハ御太刀刀を取て
来いと仰付ら〔れ〕て御さる　主「ヤイ太郎冠者
親しや人ハ修羅道へ落させられたと
言ふハ　太郎「左様に申まする　主「さう言ふて
くれひ　是ハこなたの譲らせられた太刀
刀て御さる　則是を進しまする と言て
武悪に届けてくれと言へ　太郎「畏て御さる
ヤイ〳〵是を遣さるゝに依て届けて
くれいと仰らるゝ　主「最早何も無ひか
（21ウ）
武「まだ御さる　主「有らハ早う言て聞せひ
太郎「ヤ申側へ寄らせらるゝな　主「心得た
武「あの方ハ此方と違ひまして殊の外
暑う御さるに依て扇子をも取て来ひと
仰られまして御さる　主「ヤイ〳〵太郎冠者
此世てハはかねをならひた侍かあの世でハ
扇子一本に事をかゝせらるゝといふハ
太郎「左様て御さる　主「さう言ふて呉ひ　是は
持古しましたれ共途中の事て
御さるに依て先ッ是を進しまする
（22オ）
重て能便りに何程成共進しませふと
いふて届てくれひと言へ　太郎「畏て御さる
太郎「ヤイ〳〵武悪　今の通り言て早う御届
申てもはや早う戻たらハ能からふ
主「もはや何も言ふ事ハ無ひか
武「まだ御さる　主「早ういふて聞せひ
武「こなたの御屋鋪の狭ひ事を御心に掛け
させられあの方に廣ひ御屋鋪を求て
置せられて御さるに依て御目に掛つた
成らハ御供をして来ひと仰付られて
（22ウ）
御坐る　主「ヤイ〳〵　ヤイ武悪夫ハ親者

2 人の了簡違ひと言ふものしや　汝も
3 能うおもふてみよ　此世に居てケ様ニ
4 親者人の五十年忌も百年忌も吊へ
5 某かあの世にいて能ひ物か　戻た成らハ
6 さういふて呉ひ　屋敷の狭い事を御心に
7 掛させられて武悪に御言傳を仰下され
8 近此忝う御さりまする　去なから私は
9 其方の廣ひ屋鋪より此方のせまひ
10 屋鋪か勝手に御さる　其上只今でハ
(23オ)
1 隣屋鋪を買足しまして殊の外廣ふ
2 住居まするによつて其方の屋敷ハ外へ
3 ゆすらせられひと言ふてくれい
4 武「夫ハ此《(こ)》なたの御ひきやうて御さる　是非共
5 御供致ませう　主「ヤイ〳〵汝か跡をも
6 念比に吊ふて取らせう程に早う戻れ
7 太郎「ヤイ〳〵武悪早う戻らぬか　武「いかよふに
8 仰られても是非共御供致さねハ成り
9 ませぬ　主「また是へ来る　早う戻つて

---

10 くれひ　太郎冠者早う戻いてくれい
(23ウ)
1 太郎「ヤイ〳〵早う戻れ　武「夫ハ御ひきやうて
2 御さる　是非共御供致さねハ成ませぬ
3 主「ア、ゆるひてくれい〳〵　主〳〵
4 一　シテ太郎冠者出立　一　色無段　一　太郎冠者
中入後白練坪折　一　長上下　常之通
白鉢巻さばき髪　一　少サ刀
杖つきて出ル　一　扇子
一　太刀持て出ル

又替て無地のし目着込
但是ハ無地熨斗目着込にして其上へ嶋類熨斗目
狂言上下中入に皆上をぬき　白水衣腰帯白鉢巻
さばきかみ　杖つき出る

# 第Ⅲ部　成城本狂言「武悪」総索引

# はじめに

本索引は、成城大学図書館蔵狂言「武悪」の総索引をめざしたものである。成城大学図書館蔵狂言「武悪」（以下、「成城本「武悪」」、あるいは、単に「成城本」と略称）とは、

小林千草二〇一四・三「狂言台本の翻刻と考察〈成城本「武悪」の場合〉」（『湘南文学』第四八号　本書第Ⅰ部第六章として収録）

において、解説したように、成城大学図書館に蔵されている雑纂的な狂言台本集『狂言集』六冊のうち、Ｆ（請求記号９１２・３／ＫＹ３／６（Ｗ）とラベルの貼られた一冊）に所収された狂言「武悪」をさす。小林千草二〇一四・三では、「考察」の前に第一章「翻刻「武悪」」として翻刻文を掲載していたが、本書では翻刻部を第Ⅱ部に移しており、本索引は、本書第Ⅱ部［八］翻刻「成城本「武悪」」に基づいた総索引である。

総索引の作成方針については、北原保雄編武蔵野書院刊の「大蔵虎明狂言集総索引」シリーズ、特に、「武悪」を収める第２巻（北原保雄・鬼山信行編）、および、小林賢次編勉誠出版刊『狂言六義総索引』を参考にした。古典文法を逸脱した語法を内包しつつ中世口語が生成されている時期を反映する言語資料の常《つね》として、単語の区切りからはじまって品詞の所属や下位分類には微妙なものが多く、その判断基準については、両書に負うところが大きい。とりわけ、身近でそれら判定に苦悩していた姿を長年見ていた小林賢次『狂言六義総索引』の語認識・文法認識からは、説得力のある判定基準を得ることが出来た。あらためて『狂言六義総索引』編集刊行の労をねぎらいたいと思う。

# 成城本狂言「武悪」総索引　凡例

(1) この索引は、成城本「武悪」に用いられている全ての単語を、歴史的仮名遣い・五十音順によって検索できるようにしたものである。

(2) 太郎「早く上れ　武「サア〳〵己か討たかろふ肩から切おれやい〳〵（太郎冠者も太刀ふり上て見てなく）（9ウ8行～9行）のごとき本文の場合、「太郎」「武」（「武悪」の略）という登場人物名も採録し、（　）内にその旨を注記した。また、ト書き部分の単語もすべて採録し、ト書きの用例であることを注記している。23ウ4行目からは、シテ（武悪）・アド（主人と太郎冠者）の装束説明が数行つづく。これについても、その旨注記をして採録しているが、行数表示は、「23ウ4」で示した。

(3) 漢字で表記されている語の読み方は、本文中に他に仮名書きの例のある場合はそれに従い、それ以外の場合には広く勘案して最も妥当と考えられる読み方を採るようにしたが、

い・く［行く］（漢字表記「行」は、「ゆく」に含める）

―（用）（全て「いて」「いた」の形）

おんな［御名］（「おな」の可能性もある）

なんぢゃ［何ぢや］（表記は全て「何」）

なんと［何と］（表記は全て「何」）

など、留意点を（　）内に書き添えている。

(4) 見出し語は、原則として単語とし、接頭語や接尾語は立てない。

(5) 複合語は、単語と認めて、これを見出し語とした。その場合、下部構成要素も検索できるように、別に見出し語として立てたが十分ではない。

うけ［請け］→おうけ

かさなる［重なる］→たびかさなる

(6) 助詞や助動詞が他の語と連接したものは、分離してそれぞれの項目に配置することを原則としたが、熟合の進んだものは連接・複合した形で見出し語として立てた。

(7) 見出し語には、意味の理解のために、多く漢字を当てるようにした。漢字は［　］に囲んで示してあるが、現在の慣行に従ったところもあり、必ずしも台本成立当時の用字法を反映したものではない。もちろん、原本に頻用される表記を示した

項目もある。

(8) 見出し語には、原則として品詞名や活用の種類の注記はしない。ただし、それが意味の識別や語形の判別に資する場合には、《　》に囲んで注記した。

きか・す［聞か・す］《動詞下二段》
そち［其方］《中称の指示代名詞》
そち［其方］《対称の人称代名詞》

(9) 品詞表示の後にさらに細かい意味・用法の区別が必要な場合は、〔　〕内に示した。

が《格助詞》
イ〔連体格〕Ⅰ〔体言＋が〕
　Ⅱ〔活用語の連体形＋が〕
ロ〔主格〕Ⅰ〔体言＋が〕
　Ⅱ〔活用語の連体形＋が〕

(10) 活用語は、原則としてその文語終止形を見出し語とし、未然形・連用形・終止形・連体形・已然形・命令形の順に配列した。活用形名は、(未)(用)(止)(体)(已)(命)という略称を用いた。語幹用法のあるものは(語幹)と示して活用形用法の前に置く。連体形終止法の成立などによって終止形と連体形とが同じ形になっているものについては、その用例の有する文法的機能――終止法であるか連体法であるか――や接続語によって区分した。

(11) 漢字表記あるいは品詞注記のあとに、必要に応じて(　)内に説明を加えた。

だん［段］(段熨斗目《のしめ》。藍、白、茶などで横段模様を入れた装束)
もの［物］(＊は、「者」表記)

(12) 語の所在は、丁数(丁の表を「オ」、丁の裏を「ウ」と表示)と行数で示した。

ああ《感動詞》10オ8

(13) 用例文は、原則として示さないが、必要に応じて(　)に囲んで添えた。

かか・る［掛る・懸る］
　―ら(未) 10ウ9・10　12ウ2(「かかろそてハ」という表記をとる)
せ［背］ 8オ5(「背に腹ハかへられす」の形)

# 成城本狂言「武悪」総索引

## あ

ああ《感動詞》10オ8　11オ8　19ウ5　23ウ3
あが・る［上がる］
―っ(用) 9ウ7
―れ(命) 9ウ8
あ・ぐ［上ぐ］
―げ(未) 5ウ4・9　6オ1
―ぐる(体) 5ウ3
あし［足］7オ4
あ・し［悪し］
―しい(体) 12ウ3
あす［明日］（振り仮名を「ハス」と誤記）（*は「明日」と漢字表記）2オ4　13オ5*
あた・ふ［能ふ］
―は(未) 15ウ8
あたり［辺り］9オ5
あた・る［当たる］
―る(止) 9ウ4・6
あ・つ［当つ］
―て(用) 5ウ4
あつ・し［暑し］
―う(用) 21ウ4
あつ・む［集む］
―め(用) 7オ7
あと［後・跡］9オ1　12オ8　23オ5
あの《連体詞》1ウ8　6ウ8　9オ6　16ウ6・8　17オ5　17ウ4　21ウ3　22オ8
↓あのよ
あのよ［あの世］21ウ6　22ウ5
↓このよ
あひくち↓おあひくち
あ・ふ［逢ふ］
―は(未) 20ウ1
―ひ(用) 13ウ7　18ウ2・7
―う(用) 4オ1　19オ3　20オ9　20ウ4
―ふ(体) 11オ6・6
あり［蟻］17オ6
あ・り［有り］《動詞》
―ら(未) 4オ7　11オ5・6・7　21ウ1
―り(用) 19ウ4
―っ(用) 5オ7　8ウ6　19オ3
―り(止) 例ナシ
―る(止)（*は「まい」が下接するもの）1オ8　10オ10　10ウ10*　11オ1*　19ウ9　20オ2・7
―る(体) 3ウ6　5ウ8　16ウ4　20オ3・9

第Ⅲ部　成城本狂言「武悪」総索引

あ・り〔有り〕《補助動詞》
─ら〔未〕　3ウ8　5オ5　6ウ4　13ウ7　14オ2・5　15オ7　16オ2・5　18ウ13　オ2
─っ〔用〕　12ウ3・8　13オ7　13ウ4　14ウ4　17オ9　5
─れ〔巳〕　9ウ5
─れ《命》　例ナシ
─り〔有り〕《補助動詞》
あれ〔彼〕　3ウ6　7オ9　18ウ6・8　18オ4
─る《止》　4オ1
─る《体》　4ウ1　9ウ1　16オ7
あれあれ《感動詞》　6ウ8　7オ9
あんない《案内》　3ウ4　4オ2・6・8
─っ《用》　6ウ8　7オ9
あんないまう〔案内申〕
　→ぶあんないなり
あんないまう〔案内申〕　3ウ5

い

いうれい〔幽霊〕　16オ10　16ウ1・2・4・5・7　17ウ9
〔ゆうれいと仮名表記〕・4　19オ7・8
いえ《感動詞》　16オ3
いかさま〔如何様〕《副詞》　13ウ6
いかほど〔如何程〕《副詞》　9オ9　22オ1
いかやう・なり〔如何様なり〕
─に〔用〕　23オ7

いぎゃう・なり〔異形なり〕
─な《体》　5オ8　10ウ1　12オ9　17ウ6
─な《体》　19オ2
いきわかれ〔生き別れ〕　11オ3・4
い・く〔行く〕
─（用）（全て〔いて〕〔いた〕の形）　10ウ4　11オ3
（漢字表記「行」は、「ゆく」に含める）
↓ゆく
いくへ〔幾重〕　2オ9
いけ〔池〕　6ウ5・6
いけす〔生洲・生簀〕　5ウ8
いけん〔異見・意見〕　2オ1　3オ7
いそが・し〔忙し〕
─しい《体》　6オ1
いた・す〔致す〕
─さ〔未〕　1ウ5　3オ7　3ウ2　4ウ4　23オ8　23ウ2
─し〔用〕　2ウ6・7　3オ3　23オ5（─まい）
─す〔止〕　4ウ6　11オ8
─す《体》　14オ4・6
いちぢゃう〔一定〕　2ウ8　10オ7　12オ6
いちど〔一度〕　→いまいちど
いちのまつ〔一の松〕　14オ2・8（ともにト書き）
いつ〔何時〕　18オ8（原本表記は「毎」）

いったん［一旦］　7ウ6　15ウ4

いっぱい［一盃］　5ウ10

いつはり［偽り］　10オ5

いつは・る［偽る］
　―り（用）　17ウ1

いっぽん［一本］　21ウ7

いで《接続助詞》　3オ7　4オ6　18ウ4

いでたち［出立］（「でたち」の可能性もある）　23ウ4（末尾の注）

いとまごひ［暇乞ひ］　8オ10
　↓おいとまごひ

いのち［命］　9ウ3・6　10オ2・8　11オ5　11ウ2　14

いは・す［言はす］《動詞四段》
　―せい（命）　2ウ6　7ウ5・5　オ3

いひつ・く［言ひ付く］
　―け（用）　19ウ1

い・ふ［言ふ・云ふ］
　―くる（止）　2オ7
　―くる（体）　1オ8　1ウ7
　―は（未）　2ウ5・6　9オ5・9　9ウ5　13ウ7
　―う（用）　4ウ7　6オ7　7ウ8　8ウ3　13オ3　15オ3　15ウ6　18ウ3　20オ2・2　20ウ7　21オ5・7　21ウ1・8　22オ2・3・6　22ウ6　23オ3
　―ふ（止）　15ウ4　19ウ8　21オ5　21ウ7
　―ふ（体）　2オ3　4オ3・4　6オ6　7オ1　8オ1　9オ3　9ウ3・6　10オ3・6　11オ4・5　13オ8　14ウ3　15オ5　16オ・7　18オ4　18ウ7・7　19オ8　20
　―へ（命）　21オ8　22オ2
　―へ（已）　9ウ3・6

いま［今］　3オ8　5オ5　9ウ7　14オ9　14ウ3　15
　↓ただいま

いまいちど［今一度］　13ウ8　16オ3・7　17ウ7　18ウ　2・4

いや《感動詞》　1オ3　2ウ2・7・7　3ウ2・3・6　5ウ5　6ウ4　10オ10　11ウ8・10　14オ10　14ウ5　17ウ5　19ウ9　20ウ5

いやいや《感動詞》　12オ8　12ウ4　13オ8

いやいや《終助詞》　5オ9　5ウ10　6オ3　6ウ10　7オ

いよいよ［弥］　5ウ5　14ウ3　3

い・る［入る］《動詞四段》
　―り（用）　17オ2（ト書き）
　―つ（用）　4オ9
　―る（用）　5ウ10
　―る（体）　14オ8

い・る［要る］
　―ら（未）　7オ1　19オ5

第Ⅲ部　成城本狂言「武悪」総索引

―る（体）6ウ10

いろいろ［色々］3オ6
いろいろと［色々と］6オ7　16ウ2
いろなし［色無］23ウ4（末尾の注）

う

う［得］
え（未）5ウ1
↓こころう

う《助動詞》
う（止）1ウ5　2ウ4・6・7　3オ4・6・9　3ウ3・4・8　5オ3・5・6　6オ5　6ウ4　7ウ8　8ウ3　9ウ7　10ウ7　11オ7　13オ2・3　13ウ1・1・2・7　14オ2・5・7・10　14ウ4・7　15オ7・9　16ウ5　18オ8　18ウ5　19オ4　22オ1・4
う（体）2オ2　2ウ4　4オ6・7　5ウ9　7オ6　8オ5　9オ1・9　9ウ8　10オ2・4　10ウ3　10ウ8　11ウ5　13オ5・5　16オ2・3　16ウ8　17オ2　23オ5・6

う・く［受く］―くる（体）9オ10
うけ［請け］↓おうけ
うけたまは・る　↓［承る］

―り（用）1オ6

うず《助動詞》
うず（止）2ウ4　8ウ7　10ウ5
うずる（体）8ウ3

うち［内・中］3ウ5　4オ2　5ウ10・10　11ウ8　13オ
6
うち［討ち・打ち］7ウ3・4・9　8オ6　9オ3
うちこ・む［打ち込む］―う（用）12ウ9　13オ7
うちじに［討死］20ウ7
うちそこな・ふ［打ち損ふ］―う（用）8ウ9　12ウ2
うちつ・く［打ち付く］《動詞下二段》―け（未）10オ2
うちを・る［打ち折る］
う・つ［打つ・討つ］―た（未）3ウ3　8オ7　9オ2・9　9ウ5・7　―ち（用）9ウ8　10オ4　12オ4　12ウ5　―つ（用）12オ5　12ウ7　17ウ1・2・3　―つ（止）9オ1　―つ（体）8ウ4　―ら（未）21オ1

うへ［上］23ウ4（末尾の注）↓このうへ・そのうへ・みのうへ

うむ［有無］20オ3
うら［裏］5ウ8
うらみ［恨み］9ウ1　15ウ1
うろた・ふ［狼狽ふ］
—へ（用）15ウ3　16ウ3
うろたへもの［狼狽者］（表記は全て「うろたへ者」）7ウ1　15オ1
うを［魚］5ウ8　6ウ6・7・8
うん［運］15オ10

## え

え《副詞》19オ3（「得」という漢字表記）
えい《感動詞》3オ5　4オ5・5　12オ2
えうしゃう［幼少］1ウ8　2オ3　14オ1　18オ6

## お

お［御］《接頭》→本項に接頭語付きで掲載
おあひくち［御相口］7ウ7　8オ1
おいとまごひ［御暇乞ひ］14オ7　15オ8
→いとまごひ
おうけ［御請け・御受け］3オ2　7オ9
おかた［御方］11ウ6
→かた
おきげん［御機嫌］4ウ1・5（「お機けん」と表記）

お・く［置く］
—か（未）22オ9
—き（用）2オ9
—い（用）16オ9　17オ10
お・く［起く］《動詞上二段》
—き（用）10オ1　11ウ1
おくりゃ・る［御呉りゃる］
—っ（用）5ウ7
—る（体）6オ7
おこころ［御心］22オ7　22ウ6
→こころ
おこ・す［遣す］《動詞四段》
—さ（未）3ウ8
—し（用）1ウ3
おこと［御事］8オ5
→こと
おことづて［御言伝］22ウ7
おことば［御言葉］2オ8
→ことば
おこゑ［御声］1オ6
おしくさ［押草］7オ1
→くさ
おしゃる［仰しゃる］《動詞四段》
—る（止）2ウ5・7

おしゅう［御主］19ウ2
↓しゅう
おしるひと［御知る人］20ウ1
おそば［御側］4ウ6　6オ6
↓そば
おそろ・し［恐ろし］
―しう(用) 18オ5
おだいじ・なり［御大事なり］
―に(用) 12ウ9
おたち［御太刀］3ウ3　7ウ2・3　10オ6
↓たち
おたづねなさ・る［御尋ねなさる］
―れ(用) 4ウ2　16オ7
お・つ［落つ］
―ち(未) 20ウ8　21オ4
おつぎ［御次］1オ5
↓つぎ
おっつけ［追っ付け］《副詞》17オ2
おでや・る［御出やる］
―れ(命) 17オ2
おとどけまう・す［御届け申す］
―し(用) 22オ3
おとも［御供］22オ10　23オ5・8　23ウ2
おとりなし［御取り成し］4ウ7　6オ7
↓とりなし
おなつか・し［御懐かし］
―し(止) 20ウ6
おのれ［己］《対称代名詞》9ウ8　10オ4　17オ10
おはらだち［御腹立ち］7ウ6
おびたた・し［夥し］
―しう(用) 5ウ9
―しい(体) 6ウ7・9
おぼえ［覚え］13オ1
おほかた［大方］5オ3
おほ・し［多し］
―く(用) 20ウ1
おぼしめしつ・む［思し召し詰む］
―め(未) 8オ8
おほす［仰す］（全例「らる」の下接した「せらる」の形）
―せ(未) 21オ10　21ウ5　23オ8
おほせくだ・す［仰せ下す］
―さ(未) 22ウ7
おほせつ・く［仰せ付く］
―け(未) 21オ3　22オ10
おまへ［御前］7オ3
おめ［御目］13ウ8　15オ10　15ウ2・6　16オ4・8・10
17ウ7　18ウ4　20ウ2・3　21オ2　22オ9
おもしろ・し［面白し］↓こころおもしろし

おもしろをか・し [面白可笑し]
　—しう（用）11ウ6

おもて [表]3ウ6

おもひあた・る [思ひ当たる]
　—っ（用）17ウ5

おも・ふ [思ふ]
　—は（未）10オ3
　—う（用）2オ5　4オ7・8　5オ5　5ウ6　8ウ10
　—ふ（止）15オ7

おや [親]10オ8

おやご [親御]
　↓おんおやごさま

おやしき [御屋敷・御屋鋪]22オ7・8
　↓やしき・となりやしき

おやぢゃひと [親ぢゃ人]13オ2　20ウ4　21オ4　22ウ
　↓ひと
1・4

およ・ぶ [及ぶ]
　—ば（未）3オ8　4オ6

おりな・い《御入り無い》の転
　—い（止）1ウ6　5オ6　15オ2　16ウ3

おりゃ・る《御入り有る》の転
　—い（体）4ウ9　6オ9
　—っ（用）4ウ5　5オ5
　—る（止）2ウ3　4オ8　6ウ5　7ウ10　8ウ5
　—る（体）3ウ6　4オ3　5オ9
　—れ（命）6オ2・5・5　10ウ8

おわびごと [御侘事]2ウ1　7ウ7・8　8オ2・2

おんおやごさま [御親御様]20ウ3《御ン親御様》と表記

おんたちかたな [御太刀刀]（「おたちかたな」の可能性もある）21オ2
　↓たちかたな

おんな [御名]（「おな」の可能性もある）8ウ10

か《係助詞・終助詞》
　イ《文末に用いられたもの。さらに「やい」などの終助詞の添えられたものも含む》
1オ2・2・3・4・7
2ウ5・8・8　3ウ6　4オ3・4・6・7
5ウ10　6ウ6・10　7ウ2・3　8ウ5　9オ3
10オ3・7・7　11ウ9　12オ1・1・2・2・2・5・6
13ウ7　14ウ6　17オ5　18オ1　18ウ3・9
19オ7　19ウ6　20オ3・4　20ウ1・1　21オ10
22ウ5　23オ7

が《格助詞》
　イ《連体格》
　オ4

第Ⅲ部　成城本狂言「武悪」総索引

**I【体言＋が】**
1ウ5・8　2オ9　3ウ7
4・5　20ウ2・3　21オ2
—り（用）13ウ9・9
16オ8・8　17ウ8・8
18ウ

ウ3　13ウ4　14オ2
15オ10　15ウ1
16オ6　17
オ6・10　17ウ9
18オ1・4　18ウ2
19オ7・8

**I【体言＋が】**
1オ8　2オ3・6
4ウ6　5オ7
5ウ6　6オ6
7オ5　7ウ9　8オ

**ロ【主格】**
**Ⅱ【活用語の連体形＋が】**　例ナシ

23オ5

**Ⅰ【体言＋が】**
ウ8　6オ6・9
1・3　8ウ2・4・7　9オ6・10　9ウ8　10オ
5　16ウ4・4
13オ1・7・8
1・2・4・10
9
20オ2・3・7・9

10オ5
10ウ5
11オ3
11ウ1・9・10

**Ⅱ《接続助詞》**
1オ6　2ウ4　3ウ2・6　5ウ1・8・
18オ9　20オ3・3

**Ⅱ【活用語の連体形＋が】**
1オ6
2ウ4
3ウ2・6
5ウ1・8・
18オ9
20オ3・3
21ウ6
22ウ5・10

9　7ウ2
11ウ2
17ウ8
18オ4
19ウ1
20オ3・9

13オ7
14オ3
15オ5
16オ5

**が《終助詞》**
17オ9

**かいしゃく【介錯】**
8ウ2

**かが・む［屈む］**
—み（用）14オ8（の末尾注）

**かか・る［掛る・懸る］**
—ら（未）10ウ9・10
12ウ2（「かかろそてハ」という表記をとる）
16オ4・

10

**か・く（欠く）**
—か（未）5ウ2　21ウ7

**か・く［掛く・懸く］**
—け（未）15ウ6　19オ3・4　22オ7　22ウ7

**か・く（命）**　隠す
7ウ4

**かくご【覚悟】**
10ウ2　14ウ1・2・2　15ウ2・4

**かくご・す［覚悟す］**
9ウ10　11オ10

**かく・す［隠す］**
—せい（命）7ウ4
—い（用）15オ6
—け（用）
—る（体）3ウ1　8ウ9
—っ（用）22オ9
—り（用）15ウ1　22オ9
—か（未）5ウ2　21ウ7

**がくや【楽屋】**
17オ2（ト書き）

**かげ［影・陰］**
14オ3　15オ4　16ウ6・8

**かさなる［重なる］**　→たびかさなる
14オ3

**かさねて［重ねて］**《副詞》
22オ1

**かしこまる［畏まる］**
—っ（用）（全例、返答のことば内）1オ9　1ウ8　14ウ

**か・す［貸す］**
—し（用）3オ1
8　19ウ9　21オ8　22オ2

250

かた［方］（＊印は「肩」と宛字する）9ウ9＊　10オ4＊　21ウ3　22オ8
↓おかた
かたじけな・し［忝し］
―う（用）22ウ8
かたな［刀］21オ1
↓たちかたな・おんたちかたな・ちいさがたな
がっきめ［餓鬼奴］7オ10
かって・なり［勝手なり］
―に（用）22ウ10
がてん［合点］17オ3・8　17ウ4
かな・ふ［叶う］
―は（未）2ウ9
かならず［必ず］20オ7
かの［彼の］《連体詞》12オ3
かは［川］8ウ4
かはうを［川魚］5ウ3
かひた・す［買ひ足す］
―し（用）23オ1
か・ふ［替ふ・変ふ］
―へ（未）8オ6
―へ（用）23ウ4
かへ・す［返す］
―し（用）2オ8
かえる［蛙］9オ8
かほ［顔］14オ8
かみ［髪］↓さばきがみ
かみしも［上下・裃］↓きゃうげんかみしも・ながかみしも
かやう・なり［斯様なり］
―に（用）3オ2　22ウ3
から《格助詞》1オ4　3オ3　6オ2・3・4　9ウ9　10オ4・10　11ウ2　16ウ6・8
かんにん［堪忍］2オ6

## き

き［忌］↓ごじふねんき・ひゃくねんき
ぎ［儀］6オ4
きか・す［聞かす］《動詞下二段》
―せ（用）20ウ7
―せい（命）21ウ1　22オ6
ききごと［聞事］1ウ6
ききおよ・ぶ［聞き及ぶ］
―う（用）16ウ5
き・く［聞く］《動詞四段》
―い（用）9オ4　13オ8　18オ5　19ウ6
きげん［機嫌］↓おきげん
きこみ［着込］23ウ4・4（二例とも末尾の注）
きこ・ゆ［聞ゆ］

―え（未）　7ウ10　8ウ4

きしよく　［気色］　1ウ3　4ウ3　5オ2

きづかひ　［気遣ひ］　4ウ9　6ウ1　11オ2　12オ8

きづかひ・なり　［気遣ひなり］
―に（用）　12ウ3
―な（体）　5オ9

きつと　［急度］《副詞》14ウ8

きは・む　［極む］
―め（用）　10オ1　11オ10

きぶん　［気分］　18オ9

きみ　［気味］（「きび」の可能性もある）18オ6

きやうげんかみしも　［狂言上下］　23ウ4（末尾の注）
↓ながかみしも

きやく　［客］　4オ7　5ウ1

きやつ　［彼奴］　11オ10　14オ1

ぎよい　［御意］　7ウ4　9オ3

きよみづ　［清水］　14オ4・7　15オ5・9

きよ・る　［切る］《動詞四段》（*は、動詞を含めたくりかえしとみる）

きれあじ　［切れ味］　12ウ8

きんきん　［近々］（「ちかぢか」の可能性もある）4ウ3　5オ4

く

く　［来］
き（用）　7ウ3・4　8オ6　9オ3
くる（止）　23オ9
くる（体）　7ウ9
こい（命）　1ウ7　2オ7　3オ2　13ウ3・3　14ウ8　18ウ1・1　21オ3　21ウ4　22オ10

くさ　［草］　7オ7
↓おしくさ

くださ・る　［下さる］
―れい（命）　2オ3

くち　［口］　9ウ2　13ウ5
↓おあひくち

くちを・し　［口惜し］
―しい（止）　19オ4
↓をし

くに　［国］　10ウ4・5　11オ3　14オ5　15オ7

くは・ふ　［加ふ］
―へ（用）　2オ2　3オ7

くび　［首］　11オ10　13ウ5　15ウ2・5

く・る　［呉る］
―れ（未）　7オ7　7ウ8　8オ9　8ウ3　10ウ4　15ウ3・9　17オ1
―り（用）　9ウ9・9　10オ4・5　*
―れ（命）　8ウ2
―れ（用）　8オ10　9オ10

―るる［体］ 4オ7
―れ（命）21オ8
―れい（命）9オ4
2 22ウ6 23オ3・10・10

く・る［暮る］
―る
2 20ウ7 21オ6・10 21ウ8 22オ 23ウ3・3・3・3
―れ（用）15ウ7

くる・し［苦し］
―し
―しう（用）4オ1 19ウ5
14オ4 15オ6 15オ4

くろづら［黒面］ 9オ6

くわいぶん［外聞］ 9オ6

ぐわんぜのん［観世音］ 12ウ2〔外分〕〔と表記〕
（「くゎんぜおん」の可能性もある）

### け

けさ［今朝］ 1ウ3 4ウ2・2

けふ［今日］ 1ウ7 2オ4 13オ4・7 15オ4

### こ

こうなん［後難］ 19オ4

ごくらく［極楽］ 19ウ4 20オ4

ここ［此処・爰］ 9オ4 15オ1 16オ9 17ウ8 18オ2

ここ［心］ 2オ4 13オ8

こころ
↓おこころ

こころ・う［心得］
―え（用）1オ9 3オ4 3ウ1 7オ7・8・10・10
8オ8 10オ9 12ウ1 17オ1 20オ1 21ウ2

こころおもしろ・し［心面白し］
―う（用）18オ4
―い（体）13オ9

こころなが・し［心永し］
―う（用）4ウ8 6オ8

こころやす・し［心安し］
―い［止］5オ8

こころもとな・し
―い［止］5オ8

こころよ・し［心良し・快し］
―い［止］11オ2

ござ・る［御座る］
―い［体］5オ4
―う（用）1ウ4 4ウ3
―ら（未）11ウ5 2ウ2 3オ6 12ウ4 13オ3 14
―り（用）11ウ9 12オ2・2 13オ1 13オ1 18オ8 19オ1 22ウ8
―っ（用）13ウ5
―る［止］1オ9 1ウ3・5 2ウ8・9 3オ6・8 3ウ7 11オ9 11ウ3・7・10 12オ4・6・8・9 14ウ1・6・8・9 12ウ6 13オ9 13ウ2・6・8・9 17オ4 17ウ2・6 18オ8・9 15ウ6 16オ9 17オ9

ごじつ [後日]　17ウ1

ごじふねんき [五十年忌]　22オ4

ごしゃう [後生]　20オ5

ごしゅび [御首尾]　5ウ5

こそ《係助詞》(＊は、「社」表記のもの)　5ウ7　8ウ3 ＊　9オ6　15オ10

こと [事]　1オ8　1ウ2・8　2オ1・9　2ウ9　3オ6　3ウ9　4オ9　4ウ1・8　5オ6・9・10　5ウ2　6オ9　6ウ7・9・9　7オ1　7ウ6・10　8オ9　8ウ5　9オ2・9　9ウ2・5　10オ3　10ウ1・1・9　11オ1・6・7　11ウ2・3・7　12オ9　12ウ4　13オ8　13ウ3・3・8　14オ3・6　15オ1・4・5・8　15ウ3　16オ1　16ウ3・3・7　17オ3・6　17ウ6・6　18オ4　19オ6　19ウ2・9　20オ5・7・8・9　20ウ・1・1・8　21ウ7・9　20オ5・7　22ウ6

こしおび [腰帯]　23ウ4（末尾の注）

—れ (巳)　1ウ8　2オ8　3オ7　19ウ3　20ウ8

—る (体)　1オ6　1ウ4　2オ1　3ウ1・9　4ウ3　オ1　21ウ4・10　22オ9　3・9　18ウ3・5・9　19オ7　19ウ2・5・9　20オ4・6　20ウ3　21オ3・7・8　21ウ1・5・8　22オ2・4・6　22ウ1・10　23オ4　23ウ2

ごとし [如し]
—く [用]　6ウ8
—ごとし

↓おこと

ことづ・く [言付く]
—け [用]　13オ5
—くる (体)　14ウ7

ことづて [言伝] ↓おことづて

ことな・し [殊無し]
—ない (体)　4ウ5

ことのほか [殊の外]　12オ8　12ウ3　21ウ3　23オ1

ことば [言葉]　19オ3・4
↓おことば

こなた [此方]《近称の指示代名詞》21ウ3　22ウ9

こなた [此方]《対称代名詞》16オ8　17ウ7　18ウ4　20

こなた [此方]《自称代名詞》例ナシ

この [此の]　3オ9　14ウ6　ウ2　21オ6　22オ6　23オ4　6オ8　6ウ5　9オ5　18

このあひだ [此の間]　1ウ4　6ウ4

このうへ [此の上]　2ウ3　15ウ1

このたび [此の度]　2オ2

このよ [此の世]　19ウ5・6　21ウ6　22ウ3
↓あのよ

ごひきょう・なり [御比興なり]

―で(用) 23オ4 23ウ1
こ・ふ［乞ふ］
―は(未) 3ウ4
―ふ(用) 4オ8
ごほうこう［御奉公］10ウ6
↓ほうこう
ごめんなさ・る［御免なさる］
―れ(用) 2オ2
ごもっとも・なり［御尤なり］
―で(用) 13オ9
―なれ(已) 7ウ7
↓もっとも
ごりしゃう［御利生］14オ5 15オ6
これ［是］1オ8 2ウ9 3オ1 3ウ3 5ウ8 6ウ
5・10 10オ10 11オ3 11ウ2 14オ3・7 15オ
3・5・9 15ウ5 16オ1 19ウ1 20ウ4 21オ
6・7 21オ9 21ウ8・10 23オ9 23ウ4
こゑ［声］↓おこゑ
こん［魂］（魂魄《こんぱく》の魂）19ウ4
こんばん［今晩］5オ10

## さ

さ［然］《副詞》4オ3
さあさあ《感動詞》6オ5 9ウ8 13ウ3 18ウ1
さいご［最期・最後］13ウ4 16オ6 18ウ2
さいし［妻子］↓めこ
さいしども［妻子共］↓めこども
さいぜん［最前］1オ4 6オ6 16オ6 17ウ7
さいはひ［幸］5ウ8 16オ9
さう［然う］《副詞》2ウ9 4オ4・7 13オ2 13ウ7
14オ2 18ウ5 21オ5 21ウ8 22ウ6
さうなり《助動詞》
さうな(止) 1オ3 12オ1
さうな(体) 5オ2 6ウ2
さかづき［盃］8ウ1
さかな［肴］5ウ1
さき［先］20オ9
さしの・ぶ［差し延ぶ］
―べ(用) 11オ10 13ウ5
さします《助動詞》
さします(止) 6ウ2 11オ2
さしも《尊敬助動詞》
さしめ(命) 6オ1 6ウ3 7オ7 10ウ7 15ウ3・
9 16ウ6 17オ1
さ・す［差す］
―さ(未) 17オ8
―し(用) 17オ7
さ・す《サ変動詞未然形「せ」に助動詞「さす」のついた

「せさす」の転
　―せ（未）2ウ4・4　13オ5　19ウ1

さす《助動詞》
Ⅰ【使役】
　―せ（未）2ウ5　5ウ1　20ウ8
Ⅱ【尊敬】（＊以外、すべて「らる」が下に来る）
　―せ（未）8オ8　14オ9　14ウ5　17オ3　21オ4
　―させ（用）5ウ4＊　22オ8　22ウ7

さすが《副詞》13ウ5

さだめて［定て］《副詞》13オ3　14オ2

さて［扨］3オ9　4オ9　5オ5　6ウ10　10オ10　11オ　11ウ4　12オ3　12ウ8　13オ4　13ウ3
↓さてさて・さてもさても・なにがさて

さてさて［扨々］14ウ8　16オ1

さてもさても［扨も扨も］3オ5　14ウ8　16オ1

さばきがみ［捌髪］23ウ4・4（末尾の注）

さぶらひ［侍］21ウ6（漢字表記）

さへ《副助詞》11オ5

さや［鞘］10オ6

さやう・なり［然様なり・左様なり］
　―に（用）19オ8　21オ5
　―で（用）2ウ2　13オ3　18オ3・9　19オ8　20オ6　21オ5　21ウ8

さらば［然らば］《感動詞》11オ7・8

さらばさらば［然らば然らば］《感動詞》11オ

さらばさらばさらば［然らば然らば然らば］《感動詞》11オ・8

さりながら［然りながら］《接続詞》3ウ8　5オ1　6ウ2　11オ5　11ウ5　19オ5　22ウ8

ざれごと［戯れ言］7ウ1

されば［然れば］《接続詞》1ウ2　4ウ1　7ウ6　10ウ1　13ウ8　15オ4　15オ2・5　18ウ3　19ウ2

さんけい［参詣］14オ6

さんけいす・る［参詣する］
　―せ（未）15オ9
　―する（体）15オ8

さんど［三度］20ウ9・9

## し

しいしいしい《感動詞。魚を追いつめるかけ声》6ウ8　7オ8～9

しいしいしい（同右）7ウ1

しかり［叱り］3ウ7

しぎ［仕儀］3オ8

しきりに［頻に］18オ5

したく［支度］17オ2

して［為手・シテ］14オ8（ト書）　23ウ4（末尾の注）

じぶん［時分］18オ7・9

成城本狂言「武悪」総索引

しまるい ［嶋類・縞類］ 23ウ4（末尾の注）

しも ［助動詞］

しめ〈命〉 6オ4　7オ2・5・8　10オ9　16オ4・10

しゃうじん ［正真］ 11オ3

しゃうぢき・なり ［正直なり］
―な〈体〉 11ウ6

しゅう ［主］ （〔〕を付した二例以外は、全て配役名を表示したもの）
1オ2　1オ4　1オ7・8・9　1ウ1・1・5　1ウ7　2オ3　2ウ1・3・3・6・7・8・9　3オ4・5　11ウ10　12オ2・3・5・5・6・7　12ウ1・6・7　13オ2・4・9　13ウ2・3・4・6　14オ1・2（ト書き）・8・9　14ウ1・3・7　17オ5・7・8　17ウ3・4・6　18オ1・2・3・7・8　18ウ1・2・5・9　19オ1・6・8・9　7　19ウ6・9　20オ1・5・6　20ウ4・6　21オ3・5・10　21ウ1・2・5・8　22オ5・6　22ウ1　オ5・9　23ウ3・4（末尾の注）
↓おしゅう

しゅうめい ［主命］ 19ウ7

しゅっきん ［出勤］ 1ウ4　2オ5　4ウ4　5オ2・4　5ウ4　6ウ3・4

しゅうるい→じゅるい

じゅるい→じゅるい

しゅび ［首尾］ →ごしゅび

しゅらだう ［修羅道］ 20ウ8　21オ4

じゅるい ［従類］ 17ウ1（「じゅるひ」と振り仮名があり）

しょういん ［承引］ 3オ7

しょぞん ［所存］ 7ウ10　8ウ4

しら・す ［知らす］ 《動詞下二段》
―せ〈用〉 5ウ7　8オ9・10　8ウ6・7

し・る ［知る］ 《動詞四段》
―ら〈未〉 15オ1　17オ4　20オ3
―る〈体〉 20オ8
↓みしる

し・る ［知る］ 《動詞下二段》
―れ〈未〉 20オ3
―るる〈体〉 17ウ1

しるひと ［知る人］ →おしるひと

しろねり ［白練］ 23ウ4（末尾の注）

しろはちまき ［白鉢巻］ 23ウ4・4（末尾の注）

しろみづごろも ［白水衣］ 23ウ4（末尾の注）

しんかう ［信仰］ 14オ4
しんがう ［信仰］
―する〈体〉 15オ6
↓しんがう・す ［信仰す］

しんじつ ［真実］ （全て漢字表記）2ウ8　7ウ3　10オ7　12オ6

じんじゃう・なり ［尋常なり］
―に〈用〉 8オ7　8ウ2　9オ2　9オ4・7　13ウ6

しん・ず ［進ず］

257

第Ⅲ部　成城本狂言「武悪」総索引

**す**

―じ〔用〕　21オ7　21ウ10　22オ1

す〔為〕《動詞サ変》
　せ〔未〕　2ウ4　4オ6
　し〔用〕　4ウ8　5オ3　5オ5　6オ8　7オ1　8ウ　1・1・3　12オ8　13オ5　13オ8　14ウ9　15ウ9　16オ　1・1・2　17オ1　19ウ1　22オ10　23ウ4（末尾の注）
　す〔止〕　7ウ1〔な〕
　する〔体〕　2オ5　5オ4　6ウ4　9オ4
　する〔命〕　19ウ8
　せい〔命〕　19ウ8
↓なにとした・なにとして

す《助動詞》
Ⅰ〔使役〕
　する〔体〕　10オ3
　↓いはす・とらす
Ⅱ〔尊敬〕
　せ〔未〕《全例、助動詞「らる」が下接する》　1オ3・4　5ウ2　10ウ9・10　20オ1・7　20
　する〔体〕　21オ1・6　21ウ2　22オ9

ず《助動詞》
ず〔用〕《中止法か終止法か微妙な例もある》　19ウ3・4　8オ6　10ウ
　（「ずは」の形）4
ぬ〔止〕　2ウ2　3オ8　7オ1・4　11ウ7　12ウ4

**ぬ**

ぬ〔体〕→ねば
　1オ2・3・7・7　2オ6　2ウ9　7オ4　7ウ2・10　8オ4・6・9　9ウ4　10ウ　13オ1　17オ4・7・8・9　17ウ4　19オ1（表記「ん」）　23オ9　23ウ2
ね〔已〕→ねば
　16ウ9　17オ3　19オ5　20オ3　20ウ1　23ウ7　3・4　11オ3　14オ5　14ウ6　15オ7　15ウ8　10ウ

すま・ふ〔住まふ〕　23オ2
すなはち〔則〕　10オ6　21オ7
すこしも〔少も〕《副詞》　6ウ1・3
ずいぶんと〔随分と〕《副詞》　10ウ6
ずいぶん〔随分〕《副詞》　10ウ8　19ウ8
すれば〔接続詞〕　2ウ1　7ウ3　18ウ2　20オ5
―ひ〔用〕　23オ2

**せ**

せ〔背〕　8オ5（「背に腹ハかへられず」の形）
せいせい〔清々〕
　せいせいと〔清々と〕　13オ8
せいばい〔成敗〕　2ウ6　3オ3　13オ5　19ウ1
せいばい・す〔成敗す〕
せ〔未〕
　―し〔用〕　1ウ7　2オ7　3オ2　13オ7
　―せ〔未〕　2ウ3　8オ4
せばし→せまし
せひ〔是非〕　3オ8（「是非に及ぬ」の形）

ぜひとも［是非とも］《副詞》2オ7　23オ4・8　23ウ2
せま・し［狭し］（＊印は、漢字表記）
―い（体）22オ7＊　22ウ6＊　22ウ9
せんす［扇子］21ウ4・7　23ウ4（末尾の注）

## そ

ぞ《係助詞》
イ〔文中に用いられたもの〕
Ⅰ〔強調の意〕例ナシ
Ⅱ〔疑問の語とともに用いられたもの〕1オ2
ロ〔文末に用いられたもの〕
Ⅰ〔断定・強調の意を表わすもの〕3ウ1・2　4ウ9　6オ9　7オ10　8ウ9・9　9ウ1　10オ2・6　11オ6　12ウ2・2　17オ2　19オ5
Ⅱ〔疑問語とともに用いられて疑問・反語の意を表わすもの〕1ウ2　4オ2　4ウ1　5オ5・9　8オ9　11ウ5　12オ4　12ウ8　13ウ4　14ウ3　15オ3　16オ2・3・7　19ウ1　20ウ6
そくさい・なり［息災なり］
―に（用）10ウ8
そこ［其処］14オ8　16オ5
そち［其方］《中称の指示代名詞》20オ1（「そち」と仮名表記）
そち［其方］《対称の人称代名詞》（全て、仮名表記）7ウ9　8オ3　8ウ1・4　9オ10　9ウ1
そつとも《副詞》4ウ9　5オ9　9オ10
そで［袖］14オ8
そなた［其方］《中称の指示代名詞》23オ2（対称の人称代名詞の意とも重なっている）
そなた［其方］《対称の人称代名詞》5オ1・7　5ウ2　6オ2　7オ2・6　10オ10　10ウ3・6　15オ4　15ウ1　16オ3・10　16ウ9　22ウ9
その［其の］《連体詞》1ウ2　4ウ1　5ウ6　6オ4　7ウ6（「某」と誤記）　9オ2（「某」と誤記）　9ウ10　10オ8　10ウ1　11オ1　12ウ8　13ウ8　14オ5　15オ4・6　15ウ7　17オ1　18ウ3　19オ9　19ウ2　23ウ4（末尾の注）
そのうへ［其の上］《副詞》8ウ8　22ウ10
そのまま［其の儘］7オ3
そば［側］16ウ9　19オ5　20オ7　20ウ4（ト書き）・5　21ウ2
→おそば
そむ・く［背く］
―い（用）19ウ2・7
ぞよ《終助詞》17ウ2
そりやそりや《感動詞》18ウ8
それ［其れ］《代名詞》2オ3　2ウ8　4オ9　4ウ6・8・9　5オ8　5ウ4　6オ9　7オ6　8オ1・8　8ウ5　9ウ7　10オ7　10ウ1　11オ7　12オ5・7・

9　12ウ7　14オ9　17ウ6　18オ7　19オ6　22ウ1
23オ4　23ウ1
↓それならば・それにつき・それゆゑ

それならば《接続詞》1オ8　5ウ9　6オ2　7オ5　11
ウ2　9オ5　10　18ウ7　19オ2　22ウ5　15オ10　15ウ7
16ウ1　17オ

それにつき［夫に付］《接続詞》4オ8

それゆゑ［それ故］《接続詞》3オ9　11ウ3

そろりそろりと《副詞》3オ9　11ウ3

ぞん・ず［存ず］
―じ〔用〕3オ6　11オ10
―ず〔止〕
―ずる〔止〕3ウ3・5　4オ1　10オ8　14オ5・7

た

た［誰］〔代名詞〕1オ2〔そ誰〕　4オ2〔そ誰〕
16ウ4〔か誰ヲ〕
→たれ

た〔助動詞〕
→たれ

た〔止〕1オ5・9　1ウ3　3オ4　4ウ4・5　5オ
7　5ウ2・6　7オ7・8・10・　7ウ4　8オ
4　9オ9・10　10オ9　10ウ3　11ウ8　12オ3・
5・7・8　12ウ3・7・7　13オ3・7・8
14オ10　14ウ2・4　15ウ1・4　16オ9　17ウ3

た〔体〕2オ1・4　2ウ2　3ウ1・8・9　4オ9
4オ2　5オ3　5ウ5　6ウ6　7ウ3　8オ3・
8・10　8ウ7・8　9オ3・6・8　10オ1　11オ
11ウ1・4・7　12オ1・1　12ウ1
13オ7　13ウ4　14オ1・5　14ウ2・9　15オ
3・5・5・7　15ウ3・5　16オ1・5　16ウ
2・3・4　17オ1・4・5　17ウ1・7
1・4　18ウ3・6　19ウ1・1・2・6・7　18オ
9・9　20ウ8　21オ2・6　21ウ6　22ウ5・8
18オ5・6　18ウ8　19オ6　20オ1　20ウ2・4
21オ4　21ウ2　22オ9

だ《助動詞》
↓たのうだおかた・たのうだひと・なにとした

だ〔体〕「た」の濁形12ウ9　13オ7

で〔用〕1ウ2　2オ1　2ウ8・8　3オ6・6　3ウ
1・7・8　4オ3・4　4ウ5　5オ4・6・9・
6ウ4・5・10　7ウ10　8ウ5　9ウ1　10
7　11オ9　11ウ3・4　12オ6・6・9　12ウ4
10　13オ2　13ウ2・7・8
9　17ウ9　18オ1・9　19ウ3・4・
5・6・9　15オ6　15ウ5　16オ2　17オ
7・7　19ウ2・3　20オ8　21オ7　21ウ

だいじなり［大事なり］→おだいじなり

たいせつ・なり [大切なり]
―に(用) 10ウ6・7 19ウ8

たか・し [高し]
―し(体) 17オ5

だうぐ [道具] 6ウ10 7オ1

だいぶん [大分] (副詞) 6ウ2

たい(止) 13ウ7・9・9 16オ8・8 17ウ8・8 18

たう(用) 8ウ6 10オ4

たから(未) 9ウ8

たい
ウ2 [度 表記]・5・5・7

たし 《助動詞》
―い(体) 17オ5

たしか・なり [確かなり]
―に(用) 3ウ7 14オ4 17オ9 20オ4

たす・く [助く]
―く(体) 9ウ5
―け(用) 11ウ2 14オ3 15オ5・5 17オ10

ただ 《副詞》 12ウ9 18ウ4 14オ3

ただいま [只今] 《副詞》 5オ6 12オ3 22ウ10

ただ [唯] 《副詞》 10オ2 11ウ2

ただだに [直二] 17オ2(ト書)

ただし [但] 《接続詞》 20ウ1 23ウ4(の末尾注)

たたかひ [戦ひ] 20ウ9

たち [太刀] 9ウ9(ト書) 10オ2 12ウ8 21オ1 23ウ

4

↓おたち
たちかたな [太刀刀] 21オ6
→おんたちかたな・かたな
た・つ [立つ] 《動詞四段》
―た(未) 10オ9

たづ・ぬ →た
たつ(未) 19ウ9 20オ6

↓おかた
たのうだおかた [頼うだ御方] 11ウ4・9 [頼うだ御方 表記]
―ぬる(体) 19ウ9 20オ6 [頼ふ御方 表記]

たのうだひと [頼うだ人] 4オ9 5オ10 8ウ10 10ウ2
11ウ5 [頼ふだ人 表記] 15オ10 15ウ2 16オ3・4 16ウ

↓ひと
9
たのむこと [頼む事] 10オ10
たばか・る [謀る]
―ら(未) 9オ7 [たはかれ 表記]
―っ(用) 3ウ2 8ウ4・10 12ウ5・6
たびかさな・る [度重る]
たのもし [頼もし]
―っ(用) 2オ6 8オ3
たましい [魂] →こん
ため [為] 14ウ5・6
たや・す [絶やす]
→す(体) 17ウ2

たより［便り］22オ1

たよ・る［頼る］
─ら（未）2ウ2

たらう［太郎］（「太郎冠者」のこと。全て、セリフの話者表示としてのもの）
1オ3・5・7・9・9　1ウ1・2・6・8　2オ8　2ウ2・3・5・6・7・8・8　3オ2・4・5・5　4オ2・2・4・5・7　4ウ　5オ6・8・9　5ウ10　6オ3・5・9　6ウ5・9　7オ3・7・9・10　7ウ1・4・5・5　8オ1・8　8ウ5　9ウ2・8・10　10オ5・7・10　10ウ1・7・10　11オ4・6・8・12　12ウ4・7・9　13ウ1・2・3・5・8　14オ9・10　14ウ9・10　17オ1・3・5・8　17ウ2・3・5・7　18　18ウ1・3・9　19オ1・5・8　20オ1・6・7　20ウ5　21オ5・8　21　22オ2・3　23オ7　23ウ1

たらうくわじや［太郎冠者］3ウ7・8　4オ3・5　9オ7　9ウ9　11ウ9・10　12オ1　14オ2・8　19オ9　19ウ6　20オ5　21オ3　21ウ5　23オ10　23

たり（助動詞）
たら（未）22オ4（「たらば」の形）

たり（助動詞）
─ウ4（末尾の注）・4（末尾の注）

だんだん［段々］1ウ4　4ウ3　5オ1

だん［段］（段熨斗目。藍、白、茶などで横段模様を入れた装束）23ウ4（末尾の注）

たれ［誰］1オ2・3・7・7　21ウ9

たれ（已）＊印は係助詞「こそ」の結び）4オ7　4ウ5　5ウ7　8オ3　8ウ6　9ウ　10オ1　10オ1　11オ10　11ウ1　13オ6・8　15オ9・10＊10　16ウ2　18オ5

ち

ちかごろ［近頃］（副詞）4ウ6　22ウ8

ちが・ふ［違ふ］（動詞四段）
─ひ（用）21ウ3

ぢごく［地獄］19ウ3　20オ4・8

ぢごくごくらく［地獄極楽］20オ2

ちと（副詞）10オ10　17ウ5　19ウ9

ちひさ・し［小さし］
─い（体）6ウ6

ちいさがたな［小さ刀・少さ刀］23ウ4（末尾の注）

ぢゃ（助動詞）（全て、「しや」又は「じや」と表記）2ウ9　3ウ3　4オ9　4ウ1　5オ7　6
ぢゃ（止）ウ7・9・9　7ウ3・6　8オ5・7　9オ4　9
ウ3・4　10オ6・7・7　10ウ1・1　11オ4・5

12ウ6　13オ2　14オ1　15オ4　15ウ6・7　16オ5・6　16ウ1・4・4　16ウ7　17オ3　17ウ3・5・6　18オ1・3　18ウ7　19オ8　20オ6　20ウ4　22ウ2

ぢゃ(体)　7ウ2　8ウ8　10ウ5　11ウ6　12ウ1　14オ1　18ウ6

ぢゃう [定]　18オ6　20オ3・4

ぢゅうしん [注進]　5オ7・8　5ウ6

ぢゅうだい [重代]　3オ1

## つ

つか・ふ [使ふ・遣ふ]
　―う[用]　2オ4　14オ1　18ウ6

つかは・す [遣はす]
　―さ(未)　21オ9

つぎ [次]　1オ2・7
　↓おつぎ

つ・く [着く]
　―き[用]　23ウ4・4（の末尾注）

つ・く [尽く]
　―き[用]　15オ10（「こそ尽きたれ」の形なので、「一つき」とよむ）

つ・く [突く]
　―い[用]　11ウ8

つっと 《副詞》　1ウ1　4オ6　11ウ5

つと・む [勤む]
　―め(未)　10ウ7
　―むる(体)　10ウ7

つね [常]　23ウ4

つひに（終に）《副詞》　16ウ2

つぼをり [壺折]（能狂言における衣裳のつけ方）23ウ4

つ・る [連る]
　―れ(未)　14ウ5

づ・る [出る]
　で(未)　7オ3　13ウ1　16オ5　16ウ6・8　17オ2
　で[用]　14オ10　15オ3・9　18ウ8・9　19オ6　19ウ1
　づる(止)　8ウ10　23ウ4・4・4（三例とも「末尾の注」の例）
　づる(体)　14ウ3　18オ9
　でい(命)　1オ8・9　1ウ1
　↓おでやる

つれ [連]　9オ2

つるゑ [杖]　23ウ4・4（の末尾注）

## て

て [手]　10オ9　10ウ2　14ウ1・2・2　15ウ4

て 《接続助詞》　1オ6　1ウ5・7　2オ2・5・6・7
　↓てのうち

第Ⅲ部　成城本狂言「武悪」総索引

3オ1・2・3・7・8　3ウ2・4　4オ8・8・4　4ウ7・7・8　5オ5・7　5ウ3・4・6・7　6オ1・6・7・8　7オ1・2・5・6・7　7ウ7・8・9　8オ1・10　8ウ8・8・9・10　9オ1・4・5・7・10　9ウ1・7・9・9　10オ1・9　10ウ1・2・10・14　10・10　11ウ1・2・10　12オ4　12ウ5・5・6・9　13オ4・5・6　13ウ5・5・6・9　14ウ1・4・4　15オ3・8・9　15ウ2・6・7・8・9　16ウ6・8　17オ1・4・5・10・10・16　17ウ2　18ウ5・9　19オ3　19ウ1・1・5・9　20ウ3・7　20　21オ1・2・3・5・8・9　21ウ1・3・4・5・8　22オ2・2・2・6・8　23オ3・6　23ウ3・3・3・3・3・4　（末尾の注）・4

で 《接続助詞》「て」の濁形　12ウ5・7　（末尾の注）・4

で 《格助詞》　7オ6　7ウ4　8オ9・10　8ウ4・6・6　9オ3　9ウ5　12オ8　14オ2（ト書き）

てい [体]　10オ1　16オ6　19オ2　19ウ6　21ウ6・6

ていど 《副詞》　2ウ4

てうぎ [調儀]　16オ6

てうち [手討ち]　8オ5　13オ4

でか・す [出来す] ―い （用）　12オ7

でたつ [出立] ―いでたち

てのうち [手の内]　13オ1

て　↓

ては 《助詞連語》　2オ9　2ウ9　3ウ4　7オ4　8オ9　8ウ2　12ウ2　19オ3

では 《助詞連語》「で」は「て」の濁形　3ウ2　12ウ2

てほん [手本]　10オ5

てむかひ [手向ひ]　9オ3

ても 《助詞連語》　4オ1　23オ8

と 《格助詞》　1ウ5　2オ5　3オ6　3ウ3・5・6・9　4オ1・7　4ウ4・4　5ウ6　7オ1・1　8オ5　10オ8　10　7　8ウ1・3・10　9オ5・9　11オ4・4・9　11ウ7　12ウ3　13オ2・5・　15オ2・　16ウ6　13ウ7・9　14オ3・5・7・8（ト書き）　15ウ4・6　16オ7・8・9　19オ　18ウ2・5・7・7（ト書き）　21オ3・4・7　22ウ2　18オ4　20オ2・2・8　21オ1・2・10　22ウ2

と

と 《接続助詞》　7オ3　14オ2　17ウ1

ど [度]　↓いまいちど・さんど　オ3

とかく［兎角］《副詞》15ウ7（表記は、「ト角」）

とき［時］13オ9　14オ8（「ト書」）　14ウ6

ときならず［時ならず］5ウ3

どこもと［何処許］14ウ9

ところ［所］5ウ8　6ウ6　8オ7　9ウ4　10オ2　11ウ1　17オ5

ところで［所で］《接続助詞》10ウ3

とちゅう［途中］21ウ9

とて《格助詞》4ウ2　8ウ9　9オ10

とても《副詞》8オ6　9ウ4

とど・く［届く］《動詞下二段》8ウ8・9　22オ2
　—け（用）21オ8・9

とどま・る［留まる］
　—っ（用）9ウ1　19ウ5

となりやしき［隣屋敷］23オ1
　↓おやしき・やしき

とは《連語》（格助詞「と」に係助詞「は」が付いて文末に用いられたもの）2ウ6　7ウ5・5　8オ8

とは［途方・十方］15ウ7（「十方に暮て」という表現）

とぶら・ふ［弔ふ］
　—う（用）9オ1・10　23オ6

とほり［通り］22オ3　23ウ4（末尾の注）
　—へ（已）22ウ4

とほり［通り］（形式名詞用法）6オ6　15ウ7　17ウ7

とほり［通り］《名詞》4オ6

とも［伴］→おとも

とも《接続助詞》2ウ4・4

とも《終助詞》11オ7

ども《接続助詞》1ウ8　2オ8　3オ1・7　6ウ7　7ウ7　8オ3　8ウ6　9ウ5・10　11オ10　16ウ2

とら・す［取らす］
　—せ（未）9オ1　23オ6

とやかう《副詞》9ウ3・6

ともども［共々］7ウ8　8オ2

とりかか・る［取り掛かる］
　—る（止）17オ2（「ト書」）18オ8　21ウ9　22オ1

とりつくろ・ふ［取り繕ふ］
　—う（用）16ウ6・8

とりなし［取り成し・執り成し］1ウ6
　↓おとりなし

とりはづ・す［取り外す］
　—す（止）19ウ7（「取わづす」と表記）

とりべの［鳥辺野］16オ9　17ウ8　18オ2　19オ2

と・る［取る］
　—ら（未）7オ2・5・6
　—っ（用）《*のみ「取つて」、他は「取て」》5ウ3・4・9　6オ1　10オ9　15ウ2　21オ2　21ウ4

―る（体）　7オ2

どれ［何れ］《不定称代名詞》　1オ5

な

な［名］↓おんな
な《終助詞》（禁止の意）　5オ1　6ウ2　7ウ1　11オ2
な《終助詞》　18オ3　20オ1・7　20ウ5　21ウ2
なあ《終助詞》　20オ6
なか［中］　20ウ2
なかいり［中入］　23ウ4（末尾の注）
なかいりご［中入後］　23ウ4（末尾の注）
ながかみしも［長上下］　23ウ4（末尾の注）
なかなか［中々］　12オ5　12ウ7　16ウ1　17オ8　17ウ3　18オ2
なかなか［中々］《『中々』一語一文で応じるもの》　5オ8
なかなか［中々］《右以外の形》　5オ3　10ウ7・10　11オ
ながら《接続助詞》　19ウ4
なが・く［泣く］　6　14ウ2　19オ6
　―い（用）　20ウ4〔ト書〕
　―く（止）　9ウ9〔ト書〕
　―く（体）　9ウ1〔き〕
なごり［名残］　8ウ7
なさ・る［為さる］

な・し［無し］
　―れ（未）　8オ5
　―い（用）　2オ3　5オ10　8オ1　9ウ1・2　10オ2
　―い（体）　4オ4・4　15ウ1　17ウ5　18ウ9　19オ7
　―う（用）　2ウ9（「さうのふてハ」の形）
　―ら（未）《四段活用化したもの》　11ウ7
　―れ（未）　12ウ9　20ウ6・8
↓いろなし
な・す［為す］
　―さ（未）　11ウ7
なぜに［何故に］（副詞）　8オ9
なつかし［懐かし］→おなつかし
なつかし［懐かし］　8オ9
など《副助詞》　4ウ4　8ウ3　9オ8　12ウ9　17ウ1
なに［何］（全て、「何」と漢字表記。他の狂言台本の読みぐせで「なに」とよむ）　14オ9　14ウ5　17オ3
なに［何］（感動詞）　15オ2
なにが［何が］「何が」は漢字表記　12ウ1
なにがさて［何が扨］　6ウ4　10ウ4
なにかと［何彼と］　11ウ8
なにに［何に］　11ウ8
なにしに［何しに］　9オ3　10オ5
なにと［何と］↓なんと

成城本狂言「武悪」総索引

なにとした［何とした］1ウ2　12オ4　16オ2
なにとして［何として］15オ3　16オ2　19ウ1
なにとぞ［何とぞ］2オ2　13ウ8
なにも［何も］21オ10　22オ5
なにやら［何やら］13オ6　18ウ8・9
なの・る［名乗る］
　─る（止）14オ2（きト書）
なほなほ［猶々］13ウ2
なほ・る［直る］
　─る（体）2オ4
なら・す［鳴らす］
　─い（《し》の転）（用）21ウ6
ならば《接続助詞》5オ3　5ウ5　8オ10　8ウ7　11オ
なら・ふ［習ふ］3　11ウ7　14オ6　15オ7　21オ2　22オ10　22ウ5
なら《未》4オ5　6オ4　8オ9　9オ9
なり《助動詞》
　に（用）1ウ6　9ウ2
　なり（止）9ウ1（きト書）16オ10　17ウ9　18オ8　22オ1
　な（体）9オ2　15オ1
　なれ（已）2オ4　3オ1　6ウ7　13オ4
な・る［成る］
　─ら（未）2オ6　7オ4・4
　─り（用）18オ6　23オ8　23ウ2
　─っ（用）3オ8　16オ10　16ウ2・2・4　18オ5
　─る（止）3ウ2・4　10ウ4　14オ6　15オ8

なんぞ［何ぞ］《副詞》6ウ10
なんだ《助動詞》
　なんだ（止）1オ6　19オ3
　なんだ（体）13ウ7
なんぢ［汝］1ウ7　2オ3・7　2ウ1　7ウ3　8オ1・4　8ウ5・8　9ウ2・10　12オ7　13オ5・7
なんぢゃ［何ぢゃ］（表記は全て「何」）5オ7　12ウ6　14ウ7　16ウ1　17オ7　17ウ3　18オ1　20ウ4
なんと［何と］（表記は全て「何」）11ウ4　12ウ8　13ウ4　14ウ3　15ウ6　16オ7　20
なんと［何と］《感動詞》10ウ9　16オ4　17オ5
なんとも［何とも］（「何」は漢字表記）7オ10
に《格助詞》
1オ2・5・5・7・7　1ウ4・7・7　2オ2・6　2ウ2　3オ8・8　3ウ3・5　4オ2・6　4ウ3・6　5オ4・7　5ウ5・7・9・9　6オ6　6ウ4・5・5　7ウ6・7　8オ1・4・6・8・8　8ウ5・9オ3・
に
3・4・9　8オ5・6・8・10　8ウ5・9オ3・

に《格助詞》
3・5・7・9　9ウ1・3・6　10オ3・6・10　10
ウ2・9・10　11ウ8　13オ1・4・5　13ウ1・7
8　14オ7　14ウ1・4・5　15オ8・10　15ウ
14オ7　14ウ1・2・2・7　16オ4・8・10・16ウ　17オ2（ト書き）　17ウ1・7　18オ8　19オ1・2・9　19
4・6　15オ6　15ウ8　16オ7　18ウ6　19オ1・7・8・9
21ウ4・10　22オ9　23オ2
9・9　20オ9　20ウ2・2・8　21ウ7　22オ1・7・8・9　ウ3・5・6・7　23ウ4・4

に（接続助詞）1オ5

においては《連語》8オ4

にがにが・し［苦々し］
　－しい（体）3オ5

にけん［二見］20オ3

にて《格助詞》14オ8（ト書き）

にはか・なり［俄なり］

によって《接続助詞的用法》1ウ4　2オ1・6　3ウ1・
4ウ2・3・7　5ウ3　6オ8　6ウ1・2・8
9オ3　8ウ8　9ウ6　10ウ5　11ウ6　12ウ1　14オ

－に（用）5オ10

に・る［似る］21ウ4・10　22オ9　23オ2

に（用）17ウ4

ぬ

ぬか・る［抜かる］
　－る（体）12ウ4

ぬ・ぐ［脱ぐ］
　－ぎ（用）23ウ4（の末尾注）

ぬら・す［濡らす］
　－い（用）7オ4

ね

ねが・ふ［願ふ］
　－は（未）20オ5

ねば《連語》7オ3　23オ8　23ウ2

ねん［念］4オ9

ねんごろ・なり［懇なり］
　－に（用）23オ6

の

の［野］→とりべの

の《格助詞》
《連体格・同格》1ウ1・1　2オ1　4オ9　5ウ8
7ウ6　8オ3・5　8ウ10　9ウ2
10ウ9　10オ1・2・　11オ1・3　11ウ1・3
12ウ8　13オ
8　13ウ5　14オ4
4・6　14ウ2・5・6　15オ4・
5・10　15ウ2・5　16オ4・4・8　16ウ2・6・

8　17ウ7　18ウ3　19オ2　20オ3　20ウ1・2・
9　21ウ9　22オ3・7　22ウ2・4・9・9　23オ
2・4　23ウ4
ロ〔主格〕4オ9　13オ2　16ウ9　17オ3・6・8　17
ウ4　18オ9　21オ6　22オ7　22ウ6
の《準体助詞》14ウ3　17オ9　19ウ6
のが・る［逃る］
―れ（未）8オ6　9ウ4
の・く［退く］
―け（命）14オ9
のしめ［熨斗目］23ウ4（末尾の注）
↓むぢのしめ
のぼ・る［上る］（「あがる」の可能性もある）
―っ（用）17オ5
の・む［飲む］
―む（止）5ウ10

## は

は《係助詞》1オ2　1ウ2・4・7・8・8　2オ2・
3・4・4・8・8　2ウ1・2・3・8・9　3オ
3・9　3ウ5・6・9　4オ2・2・3・3・4・
4・5・6・7・9　4ウ1・3・6・8・9　5オ
4・5・8・10　5ウ2・8　6オ9・9　6ウ4・
6・7・8・10　7オ3・6　7ウ3・6・10　8オ
1・5　8ウ4・6・8　9オ1・6　9ウ1・1・
2・10　10オ7・10　10ウ1・2・3・4・4　11オ
1・7・9　11ウ2・2・4・5・7　12オ3・5・
7・9　12ウ1・4・7・8　13オ4・5・9　13ウ
4・5・7　14オ1・3・10　14ウ3・5・6　15オ
3・5　15ウ1・1・7　16オ1・6・9・10　16ウ
3・9　17オ1・6・9　17ウ5・6・8・9　18オ
2・3・7・8　18ウ3・6・7・9　19オ1・5・
6・7・9　19ウ4・4・5・7　20オ1・7・8　20
ウ5　21オ4・6　21ウ3・6・6・8　22オ5　22ウ
1・8・10　23オ2・4　23ウ1・4
は《終助詞》7オ9　18ウ8・8　19オ6・8　21オ5　21
ウ7
ば《接続助詞》
イ〔未然形＋ば〕6オ4　8オ9　9オ9　11オ5　15オ
7　21ウ1　22オ4
ロ〔已然形＋ば〕2オ4・5　4ウ5　7ウ2　9ウ3・
6　10オ1　11ウ1　13オ4・6・8　15オ9　17オ
6　18オ5　19ウ3　20ウ8
はあ《感動詞》（＊印は、「ハア引」のように、「引」字が添
えられており「ハアー」という発音が期待される）1オ
3　1ウ1・6＊　2ウ3＊　3オ5＊　6ウ5　17オ3　18
オ3
はい・る［這入る］

—ら［未］7オ8
—っ［用］7オ2・5・6
はう［方］17オ1
はがね［鋼・刃金］21ウ6
　（「はがねをならす」（＝鳴らす）という慣用句の形か）
ばかり《副助詞》1オ5　7オ5・6
はく［魄］（魂魄の魄）19ウ5
ばし《副助詞》4オ7　17ウ9
はしがかり［橋掛り］18ウ7（き）〔ト書〕
はちまき［鉢巻］→しろはちまき
はったと《副詞》5ウ1
はて《感動詞》17オ8　17ウ4
はな［鼻］5ウ4
は・ふ［這ふ］
　—ふ［体］17オ6
はや・し［早し・速し］
　—く［用］9ウ8
　—う［用］3オ4　5オ2　6オ1　6ウ3　7オ8　17
　　　18オ7　20ウ7　21ウ1　22オ3・4・6　23オ17
はら［腹］8オ5　8ウ2・6・7・9・10　23ウ1
はらだち［腹立ち］→おはらだち

## ひ

ひ［日］2オ5　20ウ9
ひがしやま［東山］13ウ2
ひきょうなり［比興なり］→ごひきょうなり
ひ・く［引く］（その母音を長く引いて発音することを表わす）
　—く［止］1ウ6　2ウ3　3オ5（三例とも「ハ（ア引）」の形）
ひごろ［日頃・日比］3オ9　3ウ9　8オ8　9ウ2　10オ1
ひと［人］1オ1　1ウ3　9オ5・9　10オ3　11ウ1　12ウ1　13ウ5　14オ4　15オ5　16ウ4　20オ8
　→おしるひと・おやぢゃひと・たのうだひと
ひとうち［一討ち］9ウ10　11オ9
ひとかげ［人影］17オ7・8
ひとつ［一］（「一つ書き」の「一」。全て末尾の注に出る）23ウ　4・4・4・4・4・4・4
ひとへに［偏に］《副詞》10オ8
ひゃくねんき［百年忌］22ウ4
ひろ・し［広し］
　—う［用］23オ1
　—い［体］22オ8　22ウ9

## ふ

ぶ［武］（「武悪」の役名の略記。全て、セリフ主を示す）3ウ6　4オ2・3・5・5・9　4ウ6　5オ3・7・8　5ウ7　6オ2・4・6　6ウ4・6・10　7オ1・2・4・5・6・7・8　7ウ1・2・4・5・6・7・8　8オ5・8・10

7・8　9オ2・5・8　9ウ5　10オ3・7・7・8・9　10ウ1・4・9　11オ2・5・7　14オ2　15オ2・4　15ウ7　16オ2・4　16ウ1・1・7　17オ2　19オ7　19ウ2　20オ4　20ウ1・7　21ウ1・3　22オ6・7　23オ4・7　23ウ1
ぶあく［武悪］（＊印は、曲名としてのもの）1オ1＊　1ウ8　2オ9　2ウ2・3　3オ9　3ウ5　4オ2・4・5　8ウ1　9オ5・5・6　10ウ2　11オ9　13オ4　14オ10・10　14ウ4　15ウ4・5　16オ6　17オ6・9・10　17ウ9　18オ1・4　18ウ2・7（ト書き）　19オ7・7・8・9　21オ8　22オ3　22ウ1・7　23オ7
ぶあくめ［武悪め］1ウ2・5　12オ3　12ウ1・4　13ウ4
ぶあんない・なり［不案内なり］
―な（体）6オ3
ぶたい［舞台］14オ8（ト書き）
ふたたび［再］14オ6　15オ7
ふたり［二人］（セリフを、太郎冠者と武悪の二人が声を合わせて言うことを示す）11オ8
ぶほうこう［不奉公］2オ6　8オ3
ぶほうこうもの［不奉公者］1ウ1
ふみつぶ・す［踏み潰す］
―い（用）9オ8
ふりあ・ぐ［振り上ぐ］
―げ（用）9ウ9（ト書き）
ぶん［分］11オ1
ふんべつ［分別］15ウ8

## へ

へ《格助詞》（＊印は、ト書きの例）1オ5・8　5ウ10　7オ3・9　9オ7　10ウ2・4・5　11オ3　11ウ4＊　12ウ5・6・9　13オ6　13ウ2　14オ5・7・8・8・9＊・9　14ウ9　15オ3・7＊・9　16オ5　16ウ9　17オ2・5・10　18オ7　18ウ7・8＊　19オ5・6　19ウ1・3・4　20オ1・7・9　20ウ4・5・8　21オ4　21ウ2　23オ2・9　23ウ4（末尾の注）
べち・なり［別なり］
―なる（体）5オ6（漢字表記）
べつに［別に］6ウ10（漢字表記）

## ほ

ほうこう［奉公］19ウ8
→ごほうこう・ぶほうこう・ぶほうこうもの
ほか［外］1オ7　18ウ3・9　19オ1　23オ2
ぼっこ・む
―う（用）9オ7　12ウ5・7
ほど《名詞》3ウ3　6ウ5

第Ⅲ部　成城本狂言「武悪」総索引

**ま**

↓ほどに

ほど《副助詞》
5ウ8　8オ8　9ウ2　10ウ9　11オ1　13オ4　13ウ5　19オ2　16ウ8　23オ6

ほどに《接続助詞的用法》
1ウ7　2オ2　3オ1　5オ　14ウ7　15ウ1

まい《助動詞》
　まい［止］
　　3ウ4　4オ1　10ウ4・10　11オ1　11ウ8　15オ8
　まい（体）
　　2ウ5・7　3ウ2　5ウ10　7オ10　11オ9　14オ6

まうしあ・ぐ［申し上ぐ］
　―げ（未）10ウ3
　―げ（用）2ウ1　4ウ5　6ウ1　11ウ4　15ウ5　16オ9

まうし［申］《感動詞》
　11ウ9　14オ10　14ウ5　20オ7

まうしかは・す［申し交す］
　―し（用）1ウ5　3ウ9

まうしこ・す［申し越す］
　―し（用）1ウ5　4ウ4

まうしまうし［申々］《感動詞》
　20ウ5

まう・す［申す］

まこと［誠］
　2ウ8・8　10オ7・7　11ウ7　12オ5・6　15ウ7

まことに［誠に］《副詞》
　6ウ9　7ウ2　11オ4　15ウ7

　―さ（未）18ウ4
　―し（用）3オ3　7ウ8・9　8オ2・3　11ウ7・7
　―す（体）11ウ8　13ウ9　14オ3　16オ8　17ウ7　17ウ8　18ウ5　19オ9　21オ5

↓おとどけまうす
　18ウ9

まして［況して］《副詞》19ウ3

ま・す［増す］
　―し（用）2オ5

ます《助動詞》
　―せ（未）1オ6・7　2オ2　2ウ6・7　3オ4
　ませ（未）1オ6・7　13ウ1　14ウ7　17オ7　18オ8　19オ1
　まし（用）1オ6・9　1ウ3・5　3オ4　4ウ4　12オ5　13ウ6・9　17オ2・4　17ウ2
　まし［用］1オ6・9　11ウ10　12オ3・4　12ウ5
　ます（止）18ウ1・1　19オ9　21オ5・7　21ウ10　22
　―い（用）3・5・9　23オ1
　まする（止）2ウ1　12ウ9　13ウ3・3　ウ8
　ます（体）3オ3　12オ2・2

まする〔体〕　1オ4　2オ8　11ウ9　17オ6　23オ2
ますれ〔已〕　17オ5
　—り〔用〕　3オ3　13ウ3・3　14ウ7　18ウ1・1
　—っ〔用〕　5オ7
　—る〔止〕　6オ5・5　12ウ2
　—る〔体〕　3ウ1・3　5オ6・6　6ウ5　8ウ9

また《又》〔副詞〕　2オ1　3ウ7　9オ2　10オ3　11オ
また《又》　6オ6　12オ7・9　15ウ3・5　16ウ3　18オ8　19オ9
また《又》〔接続詞〕　2オ4　7オ8　8ウ1　10ウ5　14　20オ3　23ウ4（末尾の注）
まだ〔未だ〕　1オ9　9ウ5　20オ6　21ウ1　22オ6
ま・つ〔待つ〕
　—て〔命〕　7ウ4・5　8オ7・8　19オ1・1
まづ〔先づ〕《副詞》　2ウ5　3オ8　5ウ10　6オ2　7　11ウ3　16オ1　19オ1・1
まっかう〔真っ斯う〕《副詞》　3オ6　8オ1・4・8　8ウ10
まで《格助詞・副助詞》　2オ3　11オ7　15オ9　16ウ1　17オ6　18オ3　19ウ7
まはりかか・る〔廻りかかる〕
　—る〔体〕　14オ2（き）（ト書）
まへ〔前〕　16オ5　17オ10
まへ　→おまへ
まま〔儘〕　→そのまま
まゐ・る〔参る〕　3オ9　6オ5　11ウ4　14オ7・10　14ウ4
　—ら〔未〕　19ウ3・4

まんぞく〔満足〕　4ウ6
まんぞく・なり〔満足なり〕
　—な〔体〕　4ウ8　6オ9
まんまと《副詞》　10ウ2　12オ4・5

み

みし・る〔見知る〕
　—ら〔未〕　7ウ2　9オ6
みぞかは〔溝川・溝河〕　9オ7　12ウ5・6
みち〔道〕　18ウ9　19オ1
みつ・く〔見付く〕
　—け〔未〕　3ウ4
みづ〔水〕　12ウ9
みづごろも〔水衣〕　→しろみづごろも
みども〔身共〕《自称代名詞》　6オ4・9　7オ3　8オ4
みな〔皆〕　9オ9　23ウ4（の末尾注）
みな〔皆〕　10ウ5　12オ7　13ウ7　15ウ1　18ウ2
みのうへ〔身の上〕　11ウ3
みやづかへ〔宮仕へ〕　11オ9
み・ゆ〔見ゆ〕

第Ⅲ部　成城本狂言「武悪」総索引

みる［見る］
　―え（未）10ウ3・4　11オ3　14オ5　15オ7　17オ6
　み（未）14オ9　17オ3
　み（用）6ウ6　9ウ9（ト書き）10オ1　11ウ1　14オ10　14ウ4・6・8　17オ4・5・5　18ウ7（ト書き）
　みれ（已）7ウ2
　みよ（命）22ウ3
みれん［未練］10オ1　11ウ1
みれん・なり［未練なり］
　―な（体）9ウ2

**む**

むかしがたり［昔語］16ウ5
むさと《副詞》14ウ9　16オ1
むぢのしめ［無地熨斗目］23ウ4（末尾の注）・4（末尾の注）
むね［胸］13オ6
む《感動詞》2ウ1　16ウ1　18オ2

**め**

め［目］→おめ
め→がっきめ・ぶあくめ
めい［命］（命令の意）19ウ2
めいど［冥土］19ウ4
めこ［妻子］10ウ9・10
めこども［妻子ども］8オ10　8ウ7
めさりゃる［召さりゃる］
　―る（止）5オ1
めしつか・ふ［召し使ふ］
　―は（未）2オ1
　→つかふ
めんぼく［面目］15オ2・2

**も**

も《係助詞》1オ2・3・7・7　1ウ3・3　2オ3・4・5・9　3ウ9　4ウ2・3　5オ1・2・3・6・6　5ウ5・10　6オ6　6ウ5・10　7オ1・2・9　8オ1・2・4　8ウ1・10　9オ5・6・9　9ウ2・5・9　10オ6　10ウ6・8・9　11オ1・6・7　12ウ2・4　14オ3・6　15オ2・2・5・8　16ウ1・5　17オ6・7・8　17ウ4・7　18オ6　19オ4　19ウ3・7・8　20オ2・2・4・4・4・8　21オ1・1　22ウ2・4・4　20ウ2
もし→なにも・なんとも
もし《副詞》4オ7　11ウ9　17ウ9
もちふる・す［持ち古す］
　―し［用］21ウ9
も・し［用］21オ9
も・つ［持つ］
　―っ（用）7ウ7　8オ1　23ウ4（末尾の注。「もちて」の可能性あり）

もったいな・し [勿体無し]
　―い [止] 10オ8
もっとも（尤） 18ウ7
　↓ごもっともなり
もど・す [戻す]
　―い [用] 23オ10
もと・む [求む]
　―め [用] 22オ8
もど・る [戻る]
　―ら [未] 18オ7　23オ7
　―り [用] 11ウ8・10　12オ3
　―っ [用] 12オ1・1・1・2　22オ4　22ウ5　23オ9
　―る [体] 7オ3
　―れ [命] 3オ4　23オ6　23ウ1
もの [者] 2オ1・4　3ウ1　8ウ8　9オ3・6　9ウ
もの [物]（＊は、「者」表記）
　2ウ5・6　3ウ8　5・5　7ウ　9オ4　10オ3・6　11オ4・5・9　*11ウ4　12ウ1　14オ1　14ウ3　15ウ5・6　16オ2・5　16ウ2・4　16ウ4　17ウ4　17ウ5　18　ウ6　19オ2・2　19オ5　19ウ3・7　20オ9　22ウ2・5　3
　↓ぶほうこうもの
ものまう [物申]
　↓ものを
ものを《感動詞》3ウ5・6　4オ2
ものを《終助詞》2ウ7
もはや [最早] 2オ6　21オ10　22オ4・5

や

や《感動詞》12オ5　20ウ4
や《係助詞》15オ1　20ウ6
や《終助詞》20オ1　21ウ2
やあ《感動詞》20オ1　21ウ2
やあやあ《感動詞》19オ8
やあら《感動詞》9ウ2
やい《感動詞》8ウ1　9ウ10　10オ5　15オ1　17オ9　19オ6　19オ9　19ウ6　21オ9　21ウ
やい《終助詞》1オ2　9ウ9・9　10オ5・5　20ウ7
やい 20オ5・8　21オ3　22ウ1
やいやい 5　22オ3　23オ5・7　23ウ1
やいやいやい《感動詞》22ウ1
やうじゃう [養生] 4ウ8　6オ8
やう・なり [様なり]
　―に [用] 6ウ1　9オ1・8　13オ7　15ウ9　17オ1
　―で [用] 13オ1
　―な [体] 4ウ8　6オ8　10オ3　13オ9　14ウ6　17ウ4　18　オ7
やしき [屋敷・屋舗] 22ウ6・9・10　23オ2

↓おやしき・となりやしき
やすやすと［安々と］3オ2・3　7ウ9
やつ［奴］13オ4　14オ9
やっとな《感動詞》7オ8
やど《宿》8オ9・10　8ウ6・6　18オ7
やぶ《藪》16ウ6・8
やみやみと《副詞》9オ8
やら《副助詞》18ウ8・9
や・る《遣る》
―ら（未）8ウ3
―っ（用）12オ7
―る（止）7オ10
―る（体）3オ1
やれやれ《感動詞》5ウ7　12オ7　20ウ6

ゆ

ゆきちが・ふ［行き違ふ］14オ8（ト書）
ゆ・く［行く］
―い（用）14オ8（ト書）
―か（未）6オ4　10ウ5　13ウ2　17オ3・9　17ウ4
―く（止）18ウ7（ト書）
↓いく
ゆさん［遊山］13ウ1　18オ8
ゆづ・る［譲る］
ゆみやはちまん［弓矢八幡］17ウ2・3
ゆる・す［許す］
―い（用）23ウ3・3・3・3
―ら（未）13オ3　21オ6　23オ3

よ

よう《副詞》5ウ7　9オ4　17ウ4　22ウ3
よ・し［良し・能し］
―さ（語幹）（全例「さうな」が下接する）5オ2　6ウ2
―から（未）5オ3　5ウ5　16オ3　22オ4
―う（用）2ウ3　13ウ1　18オ8
―い（止）18オ9
―い（体）6ウ1　9オ1　10ウ5　15ウ8　18オ9　22
よって《接続助詞相当。詳細は、小林二〇一四・三参照》14
↓によって　オ1
よな《終助詞》2ウ2
よ・ぶ［呼ぶ］
―ば（未）1オ3・4
―ぶ（体）1オ5
より《格助詞》1ウ8　2オ3　14オ1・7　18ウ6　20オ9　20ウ4（ト書）　22ウ9
よ・る［寄る］

成城本狂言「武悪」総索引

─ら《未》16ウ9　20オ1・7　20ウ5　21ウ2
─る《止》20ウ4（ト書き）
─る〔体〕19オ6　20オ8
よる〔夜〕20ウ9

**ら**

らいせ〔来世〕19ウ7
らしい《助動詞》
　らしう〔用〕16ウ5・7
らる《助動詞》
　られ《未》8オ6　16ウ9
　られ〔用〕1オ4　3ウ4　5ウ2　8オ8　13オ3　17
　らるる〔止〕14オ9　20オ7　20ウ5　21ウ2・7
　らるる〔体〕1オ3　5ウ1　10ウ9　11オ1　14ウ5　20オ4　20ウ9　21オ1・3・4・6　21ウ5　22オ
　られい《命》2ウ5　23オ3

**り**

りしゃう〔利生〕→ごりしゃう
りょぐわい・なり〔慮外なり〕
　─に〔用〕2オ8

**る**

る《助動詞》
　れ《未》9オ9　9ウ7
　れ〔用〕2オ1　2ウ2　3ウ8　9オ5・6・9　12ウ9
　る《止》20オ1　13ウ6　22ウ7
　るる〔体〕21オ9
　るれ〔已〕20オ1
　れい《命》8オ7　9オ2　9ウ5

**れ**

れい〔例〕1ウ1
れうけん〔了簡〕15ウ9
れうけんちがひ〔了簡違い〕22ウ2

**ろ**

ろ《ラ行四段・ラ行変格活用の語が助動詞「う」を伴うとき、語尾が「ろ」となったもの》12ウ2
ろし〔路次〕16オ6

**わ**

わごりょ〔和御料〕《対称代名詞》4オ5　4ウ6　6オ3・6　7オ4　10オ8　15ウ8
わざよし〔業良し〕13オ2
わたくし〔私〕《自称代名詞》12ウ4　14ウ1・2・5・6

第Ⅲ部　成城本狂言「武悪」総索引

15ウ4　17ウ5　18オ6　22ウ8

わびこと［侘言］
↓おわびこと

わる・し［悪し］
―う（用）18オ6

**ゐ**

ゐる［居る］（＊は仮名表記のもの）
ゐ（未）1オ3
ゐ（用）22ウ3
↓をり

**を**

を
《格助詞》

を
イ〔体言＋を〕
1オ4・6　1ウ3　2オ5・8　2ウ
3オ1・2・7　3ウ3・4　4オ
4ウ7・8・9　5オ2　5ウ1・2・3・4
6オ8　6ウ1・3・4
7オ1・4・7　7ウ1・
8オ2・4　8ウ1・
9オ2・4・8　9ウ2・3・6・
10オ1・2・3・3・5・9　10ウ2・6
11オ　11ウ1・2
12オ7・8　13オ8
14オ3・4・
15ウ2・　16オ1　16ウ3
17オ3・10　17ウ1
18オ4　18ウ7（き卜書）
19オ3・4　19ウ2・6・
20オ7・8　20ウ7
21オ2・7・9
22オ7・8・10　22ウ6・7
23オ1　23ウ4（末尾の注）

ロ〔活用語連体形＋を〕例ナシ
↓をば・をも

をさ・むる［納る］
―むる（体）10オ6

を・し［惜し］
―しから（未）8ウ7
↓くちをし

をし・む［惜しむ］
―む（体）9ウ3・6

をば〔助詞連語〕8ウ2　15ウ4　20オ5

をも〔助詞連語〕1ウ4　2オ1　4ウ4　5オ4　5ウ5

を・り［居り］（＊は、「を」部分が平仮名表記のもの。それ以外は漢字「居」表記）
6オ7　8オ1　9オ6　21ウ4　23オ5
―っ（用）1オ5
―り（用）1オ5・7＊
―ら（未）1オ2・7＊
―る（止）5ウ9　14オ8（き卜書）
―る（体）1オ2　6ウ6・8　14ウ9
―れ（已）2オ5
―れ（命）9ウ9・9＊
―れい（命）10オ4・5＊

278

# 付記

本総索引は、本稿の筆者小林千草と、東海大学大学院文学研究科日本文学専攻修士課程修了生の山岸麻乃・浦谷陽子・峯村麻利子との共編に成る。以下、作業経過を記す。

（i）小林が、成城本「武悪」本文に文節および単語区切り線を入れたものを各自に渡し、手書きカード作業に入る。参考として、『大蔵虎明本狂言集総索引』シリーズの一冊、および『狂言六義総索引』の凡例部分のコピーを渡す。（二〇一四年七月二七日）

（ii）各自、採録したカードをもちより最終チェックしたのち、五十音化作業のやり方を相談したところ、エクセル入力して自動整理するのがよいとのことで、峯村麻利子の主導のもとエクセル入力のフォーマットが作成される。（二〇一四年九月二六日）

（iii）フォーマットにしたがって各自入力したものをもちより、峯村麻利子の主導のもとにデータを合わせて、総索引の〝基本台帳〟ともいうべきものが完成する。（二〇一四年一一月二日）

（iv）〝基本台帳〟をもとに、小林が、本文（原文）を点検しながら、「総索引」の原稿を作成。この際、若き三人のエクセル処理をしたものの便利さと限界を知ることになる。品詞認定や意味機能把握の〝ゆれ〟や甘さが錯綜し、大きな変更を余儀なくされた項目もかなり存在し、エクセル処理の苦手な小林は、手書きによる清書に切りかえる。

（v）小林による「総索引」清書完成には、かなりの日数を要した。（二〇一四年一二月一一日完成）その後、逆引き作業に入る。社会人として仕事をもつ彼女たちの自由になる時間を考慮し、ある程度のゆとりをもって臨んだため、リレー式に郵送していった逆引き台帳が小林の元に戻ったのは、二〇一五年一月八日のことであった。

(vi)その後、小林が採録もれを清書原稿に挿入し、かつ、全体的な見なおしを行ない、「総索引」を含む「成城本狂言「武悪」総索引」なる原稿を完成させる。すみやかに、『湘南文学』に入稿の手続きをとる。（二〇一五年一月一三日）

(vii)初校ゲラ校正は四人一同に会して分担して行ない（二〇一五年二月一日）、再校・三校については、小林が全ての責任をもって行なった。

以上のような経過をもつ本索引は、本稿の筆者であり編者代表である小林が初めて公にする総索引である。小部な「武悪」でさえ、こんなに大変なのだから、狂言台本に限らず、大部な索引を公刊されている方々の御苦労と、文法・語彙全てに渡る造詣・知識にあらためて頭が下がる思いである。

成城本狂言「武悪」は、筆者が前任校の成城大学短期大学部において研究用・教材用として古書店より求めたもので、東海大学に転勤後に、成城大学図書館蔵になったものである。東海大学を定年退職するにあたり、前任校時代に出会った文献を、東海大学で出会った元院生たちとともに総索引という形のあるものに出来たことは、縁のありがたさとともに、大変幸せなことであると思う。ささやかな本総索引が、中世～近世語研究の、あるいは、狂言研究の一助になることがあれば、さらに幸せなことである。

# あとがき

「はじめに」に記したように、本書は、著者が前任校である成城大学短期大学部時代に出会い、転任校の東海大学大学院にて教材として活用する一方、研究・調査を進めたものである。

論文発表はまとめやすい曲から行ない、

1「狂言台本の翻刻と考察〈成城本「鏡男」と「鬼瓦」の場合〉」（『湘南文学』第四七号　二〇一三年三月）

2「狂言台本の翻刻と考察〈成城本「柿山伏」の場合〉」（『東海大学　日本語・日本文学　研究と注釈』第三号　二〇一三年三月）

3「成城大学図書館蔵狂言「骨皮」「墨塗」の性格と表現」（『近代語研究　第一七集』〈武蔵野書院刊〉二〇一三年一〇月）

4「成城大学図書館蔵狂言「悪太郎」の性格と表現」（『日本語史の新視点と現代日本語』〈勉誠出版刊〉所収。二〇一四年三月）

5翻刻「成城大学図書館蔵狂言「悪太郎」「骨皮」「墨塗」」（小林千草を責任者とし、山岸麻乃・浦谷陽子・峯村麻利子の共編の形をとる。『日本語史の新視点と現代日本語』〈勉誠出版刊〉所収。二〇一四年三月）

6「狂言台本の翻刻と考察〈成城本「武悪」の場合〉」（『湘南文学』第四八号　二〇一四年三月）

7「狂言台本の翻刻と考察――成城本「老武者」の場合――」（『東海大学　日本語・日本文学　研究と注釈』第四号　二〇一四年九月）

8「成城本狂言「武悪」総索引」（小林千草を責任者とし、山岸麻乃・浦谷陽子・峯村麻利子の共編の形をとる。『湘南文学』第五〇号　二〇一五年三月）

という順であったから、本書の章立てとは相前後するものもある（本書では、成城大学図書館の登録番号順に並べかえて構成している）。なお、第七章は、本書のための書きおろしである。

成城大学図書館蔵『狂言集』一四冊は、幕末期の台本であっても、いわゆる〝ゆるがせ〟にしたものは一冊たりとはなく、それぞれにセリフとしての最大限の効果が託されていた。その事実を目の前にして、〝人の仕事《わざ》〟として尊敬の念をいだくこともあった。また、思わず当代のことばがまぎれていることに、〝伝統〟と〝現在〟（当代性）のはざまを垣間見、ここにも、〝人間《ひと》〟を感じた。それと同時に、「日本語の歴史」の研究データが、資料の書かれた年代をあぶり出すことが出来ることの面白さも、あらためて感じることが出来た。

中世〜近世の変革期であった戦国時代が日本語史研究の一つの宝庫となったように、幕末〜明治期は、今後とも日本語史研究の豊かな水脈となっていくことであろう。その小さなせせらぎの一つに本書がなってくれれば、こんなに嬉しいことはない。

最後に、本書の刊行にあたって大きな御力添えをいただいた清文堂出版、とりわけ編集実務にあたって下さった前田保雄氏に心よりのお礼を申し上げます。また、二〇一三年三月の再調査にあたり成城大学図書館より全一四冊にわたる翻刻御許可をいただいたことに対して、深甚のことばをあらためて申し上げたいと思います。

二〇一六年四月

小林　千草

この本も　母に捧げん　桜咲く頃

II　語句・事項索引


## り

リアルな演出　14
リズミカルな会話　139
りやう(寮)　106
臨場感　30

## る

類例の強調　30

## れ

歴史的仮名遣い　104

## ろ

老人　171
六角殿の童坊　70

## わ

ワイ系　176
ワイ系の終助詞　177
わいの　176
わいやい　171,176,177
わうちやく者　117
若書き　163
別れの挨拶　64
脇狂言　91,92
わきまえ表現　90
和語　154
和本(冊子本)　22,123
笑ふ〳〵　26

## を

ヲヽ　25,38

## (くり返し符号)

〳〵　4,24,37,125
々　4

## A

Acugio.　47
awaya! coto ga deqita wa　186

## M

Mimai,ŏ,ŏta　20

## X

Xuxô.　42

Ⅱ　語句・事項索引

身分意識　176
見舞う　15,21
見舞ひ　14
見廻り　14
耳に立たない表現法　86

## む

ム丶　126
室町ことば　15
室町ことばらしさ　16

## め

め　149
明治前期の女ことば　187
命令　166
命令・依頼表現　109
命令形に終助詞「は」が付いたもの　145
目の前に展開する事実　175,176

## も

も　32
申〳〵　88
物語展開　52

## や

ヤ　5,11,126,149
ヤア　5,6,71,77
ヤア丶　117,122
ヤア・ア　122
ヤア引　117,122
ヤア〳〵　12,25,71,148
やあら　116,127
ヤイ　5,12,25,38,117,126,148
ヤイヤイ　175
ヤイ〳〵　127,148
ヤイ〳〵〳〵　5,12,88
ヤイ〳〵〳〵ヤイ　127
役者のとっさのセリフ　87
役者の名前　45
役者名　23,93,125
役に立つ　120
やつ　145
ヤツトナ　5
ヤツトナ〳〵　5
やひ〳〵　38
山伏の気弱さ　12
山本東本独自の色合い　150
やや位の低い台本　85,86
やるまいぞ　35
やるまいぞ〳〵　140
やれ〳〵　25
ヤレ〳〵　127

## ゆ

有効な工夫　184
幽霊　137,138,140
弓矢八幡　61
弓矢八幡給べますまひ　55

## よ

用紙(料紙)の大きさ　99
用に立つ　120
四つ仮名　127
よって　34,165⇨によって
依て　73,95,145⇨に依て
仍て　95⇨に仍て
呼びかけ場面　31
読み込み　182
より　32
より硬い文語のセリフ　97

## ら

ラ行四段活用動詞の非音便形　13
ラ行四段動詞　20

表記　4,23,36,125
表記形態　109
表現意識(演出意識)　18
表現効果　91,178
表現者の微妙な視点の相異　32
表現上の面白さ　180
表現の角度　153
表現の観点　153
表現領域　167
ひら仮名　25,33,38,39
ひら仮名表記　6,43,127
品位　90

ふ

副詞　63
複数意識　90
複数の把握　30
不審な　120
不審に思ふ　73
舞台演劇　184
舞台演出　12,177
舞台効果　136
譜点　24
「ふ」と表記　8
ふふう〳〵と　184
振り仮名　5,25,38,126
古い言語相　184
文化史　97
文久二年　157,158
分家系　20,47,98
分家の八右衛門家　95
豊後岡藩　157
文章としては立体的　14
分析的な表現方法　14
文増減にかかわりのない語・句の増減　85
文末が命令・依頼表現　104
文末に来た「は」　13
文末は下降調　178
文や句の増減　84

へ

へ　32
平叙表現　15
並立的影響　157
別仕立ての台本　164

ほ

方言対立　108
冒頭の設定　135
佛菩薩　69
ほどに　120,122,144,165,167,168,184
ホドニ　34,77,166
程に　72,104,109,114
「骨皮」のオノマトペ　181
本文同筆　23,123
本文の行詰め　102

ま

まいりまする〳〵　140
参るぞかかるぞ　154
参るそかゝろそ　154
前之通　111
まじり〳〵と　181
ます　60,73,86,89,150
ますか　104
まする　150
まするか　104
町方の話しことば　177
沾　32
萬(万)延元年　157,158,162

み

短い会話　115
短いコミュニケーション　59
道行(道行き)　31,136
身共　71,85,89

名乗り　107,108
名乗道行　7
なう〳〵　25
なふ～や　25
南無阿弥陀仏　69,71
なりの能ひ　58

## に

逃げ入り　140
日常口語　178
にっくい　116
につと　179,180
二文化　156
二文構成　146,156
によって　34,120,122,165,167,168,184
に依て　33,72,73,95,145
に仍て(に依而)　104,109,112,114,
ニヨッテ　166
似寄り度　94
似よりの高さ　63,72

## ね

念仏宗系の僧　70

## の

の　12
能の間(あい)　96,97
後の時代の要求　117
のふ〳〵　104

## は

破　51
ハ　98
～は(～ハ)　170,176,177
はあ　12
ハア　11,25,31,38,126,146,148
ハアヽ　77,148
ハァ引　38,46
ハア引　127
ハ行転呼音現象　127
幕末期　165,168
幕末期台本　184,185
幕末期の書写　163
幕末期の台本　139,165,168
幕末期～明治初期　97,157
幕末～明治期　145,177,179,181,184
橋掛りの長さ　140
発話者　23,125
ハテ　127,148
はとのむめくやうにおしやつた　183
破の段　51,53,107
〝場〟の臨場感　59
ハヽア　11,20
ハハハ　65
「ハ」表記　5
はや　14
「～ハ。」(わ)　184
反語問いかけ　152
反語表現　87
反論的場面　31

## ひ

ヒイ　6
ヒイー　17
ヒイ〳〵〳〵　6
ひいよろ〳〵〳〵　6
ヒイヨロ〳〵〳〵　6
非音便形　13
引　46
ひさゝいはれ　92
筆跡　102
ひとては取れ　92
「ひ」と表記　8
独り言(一人言)　13
一人言　137,169
微妙な書写のゆれ　150

ぢや　128
ぢやぐわん〳〵　180
注意を喚起させる　176
中世～近世語研究　280
中年以降の役者　80
ちょうどある　60
重宝　46
調法　46
直接会話する相手に伝える　175
ぢよろ　77

## つ

追従場面　60
つうつと　179
強い気づき　11
強い語調　87
強いもちかけの終助詞「は」(わ)　172
強めの係助詞「は」　13

## て

丁寧語　89,153
デェース　42
デエス　42
てくれう　15
です　41
「で候《す》」　171
手すき和紙　99
ですは　170
でも　32
てやらう　15
伝承　184,185
伝承維持　16
伝承性の高い　76
伝承台本の書写　103
伝承の維持　173
伝承の堅固さ　36
伝統(伝承)性　61
伝統的な虎寛本のセリフに回帰　149
伝統踏襲　97
伝統復帰　95,119,120

## と

といふは(と言ふハ)　90,175
当代性　185
動詞命令形の「い」　8
踏襲　139
登場人物の会話　139
当代性　35,76
当代の言語反映の度合い　173
当惑のニュアンス　12
ト書き　7,25,39,67,75
ト書き部分　120
独自性　136
独自本文　68,74,75
独自本文(セリフ)　65
篤と　179
とくと　179,180
ところで　34
所で　33,137,155
と存る　141
どつと　179,180
とハ　90
虎寛本系　37
虎寛本に回帰　156
虎寛本の伝承　138
とり立て　30

## な

な　12
なう〳〵　104
なう腹立や　54
長いセリフ　43
長刀にのせる　54
何　147
何が　146
何が扨　147

接続助詞「て」 156
接続助詞「ば」 5,25,38,126
接続助詞「程に」 57
折衷的様相 150
設定の違い 64
セリフ 4,24,30,70,85,88,136,154,164,169
セリフ劇 61
セリフ展開 62
セリフ主 4,102,103
セリフの刈り込み 66
セリフの記し方 49
セリフの増加 64
セリフの発話者 102
セリフは同一で会話箇所の異なるもの 139
セリフ分量 51
セリフ量の多い台本 125
前件 167
前時代の言語相を反映する曲 168
禅宗 69
禅宗系 105
禅僧 70,105
禅寺 105,112
戦闘的な物言い 89

## そ

ぞ 87
そう言ってくれ 138
造型 74
宗家系 47,98
宗家伝承本 85
蔵書 162
漱石作品の女性の使う「わ」 188
候間 96
促音便形 13,108
そつとも 180
その後百五十年間の変容 19
ぞよ 87
ソリャ〳〵 175
某 85,89
夫〳〵 6,25,38,175
夫よ〳〵 38
尊大 12
尊大な表現 15

## た

第三者の言辞を、自分に言い聞かせる 175
大字表記 25,39,127
大分 152
台本 4,152,184
台本固有の存在価値 86
台本作成者 105,183
台本書写 23,80,93,97,125
台本に書き記す 140
台本の所持者 23,124
台本の整合性 108
互いの流派の〝特化〟 184
濁音化した「ズ」 42
濁点 4,24,38,125
濁点意識 25,126
駄狂ひ 113
他流の状況 185
他流の台本 184
男性の使用 169,176
段々(だんだん) 152
段々に 152
断定の助動詞「じゃ」 159
断定の助動詞「ぢや」 8
旦那あしらひ 106
旦那あしらひを大切に 107
旦那衆の気に入る様に 107

## ち

小サ刀 7
ちうど 77
地方色豊か 184

自分への言いきかせ　175
します　121
しめ　57
じや・じゃ　26,39,111,128
社会意識　176
社会現象　21
社会体制の変動　120
釋迦かだるま　69
じやぐわん〳〵　179
「じや」と表記　8
しゃべり口の反映　77
祝言性　87,92
自由裁量　183
終助詞「ぞ」　86
終助詞「ぞよ」　86
終助詞「は」　172
終助詞「ハ」　85,171,173,175
終助詞ハ(「わ」)　13
終助詞「は」(わ)　169
終助詞「ハ」(わ)　32,86,170
終助詞「わ」　178
熟語意識　30
殊勝　42
じゅず(数珠)　69,70
出演　103
出家狂言　121
序　51
出《じョ》う　155
上位者意識　90
上位者から下位者への使用　176
上演時間の延長　60
上演された時代　97
小字表記　127
書誌的事項　2,22,123
助詞の相異　85
助詞の増減と相異　142
書写　91
書写許可用の台本　85
書写者　102
書写状態　150
初心者の曲　4
女性の使用　176
序の段　51,52,103
初歩的な曲　163
庶民の男女の会話　172
所有者　102
所有者名　103
じよろ　69
資料的位置づけ　165
シンザエモン　47
森〳〵と　179
新鮮な試み　16
人物設定　177
人物設定(キャラクター化)　177
人物造型　87

## す

随分　152
随分と　152
推量　166
候《ス》は　171
スハヤ　186
墨付　19,46,76,98,121,125,158
スヨ　42
ズヨ　42

## せ

性格造型(キャラクター)　135
成城本独自　136,148,153,156
成城本独自のセリフ　135
成城本の意図した演出　117
成城本の演出　7
成城本の狙い　109
せいで　152
勢力交替現象　165,168
接続助詞　184

| | |
|---|---|
| 御機嫌とり | 59 |
| 語気の強さ | 178 |
| 国語史 | 95 |
| 国語史的 | 163 |
| 国語史的変遷 | 104,120,165 |
| 語句の相異 | 90 |
| 語句の増減 | 140 |
| 心地 | 76 |
| 心得ました | 84 |
| 心持 | 76 |
| ございます | 151 |
| 御ざる | 73 |
| 御座る | 8,26,39,128 |
| 御坐る | 128 |
| ことばづかい | 74 |
| 語のくり返し | 4,24,37,125 |
| 此姿に成す | 68,69 |
| コミュニケーション | 63 |
| 笑劇（コメディー） | 106 |
| 御用 | 77 |
| 紙縒 | 101 |
| こより綴じ | 76,98,121,158 |
| 是〳〵 | 25 |
| 衣 | 69,70 |
| 混淆（コンタミネーション） | 43 |
| 困惑やあせり | 149 |

さ

| | |
|---|---|
| 坐 | 39 |
| さあ | 38 |
| サア〳〵 | 5,127 |
| さう言ふて呉ひ | 138 |
| さかい | 34 |
| さかいで | 34 |
| さかいに | 34 |
| 鷺十代目 | 162 |
| サ行四段動詞イ音便化現象 | 43 |

| | |
|---|---|
| 鷺流台本 | 161,162 |
| ざざんざ・ざゞんざ | 52,70,76,77 |
| ざゝんざァ | 66 |
| 冊子 | 80 |
| 冊子本 | 19,45,76,98,121,158 |
| さて | 14 |
| 扨〳〵 | 38 |
| 扨も〳〵 | 25 |
| さめ〳〵と | 180 |
| さりとて | 86 |
| さりとては | 86 |

し

| | |
|---|---|
| 視覚的に文法要素を伝える効果 | 5,38 |
| しぐさ | 16,20 |
| しぐさや声の調子 | 14 |
| 字訓 | 42 |
| 自己主張 | 178 |
| 自己を誇大化した | 41 |
| 事実の叙述 | 166,167 |
| 自称詞 | 71 |
| 師匠筋 | 91 |
| 師匠の許可 | 93 |
| 次第 | 24 |
| 下地も有り | 62 |
| しつくり | 116,122,182 |
| しつくりと | 183 |
| しっぽり | 122 |
| しっぽりと | 116 |
| しつぽりと汗をかく | 182 |
| 字詰め | 4,50,164 |
| シテ | 4,15,18,23,86,125,135 |
| シテ謡 | 23 |
| シテ出羽より後斗り | 80 |
| シテとアドの間合い | 122 |
| シテよりも重要な役回り | 125 |
| 視点（注目点）の相異 | 58 |

Ⅱ　語句・事項索引

| | |
|---|---|
| 行詰め | 164 |
| 曲毎の不均質さ | 168 |
| 曲の位 | 90 |
| 清水参詣 | 137 |
| 均一性 | 95 |
| 近世後期以降の様相 | 104 |
| 近世後期の狂言受容 | 2,22,79 |
| 近世的物言い | 32 |

## く

| | |
|---|---|
| 愚僧 | 71 |
| 口稽古の筆録 | 80 |
| 口喧嘩 | 115 |
| 口真似 | 182 |
| 句読点 | 24 |
| 位（くらい） | 85 |
| 位が上がって見える | 97 |
| くり返されるセリフ | 140 |
| くりかえし | 43 |
| くり返し回数の相異 | 140 |
| くる〳〵と | 179 |
| くわっと | 179 |

## け

| | |
|---|---|
| 敬意 | 90,151 |
| 敬意表現 | 74,89 |
| 敬語 | 30,43,149 |
| 敬語に関する相異 | 89 |
| 敬語表現 | 89 |
| 芸術性 | 76 |
| 係助詞「は」（「ハ」） | 5,25,38,85,126 |
| 係助詞「も」 | 86 |
| 芸能史 | 97 |
| 形容詞の活用語尾「い」 | 8 |
| 形容詞連用形のウ音便 | 13 |
| 形容詞連用形の非音便化形 | 13 |
| 言 | 46 |
| 原因・理由表現 | 155 |

| | |
|---|---|
| 原因・理由を表わす条件句 | 165,168,184 |
| 原因・理由を表わす条件句表現形式 | 34 |
| 原因・理由を表わす接続助詞（相当句） | 72 |
| 原因・理由を表わす接続助詞（それに準ずるもの） | 33 |
| 見解 | 166 |
| 喧嘩口調 | 90 |
| 現行狂言 | 17 |
| 現行曲 | 95 |
| 現行台本 | 20,60,63,65,75,138 |
| 現行舞台 | 42 |
| 現行本 | 56 |
| 言語資料 | 185 |
| 言語責任 | 154 |
| 言語相 | 167,184 |
| 言語年代の早い遅いを知らせるマーカー（指標） | 167 |
| 現在形 | 155 |
| 現実の舞台 | 87 |
| 見所（観客） | 44 |
| 現場的流動性 | 96 |
| 原表記 | 38 |
| 言文一致運動の頃『浮雲』の場合 | 188 |

## こ

| | |
|---|---|
| 御意見 | 77 |
| 語彙・表現の特性 | 83 |
| 後件 | 167 |
| 後件の種類 | 166 |
| 恒常仮定表現 | 15 |
| こう伝えてくれ | 138 |
| 口頭語的 | 154 |
| こかあ | 15,16 |
| コカァ〳〵 | 15 |
| こかあこかあ | 16 |
| コカアコカア | 94 |
| こかあ〳〵〳〵 | 6 |
| コカア〳〵〳〵 | 6,15 |

291

合点のが行かぬ　120
合点の行(か)ぬ　69,73,148
過渡期の狂言台本の精査　120
過渡形　75
仮名書き　153
仮名遣い　7,26,39,127
紙こより　22,123
上下(裃)　44
から　32
借りて　108
軽い敬意　57
観客　12,65,136,177
観客の嗜好(志向)の変化　120
観客への説得力　137
漢語　154
関西系のお笑いのノリ　21
関西の男性　178
漢字　39
漢字一字のくり返し　125
漢字表記　127,153
簡素化された台本　85
簡素なセリフ構成　84
感嘆の度合い　148
間投詞　117
感動詞　5,12,25,31,38,85,175
感動詞に関する相異　87
感動詞の増減と相異　146
感動文　32

## き

聞事(ききごと)　149
聞事におりなひ　149
擬声擬態語　63,178⇨オノマトペ
気づき　88
〝気づき〟機能　187
〝気づき〟の場面　186
気付き場面　31
きつさき　92
規範意識　140
規範的　104
規範的な表記　8,26,39
気味　63
き持　63
気持　76
気持ちが悪い　63
疑問　166
疑問の終助詞　88
疑問の終助詞「か」　86
疑問の終助詞「ぞ」　12,85
疑問表現形式　12
きやあ⌒⌒　6
キヤア⌒⌒　6
キャラクター化　17,72,110
キャラクター設定　18
キャラクター把握(人物造型)　86
急　51
急の急　67,71,85,117
急の段　51,65,113
急の破　115
きょいきょいと　181
きょいと　179,180
狂言研究　280
狂言師　35
狂言詞章の伝承　16
狂言資料研究　97
狂言台本　21,93,102,120,127,172
狂言台本書写　4
狂言台本としての性格　51
狂言台本のセリフ　66
狂言のことば　171,173
狂言舞台　35
狂言役者　18,19,76,91,94,97,103,120,163
狂言役者の台本　18
狂言役者名　49
狂言らしさ　177
強調効果　147

## う


謡仕立て　92
謡章句中の相異　83
謡符号　23
云　46
うんすう　182,183


## え


ヱイ　88,126
ヱヽ　25
江戸後期～幕末期　96,172
江戸後期～幕末期の女ことば　187
江戸庶民　181
演劇　152
演出　12,15,59,87
演出上の要　15
演出上の相異　12
演出処理　105
演出の相異　89
演ずるための台本　45
演能許可　91


## お


御　89
追い込み　35
仰らるヽ　89
応答語的　39
大かた　152
大蔵宗家系　4,18,23
大蔵宗家系の台本　36
大蔵宗家筋　93
大蔵虎寛本系　18
大蔵虎寛本の伝統(伝承)　157
大蔵流主流　16
大蔵流台本　160,162,163,185
大蔵流の台本　93
仰付らる　156
仰らる　156
奥書　162
おしやる　89
畏て御座る　57
御～なさる　89
「鬼瓦」のオノマトペ　179
鬼山伏狂言　91
オノマトペ　6,7,15,122,178,180,181,182,183,184
己(おのれ)　85,116
おまさう　74
オリジナルな部分　119
おりやる　72,74,111
〝女ことば〟としての「わ」の成立と衰退　188
女ことばの終助詞「わ」　178
穏便なことばづかい　86


## か


かあ　16
かあかあ　16
カアカア　94,99
カア〳〵〳〵　6
会話　59
会話構成　153
会話(コミュニケーション)構成法　137
会話数　116
係助詞《かかりじょし》⇨けいじょし
書き手　127
「柿山伏」の欠けた本文　163
隔夜《かくや》(隔夜参詣の修業をする僧)　70,71
過去形(完了形)　155
笠　69,70
カタカナ　25,38,39
カタカナ表記　6,7,25,39
語り　15,31
借って　108
仮定条件　86

| | |
|---|---|
| 篭太鼓の間（成城本） | 3,161,185 |
| 老武者（成城本） | 3,19,95,161,173 |
| 老武者（虎光本） | 174 |
| ロドリゲス日本大文典 | 186 |

## わ

| | |
|---|---|
| 若い衆＊（「老武者」） | 88 |
| 渡辺本 | 183 |
| 和調 | 101,124 |

# Ⅱ　語句・事項索引

## あ

| | |
|---|---|
| ア、 | 25,85,88,126,146 |
| ア、痛〳〵 | 88 |
| ア、（ア）痛〳〵〳〵 | 17 |
| ア、痛〳〵〳〵 | 88 |
| あ、扨 | 146 |
| 間狂言 | 19,96,97 |
| アイタ〳〵〳〵 | 17 |
| 間台本 | 96 |
| 相手への注意喚起 | 175 |
| 相手へのもちかけ | 148 |
| 間のセリフ | 102 |
| 悪につよきハ善にもつよひ | 75 |
| 新しい女 | 178 |
| 新しい女の誕生、漱石作品の女たち | 188 |
| アッア | 146 |
| アド | 12,86,135 |
| あの | 147 |
| 阿弥号 | 70 |
| あらたまった表現 | 71 |
| あらたまり意識 | 158 |
| あらたまりの気持ち | 150 |

| | |
|---|---|
| あわや！事ができたわ | 186 |
| アワヤ亙出来リ | 186 |
| 安政三年 | 158 |
| 安政四年 | 162 |
| 安置せう | 43 |

## い

| | |
|---|---|
| 〝言い聞かせ〟機能 | 187 |
| 言い立て | 90 |
| イエ | 88,127 |
| 家元直傳之秘書 | 162 |
| 生簀の場 | 153 |
| 意志 | 166 |
| 意志や推量の助動詞 | 167 |
| 意志や推量の助動詞「う」 | 8 |
| 和泉流 | 120 |
| 和泉流台本 | 163,185 |
| 和泉流台本、およびそれに深くかかわる台本 | 161,162 |
| 和泉流の台本 | 180 |
| いたき留 | 92 |
| いだき取 | 92 |
| 一文化 | 156 |
| 一文構成 | 146 |
| 出立 | 44 |
| 出立ち | 75 |
| 出立の説明文 | 35,49 |
| 田舎びた | 41 |
| 田舎者 | 171 |
| 今自分が気づいた（知った）事実 | 175 |
| イヤ | 5,9,11,25,31,38,88,126,146,175 |
| イヤ〳〵 | 5,38,126 |
| イヤ申 | 38 |
| 依頼 | 166 |
| 異流 | 179 |

Ⅰ　人名・書名・曲目索引

はん女の間　　　　　　　　96,97
はん女の間（成城本）　　3,161,185

ひ

百二十句本平家物語　　　　　186
平仮名盛衰記　　　　　　　　180

ふ

武悪　　　　　　　　　　122,136
武悪（和泉流）　　　　　　　176
武悪（成城本）　　3,95,161,165,173
武悪（虎光本）　　　　　　　175
武悪＊（「武悪」）　　136,137,138,
　　　　　　　　　　145,148,156
不干ハビアン　　　　　　　　186
附子　　　　　　　　　　　　163
附子（成城本）　　　　　　　2,3
船弁慶の間　　　　　　　　96,97
船弁慶の間（成城本）　　3,161,185

へ

〈平間語壱番〉本（成城本）　161,163
平凡社　　　　　　　　　　　121
勉誠文庫　　　　　　　　　　186

ほ

宝暦名女川本　　　　　　　　183
骨皮　　　　　　　　　　182,183
ほね皮しんぼち　　　　　　　184
骨皮（成城本）　3,95,145,161,165,181
骨皮（天理本）　　　　　　　183
骨皮（虎明本）　　　　　　　182
骨皮（虎光本）　　　　　　　174

ま

前田勇　　　　　　　　　　　159
萬延二年　　　　　　　　　　163

み

峯村麻利子　　　　　　　121,279
三宅庄市　　　　　　　　　　176

む

村上謙　　　　　　　　　　　159

め

『『明暗』夫婦の言語力学』　　188

や

八右衛門家　　119⇨大蔵八右衛門家
弥作　　　　　　　　　　45,124
山岸麻乃　　　　　　　　121,279
山口鷺流狂言資料集　　　　　183
山伏＊（「柿山伏」）　3,4,11,17,163
山本東　　　　　　　　　20,157
山本東本　21,55,56,60,63,65,67,70,
　　　　75,77,78,94,137,138,139,
　　　　140,142,145,146,148,150,
　　　　151,152,153,154,157,158
　　　　　　　　⇨大蔵流山本東本
山本東本「悪太郎」　　　　52,55
山本東本「武悪」　　　　　　136
山本家　　　　　　　　　15,16
　　　　⇨大蔵流山本家・山本東次郎家
山本家現行本　　　　　　　　31
山本東次郎家　　　　　　　　157

り

両足院蔵二冊本　　　　　　　42

る

類字折句集　　　　　　　　　180

ろ

篭太鼓の間　　　　　　　　96,97

I　人名・書名・曲目索引

| | |
|---|---|
| 成城本D | 93,100,101,161,181 |
| 成城本B | 22,45,48,49,76, |
| | 93,100,161,179 |
| 成城本「武悪」 | 123〜159,166, |
| 225〜238（翻刻），240〜278（総索引） | |
| 成城本「骨皮」 | 101〜120,166, |
| 214〜220（翻刻） | |
| 成城本「老武者」 | 79〜99,166,184, |
| 211〜214（翻刻） | |

た

| | |
|---|---|
| 『太平記』 | 186 |
| 大名＊（「鬼瓦」） | 36,41 |
| 太茂 | 45,49,124 |
| 太郎冠者＊（「鬼瓦」） | 36,43 |
| 太郎冠者・太郎＊（「武悪」） | 136,137,140, |
| 141,145,148,149,150,151,153,155 | |

ち

| | |
|---|---|
| 忠兵衛 | 101,124 |

て

| | |
|---|---|
| 亭主＊（「老武者」） | 88 |
| 天理図書館善本叢書 | 183 |
| 天理本『狂言六義』 | 183 |

と

| | |
|---|---|
| 土井忠生 | 186 |
| 道中粋語録 | 147 |
| 〈遠山氏本〉（成城本） | 161 |
| 〈遠山本〉（成城本） | 161 |
| 斎呼び＊（「骨皮」） | 113,114,115 |
| 豊臣秀次 | 121 |
| 虎明本　8,14,77,169,186⇨大蔵虎明本 | |
| 虎明本「鏡男」 | 171,187 |
| 虎明本狂言台本 | 93 |
| 虎清本　167,169⇨大蔵虎清本 | |
| 虎清本「鏡男」 | 170 |

| | |
|---|---|
| 虎寛本 | 6,7,8,11,12,14,44,77,169, |
| | 173,184,186⇨大蔵虎寛本 |
| 虎寛本「悪太郎」 | 52,173 |
| 虎寛本「鬼瓦」 | 179 |
| 虎寛本「鏡男」 | 30 |
| 虎寛本狂言台本 | 93 |
| 虎光本 | 7,95,119,169,172,188 |
| | ⇨大蔵虎光本 |

な

| | |
|---|---|
| 波形本（和泉流） | 180,183,189 |

に

| | |
|---|---|
| 西口克太郎 | 162 |
| 日葡辞書 | 20,42,47 |
| 日本国語大辞典 | 16,76,121,146, |
| | 147,159,180,189 |
| 日本書紀抄 | 41 |
| 日本庶民文化史料集成 | 189 |

の

| | |
|---|---|
| 能「翁」 | 92 |
| 能楽資料集成 | 96 |
| 『能狂言（下）』 | 77 |
| 能狂言事典 | 121 |
| 能「黒塚」 | 96 |
| 能「現在鵺」 | 96,102,121 |
| 能「鵺」 | 102,121 |
| 能「半蔀」 | 96 |
| 能「班女」 | 96 |
| 能「船弁慶」 | 96 |
| 能「籠太鼓」 | 96 |

は

| | |
|---|---|
| はぎ大名（虎明本） | 41 |
| はしとみの間 | 96,97 |
| はしとみの間（成城本） | 3,161,185 |
| 橋本朝生 | 33,47,98,188 |

Ⅰ　人名・書名・曲目索引

## け

| | |
|---|---|
| 毛吹草 | 75 |
| 現行本 | 52,54 |
| 現在鵺　間・現在鵺の間(成城本) | |
| | 3,96,97,102,161,185 |

## こ

| | |
|---|---|
| 国立国語研究所第七回NINJALフォーラム | |
| | 187 |
| 古典文庫 | 6,15,33,98,106,169 |
| 小林賢次 | 46,98,121,187,188,240 |
| 小林千草 | 31,33,47,48,77,78,79,80,99, |
| | 100,101,104,121,122,158,159, |
| | 165,185,186,187,188,240,279 |
| 『古本能狂言集』 | 96 |
| こより綴じ | 46 |

## さ

| | |
|---|---|
| 西国船 | 181 |
| 鷺流 | 182 |
| 左内 | 101,124 |
| 三喜 | 101,124 |
| 『三四郎』 | 147 |
| 『三百番集』 | 177,180 |
| 三百番集本 | 21,180,183,189 |

## し

| | |
|---|---|
| 茂山家 | 15,16⇨大蔵流茂山家 |
| 茂山家本 | 21 |
| 時代別国語大辞典 室町時代編 | 181,189 |
| 秀句傘(虎寛本) | 151 |
| 住持＊(「骨皮」) | 105,110,114,125 |
| 宿老＊(「老武者」) | 84,88 |
| 主人＊(「武悪」) | 137,138,140,148,149, |
| | 154,155,156 |
| 小学館日本古典文学全集『狂言集』 | 20 |
| 貞享年間大蔵流間狂言二種　正・続 | 96 |

| | |
|---|---|
| シンザエモン | 76 |
| 森左衛門　45,49,93,96,101,121,124,125 | |
| | ⇨岡森左衛門 |
| 新発意＊(「骨皮」) | 105,108,110,114 |

## す

| | |
|---|---|
| 末広がり(虎寛本) | 151 |
| 墨塗(成城本) | 3,95,161 |
| 墨塗(虎寛本) | 173 |
| 墨塗(虎光本) | 174 |

## せ

| | |
|---|---|
| 世阿弥 | 121 |
| 成城〈乙〉本 | 161 |
| 成城〈甲〉本 | 161 |
| 成城大学図書館蔵『狂言集』 | 2,22,48, |
| | 79,92,94,100,123,157,160,163 |
| | ⇨成城本『狂言集』・『狂言集』 |
| 成城〈丁〉本 | 161 |
| 成城〈丙〉本 | 161 |
| 成城本 | 35,44,184 |
| 成城本(悪太郎) | 52 |
| 成城本「悪太郎」 | 48〜78,119,166, |
| | 203〜211(翻刻) |
| 成城本E | 93,161 |
| 成城本A | 2,48,93,100,160 |
| 成城本A〜F | 93,165 |
| 成城本F | 49,93,123,161 |
| 成城本「鬼瓦」 | 36〜45,166, |
| | 200〜203(翻刻) |
| 成城本「鏡男」 | 22〜36,166,169, |
| | 196〜200(翻刻) |
| 成城本「柿山伏」 | 2〜21,166,184, |
| | 193〜195(翻刻) |
| 成城本『狂言集』 | 3 |
| 成城本C | 79,93,161 |
| 成城本「墨塗」 | 100,102,103,120,166, |
| | 220〜225(翻刻) |

**I　人名・書名・曲目索引**

大蔵虎光本「柿山伏」　15,17
『大蔵虎光本狂言集』　33,106
大蔵虎光本「骨皮」　106
大蔵虎光本(「骨皮」)　117
大蔵虎光本「老武者」　84,92
大蔵八右衛門家　20,47,98
大蔵八右衛門虎光　20,47,98,106
　　　　　　　　　⇨大蔵虎光
大蔵流　157,180,182,184
大蔵流茂山家　20
大蔵流山本東本　76
大蔵流山本家　20,94,138,142
大蔵流山本家現行台本　136
岡　3,19,20,23,93,99,103,123⇨岡氏
岡氏　80,91,93,97,99,100,
　101,102,125,145⇨岡
〈岡氏署名本〉　81,94,95,96,160,161
岡氏署名本　86,92,97,127
岡氏本　163
〈岡氏本〉　95,160,161
〈岡本〉　160,161
岡森左衛門　93,121
岡山義憲　162
伯父*(「悪太郎」)　53,55,59,66
落噺無事志有意　46
鬼瓦　179
鬼瓦(和泉流)　179
鬼瓦(成城本)　3,5,12,94,120,128,
　　　　　　　157,161,172,179
鬼瓦(虎光本)　174
鬼山信行　240
『女ことばはどこへ消えたか？』　188
女*(「墨塗」)　125

**か**

鏡男(和泉流)　176
鏡男(成城本)　3,5,12,94,98,
　　　　　　　120,128,157,161

鏡男(虎光本)　172
柿主・柿の木の持ち主*(「柿山伏」)
　　　　　　　3,4,11,14,16,163
柿山伏　178
柿山伏(成城本)　94,98,103,160,
　　　　　　　163,164,172
柿山伏(虎寛本)　164
柿山伏(虎光本)　174
傘かり*(「骨皮」)　107
金沢裕之　159
河原太郎　122
関西大学図書館蔵　119
関西大学図書館蔵本　121
勘介　45,49,124

**き**

北原保雄　240
汲古書院　186
狂言記　外五十番　182,184
『狂言集』　19,45,76,97,121,158
『狂言集　上』　136,157
狂言台本〔1〕～〔3〕　161
狂言台本〔1〕～〔5〕　161
狂言台本十五番　99
狂言台本十五番〔1〕～〔6〕　160
『狂言六義総索引』　240
享保保教本　183
〈曲章三番〉本　161
〈曲章四番〉本　162
玉塵抄　159
清原宣賢　41,47
金吾　101,124
近代語学会　99,159
『近代の日本語はこうしてできた』　187

**く**

雲形本(和泉流)　179,180,188,189
黒塚の間(成城本)　3,96,97,161,185

## い


池田廣司　189
和泉家古本　183,184,189
和泉元業　188
和泉流　21,180,182,183
和泉流狂言　15
和泉流『狂言三百番集』　179
⇨『三百番集』・三百番集本
和泉流「雲形本」　179
和泉流雲形本　180
和泉流『三百番集』　176
和泉流三百番集　181
和泉流天理本　184
入間川(虎明本)　41
岩次郎　124
岩波古典文学大系『狂言集』　20
岩波日本古典文学大系『狂言集　上』　136
岩波日本古典文学大系『狂言集　下』　52
岩波文庫　4,23,36,50,77,125,164
岩波文庫『能狂言』中　80


## う


浮世風呂　147
謡抄　121
馬借り＊(「骨皮」)　111,112
浦谷陽子　121,279


## お


大蔵家傳之書古本能狂言　47,122
大蔵清虎　167
大蔵宗家　119
大蔵虎明　19,46,96,98,158
大蔵虎明狂言集総索引　240
大蔵虎明本　95,165,166,182⇨虎明本
大蔵虎明本「あく太郎」　78
大蔵虎明本「かゞミ男」　24
大蔵虎明本「柿山伏」　15,21
大蔵虎明本狂言　41,104,166
大蔵虎明本「骨皮」　122
大蔵虎明本「老武者」　91
大蔵虎清本　95,166⇨虎清本
大蔵虎寛　19,46,98,158
大蔵虎寛本　94,95,165,166⇨虎寛本
大蔵虎寛本「悪太郎」　50,54,56,57,58,61,64,66,67,71,74
大蔵虎寛本「悪坊」　77
大蔵虎寛本「あくぼう」(悪坊)　70
大蔵虎寛本「靱猿」　77
大蔵虎寛本「鬼瓦」　36,37
大蔵虎寛本「鬼がはら」　39,40,41,44
大蔵虎寛本「かゞみをとこ」　27,28,29
大蔵虎寛本「鏡男」　35,36
大蔵虎寛本「柿山伏」　8,17
大蔵虎寛本「雁ぬす人」　36,37
大蔵虎寛本狂言　4,16,23,104,164
大蔵虎寛本「止動方向」　146,147
大蔵虎寛本「宗論」　145
大蔵虎寛本「素襖落」　78
大蔵虎寛本「ねぎ山伏」　9
大蔵虎寛本能狂言(下)　50
大蔵虎寛本「萩大名」　20,159
大蔵虎寛本「花子」　15
大蔵虎寛本「武悪」　125,128～135,136,137,138,139,140,141,142～144,145,148,149,150,151,152,153,154,155,157
大蔵虎寛本「法師が母」　147
大蔵虎寛本「骨皮」　103,105,106,107,108,109,110,111,112,113,115,116,117,119
大蔵虎寛本「老武者」　80,81～83,84,89,90,91
大蔵虎光　117
大蔵虎光本　6,20,47,98,119,169⇨虎光本
大蔵虎光本「鏡男」　33

# 索　引

凡例

(1) 本索引は、Ⅰ 人名・書名・曲目索引と、Ⅱ 語句・事項索引とからなる。

(2) 人名については、狂言の登場人物（＊印を付し、かつ、登場曲名を(　)内に示す)、狂言台本に関わる人物、参考・引用論文の著者名を含む。なお、「あとがき」に記したように、本書は、著者の一連の先行論文・発表を踏まえて構成展開するという性格をもつので小林千草の項目立項がある。ご理解いただきたい。

(3) 書名については、本書の考察対象としての成城大学図書館蔵狂言台本Ａ～Ｆ本を、「成城本」、時に「岡（氏）本」などと称し、また、大蔵虎明狂言台本を「虎明本」、大蔵虎寛狂言台本を「虎寛本」などと称して、その略称をもって「特化」し、書名に準ずるものとして立項している。一方、『日葡辞書』を『日葡』、『日本国語大辞典』（小学館刊。第二版）を『日国』などと最も簡単な愛称（略称）を使用した場合が多いが、立項にあたり正式書名を用いた。なお、論の主題に関わる文献の多出に関しては、全てを掲出する紙幅がないこともあって、当該章の頁数を一括して示したり、あるいは、適宜略しつつ示している。また、立項にあたり『　』表示も、原則として略している。

(4) 本書の考察対象である狂言台本の場合、曲名が書名と深く関わってくるので、「成城本「悪太郎」」という形で本文に出る場合はもとより、「悪太郎」と出る場合も上記の形に訂して採録したり、時に、「悪太郎（成城本)」のような立項を試みたりしている。その場合、「成城本「悪太郎」」⇨悪太郎（成城本）などと一々示してはいないので、検索の際、御留意いただきたい。

(5) 語句・事項については、簡便を主としており、十分なものではない。事項は、国語学（日本語学）上や書誌学上の術語を含み、本書を理解していただく上で必要と思われる語を中心としているが、論述の視点によるゆれを若干ふくんでいる。

(6) 第Ⅱ部「翻刻」、第Ⅲ部「「武悪」総索引」に関しては、当該狂言曲目の末尾に該当頁を一括して示している。

(7) 索引の配列は、現代仮名遣いによる五十音順を基本とするが、語句に関しては、原資料の表記形態を反映させたものが多い。

(8) 矢印（⇨）で同一項目の別称、あるいは別視点からの呼称を示し、検索の便宜をはかった項目もあるが、十分ではない。特に、連続して、あるいは、近くに表記が異なる同語や派生語（関連語）が出る場合は、⇨を略している。

## Ⅰ　人名・書名・曲目索引

### あ

［著者略歴］

小林千草（こばやし・ちぐさ）　　博士（文学）東北大学

佐伯国語学賞・新村出賞受賞。1946年生まれ、京都育ち。
1972年東京教育大学大学院文学研究科修士課程修了。
大妻女子大学、横浜国立大学、文教大学などの非常勤講師を経て、
成城大学短期大学部助教授・教授となり、
2004年東海大学文学部日本文学科教授、
2012年東海大学文学部日本文学科特任教授（2015年3月定年退職）、
現在、東京女子大学・文教大学非常勤講師。

著書『日本書紀抄の国語学的研究』（清文堂出版）
『中世のことばと資料』『中世文献の表現論的研究』
『文章・文体から入る日本語学』『ことばから迫る能（謡曲）論』
『ことばから迫る狂言論』（以上、武蔵野書院）
『現代外来語の世界』（朝倉書店）『「明暗」夫婦の言語力学』（東海教育研究所）
『『天草版平家物語』を読む　不干ハビアンの文学手腕と能』（東海大学出版部）
『絵入簡訳源氏物語』全三巻（平凡社。ペンネーム千　草子との共訳）等

幕末《ばくまつ》期《き》狂言台本《きょうげんだいほん》の総合的研究《そうごうてきけんきゅう》　大蔵流台本編《おおくらりゅうだいほんへん》

平成28(2016)年10月３日
著　者　　小　林　千　草©
発行者　　前　田　博　雄

〒542-0082　大阪市中央区島之内２丁目８番５号
発行所　清文堂出版株式会社
電話　06-6211-6265(代)　FAX　06-6211-6492
http://seibundo-pb.co.jp　振替　00950-6-6238

組版製版印刷・製本：西濃印刷
ISBN978-4-7924-1435-1　C3081